Fiançailles à Glory's Gate

SUSAN MALLERY

Fiançailles à Glory's Gate

éditions Harlequin

Titre original : UNDER HER SKIN

Traduction française de JULIETTE BOUCHERY

HARLEQUIN®
est une marque déposée par le Groupe Harlequin
PRÉLUD'®
est une marque déposée par Harlequin S.A.

Photos de couverture
Femme : © ROYALTY-FREE / MATTON IMAGES
Propriété : © JOE SOHM / GETTY IMAGES

83-85, boulevard Vincent-Auriol 75646 PARIS CEDEX 13.
Service Lectrices — Tél. : 01 45 82 47 47
www.harlequin.fr
ISBN 978-2-2808-1936-1 — ISSN 1950-277X

Chapitre 1

— Cela représente tout de même deux millions, observa le banquier, le regard soucieux. Cela va-t-il vous poser problème ?

Lexi Tristan répondit d'un sourire un peu crispé assorti d'un gros mensonge.

— Mais pas du tout !

Elle se demandait si son interlocuteur vivait dans le même univers qu'elle. Deux millions de dollars ? On lui donnait vingt et un jours pour trouver deux millions de dollars ? Mais bien sûr, aucun souci, il ne lui restait plus qu'à rentrer chez elle glaner la petite monnaie tombée entre les coussins du canapé ! Elle trouverait forcément un ou deux billets de un million à l'angle de l'accoudoir.

— Vous pourriez toujours vous adresser à votre père, hasarda le banquier.

Apparemment fasciné par les documents disposés devant lui, il ne croisait plus le regard de Lexi. Celle-ci se leva avec un nouveau sourire.

— Merci de m'avoir mise au courant, John. Je vous recontacterai très bientôt.

S'adresser à son père ? Pas question ! Même si Jed Tristan acceptait de lui sauver la mise, ce serait la fin de tous les projets de Lexi, l'échec d'un plan de bataille élaboré plus de trois ans auparavant.

— Appelez-moi très vite, dit John en se levant pour lui serrer la main. Vous avez très peu de temps. Dans trois semaines, soit vous payez, soit vous perdez tout.

Il venait de résumer le désastre en quelques mots. Quel talent !

— Je trouverai une solution, assura Lexi. A très bientôt, au téléphone.

— En fait, nous allons nous croiser dès ce soir, lui rappela son interlocuteur, mal à l'aise. Au gala de votre sœur.

— Dites-moi, les banquiers sont comme les avocats, n'est-ce pas ? s'écria Lexi, alarmée. Vous êtes tenu au secret professionnel, vous ne parlerez de cette affaire à personne ?

— Bien entendu ! s'écria-t-il, offusqué. Nous avons un code de déontologie. Je garde cela pour moi.

Lexi lui sourit en espérant de toutes ses forces qu'il parlait sincèrement.

— Dans ce cas, à ce soir ! lança-t-elle gaiement.

Dès que la porte du bureau se referma derrière elle, son sourire s'effaça. A grands pas furieux, elle se dirigea vers la sortie la plus proche ; une fois dans sa voiture, elle dut se retenir de marteler des poings sur le volant. Habituellement, elle savait encaisser les coups durs, mais elle détestait qu'ils arrivent par sa faute. Dans cette situation catastrophique, elle ne pouvait s'en prendre qu'à elle-même.

Trente minutes plus tard, à la sortie de Dallas, elle passa en trombe devant le panneau signalant l'entrée sur la commune de Tristanville. Un second panneau, plus petit, lui enjoignait de rouler à cinquante à l'heure. Elle n'en tint aucun compte et un instant plus tard, la catastrophe qui croulait sur elle prit une nouvelle dimension quand elle entendit la sirène d'une voiture de police. Se rangeant sur le bas-côté, elle abaissa sa vitre et se tourna vers l'adjoint de police qui s'approchait en retirant ses lunettes de soleil.

— Avant de m'arrêter, soupira-t-elle, ce serait possible de me tabasser un peu ? De cette façon, je pourrais porter plainte contre la police municipale.

— Pourquoi, les recettes n'ont pas été bonnes cette semaine? demanda sereinement la silhouette en uniforme.

— Disons que je me trouve un peu à court de liquide.

— A combien se monteraient les dommages et intérêts?

— Deux millions de dollars.

Dana Birch, officier de police et meilleure amie de Lexi, laissa échapper un long sifflement.

— J'ai en poche un coupon qui te vaudra vingt pour cent de remise sur le linge de maison chez Birch et Fils, mais c'est tout ce que je peux faire pour toi.

Jetant un coup d'œil à sa montre, elle ajouta :

— Tu veux me raconter ton problème? Ma pause déjeuner commence dans un quart d'heure. Je te retrouve au Bronco Billy.

Lexi approuva de la tête, ajoutant :

— Je préfère te prévenir tout de suite : je vais me plaindre pendant tout le repas.

— J'ai l'habitude, repartit son amie avec bonne humeur. A tout de suite et cesse de rouler aussi vite. Cela m'énerve.

— Tu as raison. Je suis désolée.

Dana se glissa sur la banquette en face de Lexi. A cette heure matinale, à peine 11 h 30, la salle du restaurant était presque vide. Repoussant le menu que lui tendait son amie, la jeune policière demanda :

— Alors, que se passe-t-il? On t'a raté ton brushing et la vie ne vaut plus la peine d'être vécue?

En temps normal, Lexi adorait échanger des piques avec Dana sur leurs visions très différentes de la beauté féminine. Lexi était propriétaire de Vénus & Moi, un Spa luxueux spécialisé dans les soins de beauté naturels; Dana estimait avoir suffisamment sacrifié à sa féminité si elle pensait à utiliser un après-shampooing pendant sa douche éclair. Elle portait ses cheveux bruns très court et ne quittait son uniforme que pour enfiler un jean et un T-shirt. Les deux amies se connaissaient depuis l'âge de dix ans, et Lexi n'avait vu Dana en robe que trois fois. Elle se demandait encore si son amie connaissait l'existence du mascara.

— Bon, le problème a l'air sérieux, lâcha celle-ci en se carrant sur sa banquette. Que se passe-t-il, sans plaisanter cette fois ?

— Les deux millions de dollars n'étaient pas une plaisanterie. J'ai trois semaines pour trouver cette somme.

— Quelqu'un te fait chanter ?

— Quel flic tu fais ! protesta Lexi en souriant malgré elle. Non, il n'est pas question de chantage, j'ai seulement fait un très mauvais calcul.

Plongeant les doigts dans ses cheveux, elle se pressa les tempes pour tenter de s'éclaircir les idées.

— Bon, je reprends tout au commencement : quand j'ai quitté la société de mon père pour monter ma propre affaire, je me suis servie de l'argent que m'avait laissé ma grand-mère pour créer Vénus & Moi. Ce n'était pas un gros héritage ; tu te souviens, les premiers temps, je bouclais à peine mes fins de mois. J'ai beau m'appeler Tristan, je n'ai pas de fortune personnelle, je ne possède que mon appartement. Sans ressources, un nom ne signifie pas grand-chose. Disons que j'avais du mal à me maintenir à flot quand, il y a deux ans, mon banquier m'a téléphoné pour me parler d'une proposition. L'un de ses clients était prêt à me consentir un prêt de deux millions de dollars pour développer mon affaire. Il ne voulait même pas devenir actionnaire de l'entreprise, il demandait seulement le remboursement des traites. J'ai dit oui et je me suis servie de l'argent pour acheter l'immeuble, m'agrandir et refaire entièrement mes locaux. C'était un rêve qui se réalisait. Seulement, il y avait un hic.

— Il y a toujours un hic, murmura Dana.

— Premièrement, l'identité de l'investisseur devait rester

secrète. Deuxièmement, il pouvait exiger le remboursement du prêt, le remboursement intégral, en me prévenant seulement trois semaines à l'avance.

Puis, comme son amie la dévisageait, bouche bée, elle conclut en haussant les épaules :

— Le compte à rebours a commencé.

Dana jura, puis s'écria :

— C'est ton père ? Ce serait bien son style.

— Je ne sais pas, avoua Lexi. Je me suis aussi posé la question.

Dans le monde exclusif des hommes d'affaires texans, Jed Tristan était une légende. Aurait-il avancé puis repris cet argent pour mettre sa fille à l'épreuve ?

— Je ne crois pas, reprit Lexi après un instant de réflexion. Jed n'a rien de subtil. S'il voulait me tester, il me le dirait en face.

— Mais alors qui ?

— Je n'en ai pas la moindre idée. Mon banquier refuse de me le dire.

Dana eut un petit rire.

— Tu trouves cela drôle ? s'enquit froidement Lexi.

— « Mon banquier », répéta son amie, sardonique. Moi, je fréquente une petite machine de retrait automatique près de l'épicerie mais nous sommes de bons copains, sans plus.

— Quand on a une entreprise, on a un banquier, soupira Lexi avec lassitude.

Tout le monde, et même Dana qui les connaissait si bien, pensait que le fait de s'appeler Tristan donnait droit à une foule de privilèges. En fait, le plus souvent, ce nom représentait plutôt un poids pour ceux qui le portaient.

— Que vas-tu faire ? demanda Dana. J'ai cinq mille dollars sur mon compte d'épargne, tu peux te servir mais je ne crois pas que cela t'avance à grand-chose.

— Tu es gentille de me le proposer mais non, cela ne m'aiderait pas. Dans un sens, c'est presque comique : tout le monde suppose que les filles Tristan roulent sur l'or. Skye est riche, c'est vrai, mais Izzy et moi, nous sommes comme tout le monde, nous vivons sur nos salaires. Jed détient tout l'argent de la famille et il a décidé que chacune d'entre nous ferait ses preuves avant qu'il ne nous abandonne une miette de sa fortune. Voilà pourquoi j'ai monté Vénus & Moi : pour lui prouver que je pouvais réussir par moi-même. Je refuse de tout perdre maintenant, surtout si c'est pour laisser l'entreprise à un crétin sournois et… et anonyme ! Je trouverai ces deux millions. Je ferai n'importe quoi et…

Elle se tut. En silence, Dana tapotait l'insigne épinglé à sa poitrine.

— Doucement, ma petite dame, dit-elle. Pas question d'enfreindre la loi.

— Si je le fais, je ne te le dirai pas.

— Marché conclu.

Comme la serveuse se présentait, elles commandèrent des hamburgers et des frites, avec du Coca light pour limiter l'apport de calories.

— Je m'en veux d'avoir été aussi stupide, se lamenta Lexi dès que la jeune femme s'éloigna. Ce qui me hérisse le plus dans cette histoire, c'est ma propre bêtise. Je sais pourtant qu'il ne faut jamais s'engager sans savoir avec qui on fait affaire !

Exhalant un gros soupir, elle reprit plus calmement :

— Bon, j'arrête de geindre pour le reste du repas, c'est officiel. Et toi, quelles sont tes nouvelles ?

— Ta sœur m'énerve, répondit aussitôt Dana. Skye veut absolument que je vienne à la sauterie qu'elle organise ce soir pour les généreux donateurs de sa fondation. Elle sait pourtant que j'ai horreur de ce genre de soirée. Tu te rends compte ? Moi, j'ai une amie qui est à la tête d'une fondation. C'est comme de vivre dans deux univers parallèles.

— Toi, au moins, tu peux refuser l'invitation, répliqua Lexi. Moi pas. Oh, en fait, je ne me plains pas : je pourrai peut-être faucher un collier de diamants et l'emporter chez un prêteur sur gages.

Dana haussa les sourcils ; aussitôt, le regard de Lexi retomba sur son insigne.

— Désolée. Je n'ai rien dit.

— Tu as de la chance : je sais que tu ne parles pas sérieusement. Sois positive ! Il y aura une foule d'hommes très riches et très ennuyeux à cette soirée. Tu réussiras peut-être à convaincre l'un d'eux de te faire un petit prêt ?

— Tu te doutes bien de ce qu'ils demanderaient en échange d'une somme pareille ?

— Oui, c'est un problème.

— Allons-y ensemble, proposa Lexi en retrouvant son sourire. Allez, ce sera amusant. Tu pourras te moquer de tout le monde, tu sais que tu adores ça.

— Merci, mais je n'ai pas besoin de tes services. J'ai un cavalier.

— Pas Martin ! s'écria Lexi en levant les yeux au ciel.

— Je ne sais pas pourquoi, je trouve ton attitude vexante !

— Mon attitude vient du fait que Martin est comme tous les garçons avec qui tu sors : trop gentil !

— Ce n'est pas vrai.

— Mais si ! Tu collectionnes les hommes gentils et effacés et tu les terrorises. Ils t'adorent, tu contrôles tout de A à Z et ensuite, tu te plains de t'ennuyer. Tu dois absolument trouver quelqu'un qui présente un vrai challenge !

— C'est toi qui me dis ça ? La femme qui n'a pas eu un seul rendez-vous en six mois ?

— Je suis chef d'entreprise. Je suis trop occupée.

Dana se contenta d'un regard lourd de sens ; aussitôt, Lexi laissa tomber sa tête sur ses bras croisés.

— Une entreprise que je vais perdre dans trois semaines à moins d'un miracle !

— Ta sœur dirige une grosse organisation caritative. Demande-lui l'argent dont tu as besoin.

— Elle ne me le donnera pas. Cet argent, elle le réserve aux enfants qui ont faim. Tu connais Skye, c'est quasiment une sainte.

— Oui, elle est déprimante. Ecoute, dis-toi au moins que ce soir, il y aura un buffet extraordinaire. Tu pourras noyer ton chagrin à coup de hors-d'œuvre exotiques. Arrange-toi seulement pour ne pas conduire si tu as bu.

— Tu vois ! s'exclama Lexi en se redressant brusquement. Tu passes ton temps à donner des ordres. Il te faut un homme qui ne se laissera pas faire.

— Ça n'existe pas, répliqua froidement Dana.

— Mais si, et j'ai hâte que tu croises son chemin. Moi, en revanche, j'ai besoin d'un homme qui se laissera faire. Ou d'un miracle. A ce stade, je me contenterais d'un miracle.

Cruz Rodriguez descendit de sa Bugatti Veyron gris argent et lança les clés au voiturier. Celui-ci, un tout jeune homme, les attrapa instinctivement au vol en contemplant bouche bée la merveille qu'on lui abandonnait.

— Vous me laissez la conduire ? bredouilla-t-il.

— Pourquoi, tu vas l'abîmer ? demanda Cruz.

— Oh, non, monsieur !

Le garçon esquissa un geste pour toucher le flanc luisant du véhicule et retira aussitôt sa main.

— Je n'ai jamais rien vu d'aussi beau, murmura-t-il.

Amusé, Cruz le salua d'un signe de tête et s'éloigna. Il se dirigeait vers le perron monumental quand il put à son tour contempler la plus belle créature qu'il ait jamais vue. En haut des marches menant à l'entrée principale de Glory's Gate, Lexi Tristan bavardait avec un couple âgé. Même de loin, il reconnut aussitôt ses longs cheveux blonds et ses traits délicats à la beauté classique. Un visage parfait, une femme parfaite. L'autre invitée lança une phrase que Cruz n'entendit pas, et Lexi éclata de rire. Le son frais et joyeux fut emporté par la brise tiède du soir. Un son dont il se souvenait très bien…

Il savait beaucoup de choses au sujet de Lexi : il avait pris la peine de se tenir au courant. Il connaissait également des éléments qui n'appartenaient pas au domaine public, comme la texture de sa peau dans la nuit, et la façon dont son souffle se hachait quand le désir l'emportait. Il savait qu'elle détestait son véritable prénom et qu'il suffisait de le prononcer pour la mettre en colère ; que son orgueil était à la fois sa plus grande force et sa plus grande faiblesse. En affaires, Lexi jouait pour gagner mais à moins d'être réellement au pied du mur, elle perdait avec une grâce que Cruz lui enviait. Une grande famille, beaucoup d'argent, beaucoup de classe. Quant à lui, il avait lutté pied à pied pour gravir la pyramide et certaines portes refusaient encore de s'ouvrir devant lui. Voilà pourquoi il était ici ce soir : parce qu'il était temps de déverrouiller ces portes, de les forcer au besoin. Lexi ne le savait pas encore, mais elle allait l'aider.

Cruz gravit le perron à son tour, en s'arrangeant pour ne pas être vu de Lexi. Il voulait garder l'avantage ; ce serait à lui de décider quand et comment ils se rencontreraient. Un homme moins sûr de lui se serait sans doute demandé si elle se souvenait de lui mais Cruz n'en doutait pas un instant. Une femme n'oublie pas sa première fois.

La maison datait des années quarante, époque où les terrains ne coûtaient presque rien et où un homme était jugé sur la puissance de ses chevaux, la beauté de ses femmes et la dimension de sa maison. Glory's Gate était immense. Dans le hall d'entrée, deux volées de marches s'élevaient d'une courbe ample pour se rejoindre sur un palier de la taille d'une piste d'atterrissage. Le marbre inondé de lumière luisait, il y avait même un piano à queue. « On a toujours besoin d'un piano à queue dans son entrée », pensa Cruz en réprimant un sourire.

En s'avançant, il remarqua que les hautes cloisons qui séparaient les différents salons pouvaient s'escamoter pour créer une salle unique, capable d'accueillir cinq cents personnes. Ce soir, les partitions étaient en place et il entra dans une pièce somptueuse, décorée en or et vert sauge avec quelques touches de rouge. Le salon central était aménagé en auditorium avec des rangées de chaises pliantes en prévision de la vente aux enchères qui suivrait le cocktail.

Cruz était ici pour être vu, pour se mêler à l'élite de la société texane, et pour trouver un moyen de prendre pied dans cet univers. Cette vente aux enchères au profit d'une œuvre caritative lui fournissait un bon moyen de s'annoncer. S'il donnait des fonds ce soir, il serait invité à d'autres galas — ou du moins il l'espérait.

Il commanda un whisky au bar et prit le temps d'étudier ces gens qu'il ne connaissait que par ouï-dire. Son sixième sens le prévint que Lexi était entrée à son tour ; se retournant négligemment, il la repéra qui saluait des connaissances tout en se dirigeant vers sa sœur. Comment allait-elle réagir en le voyant ? Lexi Tristan pouvait lui offrir tout ce dont il rêvait, mais il y avait un léger problème : dix ans après leur première rencontre, elle aurait sans doute davantage envie de l'assassiner que de lui tendre une main secourable.

Lexi garda ses distances le temps de voir le sénateur qui bavardait avec Skye poser un baiser paternel sur le front de son hôtesse avant de s'éloigner. Si elle appréciait les qualités d'orateur du vieil homme, elle connaissait aussi ses manies ; ce soir, elle ne se sentait pas d'humeur à recevoir des tapes sur le derrière.

— Explique-moi pourquoi tu nous imposes ce genre de soirée, lança-t-elle de but en blanc en rejoignant sa sœur. Tu n'as pas encore assez d'argent pour ta fondation ?

Skye Tristan, sa sœur cadette, la toisa en buvant délicatement une gorgée de champagne.

— Tu tiens à savoir combien d'enfants se couchent sans dîner chaque soir dans notre beau pays ? demanda-t-elle.

— J'ai eu une journée épouvantable et je te remercierai de ne pas me culpabiliser.

— Désolée.

Les deux sœurs s'embrassèrent avec affection, puis Lexi recula pour admirer la robe du soir verte de Skye.

— Tu es magnifique. Je t'en veux toujours autant pour ton décolleté. Mes seins à moi n'ont jamais poussé.

— Les seins, c'est surfait, soupira Skye. Merci d'être venue, je n'y croyais plus. Je sais que tu détestes mes galas de charité.

— Je ne les déteste pas, et je soutiens ta cause à cent pour cent… mais je déteste faire la conversation aux puissants de ce monde.

— Ils sont ennuyeux, c'est vrai, convint Skye en riant, mais je dois soigner mes donateurs. Mendier par mailing ne donne pas du tout le même résultat. Comment vas-tu ?

« Comme quelqu'un qui va couler faute de trouver deux millions de dollars », pensa Lexi. Courageusement, elle sourit en assurant qu'elle allait bien. En règle générale, elle ne mentait jamais à sa sœur mais cette fois, le problème était différent : elle n'osait tout simplement pas dire la vérité.

— Mais tu disais que tu avais eu une mauvaise journée ?

— Oh, des problèmes au travail, rien d'intéressant. Izzy est là ?

— Bien sûr que non, s'écria Skye. Elle déteste ces soirées encore plus que toi. Je l'attends d'un jour à l'autre mais pour l'instant, elle est toujours sur son champ pétrolier en Louisiane.

Plongeur-soudeur dans le domaine du pétrole… Comme quoi trois sœurs pouvaient ne se ressembler en rien !

— Alors, il y a des nouvelles têtes ce soir ? demanda-t-elle. Tu vois quelqu'un brandir des liasses de billets de provenance douteuse ?

— Non, désolée. Tu cherches quelqu'un en particulier ?

Lexi cherchait surtout la personne qui s'efforçait de couler son entreprise. Plus elle y réfléchissait, plus la façon dont on l'avait financée, pour lui retirer les fonds par la suite, lui semblait louche. S'agissait-il d'une manœuvre délibérée ? Cherchait-on à la manipuler et si c'était le cas, qui ?

— Je ne sais pas, avoua-t-elle en se retournant pour scruter du regard la foule qui les entourait. Quelqu'un qui aurait une raison de…

Elle ne sut comment terminer sa phrase. Son regard glissait sur des couples élégants, des groupes animés, un homme en complet anthracite… Le P.-D.G. de la seconde compagnie pétrolière du pays était là, accompagné de son épouse. Un moment distraite, elle revint à l'homme isolé remarqué un peu plus tôt, et dont la silhouette lui semblait familière. A cet instant, il se retourna et elle vit son visage. Si elle avait eu un verre à la main, elle l'aurait certainement laissé choir.

Lui. Après toutes ces années…

Les six premiers mois, à chaque seconde, Lexi avait espéré le croiser. En fait, elle grillait de le croiser, à l'époque, et de préférence au volant de sa voiture. Car elle se sentait alors capable de lui passer sur le corps ! Vers la fin de la première année, elle était revenue à des sentiments plus rationnels. Non, elle ne l'assassinerait pas, elle se contenterait de le renverser ; de cette façon, ils seraient à égalité.

Par la suite, elle l'avait plus ou moins oublié, rangé dans la catégorie des erreurs de jeunesse. Quoi de plus banal, en effet, que leur histoire ? Elle avait cru que cette nuit passée ensemble signifiait quelque chose. Lui avait vu les choses autrement.

— Qui regardes-tu ? demanda la voix de Skye à son oreille.

Revenant au présent, Lexi ne sut comment formuler sa réponse.

— Ah, le type aux voitures, reprit sa sœur en suivant son regard. Cruz je-ne-sais-quoi. Des concessions automobiles, une chaîne de magasins de pièces détachées, une équipe de course automobile. Le haut du panier. Il nous a proposé une grosse contribution. Tu le connais ?

Cette question, Lexi préférait ne pas y répondre ! Vivement, elle chercha une échappatoire… mais ses pensées s'éparpillaient dans trop de directions différentes. Elle devait changer de sujet… mais que dire ? Cruz et elle allaient forcément se croiser dans le courant de la soirée. Quelle attitude prendre ? Elle décida qu'elle ne réagirait pas. Il pouvait parfaitement ne pas se souvenir d'elle ! Pour elle, leur rencontre avait représenté un événement majeur — mais pour lui ? Une passade parmi des centaines d'autres. Ils ne s'étaient pas revus depuis dix ans et dix ans suffisent à changer une femme. Le garçon dont elle se souvenait portait des jeans et des T-shirts, pas des costumes faits sur mesure et des chaussures italiennes. Son visage en revanche était bien le même, avec ces yeux sombres et veloutés qui vous donnaient envie de vous y perdre pour toujours. Du moins, si l'on n'était pas prévenu !

Il se dirigeait vers elles ! Lexi se raidit. Une seule solution : faire semblant de ne pas le connaître et s'esquiver au plus vite. Il ne saurait jamais combien l'humiliation de cette nuit-là la brûlait encore.

— Bonsoir, dit-il en souriant à Skye. Cruz Rodriguez. Je vous remercie pour cette invitation, mademoiselle Tristan.

— Je vous en prie, appelez-moi Skye, s'écria celle-ci. Et l'invitation était tout à fait intéressée. Tout à l'heure, je n'aurai aucun scrupule à faire monter les enchères, et tous mes hôtes seront invités à dépenser des sommes extravagantes. Mais d'abord, je tiens à vous remercier pour votre contribution.

Se tournant vers Lexi, elle expliqua :

— Cruz met aux enchères un week-end à Daytona dans une maison privée, avec deux jours de cours de conduite sous la direction de son meilleur pilote de course.

— Bravo, murmura Lexi en s'efforçant de ne pas dévisager l'homme qui se tenait devant elle.

Malgré elle, son regard s'attardait sur la texture de sa peau. Elle fit un effort pour se raisonner, car il était tout à fait impossible qu'elle se souvienne du velouté de cette peau, pas après tout ce temps ! Leur collision était survenue dans une autre vie, et Cruz ne représentait rien de plus qu'un ratage mineur dans sa vie amoureuse. Un bip sur le radar de son existence !

— Oh, je ne vous ai pas présentés, s'excusa Skye. Lexi, voici Cruz Rodriguez. Cruz, je vous présente ma sœur, Lexi Tristan.

Il se tourna vers elle avec un sourire courtois, parfaitement impersonnel. Il ne se souvenait de rien ! Lexi serra les dents. Elle avait passé des jours entiers, des semaines peut-être, à rêver de vengeance, et Cruz ne se souvenait même pas d'elle. Eh bien, ce n'était qu'une humiliation de plus. Elle avait l'habitude !

Quand il lui tendit la main, elle maudit la bonne éducation qui lui interdisait de le planter là sans autre forme de procès. Elle aurait donné beaucoup pour s'épargner ce contact physique ! Retenant son souffle, elle lui abandonna sa main. Pendant une fraction de seconde, il ne se passa rien. Elle leva les yeux vers son visage régulier, son regard s'arrêta sur sa bouche ferme et sensuelle à la fois. Et là, aussitôt, le souvenir de leurs baisers déferla sur elle comme un raz de marée, une chaleur subite la fit suffoquer, au point qu'elle crut vaciller. Au prix d'un effort, elle parvint cependant à lui sourire sans rien trahir de ce qu'elle ressentait.

— Monsieur Rodriguez, dit-elle d'un ton désinvolte en reprenant sa main. Heureuse de vous connaître.

— Cruz, corrigea-t-il amicalement.

Intéressant. Elle se souvenait d'avoir murmuré mille fois ce prénom, sans aucune retenue, cette nuit-là, vers 2 heures du matin, mais l'homme qui se tenait devant elle ce soir n'avait toujours pas réagi, ni en la voyant ni en entendant son nom.

Lexi cherchait la phrase qui lui permettrait de lui fausser compagnie quand une femme en tailleur sombre s'approcha d'un pas vif du petit groupe.

— Je vous prie de m'excuser, glissa Skye. La responsable

du buffet veut me parler. J'espère seulement qu'il n'y a pas de problème...

Elle les quitta, laissant Lexi seule, livrée à son passé. Prenant une grande inspiration, elle se tourna vers Cruz... et ne trouva personne. Il venait de s'enfoncer dans la foule, la plantant là sans un mot.

De sa place, Cruz regarda Lexi évoluer au milieu des invités. Il nota qu'elle s'arrangeait pour le tenir à l'œil, alors que tout dans son attitude suggérait qu'elle avait oublié sa présence. De son côté, il faisait la même chose, mais il le faisait mieux. Il avait bien perçu la confusion de la jeune femme en le voyant, et aussi son irritation en supposant qu'il ne se souvenait pas d'elle. Cette alchimie foudroyante entre eux, qui lui avait procuré tant de plaisir dix années auparavant, fonctionnait toujours. Cela faciliterait sa tâche.

Lexi pouvait lui ouvrir toutes les portes de la bonne société. Grâce à elle, il forcerait les portes de ce milieu si fermé : il franchirait la prochaine étape de sa réussite. Il ne lui restait plus qu'à prendre le temps de l'observation, et à élaborer sa stratégie.

Sa chance vint plus tôt qu'il ne l'espérait. Il vit Lexi s'arrêter pour échanger quelques mots avec un homme d'âge mûr, à la calvitie naissante et au ventre rebondi. Notant qu'ils semblaient bien se connaître, Cruz s'approcha, tout en restant à l'ombre d'une colonne pour ne pas être repéré.

— Votre sœur m'a déjà suggéré à quels lots je devrais m'intéresser au moment de la vente aux enchères, disait l'homme. Elle est sans pitié.

— Une détermination à toute épreuve, repartit Lexi. Dites-vous que c'est pour une bonne cause, John, et capitulez tout de suite. Si vous ne le faites pas, elle saura si bien vous culpabiliser que vous en perdrez le sommeil. Voilà pourquoi je viens à ses galas : toute tentative de résistance est vouée à l'échec !

— Vous avez sûrement raison, lança l'homme en riant.

Retrouvant son sérieux, il baissa la voix pour demander :

— Vous savez que je n'aime pas parler affaires dans un tel contexte mais je me fais du souci pour vous. Vous comptez lui demander les fonds dont vous avez besoin ? Skye a hérité, n'est-ce pas, de sa mère et de son défunt mari ?

Cruz vit Lexi se raidir, vit sa main se crisper sur sa coupe de champagne.

— Je préfère ne pas parler de cela ici, dit-elle.

L'homme jeta un regard à la ronde comme pour s'assurer qu'on ne les entendait pas. Discrètement, Cruz recula en s'adossant négligemment à sa colonne.

— Lexi, entendit-il, vous êtes ma cliente depuis le jour où vous avez ouvert Vénus & Moi. C'est moi qui vous ai convaincue d'accepter le prêt qui vous crée ce problème. Je ne veux pas vous voir couler. Vous devez agir rapidement.

— Je sais tout cela, siffla la jeune femme. Je trouverai les fonds nécessaires, mais je ne peux pas m'adresser à Skye.

— Deux millions de dollars. Cela ne tombe pas du ciel.

— Merci pour cette précision. Si vous voulez bien m'excuser, je vais faire un tour du côté du buffet.

Elle s'éloigna. Le gros homme la suivit du regard, imité par Cruz… mais là où le premier semblait troublé, le second ne cachait pas sa satisfaction.

Dans la vie, le plus important était de savoir saisir sa chance. Prendre la bonne décision au bon moment, forger les conditions les plus favorables pour entrer dans la course. Cruz aimait attaquer dès que l'occasion s'en présentait… et la chance venait de lui ouvrir les bras.

Chapitre 2

En arrivant sur le balcon immense du premier étage, Lexi laissa échapper un soupir. Enfin un coin tranquille ! Quel soulagement d'échapper à la foule et de trouver un endroit désert pour s'apitoyer sur son propre sort ! Malheureusement, le répit fut bref : elle commençait seulement à se détendre quand elle entendit des pas derrière elle.

— Tu es en beauté ce soir, *querida*.

Une voix d'homme, grave et délicieusement sexy, avec un très léger accent. Cruz ! Lexi se retourna vivement. La silhouette familière se découpait sur les portes-fenêtres brillamment éclairées du premier. Instinctivement, elle recula, mais s'arrêta en sentant la pression froide de la balustrade de pierre au creux de ses reins. Aussitôt, son courage habituel reprit le dessus, elle se trouva ridicule et décida de tenir tête à l'intrus.

— Monsieur Rodriguez…, murmura-t-elle.

Très bien. Elle n'avait perdu pied qu'un bref instant. Maintenant, si elle parvenait à maintenir ce petit air désinvolte, elle ferait illusion. Délicatement, elle but une gorgée de champagne et vit Cruz sourire.

— Lexi, lui reprocha-t-il doucement. Que tu es devenue formelle ! Tu connais mon prénom.

— Comment ? s'écria-t-elle, avec un air faussement surpris. Tu veux dire que tu te souviens de moi ?

C'était sorti tout seul, et Lexi aurait donné n'importe quoi pour pouvoir reprendre ses paroles. Cruz se tenait déjà tout près d'elle ; il s'approcha encore, ce qu'elle aurait cru impossible, et s'inclina pour l'embrasser dans le cou. Ce ne fut qu'un effleurement mais elle reconnut aussitôt le contact de ses lèvres fermes, et son souffle sur sa peau. Une nouvelle vague de chaleur se leva en elle, elle frémit en réprimant le gémissement qui menaçait de lui échapper.

— Comment pourrais-je oublier ? chuchota-t-il.

Au diable les apparences ! S'esquivant, Lexi battit en retraite de deux bons mètres.

— Tu n'as rien dit quand Skye nous a présentés !

— Je supposais que tu ne tenais pas à discuter de notre nuit d'amour devant ta sœur.

Son attitude irrita Lexi, qui accueillit cette réaction avec soulagement. Avec la colère au moins, elle savait où elle en était ! La colère pouvait la protéger des hommes irrésistibles qui lui faisaient perdre tous ses moyens.

— Trop aimable, lâcha-t-elle avec aigreur. Eh bien, maintenant que nous avons renoué, tu devrais rejoindre les autres invités. Les enchères vont bientôt commencer.

— Je ne suis pas ici pour les enchères, Lexi, je suis venu pour toi.

Lexi n'était pas du genre à se pâmer… mais il y a un début à toute chose. Tiens, et si elle s'évanouissait, justement ? Ce serait un excellent moyen d'échapper à cette situation impossible ! « Ou pas », lui souffla son côté pragmatique — car s'effondrer sur le dallage de pierre du balcon serait probablement douloureux, et peu esthétique. Cruz aurait-il les réflexes suffisamment rapides pour la rattraper ? Assez de bêtises, décida-t-elle. Cruz et elle ne s'étaient pas revus une seule fois en dix ans, il n'avait jamais fait l'effort de la contacter. L'envie de s'affaisser dans ses bras la quitta aussi vite qu'elle était venue.

— J'ai l'impression que la vie te traite bien, dit-elle froidement.

— Effectivement.

— Très beau costume. Il est fait sur mesure, n'est-ce pas ?

Cruz approuva de la tête.

— Tu n'aurais pas été invité ce soir si tu n'avais pas beaucoup d'argent à offrir à la fondation de ma sœur. Elle ne fait la charité qu'aux enfants défavorisés. La dernière fois que je t'ai vu, tu te spécialisais dans les courses de voitures clandestines.

— Un hobby, assura-t-il. J'avais déjà monté mon affaire.

— Une affaire qui s'est considérablement agrandie, répondit-elle en se souvenant des commentaires de Skye. Pourquoi es-tu ici ce soir, Cruz, puisque tu as déjà tout ? Pourquoi justement ce soir ? Nous avons passé une nuit ensemble, il y a très longtemps de cela. Rien de plus.

Cela signifiait bien davantage pour elle, mais à quoi bon le lui avouer ?

— Remballe tes mots doux en espagnol et tes baisers dans le cou, ajouta-t-elle durement. Que veux-tu ?

Elle fut déçue de voir qu'il ne semblait pas du tout déconcerté par son attitude. S'accoudant négligemment à la balustrade, il demanda :

— Pourquoi penses-tu que je veux autre chose que toi ?

Elle aurait aimé le croire. Une part d'elle, sa libido ou peut-être son orgueil, était prête à foncer tête baissée dans le piège. La logique lui rappela que Cruz n'aurait qu'à claquer des doigts pour s'offrir n'importe quelle femme. Pourquoi elle, pourquoi maintenant ? Posant son verre sur la balustrade, elle lui tourna le dos.

— C'était formidable de te revoir, lança-t-elle. Je te souhaite une agréable vente aux enchères.

D'un mouvement vif, il lui saisit le poignet. Lexi se raidit. Cela ne suffisait donc pas qu'elle soit sur le point de perdre son entreprise ? Le destin voulait encore l'humilier en lui montrant quelle réaction viscérale, incontrôlable, cet homme déclenchait en elle ? Cela devrait être prescrit sur ordonnance, pensa-t-elle, un peu égarée : « En cas d'arrêt cardiaque, faire délivrer un baiser par Cruz Rodriguez. »

Les yeux dans les yeux, il lui dit :

— Parle-moi de cet argent dont tu as besoin.

— Comment es-tu au courant ? murmura-t-elle en sentant un grand froid se glisser dans son cœur. Qui te l'a dit ?

Déjà, elle se demandait si c'était lui, son mystérieux investisseur. Cruz cherchait-il à la couler ? Mais pourquoi ?

— Je t'ai entendue parler avec ton banquier. Je suppose qu'il est bien ton banquier ?

— Oui. Qui d'autre nous a entendus ?

Déjà, la panique s'emparait d'elle. Si jamais son père apprenait...

— Personne. Vous étiez seuls.

— A part toi.

— A part moi, oui.

Les yeux sombres rivés aux siens la transperçaient.

— Quel est le problème de ton entreprise ?

— Je n'ai aucun problème ! s'exclama-t-elle, furieuse. Je ne veux pas te parler. A moins d'avoir deux millions dont tu ne sais que faire, je ne vois pas en quoi tu peux m'être utile.

— Et si je les ai ? demanda-t-il tranquillement.

— Désolée, je ne suis pas intéressée.

— Tu en es bien sûre ?

Il la contemplait amicalement, les sourcils haussés, son grand corps au repos contre la balustrade. Lexi croisa les bras d'un mouvement nerveux.

— Je ne comprends pas, dit-elle. A quoi joues-tu ?

— Pourquoi ne pas demander cet argent à ton père ? Il ne verrait même pas la différence.

— Ce n'est pas une option.

— Je ne peux pas t'aider si tu ne me dis rien.

— Je ne t'ai pas demandé de m'aider.

Le brouhaha de la fête leur parvenait de très loin, comme la rumeur d'un autre univers. Isolés sur ce balcon, suspendus sous les étoiles scintillantes de la pure nuit texane, ils auraient pu être seuls au monde. Lexi entendait la respiration de Cruz, sa présence emplissait la nuit. Il la contempla longuement, puis hocha la tête comme un homme qui vient de prendre sa décision.

— Tu connais le sénateur qui est ici ce soir ? demanda-t-il.

— Comment ? Oui, bien sûr, pas toi ? Tu n'es pas une femme ; toi au moins, tu peux l'approcher sans risquer une tape sur l'arrière-train.

— Je lui ai parlé tout à l'heure, je me suis présenté. Il est resté poli mais il m'a très vite fait comprendre qu'il était temps de passer mon chemin.

— Il est pompeux.

— Je pourrais racheter tous ses biens sans même m'en apercevoir, soupira Cruz, mais je suis une fortune trop récente pour qu'il daigne m'adresser la parole. A ses yeux, malgré mon beau costume, je suis toujours un morveux du *barrio*. Tu sais comment cela fonctionne, c'est ton milieu.

— Je ne suis pas comme cela, protesta-t-elle.

— Non, mais tu es de leur monde. Dis-moi pourquoi tu ne peux pas t'adresser à ton père pour obtenir l'argent dont tu as besoin.

Un instant plus tôt, elle aurait refusé, mais il venait de lui révéler quelque chose d'intime en lui avouant une humiliation. Elle sentit qu'elle pouvait en faire autant.

— Ma famille est très riche, dit-elle lentement, mais mon père contrôle tout. La compagnie Tristan World Enterprises, c'est lui, personne d'autre et surtout pas moi. Ma grand-mère avait placé une petite somme pour moi et je m'en suis servie pour monter mon institut de beauté. Aujourd'hui, je n'ai que ce que je gagne.

Levant les yeux avec un soupir, elle soutint le regard perçant de Cruz. Un mauvais choix car le fait de plonger dans ces profondeurs lui donna une envie furieuse de l'embrasser. Et peut-être davantage !

— Jed est un vieux tyran, murmura-t-elle. Il y a quelques années, il nous a réunies, mes sœurs et moi, pour nous expliquer qu'il léguerait Tristan World à l'une d'entre nous, une seule. Il nous donnait un certain délai pour faire nos preuves ; la gagnante raflerait la mise dans sa totalité.

Lexi se souvenait encore de ce qu'elle avait ressenti ce jour-là. Son chagrin en comprenant que son père les forçait à choisir entre la compagnie et la fortune qu'elle représentait, ou la famille. Car le sous-entendu était clair : la gagnante ne l'emporterait pas seulement sur le plan matériel, elle obtiendrait aussi l'approbation et le soutien de ce père qui leur avait toujours fait sentir qu'elles devaient se battre pour mériter son affection, et que cette affection pouvait toujours leur être reprise.

— Mes sœurs et moi, nous avions toujours été très proches mais à partir de ce jour, nos rapports ont changé. J'ai compris que travailler pour mon père ne me mènerait pas loin dans cette compétition, alors j'ai démissionné pour monter ma propre affaire. Skye s'occupe de sa fondation et Izzy…

Elle se tut un instant, les sourcils froncés. Ce fut un effort d'achever :

— Izzy brave la mort au quotidien. Tout cela pour t'expliquer que si je réclame quoi que ce soit à mon père, je perdrai ma chance de me retrouver un jour à la tête de la compagnie.

Et elle perdrait également son père, car Jed ne s'intéressait qu'aux vainqueurs.

— J'ai commis une erreur stupide, reprit-elle. J'ai vu trop grand et maintenant je suis deux millions de dollars dans le rouge. Un investisseur privé m'a proposé un prêt par l'intermédiaire de mon banquier. J'ai pris son argent pour m'agrandir et voilà qu'il veut récupérer sa mise. J'ai trois semaines pour tout lui rendre, ou je ferai faillite. A présent, tu connais mon terrible secret. Comment vas-tu t'en servir ?

Elle termina son récit sur le ton du défi, car elle regrettait déjà ses confidences.

— Je vais te donner cet argent, dit Cruz.

Lexi le dévisagea, abasourdie.

— Tu veux dire que tu vas me le prêter ?

— Non, inutile de me le rendre. Je veux quelque chose en échange.

Elle plissa le front, méfiante.

— Qu'est-ce que je peux te proposer qui vaille deux millions de dollars ?

Le regard de Cruz balaya lentement son corps, des orteils délicats révélés par ses escarpins ajourés, à son visage, en s'attardant ici et là… Cette réponse avait le mérite d'être claire, et le corps entier de Lexi exulta — alors même qu'elle rougissait d'humiliation.

— Pas question, articula-t-elle, ignorant le désir brûlant qui explosait en elle.

— Je ne te parle pas de sexe, Lexi, dit-il en souriant. Je n'ai pas besoin de payer pour cela, pas plus aujourd'hui qu'il y a dix ans.

Lexi se troubla, mais réussit pourtant à lancer d'une voix ferme :

— Que veux-tu, alors ?

Le regard sombre de Cruz captura le sien avec une intensité implacable.

— Une entrée dans ton milieu, Lexi. Tu es une Tristan. Ta mère appartient à une grande et vieille famille, de celles qui ont bâti l'Amérique. L'argent, j'en ai à ne plus savoir qu'en faire mais ma fortune ne fera jamais oublier que je suis fils d'immigrés. Je veux autre chose pour mes enfants.

— Comment est-ce que je peux changer cela ? demanda-t-elle.

— Epouse-moi.

Lexi se sentit vaciller. L'épouser ? Cruz voulait l'épouser ?

— Pendant un an, ajouta-t-il à voix basse. Cela devrait me suffire à m'intégrer dans ton milieu. Tu me présenteras à tes amis riches et puissants, y compris ce sénateur ; grâce à toi, ils m'accepteront. Au bout d'un an, nous nous séparerons. Pour cela, je te donnerai deux millions de dollars.

— Tu t'achètes une épouse ?

— Une épouse temporaire.

Lexi sentit brûler ses joues. Au bout de un an, Cruz la planterait là pour épouser une femme qui l'intéresserait réellement sur le plan personnel. Il avait au moins le mérite de jouer cartes sur table.

— C'est absolument impossible.

— Nous passerions un contrat. Rien de plus.

— Un mariage ne peut pas..., balbutia-t-elle. Le mariage a un sens, une valeur réelle. Je ne me marierai pas pour de l'argent.

Elle crut lire dans son regard qu'il la trouvait bien naïve. Peut-être avait-il raison.

— C'est un moyen d'arriver à mes fins, dit-il.

Lexi comprit que malgré la nuit passée avec lui dix ans plus tôt, elle ne savait rien de Cruz. Ou plutôt, elle venait d'apprendre une chose importante à son sujet : il était prêt à tout pour obtenir ce qu'il voulait.

— Mon père serait impressionné, lui dit-elle. Il apprécierait l'audace du projet, et ton mépris total pour les conventions et pour les sentiments des autres.

Lexi ne se donna pas la peine de préciser qu'elle pensait tout le contraire. A ses yeux, d'ailleurs, ressembler à son père n'était pas un atout, loin de là! Après avoir lutté toute sa vie pour attirer l'attention de Jed, elle ne tenait pas à retrouver la même attitude chez son mari!

Donc, elle n'épouserait pas Cruz, pas même pour deux millions de dollars. Parce qu'elle croyait encore en l'amour et espérait trouver un jour l'homme auprès de qui elle choisirait de passer le reste de son existence. Elle voulait la magie d'un avenir à deux, avec un homme sincère qui remercierait la vie de l'avoir rencontrée. Elle refusait de ne représenter qu'une clause d'un contrat... ce qui signifiait qu'elle se retrouvait à la case départ, bloquée dans une situation sans issue.

Elle pensa aux années de travail acharné fournies pour en arriver où elle était aujourd'hui, aux horaires insensés au temps où elle travaillait pour la société de son père, au risque pris en la quittant pour monter sa propre entreprise. Un véritable parcours du combattant. A Vénus & Moi, les premiers temps, elle travaillait autant que dans son poste à Tristan World mais au moins, elle était son propre patron. Elle avait réussi, prospéré… et tout gâché en voulant voir trop grand. A moins que…

L'offre de Cruz était inacceptable, mais elle pouvait peut-être proposer une alternative ? Une autre façon de leur offrir à tous deux ce qu'ils désiraient ? C'était comme cela que l'on faisait des affaires, elle l'avait appris auprès du meilleur businessman de tous : Jed Tristan, son père.

— Je ne t'épouserai pas, dit-elle en se redressant. De toute façon, un divorce ferait baisser ta cote.

Cruz haussa les sourcils comme pour lui demander quelle puissance au monde pourrait le rendre moins désirable.

— Crois-moi sur parole, assura-t-elle. Dans les grandes familles, les mamans sont prêtes à tout pour protéger leurs filles. Un homme qui a déjà divorcé une fois représente un risque, il pourrait quitter leur cher trésor. En revanche… un homme que l'on a plaqué pendant ses fiançailles reste un bon parti. Je ne t'épouserai donc pas mais si tu le veux, nous pouvons nous fiancer. Tu obtiendras ce que tu souhaites : toutes les portes s'ouvriront et les plus grandes familles t'accueilleront chaleureusement.

— Des fiançailles, répéta-t-il lentement.

Elle hocha fermement la tête, sans ajouter un mot.

— Pendant un an ? demanda-t-il.

— Disons six mois. C'est plus que suffisant.

Il contempla la nuit en prenant tranquillement le temps de la réflexion.

— Tu accepterais d'être ma fiancée pendant six mois si je te donnais deux millions de dollars.

Ce n'était pas une question, il résumait simplement les termes de sa proposition. Elle répondit pourtant « oui », simplement pour se prouver à elle-même qu'elle parlait sérieusement.

— Intéressant, dit-il. Moi aussi, j'aurais quelques conditions à poser.

Et pourquoi pas ! La situation était insensée et sans doute irréelle ; d'un instant à l'autre, Lexi allait sans doute se réveiller dans son propre lit, alors à quoi bon hésiter ? Se fiancer pour de l'argent, elle ? Sa mère serait horrifiée. Non pas à l'idée de la voir se fiancer sans amour — cela allait presque de soi dans son milieu — mais à l'idée de la voir se fiancer à un homme comme Cruz. C'était précisément pour cette raison que Cruz avait besoin d'elle.

— Tu viendras vivre sous mon toit pendant la durée de nos fiançailles, disait-il d'un ton réfléchi. Tu coucheras dans ma chambre, et dans mon lit. J'emploie du personnel pour la maison et le jardin, ils discutent forcément de ma vie privée à l'extérieur. Personne ne doit pouvoir soupçonner que nos fiançailles ne sont pas authentiques.

Pour l'amour du ciel !

— Je croyais qu'il n'était pas question de sexe, protesta Lexi d'une voix mourante.

Elle eut droit au plus éblouissant de ses sourires.

— Bien au contraire, dit-il.

Il voulait refaire l'amour avec elle ? La dernière fois, il avait pourtant pris ses jambes à son cou le matin venu. Pensait-il qu'elle se serait améliorée dans l'intervalle ? Cherchait-il à l'humilier une seconde fois ?

— Ce point n'est pas négociable, assena-t-il.

— Dans ce cas, notre accord tombe à l'eau.

Une fois de plus, il haussa les épaules.

— Comme tu voudras.

Et sans un mot de plus, il tourna les talons et s'éloigna. Médusée, Lexi le suivit des yeux. Elle voyait s'éloigner les locaux si accueillants de Vénus & Moi, les parquets luisants, les boiseries dont elle avait elle-même choisi la lasure. Elle voyait les pièces désertées, sans fleurs, sans musique, sans le murmure des clientes qui bavardaient dans le salon de détente en savourant la brise légère des ventilateurs fixés aux plafonds.

Si elle demandait un prêt bancaire, son père le saurait. Il se renseignerait, découvrirait la grossière erreur commise par Lexi… elle perdrait sa chance de se retrouver à la tête de Tristan World. Cruz lui offrait une alternative : tout perdre, ou accepter son argent et gagner sur toute la ligne. Cela valait-il six mois de sa vie ? Que cette indécision était donc douloureuse, et si nouvelle pour elle ! La difficulté n'était pas tant la question des fiançailles, mais la perspective de partager le lit de Cruz. Car cela, Lexi l'avait déjà fait, à son grand regret. Le pire était qu'elle comprenait parfaitement pourquoi il exigeait cela ! Le personnel parlerait, c'était inévitable, et si une rumeur venait mettre en doute la réalité de leurs fiançailles, le projet entier tomberait à l'eau.

Pouvait-elle aller jusque-là ? Cela en valait-il la peine ? Faisant un effort pour maîtriser sa voix, elle lança :

— Dans ce cas, j'ai aussi des conditions.

Se retournant vers elle, Cruz attendit la suite.

— La fidélité, dit-elle. Si tu veux que je couche avec toi, il n'y aura personne d'autre.

Pour la seconde fois, son regard la détailla de bas en haut.

— Tu crois être capable de me satisfaire ?

Cela, elle en doutait fort, mais là n'était pas la question !

— En fait, je m'en fiche, dit-elle franchement. C'est mon dernier mot. A prendre ou à laisser.

— Tu n'es pas en position de lancer un ultimatum, Lexi. Tu as besoin de cet argent.

— J'ai besoin d'un prêt, riposta-t-elle. Tu n'es pas le seul à pouvoir me signer un chèque ! En revanche, peu de femmes sont en mesure de t'apporter ce que tu veux. Je peux parfaitement négocier ma participation, Cruz, et la fidélité est incontournable.

Il approuva de la tête.

— Comme tu voudras.

Aussi simplement que cela ? Il était plus séduisant que jamais et si les souvenirs de Lexi étaient justes, il se montrait insatiable au lit, une véritable bombe.

— Si tu me trompes, insista-t-elle, je te plante là et tout le monde saura ce que tu as voulu faire. Tu verras toutes les portes que je t'aurai ouvertes te claquer au nez.

— C'est d'accord. Et la même clause vaut pour toi : tu dois renoncer à tes propres conquêtes.

— Pas de problème.

Ce n'était pas un sacrifice car de son côté, elle n'avait personne à qui renoncer !

— Et au bout de six mois, nous nous séparons et tout se termine là, reprit Cruz.

— C'est bien comme cela que je comprends les choses.

— Tu ne pourras rien dire ou faire pour me convaincre de rester.

Avec un bref sourire, il précisa :

— Certaines femmes ont commis l'erreur de tomber amoureuses de moi.

Lexi leva les yeux au ciel.

— Il faut être un vrai sportif pour porter un ego comme le tien, observa-t-elle. Ne te fais aucun souci, Cruz, je ne m'attacherai pas. Au bout de six mois, je partirai sans me retourner.

— Parfait. Dans ce cas, nous sommes d'accord.

— Je veux encore une chose : savoir qui cherche à couler mon entreprise. Vu la façon dont les choses se sont passées, j'ai la nette impression qu'il s'agit d'une attaque délibérée, personnelle. Je veux savoir qui m'a fait ça et pourquoi.

— Pourquoi crois-tu que je peux te trouver cette information ?

— Mon instinct me le dit. Je suis sûre que tu peux le faire et moi, je veux savoir.

Savoir, comprendre et aussi se venger. On ne s'attaquait pas impunément à une Tristan !

— Marché conclu, dit-il en revenant vers elle d'un pas tranquille. C'est bien tout, cette fois ?

Instinctivement, Lexi recula. Elle ne pouvait pas réfléchir quand il envahissait son espace !

— Je… Je pense que c'est tout.

— Parfait. Tu auras ton chèque à l'ouverture des banques demain matin.

Ils venaient de passer un accord, ils devaient le sceller d'une façon ou d'une autre. Il s'approchait toujours et elle se voyait mal entériner une convention pareille d'une poignée de main ! Déjà, il lui enlaçait la taille, l'attirait vers lui…

Elle eut envie de lui résister ; cela ne lui valait rien de s'approcher physiquement de Cruz. Elle devait garder la tête froide, se protéger à tout prix… Puis ses pensées s'envolèrent car il l'embrassait : un baiser brûlant qui s'emparait d'elle en anéantissant sa volonté. Une heure auparavant, elle aurait soutenu qu'un baiser ressemble beaucoup à un autre, et qu'il n'existe qu'un nombre limité de variations ; mais il s'agissait de Cruz, et elle était incapable de lui résister.

Quand il la prit dans ses bras, elle vint instinctivement à sa rencontre. Toute pensée lucide s'envola, elle sut seulement qu'elle brûlait de se fondre à ce corps solidement musclé qui lui offrait un havre sûr. La chaleur de sa langue lui promettait des délices. Elle entrouvrit les lèvres et frémit, éblouie par un feu d'artifice de sensations. Perdant toute retenue, elle s'accrocha aux épaules de Cruz, lui pétrit le dos. Elle aurait voulu le dévorer, soudain.

Son désir était si intense qu'elle eut peur. Cruz aurait pu la posséder maintenant, tout de suite, et elle l'aurait laissé faire sans se préoccuper de savoir si on les entendait avoir du plaisir. L'image était si tangible, qu'elle recula en tremblant, effrayée par cet abandon total. Elle qui s'arrangeait toujours pour ne jamais perdre le contrôle d'elle-même, elle était sans défense face à Cruz.

Ils se contemplèrent. Lui aussi avait le souffle court. Au moins, elle n'était pas la seule à être bouleversée par ce baiser.

— Nous allons passer des moments intéressants ensemble, chuchota-t-il. Je te laisse une semaine pour t'organiser. Je te donnerai mon adresse et la clé de la maison demain, en même temps que mon chèque.

Et il s'en alla, se fondant dans la nuit, la laissant seule sur le balcon de sa maison d'enfance. Sans le désir furieux qui incendiait son corps, Lexi aurait presque pu croire qu'elle venait d'imaginer toute la scène ; croire qu'elle ne venait pas de vendre, sinon son âme, au moins son corps à Cruz Rodriguez pour deux millions de dollars.

— C'est le prix à payer pour rester dans la course, murmura-t-elle tout bas.

Voilà ce que son père lui avait enseigné : « Pour obtenir ce que l'on désire, il faut savoir payer le prix. » Le contrat conclu avec Cruz pouvait la sauver, du moment qu'il n'était question que de son temps et de son corps. Du moment qu'elle n'oubliait jamais que son cœur ne jouait aucun rôle dans l'accord qu'elle venait de passer.

L'entreprise Cruz Control occupait un terrain de cinq hectares à mi-chemin de Dallas et Fort Worth. S'il l'avait voulu, Cruz aurait pu revendre ce site dix fois ce qu'il l'avait payé. Les promoteurs ne cessaient de sonner à sa porte ; il les écoutait avec courtoisie avant de les renvoyer bredouilles. Il possédait suffisamment d'argent, il aimait juste sentir qu'il possédait une chose que beaucoup d'autres désiraient.

Derrière l'immeuble de cinq étages abritant ses bureaux se dressait le garage dont il rêvait quand il était petit. Cinq postes de travail à l'origine, vingt aujourd'hui, avec un secteur entier réservé aux prototypes. Et derrière le garage, un circuit d'essai.

Cruz travaillait dans le rugissement perpétuel des moteurs et pour lui, c'était le paradis.

En arrivant le lendemain du gala à Glory's Gate, il se posta sur le seuil pour contempler son domaine. Il lui arrivait parfois d'oublier un peu ses origines mais ce matin, le passé semblait tout proche, il sentait la présence du gosse de douze ans qu'il avait été, il ressentait sa rage. Ce gosse qui s'était juré de faire mieux que simplement survivre, juré de réussir et de susciter le respect, où qu'il aille…

Une voix criait son nom. Cruz vit Manny, son gérant et aussi son meilleur ami, qui lui faisait signe de le rejoindre.

— Ces freins ne valent rien, clamait-il, excédé. La conception est ratée, je vais devoir tout reprendre. A moins que tu ne veuilles t'en charger ?

— Pas aujourd'hui.

Cruz se sentait incapable de réfléchir à un problème de ce genre. Pour cela, il faudrait de la concentration, et il ne tenait pas en place ! Quand il regardait autour de lui… A l'âge de quinze ou vingt ans, il croyait passionnément à la réussite, il remuait ciel et terre et travaillait comme un fou, mais il n'imaginait pas un seul instant en arriver où il était aujourd'hui. Il était parti de rien, disputant sa première course alors qu'il avait à peine quatorze ans, au volant d'une Corolla volée. Une course « au coupon rose », le système clandestin selon lequel le vainqueur prenait la voiture du perdant. Quand il s'était présenté au volant de la Corolla blanche, tout le monde avait ri de ce gosse qui pensait pouvoir gagner avec une telle poubelle. Ils ne savaient pas que depuis des semaines, Cruz regardait le propriétaire bichonner son auto, ajouter un turbo, régler la compression.

Cruz était arrivé en roulant lentement, pour que personne ne devine ce qu'il avait sous le capot. Cette première victoire, facile, lui avait valu une Ranger. Par chance, l'autre voiture appartenait réellement à son chauffeur ; du côté de Cruz, le coupon rose d'immatriculation de la Corolla était un faux.

Tard dans la nuit, il était allé reconduire la Corolla chez son propriétaire et dès le lendemain, il avait entrepris d'améliorer la Ranger. Deux semaines plus tard, il était de retour sur le circuit et bientôt, il se taillait une petite célébrité en concourant comme un démon et en remportant souvent la victoire.

— … la courroie de transmission, disait la voix de Manny. Cruz, tu m'écoutes ?

— Désolé, je… non, avoua celui-ci.

Manny, dix ans de plus que Cruz et le bon sens incarné, le dévisagea attentivement avant de demander :

— Bon. C'est quoi, ton problème ?

— Je viens de me fiancer avec Lexi Tristan.

Manny lui empoigna le bras pour l'entraîner dans son bureau, loin des oreilles indiscrètes.

— Quoi ? Dis-moi que tu plaisantes.

— Ne te mets pas dans un état pareil. Nous avons passé un accord tous les deux. Rien de plus.

Il expliqua la nécessité où se trouvait Lexi de rembourser deux millions de dollars et conclut :

— Et moi, j'aurai ce que j'ai toujours voulu.

— Tu as déjà tout, protesta Manny.

— Pas tout à fait. Elle va m'ouvrir les portes de son milieu.

— Tu te fiches des gens de la haute. Tu trouves leurs femmes ennuyeuses au possible.

— Il ne s'agit pas des femmes, dit Cruz en se souvenant de la façon dont le sénateur l'avait renvoyé.

Manny secoua la tête, atterré.

— Alors des types pleins aux as vont te serrer la main et ça changera la face du monde ? Tu n'as pas besoin de ça, Cruz.

— Tu ne comprends pas ce que je cherche.

Et c'était vrai. Manny ne comprenait pas parce qu'il n'avait jamais désiré autre chose que ce qu'il possédait déjà : un job passionnant, une femme qui l'aimait, des enfants adorables. Cruz voulait… davantage. Au fond de lui, il sentait un vide béant qu'il lui fallait remplir. S'imposer dans un monde qui l'avait toujours méprisé, ce serait un début. Se montrer partout avec la femme qui, pour lui, symbolisait cet univers, tandis qu'elle mettait son nom, sa lignée et ses contacts à sa disposition. Dans six mois, sa position serait inattaquable.

— Lexi ne compte pas, dit-il à son ami. Elle représente juste le moyen d'arriver à mes fins.

— Elle est beaucoup plus que cela, riposta Manny. Si tu cherches à l'intéresser, tu te présentes sous le jour le moins flatteur qui soit. A mon avis, elle est celle que tu n'as pas pu avoir.

« Mais je l'ai eue », pensa Cruz.

— Eh bien, répliqua-t-il, ce sera l'occasion de me débarrasser de ma fascination pour elle. Dans six mois, je passerai à autre chose.

— Tu es en train de commettre une grossière erreur. Cette histoire se retournera contre toi.

— Ce ne sera pas la première fois !

Cruz éclata de rire. Il se sentait tout à coup euphorique, capable d'affronter le monde entier. Contrarié, son ami secoua la tête.

— Tu ne vois pas le problème, n'est-ce pas ? Très bien, tu devras attendre que le ciel te tombe sur la tête. Bonne chance, petit.

— Deux millions de dollars, lança négligemment Lexi en tendant le chèque à son banquier.

Stupéfait, John se pencha pour vérifier le montant.

— C'était rapide !

— Je tiens à régler cette affaire le plus vite possible. Combien de temps faudra-t-il pour régler toutes les formalités ?

— Je ferai parvenir les documents au créancier aujourd'hui même ; vous devriez avoir vos exemplaires dès demain.

— Parfait.

Lexi avait hâte de se débarrasser de son investisseur mystère. Elle tenait toujours à savoir qui tentait de couler son affaire, mais elle ne se faisait plus aucun souci : Cruz lui trouverait l'information, elle en était certaine. Et si cette information, comme ce chèque, avait un prix, elle assumerait. Il ne lui restait que six jours avant de devoir s'installer sous le toit de Cruz. Et que se passerait-il alors ? Cela, elle refusait d'y penser aujourd'hui.

— Et si je vous demandais comment vous avez obtenu les fonds ? hasarda John.

— Vous n'auriez pas de réponse.

— Très bien. Je suis heureux que vous ayez pu trouver cet argent.

— Moi aussi ! Merci, John.

— Mais de rien, dit le banquier en se levant pour lui tendre la main. Je suis sincèrement désolé que cet investisseur vous ait créé un tel problème. Il a déjà financé plusieurs affaires par notre intermédiaire, et cette situation ne s'est jamais présentée auparavant. Je ne comprends toujours pas…

— Heureusement, tout se termine bien, coupa Lexi avec un sourire rassurant.

John n'était pas en cause, il lui avait recommandé l'investisseur en toute bonne foi. En revanche, cet investisseur s'en était pris à elle délibérément, en cherchant à la pousser à la faillite ou tout au moins à lui faire une grosse frayeur. Lexi ne serait pas tranquille tant qu'elle ne saurait pas qui et pourquoi.

La compagnie Tristan World occupait un gratte-ciel entier dans le quartier financier de Dallas. L'entrée principale ressemblait à un temple avec son sol de marbre, ses boiseries et ses fresques. Des vigiles en uniforme accueillaient les élus et repoussaient ceux qu'ils jugeaient indignes d'entrer. Petite fille, Lexi adorait venir ici. Tout le monde connaissait son papa, et tout le monde s'intéressait à elle. Pendant quelques heures rares et précieuses, le grand homme se comportait enfin comme si elle comptait pour lui ; de retour à la maison, il la rendait aussitôt à la nounou avant de disparaître dans son bureau. C'était uniquement lorsqu'ils venaient dans ce building si impressionnant qu'elle représentait quelque chose pour Jed.

Lorsque, ses études terminées, Lexi était venue travailler ici, elle prenait directement l'ascenseur du garage au sous-sol jusqu'à son étage. C'était seulement quand l'occasion se présentait de passer par le hall, comme aujourd'hui, qu'elle se souvenait de ce qu'elle ressentait en arrivant ici au côté de son père.

Elle se présenta au poste de sécurité en tendant son permis de conduire pour s'identifier ; le préposé lui fit signe de passer sans regarder le document. En le remerciant d'un signe de tête, elle pensa que son père serait mécontent de savoir que l'on réservait un traitement particulier aux membres de sa famille. Dans son empire, la naissance ne vous donnait aucun droit, et chacun devait mériter ses privilèges.

Au dernier étage, la réceptionniste lui sourit en lui faisant également signe de passer. Lexi frappa un coup bref à la porte massive du bureau de son père et entra ; campé devant la paroi vitrée qui dominait toute la ville, le grand homme se retourna vers elle d'un mouvement irascible. A soixante-huit ans, Jed Tristan était encore un bel homme. Très grand, taillé en athlète et doté d'une écrasante autorité naturelle, sa présence dominait n'importe quelle assemblée.

— Tu ne vas pas le croire, gronda-t-il. Moi-même, je n'y crois pas. Ce crétin, ce fumier…

— Que se passe-t-il ? demanda Lexi, interdite.

S'emparant d'un dossier sur son immense bureau, Jed Tristan l'agita au-dessus de sa tête.

— Du dopage. Du dopage ! C'est plus qu'insultant, c'est

absolument impossible. Ils ne peuvent pas croire que je serais assez stupide.

— Du dopage dans ton écurie de courses? s'écria Lexi, stupéfaite.

Jed arpentait la moquette épaisse qui étouffait ses pas.

— C'est ça! A quoi bon tricher pour gagner? Moi, je veux de vraies victoires.

Du dopage dans l'écurie Tristan, c'était effectivement impossible. Les chevaux de Jed vivaient comme des rois dans leur écurie de luxe. Jed ne tricherait jamais avec eux, et aucun de ses employés ne s'y serait risqué, sachant que quiconque enfreindrait les règles serait immédiatement mis à la porte, après s'être fait assommer par le patron en personne.

— Explique, demanda Lexi.

— Je viens de recevoir les résultats d'un test de routine. Quand je saurai qui a fait ça, je le mettrai en pièces.

Se retournant vers Lexi, il lança :

— Et tu sais le plus lamentable? Je recevais des hommes d'affaires chinois. Je voulais les distraire un peu, peut-être les impressionner au passage, et les ai emmenés à l'écurie pour leur montrer comment on fait les choses chez nous, au Texas. Et c'est là, au beau milieu de la visite guidée, que j'ai eu la nouvelle.

Il lâcha un juron furieux.

— Ça a tout gâché! Je ne comprenais pas un mot de ce qu'ils disaient mais le sens était clair : ils refusaient de faire affaire avec un tricheur. J'aurais réagi comme eux. J'ai raté ce contrat, là, devant le box.

Lexi fronça les sourcils, troublée. Cette histoire sonnait faux. Le *timing* était trop parfait, comme si quelqu'un avait délibérément cherché à faire échouer la rencontre avec ces Chinois. A moins qu'elle ne finisse par voir le mal partout?

— Je suis désolée, dit-elle.

Son père haussa les épaules.

— Ce sont des choses qui arrivent. Cela ne me dérange pas

de perdre pour une raison valable mais cette fois… Je tirerai cette histoire au clair et je peux te garantir que le responsable ira reprocher à sa maman de ne l'avoir pas noyé à la naissance.

Lexi hocha la tête, sachant que Jed disait vrai. Reprenant place derrière son bureau, celui-ci leva les yeux vers elle.

— Tu n'es pas venue pour cela, Lexi. Que puis-je faire pour toi ?

Elle prit un instant pour rassembler ses pensées. Comment Jed allait-il prendre la nouvelle de ses fiançailles ? Elle n'en avait aucune idée. Une chose était sûre : il ne lui donnerait pas sa bénédiction comme un père ordinaire. Allait-il exploser de rage ? C'était possible.

— Je me suis fiancée, dit-elle.

Les yeux très bleus de Jed ne trahirent aucune émotion.

— Je le connais ? demanda-t-il simplement.

— C'est Cruz Rodriguez. Le patron de Cruz Control.

— Il est riche ?

— Très.

— Mexicain ?

— Il est né aux Etats-Unis.

Jed poussa un bref grognement.

— Tu comprends parfaitement ce que je veux dire. C'est donc un fils d'immigrés. Si c'est lui que tu veux, je vais prendre des informations sur lui et m'assurer qu'il peut s'offrir une femme comme toi.

Lexi réprima un soupir d'irritation.

— Je ne suis pas exactement un fardeau financier. J'ai une affaire prospère.

Grâce à Cruz, et seulement depuis ce matin !

— Je ne veux pas que tu épouses un petit fumiste qui en a après ton argent.

Lexi se souvint d'Andrew, et comprit qu'elle ne pouvait pas en vouloir à son père pour sa réaction.

— Moi non plus, je ne veux pas cela, dit-elle d'une voix ferme.

— Alors si tu es heureuse, je suis heureux pour toi.

— Je suis heureuse, dit-elle.

Ou du moins satisfaite. Cet arrangement durerait six mois, et elle pensait pouvoir tout supporter l'espace de six mois. Puis elle se souvint du baiser de Cruz et sut que « supporter » n'était pas le mot juste.

— Je pensais que tu serais peut-être contrarié, reprit-elle, abasourdie par la facilité avec laquelle se déroulait l'entretien. Après tout, tu as pris en main le mariage de Skye.

Jed prenait plaisir à manager les événements, et il n'était pas homme à laisser une considération mineure comme les sentiments de sa fille se mettre en travers de son chemin.

— Tu as toujours montré davantage d'indépendance que Skye, répondit-il. Est-ce que tu épouserais un homme parce que je te demanderais de le faire ?

— Non.

— Alors pourquoi nous faire perdre notre temps à tous les deux ?

Médusée, elle le contempla en secouant la tête. Son père la connaissait mieux qu'elle ne le pensait !

— Les affaires sont bonnes ? lui demanda-t-il.

— Très bonnes.

— Tu penses toujours avoir fait le bon choix en quittant Tristan World ?

— Tant que je travaillais ici, je ne pouvais être que la fille du grand patron. Je veux davantage. Je pensais que cela, tu le comprendrais.

— Je comprends très bien, petite.

Il sourit subitement en lançant :

— Tu as annoncé la grande nouvelle à ta mère ?

— Je lui ai envoyé un mail.

— Je me demande ce que pensera cette Yankee prétentieuse en apprenant que sa fille épouse un Cruz Rodriguez.

— Je n'en ai pas la moindre idée.

Du point de vue de Lexi, sa mère avait perdu le droit d'exprimer une opinion le jour où elle était partie en abandonnant là sa fille unique de trois ans.

— J'aimerais voir sa tête, jubilait Jed. Assister à l'explosion.

— Il n'y aura pas d'explosion. Il n'y aura rien du tout.

Pour produire une explosion, il faudrait des émotions, des sentiments, tout ce que décourageait si fermement cette mère que Lexi connaissait à peine. Un instant, elle se demanda pourquoi Cruz tenait tant à entrer dans cet univers.

— Tu n'as pas tort, repartit Jed. Eh bien, félicitations. Dis à ma secrétaire ce qui te ferait plaisir comme cadeau de fiançailles. Elle passera la commande.

La formule était familière, Jed avait toujours ordonné à ses filles de dire à la nounou ce qu'elles voulaient pour Noël, de façon que sa secrétaire puisse commander leurs cadeaux. A Glory's Gate, il n'avait jamais été question du Père Noël. Pourquoi, pourquoi fallait-il qu'elle aime son père ? se demanda Lexi pour la centième fois. Jed n'était pas un être attachant. La vie serait si simple si elle parvenait à le voir tel qu'il était, si elle cessait d'attendre quoi que ce soit de sa part ! En demandant l'impossible, elle se créait une souffrance inutile.

— Je verrai cela avec Cruz, dit-elle en se levant.

Contournant le grand bureau, elle alla poser un baiser sur la joue de son père.

— Au revoir, papa.

— Au revoir. Je te dirai ce que j'aurai appris sur le compte de ce garçon. Nous verrons si tu as su faire le bon choix.

— C'est trop aimable à toi.

Il éclata de rire. Lexi quitta la pièce sans se retourner, et respira plus librement une fois qu'elle fut dans le couloir. L'entrevue s'était révélée plus facile qu'elle ne s'y attendait, son père acceptait la situation sans protester. Restait maintenant à annoncer ses prétendues fiançailles à ses sœurs. Ce serait autrement compliqué !

Chapitre 3

Lexi étudia attentivement les documents expédiés par son banquier. Elle était libre… ou tout au moins libre de ses obligations financières ; en revanche, d'ici à quelques jours, elle allait devoir emménager chez Cruz.

Ouvrant le tiroir supérieur de son bureau, elle contempla l'enveloppe blanche qui lui était parvenue le matin même. Une enveloppe qui contenait une clé et une adresse. A quoi ressemblait la maison de Cruz ? Et si elle passait là-bas discrètement, pour repérer les lieux ? Non, elle n'en avait aucune envie. Il lui semblait qu'elle découvrirait bien assez tôt le cadre dans lequel elle devait passer les six prochains mois. Pour l'instant, elle préférait repousser l'inévitable.

Ce n'était pas tant l'idée de vivre sous le toit de Cruz qui la réveillait en sursaut au milieu de la nuit. Plutôt le fait de dormir avec lui… ou plus précisément, de se retrouver dans son lit sans qu'il soit question de dormir. L'idée la terrifiait et l'excitait tout à la fois. Aucun être au monde ne lui faisait autant d'effet que Cruz mais… le souvenir de leur première nuit et la façon dont il s'était enfui à l'aube lui faisaient encore mal.

Bien, décida-t-elle, le moment était venu de relativiser la situation. Leur rencontre remontait à dix ans. Dix ans plus tard, son souvenir déformait forcément la réalité, et leur nuit d'amour n'avait sans doute pas été si stupéfiante. Peut-être simplement… ordinaire. Après tout, pour elle, il s'agissait de la première fois, et elle n'avait aucun point de comparaison.

Faire l'amour avec Cruz, ce n'était sans doute pas une telle affaire. Ou du moins, elle pouvait toujours l'espérer!

La porte de son bureau s'ouvrit à la volée. Médusée, Lexi vit Skye entrer à grands pas furieux. Ses yeux verts lançaient des éclairs, et elle brandissait le journal local. Sur ses talons, Dana fit une entrée plus discrète et referma la porte sans bruit.

— Dis-moi tout de suite, s'écria Skye, c'est un de leurs stupides ragots people ou c'est vrai? Ah, c'est vrai, je le vois à ta tête. C'est vrai, mais tu n'as pas envisagé d'en parler à ta propre sœur. J'ai été obligée d'apprendre ça par la presse, comme le reste de la population du Texas.

Dans un grand claquement, elle abattit le journal sur la table de travail de Lexi. Celle-ci la dévisageait sans comprendre, étourdie par cette interruption fracassante de sa méditation solitaire. Baissant les yeux sur le journal, elle réprima un hoquet de saisissement en découvrant une photo d'elle, une photo de Cruz, et un énorme titre annonçant leurs fiançailles. Aussitôt, la colère la prit à la gorge. Comment Cruz avait-il pu faire cela sans la consulter? Pourquoi? Cherchait-il à s'assurer qu'elle ne changerait pas d'avis? Il ne lui faisait pas confiance! Très bien, il le lui paierait… mais elle s'occuperait de lui plus tard; pour l'instant, elle devait s'expliquer avec sa sœur.

Sautant sur ses pieds, elle contourna son bureau en s'exclamant :

— Je suis absolument désolée. Je m'apprêtais à tout te raconter.

— Oh, parfait! Et tu crois que ça suffit à tout arranger? Je sais que les choses sont un peu tendues entre nous ces derniers temps mais j'attendais tout de même mieux de ta part. Au nom du ciel, comment as-tu pu prendre une décision aussi importante sans m'en parler du tout?

Vite, Lexi entraîna sa sœur vers le canapé. La présence attentive mais silencieuse de Dana la troublait. Seule avec l'une ou l'autre, elle aurait trouvé les mots pour se sortir d'affaire; c'était injuste qu'elles soient venues à deux! Quand la jeune policière prit place en face des deux sœurs, Lexi nota qu'elle semblait plus perplexe que bouleversée. Comment leur présenter la situation? Lexi pensait disposer de plus de temps pour préparer ses explications! Quand elle tiendrait ce maudit Cruz…

— C'est presque l'heure du déjeuner, dit-elle. Je nous commande un thé et des sandwichs?

— Pas question, lança Dana. J'ai horreur du pain qu'ils servent ici. J'ai l'impression de manger des brindilles.

— C'est très bon pour la santé, protesta Lexi.

— Assez parlé gastronomie! clama Skye. Tu ne réussiras pas à te défiler, Lexi, surtout avec des tisanes et des sandwichs végétariens.

Un instant, elle sembla au bord des larmes.

— Tu t'es fiancée sans m'en parler, chuchota-t-elle.

Lexi savait gérer la colère, mais ce chagrin… Elle eut tout à coup affreusement honte.

— Je suis désolée, répéta-t-elle en serrant les mains de sa sœur entre les siennes. Vraiment désolée. Tout s'est passé si vite. J'allais t'en parler, bien sûr que j'allais le faire. Je ne savais pas que Cruz donnerait si vite l'information aux journalistes. J'aurais donné n'importe quoi pour que tu ne l'apprennes pas de cette façon.

— Mais tu l'as seulement rencontré la semaine dernière! C'était à mon gala, je vous ai présentés.

Lexi baissa la tête.

— Pas exactement. Cruz et moi, nous sommes de vieilles connaissances. Notre première rencontre remonte à dix ans.

Elle aurait aimé pouvoir avouer la véritable raison de ses fiançailles, mais ce genre de franchise était devenu impossible. En les mettant en compétition pour l'héritage des Tristan, Jed avait profondément altéré le lien qui unissait ses filles. Tant que cette question ne serait pas tranchée, elles ne pourraient plus se confier aveuglément les unes aux autres. Tout aurait été simple si seulement Jed avait accepté de morceler son empire!

Lexi s'intéressait uniquement à Tristan World, Skye voulait Glory's Gate… mais ce genre de compromis ne convenait pas à leur père qui voulait arbitrer la course et accorder la récompense au vainqueur !

Evitant le regard de Dana, Lexi se concentra sur Skye. Avec Dana, les choses se situaient sur un autre plan ; Lexi savait qu'elle devrait lui fournir des réponses dès qu'elles seraient seules toutes les deux. Peut-être pourrait-elle même lui révéler une partie de la vérité ? Elle verrait cela plus tard ; pour l'instant, il était temps de se lancer dans son récit.

— J'ai rencontré Cruz pendant ma première année de fac, dit-elle. Je suis allée à une fête avec un groupe d'amis et tout le monde parlait d'un garçon et d'une course au coupon rose.

— Le titre de propriété d'une voiture, expliqua Dana à Skye qui la regardait sans comprendre. Deux concurrents font la course, le gagnant prend la voiture du perdant. Si tu perds la course, tu perds ta voiture.

— Mais qui ferait une chose pareille ? demanda Skye, abasourdie.

— C'est un sport macho, lâcha Dana en haussant les épaules. Les hommes sont des imbéciles. C'est donc comme cela que Cruz a fait ses débuts ?

Lexi approuva de la tête. Elle ne savait presque rien du passé de Cruz mais de loin en loin, il lui arrivait d'aller à la pêche sur internet pour glaner des informations. Parti de rien, elle l'avait vu bâtir de ses mains un véritable empire.

— Tous les garçons y ont laissé leur voiture, raconta-t-elle. Ils étaient fous de rage. Quant aux filles, elles s'intéressaient surtout à lui.

Elle le revoyait encore ce soir-là, si grand, si brun, un peu inquiétant, avec un sourire éblouissant qui semblait promettre des délices illicites. Son rire lui donnait la chair de poule, le soleil couchant enveloppait sa peau mate d'un halo doré. Fascinée, elle ne le quittait pas des yeux et lui aussi semblait s'intéresser à elle — mais elle était trop timide pour flirter avec lui comme les autres filles.

— Cruz est venu me parler, reprit-elle. Je ne savais pas quoi lui dire ou comment me comporter, alors j'ai dit que moi aussi, je voulais faire la course.

— Non! protesta Skye, horrifiée.

— Bravo, murmura Dana. Et comment cela s'est-il terminé?

— Je n'avais aucune expérience.

Voyant une lueur dans le regard de Dana, elle haussa les épaules avec impatience et enchaîna :

— Je n'avais même jamais eu d'amende pour excès de vitesse. J'ai perdu de très loin et il a pris ma voiture.

— Ce n'était pas très gentil, protesta Skye en fronçant les sourcils.

— C'était son métier, fit remarquer Dana, plus pragmatique. Lexi est jolie, mais il en faut davantage pour qu'un homme renonce à son gagne-pain.

— Merci, répliqua aigrement l'intéressée.

— Tu comprends ce que je veux dire.

Lexi comprenait effectivement. Sa voiture, une Mercedes neuve, valait soixante mille dollars. Quel garçon aurait renoncé à un bijou pareil simplement pour faire plaisir à une fille?

— Je l'ai revu à une autre fête, nous avons parlé. J'étais humiliée d'avoir perdu ma voiture alors j'ai demandé ma revanche. Il s'est mis à rire et il m'a embrassée. C'est là que tout a commencé.

Skye se campa devant elle, les mains sur les hanches.

— Tu as couché avec lui? Tu as couché avec lui alors qu'il t'avait pris ta voiture?

— Tu m'étonneras toujours, observa Dana. Respect!

Oui, elle avait fait l'amour avec Cruz et vécu une nuit fabuleuse. Le lendemain matin, en revanche… Mais cela, elle n'en parlerait pas. Elle mentit.

— Le lendemain matin, j'ai pris peur et je suis partie. Je sentais que je risquais de faire la bourde de ma vie.

— Et il t'a cherchée, soupira Skye avec un soupir ému.

Lexi la dévisagea, médusée. Malgré un mariage arrangé et un veuvage, Skye voyait encore le monde à travers un filtre rose bonbon.

— Quelque chose comme cela, murmura-t-elle.

Le lendemain, elle s'était réveillée sur un petit nuage, comblée, ivre de tendresse et persuadée qu'un lien profond la reliait à Cruz. Alors que lui… Cette panique dans son regard, et cette façon de jaillir du lit comme s'il redoutait qu'elle ne l'y enchaîne ! Elle se souvenait encore de ce qu'elle avait ressenti, chagrin, humiliation, colère. Jusqu'à cet instant, tous les garçons se traînaient à ses pieds, ils se mettaient en quatre pour lui plaire. Et Cruz, si merveilleusement tendre la nuit précédente, lui répondait par monosyllabes, s'habillant à toute vitesse, jetant des regards en coin vers la porte. Ulcérée, elle avait eu besoin de tout son courage pour se planter devant lui, nue, et pour lui lancer cette phrase qu'elle n'oublierait jamais : « Ne t'inquiète donc pas, Cruz. Les filles comme moi ne sortent pas avec des garçons comme toi. Nous nous les offrons juste pour le plaisir. » Il avait été surpris, blessé peut-être ; impossible de deviner ce qu'il ressentait. Tout ce qu'elle avait vu avant de se rhabiller en hâte et de filer en claquant la porte, c'était son visage neutre, vidé de toute expression.

Au fil des mois, elle s'était efforcée de se convaincre que Cruz ne comptait pas. Malheureusement, elle avait beau se répéter qu'au fond, elle s'en tirait à bon compte, qu'il n'était pas un garçon pour elle…, elle ne parvenait pas à l'oublier.

— Il est toujours resté quelque chose entre nous, dit Lexi à Skye, sachant que ça, c'était vrai. La semaine dernière, après ton gala, nous avons parlé toute la nuit. Nous avons compris que nous étions amoureux depuis toujours.

Depuis quand mentait-elle avec autant de virtuosité ? Réprimant un soupir, elle conclut :

— Nous avons décidé de nous fiancer. C'était impulsif mais je ne regrette rien. Si : je regrette de t'avoir fait de la peine, Skye. J'avais envie de garder nos fiançailles comme un délicieux secret pour moi toute seule, mais j'aurais dû mieux réfléchir.

— Tu m'en aurais parlé, avant ? demanda Skye. Ta réaction a un lien avec Jed ?

Dana leva la main comme un arbitre qui interrompt un match.

— On ne change pas de sujet, décréta-t-elle. Battez-vous au sujet de Cruz, rien d'autre.

« Jusqu'à tout récemment, nous n'avions pas besoin d'un arbitre », pensa tristement Lexi. Que Jed aille au diable avec ses jeux de pouvoir !

— Ce n'est pas une manœuvre, dit-elle à voix basse. Je te le jure.

Skye scruta longuement son visage.

— Bon, je peux te comprendre, soupira-t-elle enfin. Tu es tombée amoureuse. C'est assez stupéfiant, quand on y pense.

Sa colère était tombée, elle souriait, émue. Risquant un regard de côté, Lexi vit Dana lever les yeux au ciel. Spontanément, Skye la serra dans ses bras.

— Je suis heureuse pour toi !

— Merci. Je suis heureuse, moi aussi.

— Tu te rends compte ? Fiancée ! Je me demandais quand tu baisserais ta garde. Moi qui croyais que tu avais trop peur d'aimer, surtout après Andrew ! Dire que pendant tout ce temps, tu avais donné ton cœur à un autre. C'est merveilleux.

C'était surtout absurde, pensa Lexi. En même temps, elle découvrait avec un certain malaise l'image que Skye avait d'elle. Peur d'aimer, incapable de baisser sa garde ? Ce n'était pas du tout cela ! Le plus souvent, elle ne créait pas de liens durables avec les hommes parce que… mais parce que… Eh bien, pour de très bonnes raisons, qui ne lui venaient pas à l'esprit à cet instant précis. Skye l'arracha à ses pensées en pressant sa main avec jubilation.

— Il faut fêter ça ! Je vais organiser une énorme réception pour tes fiançailles.

— Attends ! s'écria Lexi, au bord de la panique. Nous n'avons pas besoin d'une réception. Enfin, pas tout de suite. Laisse-moi m'habituer à l'idée d'être fiancée.

— Ne sois pas ridicule. Je me chargerai de tout. C'est ce que je fais le mieux, n'est-ce pas ? J'organise des fêtes et j'élève ma fille. Ce n'est pas comme si j'avais une vraie carrière.

Interdite, Lexi fronça les sourcils.

— Il y a un problème ? La façon dont tu dis cela…

— Je ne dis rien du tout, répliqua Skye en se penchant pour ramasser son sac à main. Désolée. C'est une bonne nouvelle. Félicitations. J'ai hâte de le rencontrer de nouveau et de lui dire qu'il a intérêt à s'arranger pour que tu sois très, très heureuse. Tu le mérites, Lexi.

Elle parlait avec une telle gentillesse ! Une nouvelle vague de honte déferla sur Lexi.

— Skye…

Sa sœur se dirigeait déjà vers la porte.

— Excuse-moi, je dois rentrer, c'est bientôt l'heure du bus scolaire. Quelle nouvelle extraordinaire ! Je suis si contente pour toi, Lexi. Il faudra tout me raconter, très bientôt.

Elle disparut. Dans le silence subit, Dana déclara :

— Le plus fou, c'est qu'elle est tout à fait sincère. Réellement heureuse pour toi. Sans les tensions affreuses que vous impose votre cher papa, vous vous entendriez à merveille, toutes les deux. Dommage que tout ce que tu viens de lui raconter soit un mensonge.

Se laissant retomber sur le canapé, Lexi ferma les yeux avec lassitude.

— Je ne sais pas pourquoi tu dis ça…

— Bien sûr que si. Ne cherche pas à me la faire, à moi. Skye rêve la vie, elle est douce et généreuse et on aurait beaucoup de mal à lui faire avouer la moindre pensée négative à ton sujet. Moi, je suis cynique et je te connais depuis nos dix ans. Tu aurais attendu un homme, toi ? Pendant tout ce temps ? Je n'en crois pas un mot. Ce n'est pas dans ta nature de te languir dans ton coin. Quand tu veux quelque chose, tu vas le chercher.

C'était la seconde évaluation de sa personnalité en dix minutes, et Lexi la trouva aussi surprenante que la première.

— Je veux bien croire que tu as couché avec lui, enchaîna Dana, et aussi que vous êtes fiancés, mais tout le reste ? Pas question.

Ouvrant les yeux, Lexi braqua sur son amie un regard inexpressif.

— Tu n'as pas envie de savoir, lui dit-elle.

— Pourquoi, c'est illégal ?

— Pas que je sache.

— Pas que tu saches ? Pourquoi pas « non », tout simplement ?

Souriant malgré elle, Lexi précisa :

— Ce n'est pas illégal.

— Où est le problème, alors ?

— Tu es mon amie et je t'adore, mais je ne te le dirai pas. Cruz et moi, nous sommes fiancés. Cela va devoir te suffire.

— Cela ne me suffit pas.

Soucieuse, Dana se pencha en avant pour scruter le visage de Lexi.

— Tu as des ennuis ? demanda-t-elle.

— Non, soupira Lexi, touchée par son inquiétude. Pas d'ennuis, je t'assure. Je risque peut-être gros mais je n'ai pas d'ennuis.

Ce n'était pas un mensonge puisque Cruz venait de régler ses soucis financiers d'un trait de stylo en bas d'un chèque ! Elle vit que cette précision n'avait rien fait pour rassurer Dana, bien au contraire.

— Que veux-tu dire par là ?

— Tu as déjà vu Cruz Rodriguez ?

— Non.

— C'est l'incarnation vivante de la tentation.

— Ce ne devrait pas être un problème puisque vous êtes fiancés.

Bien vu.

— Disons que je préfère qu'il ne s'aperçoive pas qu'il contrôle la situation, prétendit Lexi. Je peux t'emprunter ton pick-up ? Je veux emporter quelques affaires chez lui.

— Tu vas vivre avec lui ?

Effectivement. La formule exacte étant « sous mon toit et dans mon lit ». Chaque fois qu'elle y pensait, Lexi sentait son souffle s'accélérer, la chaleur lui monter aux joues.

— Oui.

— Cela ne te ressemble pas. Et puis, ce ne serait pas plutôt à ton fiancé de te donner un coup de main ?

Oui, sans doute. Lexi n'y avait pas pensé.

— Il est… il est en déplacement pendant un jour ou deux. Je veux lui faire la surprise.

— Tu ne sais pas mentir. Que comptes-tu déménager ?

— Oh, rien de lourd, juste quelques affaires.

— Pas de meubles ?

— Pas pour l'instant, non.

En fait, Lexi ne savait pas du tout ce qu'elle devrait emporter. Des vêtements, bien sûr, mais pour le reste ? Reprenant un peu d'assurance, elle lança :

— Il m'aidera si je veux apporter des meubles par la suite. J'ai tout le temps de décider ce que je veux garder.

En fait, le problème ne se poserait pas mais cela, elle ne pouvait pas le dire à Dana. Le mieux, pensa-t-elle, serait de garder son appartement. A la fin des six mois, il lui faudrait bien un point de chute. Secouant ses pensées, elle vit que Dana la regardait d'un air bizarre. Elle sembla vouloir protester puis, se ravisant, elle se contenta de dire :

— Je veux bien t'aider à déménager mais je préfère conduire mon pick-up moi-même.

— Tu ne me fais pas confiance ?

— Pas du tout.

— Mais ce n'est qu'une voiture.

— Tiens ! Voilà exactement pourquoi je refuse de te le prêter, conclut Dana.

Dès le départ de son amie, Lexi fouilla son sac à main à la recherche de la carte de Cruz. Il avait griffonné son numéro de portable au dos ; elle le composa et marcha de long en large avec fureur en attendant qu'il décroche.

— Rodriguez, dit sa voix à son oreille.

— A quoi pensais-tu ? chuchota-t-elle, rageuse. Tu n'avais pas le droit de faire une chose pareille. Tu ne m'as même pas prévenue. Je n'avais encore rien dit à mes sœurs. Izzy ne se frappera pas pour si peu mais tu as fait de la peine à Skye. Je peux pardonner beaucoup de choses mais cela, ce sera très difficile.

Elevant la voix malgré elle, elle lança :

— Et si je n'avais pas encore parlé à mon père ? Il aurait été capable de sortir son fusil !

— Tu as terminé ? s'enquit la voix calme de Cruz.

— Je commence à peine !

— Parfait. Je serai auprès de toi dans dix minutes. Tu pourras m'injurier en personne.

Elle ouvrait la bouche pour refuser quand il raccrocha. Furieuse, elle plaqua le combiné sur son support et passa dans la petite salle de bains attenante à son bureau. Là, elle fit couler de l'eau fraîche sur ses poignets et vérifia son maquillage. Sa propre attitude la mettait hors d'elle : pourquoi, pourquoi attachait-elle autant d'importance à son apparence quand il s'agissait de lui ? Se maudissant à voix basse, elle raviva le gloss de ses lèvres.

Pourquoi l'avait-il choisie ? Elle n'avait ni la douceur de Skye ni ses formes voluptueuses ; elle n'était pas comme Izzy, originale et casse-cou. Elle n'était qu'une blonde assez classique, ou, d'après la formule dont Andrew était si fier, une reine des glaces. Pourquoi Cruz, qui n'était que passion, s'en prenait-il justement à elle ?

Sa colère retombait, laissant place à une subite lassitude. Pourquoi pas elle, au fond ? A ses yeux, elle ou une autre… A quoi bon se mettre dans tous ses états ? Grâce à Cruz, elle obtenait ce qu'elle voulait, elle gardait son entreprise et sa chance de remporter le gros lot : Tristan World et l'affection de son père. Il lui suffisait de tenir six mois.

Son assistante l'appela pour la prévenir que son visiteur était arrivé. Aussitôt, la tension raidit ses épaules, une faiblesse subite fit trembler ses genoux. Ignorant ces manifestations humiliantes, Lexi quitta son bureau et traversa les locaux de son entreprise pour rejoindre le hall d'accueil. Comme toujours, Vénus & Moi la fit penser à une ruche à la fois animée et paisible ; et comme toujours, elle se sentit réconfortée par l'atmosphère qui régnait ici. Comme elle aimait ces espaces clairs et harmonieux, ces cloisons de bois de teck ! Au passage, elle salua quelques collaboratrices et faillit se heurter à Jeannie, sa meilleure esthéticienne, qui avançait à l'aveuglette, à moitié cachée par une énorme pile de draps de bain.

— Tout va bien ? lança Lexi en lui prenant la moitié de son fardeau.

La jeune femme gonfla les joues dans un soupir explosif.

— Merci ! C'est pour Mme Miller. Je l'attends d'une minute à l'autre et elle tient à ce qu'il y ait toujours des draps de bain supplémentaires dans la pièce pendant son soin.

Mme Miller était une excellente cliente avec sa manucure et ses deux pédicures hebdomadaires, ses soins du visage, ses massages et ses U.V. Jeannie disparut dans sa salle de soins et

Lexi reprit le chemin de l'entrée principale. Dans le salon de détente, quelques femmes en peignoir éponge se prélassaient sur les canapés et les fauteuils bas en sirotant une tisane. Certaines attendaient leurs soins, d'autres venaient de les terminer et prolongeaient ce moment de relaxation. Une musique douce filtrait des haut-parleurs et une jeune stagiaire allait et venait, proposant des revues et des fruits frais. Sa vie personnelle dérapait en ce moment, pensa Lexi, mais au moins, Vénus & Moi tournait à plein régime !

Cruz se tenait près de l'accueil et curieusement, il ne semblait pas du tout hors de son élément. Très décontracté, très mâle et très sexy, il étudiait avec intérêt une vitrine de cosmétiques tandis que les clientes groupées devant le comptoir le déshabillaient du regard. Instinctivement, Lexi pressa le pas. Quelle réaction curieuse, pensa-t-elle, presque comme si elle se sentait… possessive ? Non, impossible ; elle ne cherchait pas à marquer son territoire, elle voulait uniquement reprocher à Cruz d'avoir parlé trop vite à la presse. A cet instant précis, il leva les yeux, la vit et eut l'air si heureux qu'un délicieux frisson la parcourut tout entière.

— Lexi…

Il prit ses mains dans les siennes, posa un baiser sur sa joue et, approchant ses lèvres de son oreille, il murmura :

— Si tu continues à me regarder avec autant de hargne, personne ne croira que nous sommes fiancés.

— Ils le croiront encore moins quand je t'aurai assassiné, répondit-elle à voix basse.

Se redressant, il lui décocha son fabuleux sourire.

— J'ai hâte de te voir essayer, dit-il à haute et intelligible voix.

Sans attendre de réponse, il l'entraîna vers la porte en lançant :

— Viens. Je veux te montrer quelque chose.

Lexi le suivit, émergeant sur le petit parking de l'institut dans la lumière aveuglante du matin. Cruz la regardait en souriant.

Interdite, elle jeta un regard à la ronde en s'abritant les yeux de sa main. Elle ne voyait rien de particulier, juste les voitures habituelles de ses clientes… Puis son regard se posa sur une petite Mercedes bleu métallisé. Cette couleur si reconnaissable, ce modèle spécial commandé pour son anniversaire… Elle se souvenait encore de la rage de son père en apprenant qu'elle l'avait perdue ! Non, en fait, Jed était surtout furieux qu'elle se soit laissé battre. Comme dans un rêve, Lexi s'approcha de la voiture. Cela pouvait-il être la même ? Cruz l'avait-il gardée pendant tout ce temps ?

— C'est sérieux ? demanda-t-elle en se retournant vers lui.

— Oui, bien sûr, dit-il en haussant les épaules. Je l'avais passée à la dame qui fait mes courses et mon ménage. Je viens de lui en donner une nouvelle, alors je te rends celle-ci.

Ah ? Très bien. Lexi hocha négligemment la tête, en regrettant déjà d'avoir attaché une importance particulière à l'événement. Ouvrant la portière du chauffeur, elle se glissa sur le siège, promena les mains sur le volant. Tout était exactement comme dans son souvenir… à part la petite boîte de bijoutier posée sur le siège du passager. Une boîte aux dimensions d'une bague. Une bague de fiançailles ? Sans doute ! Après tout, ils étaient fiancés maintenant…

Ce fut comme si le temps s'arrêtait. Lexi contemplait la boîte en pensant à tout ce qu'elle représentait. A douze ans, elle rêvait déjà au jour où elle tomberait amoureuse ; son mariage, elle l'avait imaginé des milliers de fois. Parfois, l'homme sans visage de ses rêves lui demandait sa main lors d'un délicat souper aux chandelles ; parfois sur une plage au couchant, parfois dans une vieille capitale d'Europe. Jamais au moyen d'une petite boîte laissée sur le siège d'une vieille voiture.

— Ouvre-la, dit Cruz à son oreille.

Elle obéit et découvrit un bijou exquis. Un diamant parfait, sans le moindre défaut ; un diamant qui ne signifiait rien de réel. Sortant la bague de sa boîte, elle descendit de voiture.

— Passe-la à ton doigt.

Elle allait le faire, bien sûr. Tout de suite. Dès que la déception serait moins aiguë. Il ne s'agissait que d'une transaction ; aucun rapport avec ses rêves d'enfance, ou avec l'amour. Le grand moment romantique viendrait un jour, plus tard, avec quelqu'un d'autre. Se décidant, elle enfila la bague, qui lui allait parfaitement.

— Merci, dit-elle en s'obligeant à soutenir le regard de Cruz.

Ce regard inexpressif... A quoi pouvait-il bien penser ?

— Elle est magnifique, ajouta-t-elle.

— Elle te va bien, répondit-il en contemplant sa main. Tu pourras la garder, après.

Il voulait dire : quand les six mois seraient terminés.

— Selon la tradition, la fiancée est censée rendre la bague, à moins qu'elle n'ait été plaquée ou trompée. Enfin, il me semble que c'est la coutume, répondit-elle.

Il la surprit en lui adressant un sourire impudent.

— Tu as déjà oublié ton manuel des bonnes manières ?

— Cela ne s'oublie pas. Quand j'étais petite, je passais chaque été quelques semaines avec ma mère. C'étaient des sortes de stages, des cours accélérés de bonnes manières.

Dans une atmosphère proche du zéro intégral. Sa mère ne se montrait pas particulièrement cruelle, elle estimait simplement que l'on ne devait pas exprimer d'affection, ou « s'écouter », comme elle disait. Cette froideur ! Dans son univers, personne ne se serait avisé de serrer publiquement son enfant dans ses bras.

— Skye a passé deux ans dans une école suisse pour les jeunes filles de bonne famille, ajouta-t-elle, pensive. Tu pourras lui demander.

— Non, merci. Tu peux aussi garder la voiture. La revendre si tu veux.

— La donner à ma femme de ménage ? demanda Lexi.

— Bien sûr, si c'est ce que tu veux.

— Je n'ai pas de femme de ménage.

Cruz avait saisi sa main. Elle se dégagea, surtout parce que le contact de sa peau la déconcentrait, et qu'elle voulait garder les idées claires.

— Pourquoi as-tu prévenu les journaux ? demanda-t-elle.

— Je voulais faire avancer les choses. Tu avais touché le chèque, je ne voyais pas l'intérêt de remettre à plus tard.

— Tu redoutais surtout que je change d'avis. Tu peux me faire confiance, tu sais ? Je t'ai donné ma parole.

— Non, je ne pensais pas cela.

Elle ne le crut pas. Pour quelle autre raison se serait-il montré aussi pressé d'annoncer leurs fiançailles au monde entier ?

— Connais-tu un certain Garth Duncan ? lui demanda-t-il.

Déconcertée, Lexi fronça les sourcils.

— Je sais que c'est un personnage important dans le monde des affaires. Je ne l'ai jamais rencontré, il ne se montre pas beaucoup dans les soirées privées. Pourquoi ?

— C'est ton investisseur. Celui qui t'a repris l'argent qu'il t'avait prêté.

— Comment ? Mais pourquoi ? J'aurais juré que c'était une attaque personnelle ! Je n'y comprends rien.

— Moi non plus. Je m'arrangerai pour en savoir davantage. Cela risque de prendre du temps, parce que Duncan n'est pas un personnage très accessible, mais je découvrirai ce que tu veux savoir.

— Je te remercie, dit-elle.

— Cela fait partie de notre accord. Pour les journaux… je regrette. J'aurais dû réfléchir.

Sa façon de dire cela chassa le mystère Garth Duncan des pensées de Lexi.

— Cela t'a créé des ennuis, à toi aussi ? demanda-t-elle.

— Avec ma mère. Elle a lu le journal et maintenant, elle veut te rencontrer.

Sa mère ? Lexi se sentit pâlir.

— Tu n'as pas le choix, insista-t-il. Elle vit tout près, à Houston. Nous irons déjeuner avec elle.

— Non, pas question. Je refuse de mentir à ta mère.

— Je mens bien à ton père.

— C'est tout à fait différent. Ta mère est probablement quelqu'un de bien.

— Elle est beaucoup de choses. Tu découvriras toutes ces choses au cours du déjeuner.

Tout à coup, Lexi eut l'impression que sa bague de fiançailles pesait bien lourd…

— Je dois vérifier mon emploi du temps, bredouilla-t-elle.

— Très bien. Et n'oublie pas qu'il ne te reste que quatre jours pour emménager chez moi. Je t'attends samedi soir au plus tard.

Toujours ce regard sombre, qui ne révélait rien de ses pensées !

— Tu es bien pressé de prendre ce qui t'appartient, soupira Lexi.

— C'est vrai, convint-il avec un bref sourire.

Elle aurait aimé lui demander davantage de temps. S'installer chez lui ne lui posait aucun problème mais elle ne se sentait pas prête à coucher avec lui. Ils se connaissaient à peine ! Aussitôt, la réponse évidente lui vint à l'esprit : lors de leur première nuit, ils se connaissaient encore moins et cela n'avait rien gâché !

— J'y serai, murmura-t-elle. Mon amie va m'aider à apporter quelques affaires.

— Quel genre d'ami ? demanda-t-il aussitôt.

Lexi leva les yeux au ciel.

— Une amie. Elle s'appelle Dana et elle est dans la police, alors arrange-toi pour ne pas la contrarier.

Excédée tout à coup, elle lança :

— Tu dois apprendre à me faire confiance ! Je t'ai dit que

je ne voyais personne en ce moment et c'est vrai. Je ne vois pas l'intérêt de te mentir.

Et pourquoi attacherait-il de l'importance à ses fréquentations, du moment qu'il obtenait ce qu'il voulait ? Sans doute pour une question d'orgueil, de machisme.

— Je te crois, dit-il.

— Bien sûr que non, puisque tu me poses toutes ces questions.

Il la surprit de nouveau en posant la main sur sa joue.

— Tu as du caractère. Cela me plaît.

— Dans ce cas, tu vas être très heureux dans les mois à venir. Je suis très difficile à vivre.

Cruz éclata de rire.

— Permets-moi d'en douter, *querida* !

Il se pencha pour poser un bref baiser sur ses lèvres, recula aussitôt en lui tendant un trousseau de clés, tourna les talons et partit. Elle le suivit des yeux quelques instants puis, ne sachant que faire d'autre, elle remonta dans la voiture et lança le moteur. Celui-ci ronronna comme un engin de haute précision, entretenu et réglé avec beaucoup de soin. La femme de ménage de Cruz, pensa Lexi, devait aimer les voitures. Elle devait aussi être extrêmement soigneuse car après tout ce temps, on ne voyait pas une tache sur les sièges, aucune trace d'usure… Instinctivement, son regard chercha le compteur kilométrique. Au moment de la fameuse course, la voiture n'avait que quelques mois. Lexi s'en était servie pour faire un aller-retour en Californie avec quelques copines, quelques trajets entre l'université et la maison… Elle ne se souvenait pas du compte exact mais cela devait se situer en dessous des quinze mille kilomètres. Le compteur affichait 13 443.

Personne ne s'était servi de cette voiture. On l'avait pourtant entretenue, bichonnée. Cruz l'avait-il réellement gardée pendant tout ce temps ? C'était la seule explication possible mais pourquoi aurait-il fait une chose pareille ? En la revendant, il pouvait gagner trente, quarante mille dollars, peut-être davantage. A l'époque, il avait besoin d'argent. Sinon, pourquoi avoir accepté de faire la course avec elle ? Et pourquoi lui rendre la voiture aujourd'hui ?

Chapitre 4

Cruz se présenta à la porte de Lexi tôt le samedi matin, chargé de deux gobelets de café et une demi-douzaine de cartons. Pour se rassurer, il se disait qu'il venait simplement l'aider à préparer son déménagement, et peut-être aussi pour s'assurer qu'elle ne s'apprêtait pas à renier leur accord. Malgré les gros titres des journaux, il ne parviendrait pas à croire qu'elle était réellement à lui tant qu'il ne la verrait pas dans son lit.

A l'adresse de Lexi, il trouva une charmante copropriété avec des appartements en duplex, balcons en façade, jardinets sur l'arrière. Le logement de Lexi se trouvait tout au bout ; elle répondit très vite à son coup de sonnette et s'arrêta court, le regard posé sur les cartons qu'il portait sous le bras.

— Autrement dit, tu ne me fais pas confiance ? demanda-t-elle en s'effaçant pour le faire entrer.

— On n'a jamais trop de cartons.

Cruz pénétra dans un espace clair et lumineux qu'il ne détailla pas ; son attention se concentrait sur Lexi, Lexi en jean et T-shirt, les pieds nus, le visage vierge de tout maquillage. La tenue de tout le monde un samedi matin, il fut donc surpris de la trouver encore plus sexy que d'habitude.

— Tu m'as apporté du café ? demanda-t-elle.

— Un cappuccino, répondit Cruz. Je ne savais pas ce que tu aimais.

— Un cappuccino, ce sera très bien.

Décapsulant l'un des gobelets, elle but une gorgée et soupira :

— Voilà. Maintenant, je suis opérationnelle. Tu te lèves tôt.

— Toi aussi.

— Mais moi, je suis encore chez moi. Entre !

Elle le précéda dans une grande pièce de vie. Il vit deux tableaux, une très belle sculpture de verre soufflé, des revues en désordre sur une table basse devant le canapé et, abandonné sur le parquet luisant, un bloc avec une longue liste de choses à faire dont quelques-unes étaient déjà cochées. La présence de Lexi était partout, son style inimitable se retrouvait dans les couleurs de la pièce, l'imprimé original du canapé, les escarpins abandonnés près d'un fauteuil.

— Je ne vois pas de volants aux rideaux, murmura-t-il.

Elle éclata de rire.

— Non, ce n'est pas mon genre. Enfin, pas dans les pièces exposées aux regards. Tu devrais voir ma chambre ! Rien que de la dentelle et du satin.

Ces paroles résonnèrent dans un silence subit. La chambre de Lexi ! Cruz essaya de se représenter son lit, et ce qu'il ressentirait en s'y allongeant. Combien d'hommes s'y étaient déjà couchés, et avaient-ils su la satisfaire ? Quand il pensait à leur nuit d'amour, dix ans auparavant… Tout était parfait et même mieux que parfait jusqu'à l'instant où il avait compris qu'elle était vierge. Pourquoi, pourquoi l'avait-elle choisi pour sa première fois ? Cette question qui n'avait jamais cessé de le tourmenter s'effaça devant une nouvelle torture : la fièvre du désir s'embrasait en lui.

— Tu as… pensé à apporter de l'adhésif, pour les cartons ? demanda-t-elle dans un effort évident pour changer de sujet.

— Je crois que je l'ai laissé dans la voiture.

— Bien. Merci.

Elle hésita, puis ajouta :

— Je t'ai remercié pour le café ?

Manifestement, Cruz n'était pas seul à ressentir la tension qui vibrait autour d'eux. Ces étincelles de sensualité qui jaillissaient dès qu'ils se trouvaient dans la même pièce… Le phénomène le troublait, comme un défi ou comme une promesse. Et il ne connaissait qu'un seul moyen de s'en libérer.

Il s'avança vers Lexi, la vit reculer d'un pas, les yeux élargis, les joues roses. Il lui ouvrit les bras ; pivotant sur elle-même pour lui échapper, elle lança avec une désinvolture feinte :

— Tu as faim ? J'ai très faim. Tu as pris ton petit déjeuner ? Nous avons des cafés formidables en ville. Viens, je t'emmène. Nous n'aurons même pas à prendre la voiture, Tristanville est un petit village, on a tout à portée de main.

Cruz aurait pu la rattraper. Il était presque sûr que s'il l'embrassait, elle s'abandonnerait. Il ne fit rien pour la retenir. Le temps jouait pour lui ; une fois qu'elle serait installée chez lui, il aurait tout loisir de l'apprivoiser, lentement, patiemment, si délicatement qu'il ne lui resterait pas d'autre choix que de se rendre. Dans six mois, il lui rendrait sa liberté mais jusque-là… il la posséderait, tout entière.

Sans le regarder, Lexi enfila des ballerines, prit son sac ; quelques instants plus tard, ils marchaient dans la fraîcheur du matin vers la rue principale de Tristanville.

— Mon arrière-arrière-grand-père aimait le jeu et les femmes, racontait Lexi d'une voix rapide et un peu haut perchée. Il s'était même taillé une petite célébrité : comme il était très doué sur les deux plans, il gagnait au jeu et s'offrait toutes les dames qui lui plaisaient, y compris l'épouse du maire et la sœur du pasteur. Plus d'une institutrice a dû repartir d'ici déshonorée, enceinte et sans alliance. Des personnages louches venaient de très loin pour le défier au poker ; il gagnait si souvent qu'on l'accusait de tricher, et cela se terminait en bagarre générale. La situation devenait intenable pour tout le monde sauf lui, mais les braves gens du voisinage ne pouvaient pas lui demander de partir : il possédait plus de terres qu'aucun d'entre eux. Pourtant, son style de vie était en train de détruire le leur. Les notables de la commune se réunirent donc en assemblée, ils le convoquèrent et lui demandèrent officiellement de se ranger. En échange, il pourrait leur demander tout ce qu'il voudrait, mais de son côté, il devait s'engager à renoncer aux cartes et à faire ses conquêtes hors des limites du bourg.

Cruz leva les yeux vers le panneau « Bienvenue à Tristanville » qui se dressait devant lui.

— Il a demandé la ville entière ? demanda-t-il avec un sourire cynique.

— Non, seulement que la commune porte son nom. Il a tout de même posé quelques conditions : il gardait le droit de coucher avec les institutrices, du moment qu'il leur trouvait un bon mari quand il en aurait terminé avec elles ; il y avait aussi quelque chose touchant l'accès à l'eau. Tu sais ce que l'eau représente pour nous, au Texas. Ils ont donc conclu un accord, Tristanville est née et mon arrière-arrière-grand-père s'est rangé. Les vagabonds louches sont repartis jouer au poker ailleurs et la petite ville a prospéré. Triomphe de la société organisée sur l'anarchie du vieux Far West.

Ils débouchèrent dans la rue principale. Lexi parlait toujours et Cruz nota qu'elle prenait soin de maintenir une certaine distance entre eux. Très amusé, il comprit qu'elle s'était mis en tête de lui offrir une visite guidée de sa ville.

— C'est là que nous achetions des bonbons en rentrant de l'école, racontait-elle en indiquant les différents commerces. Ce restaurant fait la meilleure cuisine chinoise de l'Etat. Skye a reçu son premier baiser ici, sous l'auvent, un jour de pluie.

Ces vitrines pimpantes, ces rues tranquilles, propres et parfaitement entretenues… Aux yeux de Cruz, cela ressemblait à une maquette, ou à la petite ville idéale d'une série télévisée, mais en aucun cas au monde réel. Sa propre enfance s'était déroulée dans une maison minuscule tout au bout d'une ruelle, dans un quartier aux rues défoncées et aux courettes sales et encombrées. Quand on entendait des coups de feu, on savait que Julio venait encore d'être libéré sur parole…

— La vie ici a son bon et son mauvais côté, disait Lexi. Tout le monde connaît tout le monde et surtout, tout le monde nous connaît, nous. Quand j'étais petite, si quelqu'un se montrait gentil avec moi, je me demandais toujours si c'était pour plaire à mon père. Et j'avais généralement raison.

Une voiture de police les dépassa. Agitant joyeusement la main, elle expliqua :

— C'est mon amie Dana, elle fait partie de la police municipale. Te voilà prévenu, j'ai un accès privilégié aux forces de l'ordre.

— Si tu cherches à me faire peur, tu devras trouver autre chose, répliqua Cruz avec un sourire.

Elle lui fit une grimace et traversa la rue, se dirigeant vers un café à la vitrine vivement colorée.

— Je cherche à exploiter au maximum de maigres ressources, lança-t-elle par-dessus son épaule. Cela mérite ton respect.

— J'ai énormément de respect pour toi.

— Si seulement !

Cruz franchit la porte du café dans le sillage de Lexi et s'arrêta net de peur de s'asphyxier : il venait d'entrer dans une salle littéralement emmaillotée de percale fleurie : tables, cloisons, coussins…

— Nous ne pouvons pas manger ici.

— On s'habitue, répliqua paisiblement Lexi.

— Personne ne pourrait s'habituer à cela !

— Ils servent le meilleur petit déjeuner à trois comtés à la ronde. C'est une manie locale, la plupart des restaurants et des cafés ont un thème. Ici, c'est la percale fleurie.

C'était un environnement ultra-féminin, une passion pour la décoration poussée jusqu'à la caricature. Cruz cherchait encore un moyen de s'échapper quand une adolescente souriante les entraîna vers une table et leur tendit des menus. Sur la couverture figurait la mention : « Petits déjeuners servis toute la journée — si vous voulez autre chose, allez voir ailleurs. »

— Leur cuisine est fantastique, lui dit Lexi. Goûte leurs spécialités du jour, tu vas adorer.

C'était sans doute un peu mesquin de sa part, mais Lexi prenait un plaisir considérable à regarder souffrir Cruz. Jamais encore elle ne l'avait vu hors de son élément. Cet homme si sûr de lui, si superbement aux commandes en toutes circonstances, était manifestement débordé par le décor du Café Calicot ! Il ne cessait de jeter des regards traqués autour de lui, horrifié de se trouver entouré de toutes parts de rideaux et de nappes à volants, de petits chats de porcelaine et de présentoirs de confitures aux étiquettes fleuries. Contente de cette petite victoire, Lexi se retint de le taquiner davantage.

— Ouvre le menu, recommanda-t-elle. Fais-moi confiance. Tu ne le regretteras pas.

Après quelques mots qu'elle ne saisit pas, il se plongea dans l'étude de la carte. La serveuse revint bientôt leur servir du café et prendre leurs commandes. L'excellence du café sembla rassurer Cruz qui se détendit un peu. Lexi le dévisagea en souriant. Il était si agréable à regarder. Si seulement il n'avait pas détenu un tel pouvoir sur elle ! Le savait-il ? C'était toute la question !

Jetant un regard à la ronde, elle repéra un visage connu au fond de la salle.

— Viens, glissa-t-elle à Cruz. Il y a quelqu'un que tu dois rencontrer.

— Ici ? demanda-t-il sans faire un geste pour se lever.

— Debout, Cruz. Ne m'oblige pas à employer les grands moyens.

Il leva vers elle un regard amusé.

— Tu crois m'impressionner ? Quels grands moyens ?

— Je pourrais faire semblant de pleurer.

Il sauta aussitôt sur ses pieds et la suivit jusqu'à la table du fond où un homme d'un certain âge lisait son journal. Levant les yeux de la page, il sourit en reconnaissant Lexi.

— Bonjour ! dit celle-ci. Je suis contente de vous voir.

— Lexi ! Comment vas-tu, ma belle enfant ?

— Je vais merveilleusement bien.

S'emparant de la main de Cruz, elle le tira en avant… en s'efforçant de faire abstraction du courant de chaleur qui l'envahit à ce contact.

— M. Vantage est notre sénateur, précisa-t-elle. Sénateur, voici Cruz Rodriguez.

Le vénérable membre du Congrès braqua un regard neutre vers Cruz et le salua d'un bref hochement de tête.

— Transmets bien mes salutations à ton père, dit-il à la jeune femme.

Manifestement, il comptait ignorer son compagnon. Un instant Lexi hésita, décontenancée. Vantage réagissait-il ainsi parce que la fortune de Cruz était trop récente, parce que ses parents étaient mexicains ? Et au fond, quelle importance ? Tendant la main gauche, elle exhiba son splendide diamant.

— Mon fiancé, acheva-t-elle.

Aussitôt, l'expression du vieil homme se métamorphosa. Se mettant lourdement debout, il tendit la main à Cruz.

— Çà alors ! Toutes mes félicitations ! Vous êtes un sacré veinard, jeune homme. Vous jouez au golf ?

— Bien sûr, répondit Cruz en souriant.

Vantage lui tendit sa carte.

— Passez-moi un coup de fil, nous irons nous gâcher une promenade. C'est ce que dit toujours ma femme : pour elle, le golf, c'est une façon de se gâcher une promenade. Et vous, que faites-vous, fils ? Vous êtes dans les affaires ?

— Les voitures. Les concessions, les courses…

— Très bien, très bien ! Je connais des gens que vous aurez besoin de rencontrer.

Le portable du sénateur sonna.

— Je suis obligé de répondre, s'excusa-t-il. Content de vous avoir vus tous les deux !

Quand ils retrouvèrent leur table, Lexi était pensive.

— Il n'est pas très subtil, ronchonna-t-elle. Je ne comprends pas pourquoi il t'a fait la tête, pour commencer. Tu aurais pu être quelqu'un qui voulait contribuer à sa campagne électorale.

— Il se fiche de l'argent, il n'en a pas besoin. Son siège au Congrès lui est réservé aussi longtemps qu'il voudra l'occuper.

Cruz disait vrai, mais la scène laissait à Lexi une sensation de malaise. Cruz avait effectivement besoin de son appui pour se faire une place dans les sphères les plus fermées de la bonne société, elle le comprenait maintenant. Restait la question la plus importante :

— Pourquoi veux-tu entrer dans ce milieu ? demanda-t-elle.

— C'est comme un jeu vidéo : je cherche à monter au niveau supérieur.

— Leur monde ne va pas te plaire, j'espère que tu en as conscience ?

La réponse de Cruz l'impressionna. Plongeant son regard dans le sien, il déclara gravement :

— Je veux avoir le choix.

Puis son visage se détendit et, d'un ton plus naturel, il ajouta :

— Je te remercie pour ce que tu viens de faire.

— Je ne fais que remplir ma part du contrat.

— Ta sœur t'en veut toujours ? demanda-t-il. Pour l'article dans le journal ?

— Je me suis expliquée avec elle.

— Et ton autre sœur ? Tu as bien une autre sœur ?

Lexi but une gorgée de café et hocha la tête.

— Je suis l'aînée des trois. J'avais à peine trois ans quand mes parents ont divorcé. Dans un sens, cela ne changeait pas grand-chose, ma mère ne s'était jamais beaucoup occupée de moi. Elle ne s'intéressait pas aux enfants.

Elle fit une petite grimace et se hâta de lancer :

— Je sais ! Tu vas me dire que les gosses de riches se plaignent toujours de leur enfance…

— Un divorce, ce n'est jamais facile pour les enfants.

— Jed s'est remarié très vite. Avec Prudence Lightly.

— Le nom me dit quelque chose, observa Cruz en haussant les sourcils.

— Elle a eu son heure de gloire. C'était une actrice célèbre, une très belle femme. Elle était déjà mariée mais Jed a fait son numéro habituel, arrivant au grand galop et balayant tous les obstacles. Je crois qu'il y a eu un gros scandale. Moi, je m'en fichais : du jour où Pru est arrivée à la maison, tout a changé. Elle était extraordinaire, drôle, gentille, elle m'aimait bien. C'était tout nouveau pour moi : habituellement, on ne m'écoutait que si on était payé pour le faire.

De sa petite enfance, Lexi gardait surtout le souvenir d'un grand silence. Une solitude uniquement animée par les pas étouffés des nounous successives.

— Puis, très vite, Skye est née. Maintenant que j'y réfléchis, je pense que Pru était déjà enceinte quand elle a épousé Jed. Avec le bébé, Pru n'avait plus autant de temps à me consacrer mais cela ne m'ennuyait pas. J'avais une petite sœur ! Je passais mes journées près d'elle, j'étais émerveillée quand elle a commencé à marcher, puis à parler. C'était ma première amie.

Lexi souriait à ses souvenirs. Au bout d'un instant, elle reprit :

— Ensuite, Izzy est arrivée et c'était encore mieux. Grandir dans une ville qui portait notre nom, cela aurait pu être impressionnant mais à trois, nous n'avions peur de rien. Le premier qui s'avisait d'en embêter une devait affronter les deux autres.

Jetant à Cruz un regard très direct tout en sirotant son café, elle précisa :

— Tu es prévenu.

— Je ne me fais aucun souci, répliqua-t-il sans s'émouvoir.

— C'est ce que tu dis maintenant, mais attends d'avoir eu affaire à mes sœurs !

Pour la première fois, Lexi se demanda si ses sœurs apprécieraient Cruz. Probablement ! Puis elle se souvint que cela n'avait aucune importance. Dans six mois, Cruz disparaîtrait à l'horizon.

— Qu'est-il arrivé à ta belle-mère ? demanda-t-il.

Aussitôt, Lexi sentit sa bonne humeur s'envoler. Elle ne voulait pas penser à Pru ou à toute cette période ! Réprimant un frisson, elle murmura :

— Elle est morte quand j'avais quatorze ans. Cela a été très dur.

— Je suis désolé.

Lexi hocha la tête sans le regarder. Il n'y avait rien à ajouter, rien qui puisse expliquer pourquoi Pru s'était suicidée, sans même s'arranger pour que ce soit un inconnu qui découvre son corps. Et Skye l'avait trouvée…

— Jed ne s'est jamais remarié ? demanda Cruz.

— Non. Il y a toujours eu des femmes autour de lui mais pas d'autre épouse. Je ne sais pas pourquoi. Je doute qu'il ait décidé que Pru était irremplaçable. Il n'est pas très porté sur les émotions.

— Les gens se marient pour des raisons très différentes.

— Pour s'élever dans la société, par exemple ? grinça-t-elle.

— C'est pour cela que Jed a épousé ta mère, n'est-ce pas ? riposta-t-il aussitôt.

— Oui, et je trouve cela lamentable.

— Tu penses qu'on doit se marier uniquement par amour ? demanda Cruz en souriant.

— C'est la tradition, répliqua-t-elle d'un ton plus léger. Toutes les fiançailles ne sont pas des transactions comme la nôtre, on peut avoir d'autres ambitions.

— Ah ? Comme quoi, par exemple ?

« Aimer et être aimé », pensa-t-elle. Par chance, la serveuse arriva à point nommé pour lui éviter de répondre. En quelques gestes, elle disposa devant eux l'omelette fourrée de Cruz, le pain perdu à la cannelle de Lexi. Celle-ci attendit que son compagnon ait pris sa première bouchée, et sourit en voyant ses yeux s'arrondir de gourmandise.

— Alors ? demanda-t-elle. Cela valait la peine ? Avoue.

— J'avoue, dit-il. Tu avais raison.

— Ah, soupira-t-elle. Les mots magiques.

— Tu remportes cette manche. Toi aussi, tu aimes gagner.

— Pas de la même façon que toi.

— Nous nous ressemblons beaucoup plus que tu ne veux l'admettre.

Sans répondre, Lexi s'attaqua à son petit déjeuner. Cruz se trompait à son sujet, mais à quoi bon discuter avec lui ? Mieux valait qu'il la croie aussi déterminée, aussi calculatrice que lui. Il ne devinerait jamais que sous son masque un peu cynique, battait un cœur profondément romantique. Plus elle apprenait à le connaître, plus elle trouvait qu'il ressemblait à son père : un homme imperméable à la douceur, qui n'avait jamais éprouvé de sentiments pour qui que ce soit et ne voyait pas l'intérêt de donner son cœur.

Ils achevèrent leur repas en silence. De retour chez Lexi, Cruz entreprit de déplier l'un de ses cartons.

— Je vais t'aider à emballer tes affaires, proposa-t-il.

— Je te remercie, je me débrouillerai.

L'air dubitatif, il demanda :

— A quelle heure veux-tu que je repasse pour emporter tes affaires ?

— Ce n'est pas la peine de te déplacer ! Je ne prendrai que mes vêtements et quelques objets personnels, il suffira d'un voyage dans le pick-up de Dana. Ne t'en fais pas, assura Lexi avec un brin d'impatience, je serai chez toi ce soir.

— Je ne m'en fais jamais.

— Je te trouve un peu nerveux.

Les yeux sombres de Cruz jetèrent un éclair amusé.

— Nerveux, moi ?

— Tu ne te tiens plus d'anxiété. Une vraie mère poule.

Un instant, elle crut être allée trop loin, mais Cruz ne se fâcha pas. Au lieu de prendre la mouche ou de se justifier, il s'approcha d'elle. Assez près pour réveiller sa propre nervosité !

— Je ne suis pas une mère poule, murmura-t-il, d'une voix grave et curieusement caressante. Je n'ai pas besoin de l'être.

— J'essaie seulement de te dire…

Il s'avança encore ; ils se touchaient presque.

— Oui ? murmura-t-il, le regard rivé sur sa bouche. Tu disais ?

— Je… je ne me souviens plus.

— Parfait. Tu réfléchis trop.

Elle savait qu'il allait l'embrasser.

Il posa une main sur son épaule, les doigts effleurant son cou ; l'autre main vint entourer sa taille. Sa bouche se pressa plus fermement sur la sienne, comme pour affirmer un droit de propriété. Lexi se sentit frissonner ; son corps entier eut un élan vers Cruz, lent mais irrésistible. Elle voulait sentir les mains de Cruz sur elle, elle le voulait nu sur sa peau nue, humide de sueur et de plaisir. Une force en elle la poussait à s'offrir à lui, à se perdre dans une jouissance à faire exploser l'univers. Cette vision était si claire, si intense que Lexi s'esquiva, terrifiée. Cruz lui sourit, un sourire sagace. Puis caressant sa joue, il promit à mi-voix :

— Bientôt…

Sur ce, il fit volte-face et quitta l'appartement.

— Six cartons, trois plantes vertes et trois valises ? s'écria Dana en contemplant les bagages de Lexi. Tu t'installes vraiment chez Cruz ou tu y passes le week-end ?

Agacée, Lexi lui fit la grimace.

— Je n'emporterais pas autant d'affaires pour un mois de vacances, tu le sais aussi bien que moi. Bien sûr que j'emménage vraiment !

Haussant les épaules, Dana entreprit de tout charger à l'arrière de son pick-up. En calant la dernière valise à sa place, elle insista pourtant :

— Pas de meubles ? Pas même cette table ancienne que tu as admirée pendant des semaines avant de décider de te l'offrir ?

— Je la prendrai sûrement plus tard, prétendit Lexi avec une feinte désinvolture.

Il s'agissait déjà de voir s'il y avait de la place chez Cruz. C'était difficile de choisir ce qu'elle devait emporter alors qu'elle ne connaissait pas la maison ! Et que faire pour sa ligne téléphonique, son courrier ? Elle ferait suivre le courrier à Vénus & Moi, décida-t-elle. Quant à sa ligne, elle la renverrait sur son portable. Que c'était donc compliqué de vivre une double vie !

Vérifiant que le hayon du pick-up était bien verrouillé, Dana se retourna vers elle.

— Lexi… Tu vas enfin me dire ce qui se passe ?

Prise de court, celle-ci s'efforça de jouer la surprise.

— Mais… rien ! Tout est parfait. Tiens, voilà l'adresse de Cruz. Je vais la programmer dans mon GPS et tu pourras me suivre.

Aussitôt, elle comprit qu'elle venait de se trahir. Dana la fixait sans rien dire, les sourcils froncés.

— Autrement dit, tu ne connais pas le chemin pour aller chez lui ? demanda-t-elle enfin.

— Je n'y suis encore jamais allée seule…

— C'est ton fiancé mais tu ne sais pas où il habite.

— Ecoute, qu'est-ce que cela peut faire…

— Laisse-moi m'assurer que j'ai bien compris, interrompit son amie, implacable. Non, nous n'irons nulle part tant que tu ne m'auras pas tout dit. Je suis de congé aujourd'hui, je peux rester plantée là jusqu'à minuit si je veux.

Lexi la savait tout à fait capable de mettre sa menace à exécution. Au désespoir, elle s'écria :

— Tu dois tout simplement me croire quand je te dis que je sais ce que je fais, d'accord ?

— Non. Pas d'accord, pas du tout. Tu as des ennuis ? Tu trempes dans une combine ? Je dois arrêter quelqu'un ?

Malgré elle, Lexi éclata de rire.

— Non ! Je suis désolée de te décevoir mais tu n'auras pas besoin de tes menottes aujourd'hui.

— Alors, explique.

— Tu n'en parleras à personne d'autre ? C'est juré ?

Dana hésita quelques secondes, puis approuva de la tête. Lexi réprima un soupir. Son amie tiendrait parole… mais elle allait détester ce qu'elle s'apprêtait à lui dire !

— L'histoire que je t'ai racontée sur ma rencontre avec Cruz est parfaitement authentique, mais la suite est plus compliquée. Il y a quelque temps, un investisseur m'a proposé deux millions de dollars pour développer mon affaire. Les conditions étaient très avantageuses et j'ai sauté sur l'occasion.

— L'investisseur, c'était Cruz ?

— Non. En revanche, il y a bien eu un problème. Une clause de l'accord spécifiait que si le prêteur en faisait la demande, je devais le rembourser sous vingt et un jours. Je ne me faisais aucun souci, mon banquier avait déjà fait des affaires avec cet investisseur, et qui aurait l'idée de prêter une somme pareille simplement pour la redemander sans prévenir ? Cela revenait à me ruiner sans raison !

— Effectivement. Alors, que s'est-il passé ?

— Il a redemandé son argent. J'ai dû trouver deux millions.

Voyant son amie ouvrir la bouche, Lexi leva la main.

— Ne me dis surtout pas que je n'avais qu'à m'adresser à mon père. Tu sais très bien ce que cela signifierait pour moi.

— Oui : tu reprendrais ta liberté par rapport à lui, articula froidement Dana. Lexi, je sais que c'est ton père mais la vérité, c'est qu'il vous manipule toutes les trois. Vous êtes ses marionnettes et il prend plaisir à tirer les ficelles. Moi, ce que j'aimerais, c'est que tu lui tournes le dos et que tu vives ta vie.

Lexi secoua la tête, le visage fermé. Elle ne renoncerait pas à son objectif, elle remporterait cette course. D'une voix égale, elle répéta :

— Je devais trouver ces deux millions.

— Cruz, devina Dana. Il t'a donné tes deux millions et toi, en échange…

— Je lui ai offert six mois de fiançailles. Il veut pénétrer dans le cercle le plus exclusif, être présenté à tous ceux qui comptent dans notre petit monde. Je peux lui ouvrir toutes les portes qu'on lui ferme actuellement au nez. A la fin de ces six mois, ce sera terminé. Je sais que c'est un accord assez peu conventionnel, mais c'est parfaitement légal.

— C'est complètement idiot ! Tu ne peux pas faire ça.

— Et pourquoi ?

— Gagner, c'est si important pour toi ? Tu tiens tant que cela à mettre la main sur Tristan World ?

— Oui, répondit Lexi.

C'était trop difficile d'expliquer qu'elle remporterait aussi autre chose : une fois dans sa vie, elle voulait que son père la regarde bien en face en lui disant qu'il était fier d'elle. Un rêve assez ridicule et plutôt immature… mais elle ne pouvait pas y renoncer.

— Je n'en crois pas mes oreilles, déclara Dana. Tu es sûre de ce que tu fais ?

— Je pense, oui. De toute façon, c'est fait et je ne peux pas revenir en arrière.

— Cela ne me plaît pas du tout. Je vais prendre des renseignements sur lui. Si je trouve ne serait-ce qu'une amende non payée pour stationnement interdit, tu files de chez lui dans l'heure qui suit.

Lexi retrouva son sourire.

— Tu ne réussiras pas à m'impressionner.

— C'est lui que j'espère impressionner.

— Cruz ? Tu auras du mal.

— J'ai des arguments, gronda la jeune policière en tapotant son arme de service. Maintenant, écoute-moi bien. Je veux bien t'aider, mais je pense que tu commets une grosse erreur. Tu te mets dans une situation impossible.

Lexi pensa à la façon dont elle réagissait chaque fois que Cruz s'approchait d'elle.

— Je le sais, dit-elle.

Dana la dévisagea quelques instants en silence, les lèvres serrées… puis elle hocha la tête et monta dans la cabine de son pick-up.

Le GPS de Lexi les mena jusqu'à un quartier résidentiel exclusif. Lexi n'avait pas su à quoi s'attendre : une maison ordinaire, un appartement ultramoderne au vingtième étage d'une tour ? Elle découvrit une rue tranquille bordée de maisons luxueuses, cachées dans les frondaisons de leurs jardins. Celle de Cruz était défendue par un haut mur blanc dans lequel s'ouvrait un portail de ferronnerie. A travers la verdure, on distinguait de grandes baies étincelantes et une lourde porte d'entrée sculptée, sans doute empruntée à une hacienda d'un autre siècle. Lexi composa le code, le portail s'ouvrit et le pick-up s'immobilisa au pied du perron.

— Il a de l'argent, observa Dana en mettant pied à terre. Donc il n'en a probablement pas après le tien.

— Je n'ai pas d'argent ! protesta Lexi. J'ai juste un nom, et je viens seulement d'apprendre qu'il vaut de l'or.

— Ton nom t'ouvre toutes les portes, et tu hériteras à la mort de Jed.

— Rien n'est moins sûr.

S'emparant chacune d'une valise, elles gravirent les marches du perron.

— Tu as la clé ? demanda Dana.

Sortant le trousseau de sa poche, Lexi déverrouilla la porte et découvrit une entrée spacieuse. L'intérieur de la maison tenait les promesses de la façade avec ses hauts plafonds, ses pièces lumineuses en enfilade et ses magnifiques parquets luisants. Dana poussa un long sifflement.

— Un logement plutôt spacieux pour un garçon qui vit seul.

Elle s'interrompit et demanda avec inquiétude :

— Il vit seul, n'est-ce pas ?

— Quelqu'un s'occupe de son ménage, mais je ne sais pas si elle habite sur place.

Lexi se posait subitement une foule de questions. Elle savait que Cruz n'était pas marié, mais d'autres personnes vivaient-elles sous son toit ? Des membres de sa famille ? L'angoisse la prit à la gorge. Comment avait-elle pu se lancer dans cette aventure ? Elle n'avait pas réfléchi, pas mesuré ce à quoi elle s'engageait. Un instant, elle fut tentée de s'enfuir en courant. Pourquoi n'avait-elle pas posé davantage de questions, davantage de conditions ?

— Tout va bien se passer, assura-t-elle, autant pour s'en convaincre que pour rassurer son amie. Ce sera facile.

— Ce sera sans doute beaucoup de choses, mais pas facile, murmura Dana.

Muettes, elles gravirent l'escalier, débouchèrent sur un vaste palier ; une porte à double battant s'ouvrait devant elles, une demi-douzaine d'autres s'échelonnaient le long d'un couloir. Lexi hésita, puis se dirigea vers la première… et découvrit la chambre de Cruz.

Une chambre grande, masculine et assez terrifiante avec ce lit immense, fait sur mesure, qui dominait la pièce. Détournant les yeux, Lexi alla ouvrir la porte qui lui faisait face et découvrit un dressing, très grand et manifestement préparé pour son arrivée car la vaste penderie était à moitié vide et une série de tiroirs intégrés bâillaient, prêts à recevoir ce qu'elle voudrait leur confier. Elle ressortit et passa dans la salle de bains, où elle nota la présence d'un vase de fleurs et d'un peignoir éponge blanc, délicieusement moelleux, drapé sur le siège placé devant une jolie coiffeuse.

— Quelqu'un attend ta venue, observa Dana derrière elle.

Une boule comprimait la gorge de Lexi. Elle ne voulait plus penser, rien ressentir. A quoi bon ? Elle était ici, maintenant, il ne lui restait plus qu'à accepter la situation. A assumer les conséquences de ses actes.

— Oui, bien sûr, dit-elle d'une voix ferme. Allons chercher le reste de mes affaires.

Elle se dirigeait vers la porte quand Dana lui saisit le bras.

— Tu ne peux pas faire ça, souffla-t-elle — et Lexi vit qu'elle était réellement inquiète. C'est de la folie, c'est même pire que cela. Je ne te laisserai pas t'installer chez un type que tu connais à peine. Et s'il t'assassine pendant ton sommeil, ou pire ?

— Je me demande, dit alors une voix grave, ce qui pourrait être pire.

Cruz se tenait sur le seuil de la chambre.

— Croyez-moi, dit sombrement Dana, j'ai vu pire.

— C'est vous, l'officier de police ? lui demanda Cruz avec cordialité. Dans ce cas, je m'incline devant votre expertise.

Passant devant elles, il disparut dans la salle de bains. Plantées l'une près de l'autre dans la chambre, elles l'entendirent lancer :

— Je vous assure que je ferai tout ce qui est en mon pouvoir pour assurer le bien-être de Lexi — et mes moyens sont considérables. Tant qu'elle vivra sous mon toit, elle sera sous ma protection.

— Je n'ai que votre parole, observa froidement Dana.

Reparaissant sur le seuil, Cruz lui adressa un sourire amical.

— Bientôt, vous aurez davantage que cela. Je suppose que vous allez prendre des renseignements sur moi ?

Il tendait ses mains ouvertes comme pour montrer qu'il n'avait rien à cacher. Redoutant que la discussion ne s'envenime, Lexi s'avança pour se placer entre eux.

— Tu es gentille de te faire du souci pour moi, dit-elle à son amie, mais il ne faut pas t'inquiéter. Tout va bien se passer.

Dana scruta son visage.

— Tu lui fais confiance ? demanda-t-elle avec gravité.

« Ni avec mon cœur, ni avec mon corps », pensa Lexi — mais ce n'était pas de cela que parlait Dana.

— Il ne me fera aucun mal, répondit-elle. Il ne va pas me kidnapper, ni même m'assassiner. Ce n'est pas son style.

— C'est quoi, son style ?

Lexi jaugea Cruz.

— Il aime surtout gagner, dit-elle.

— Elle a raison, confirma Cruz avec un nouveau sourire.

Dana hésita un long instant, puis capitula en haussant les épaules.

— Très bien, dit-elle. Au moindre problème, Lexi, appelle-moi. A toute heure du jour ou de la nuit. Je parle sérieusement. S'il fait un geste de travers, un seul, j'arriverai dans les minutes qui suivent, et je serai armée. Allons chercher tes affaires.

— J'ai déjà tout déchargé, dit Cruz.

Dana eut une nouvelle hésitation. Il ne lui restait rien à faire ici mais elle ne voulait pas partir. Comprenant son dilemme, Lexi posa la main sur son bras.

— Tout ira bien, répéta-t-elle.

— Si tu le dis…

— Viens, je t'accompagne.

Les deux femmes descendirent l'escalier sans échanger un mot. Sur le perron, Dana se retourna vers Lexi.

— Il est beau gosse, je te l'accorde. Je comprends ce qu'il a d'attirant mais pour l'amour du ciel, Lexi…

— Je sais, ce que je fais est dément, mais je suis ici et j'y reste. J'ai donné ma parole. Je tiens toujours parole, tu le sais.

— Tu devrais peut-être revoir tes principes, soupira Dana. Tu avais vraiment couché avec lui, il y a longtemps ?

— Oh, oui.

— C'était comment ?

— Stupéfiant.

— Je m'en doutais. Fais bien attention à toi. S'il y a quoi que ce soit, appelle-moi.

— Je te le promets. Arrête de t'inquiéter.

— C'est ce que je fais de mieux.

Jetant un dernier regard hostile à la maison, Dana remonta à bord de son pick-up. Sur le perron, Lexi agita la main en souriant jusqu'à ce que le véhicule franchisse le portail, puis elle rentra à pas lents. Cruz l'attendait au pied de l'escalier.

— J'ai un dîner d'affaires ce soir, dit-il. Tu veux m'accompagner ou tu préfères rester ici pour t'installer ?

— J'aimerais rester ici, dit-elle avec un brin de gêne.

Bientôt, ils sortiraient ensemble, se montreraient dans les soirées comme un véritable couple. Elle n'avait pas réellement envisagé cet aspect des choses. Trop occupée à paniquer à l'idée de coucher avec Cruz, elle ne s'était pas représenté tout ce que cela signifierait de vivre avec lui au quotidien, de le croiser de jour comme de nuit. Elle n'avait encore jamais vécu avec un homme ; elle ne savait pas ce qu'il attendrait d'elle.

— Je ne rentrerai pas tard, lui dit Cruz. Tu as besoin d'aide pour t'installer ?

— Merci, non.

— A plus tard, alors.

Etait-ce une promesse, une menace ? Lexi frémit en pensant à tout ce que ce « plus tard » pourrait signifier. En elle, la part la plus sensuelle tremblait d'anticipation, avide de retrouver ce que Cruz lui avait donné la première fois. Restait la question fondamentale : comment gérer cette situation intenable ? Elle ne se sentait pas prête à coucher avec lui ! Il lui fallait davantage de temps, autant pour se faire à cette idée que pour apprendre à se préserver de l'effet dévastateur qu'il avait sur elle.

Et si elle lui parlait, tout simplement ? Si elle lui expliquait son dilemme ? Pourrait-il comprendre, ou serait-elle obligée de trouver autre chose ?

*
* *

Cruz pressa tant qu'il le put le déroulement de son dîner. Que c'était difficile de se concentrer sur ses invités alors que ses pensées ne cessaient de revenir à Lexi ! Lexi qui l'attendait chez lui… dans son lit. Ce désir furieux qu'il ressentait n'était pas nouveau, mais il n'avait jamais connu une intensité pareille, un tel besoin d'une femme.

Il roula très vite en rentrant, laissa la voiture devant le perron et monta aussitôt au premier. Poussant la porte de sa chambre, il découvrit Lexi. Le sang afflua en lui ; toute idée rationnelle envolée, il la dévora des yeux. Penchée sur un livre, elle ne portait pas un déshabillé sexy, bien au contraire : plutôt une sorte de T-shirt informe — mais elle n'avait pas besoin de satin ou de dentelles pour le rendre fou.

Il ne voyait pas le titre de son livre mais l'œuvre devait être passionnante car elle n'avait pas encore levé les yeux vers lui.

— Tu as passé une bonne soirée ? demanda-t-elle, toujours concentrée sur sa page.

— Bonne, oui. Très agréable.

Il attendait qu'elle lui accorde son attention. Un instant, il envisagea de traverser la pièce, de se pencher vers elle et de l'embrasser. Elle ne pourrait plus l'ignorer ! Pourtant, quelque chose le retint à la porte, un facteur tout nouveau pour lui. L'indécision.

Maintenant qu'il la tenait en son pouvoir, il ne savait que faire d'elle. Devait-il exiger qu'elle s'occupe de lui ? Qu'elle lui fasse l'amour ? Il n'avait jamais opéré de cette façon. Pour lui, c'était facile de séduire une femme, il connaissait depuis toujours les mots à dire, les gestes à faire pour obtenir ce qu'il désirait d'elles. Bizarrement, ce soir, ces gestes ne semblaient plus s'appliquer. Désemparé, il se sentit redevenir le gosse de pauvres qui naviguait au culot dans un monde incompréhensible. Enfin, Lexi leva la tête et referma son livre.

— Tu veux que nous fassions l'amour ce soir ? demanda-t-elle.

Cette question qui aurait dû le rendre fou de joie le jeta dans une colère subite. Elle parlait comme une serveuse propose une autre tasse de café : elle était à son service et se désintéressait totalement de sa réponse.

— Ce n'est pas un problème, si tu veux, reprit-elle. Nous avons passé un accord. Je crois que tes paroles exactes étaient « sous mon toit et dans mon lit ».

Avec un petit geste vers la place libre auprès d'elle, elle conclut :

— Me voici.

Pas un problème ? Faire l'amour avec lui, « pas un problème » ? Cruz était fier de se savoir capable de bouleverser une femme au point de la rendre incapable de lui résister. Sur ce plan au moins, il était parfaitement sûr de lui. « Vas-y, avance, s'ordonna-t-il en silence. Prends ce qui est à toi. »

Impossible. Pas devant ce regard trop clair, trop détaché. Ce regard bleu limpide le força à tourner les talons et à sortir. « Elle a gagné la première manche, pensa-t-il amèrement dans le couloir. Seulement la première manche. » La victoire finale serait à lui.

Lexi vit la porte se refermer derrière Cruz et s'efforça de reprendre son souffle. Son bluff avait réussi ; Cruz n'avait même pas vu qu'elle tremblait d'angoisse. Très bien, elle lui échappait pour ce soir, mais demain ? Sa chance ne durerait pas éternellement, Cruz n'était pas homme à se décourager et de son côté, elle avait désespérément envie de se jeter dans ses bras. Restait la petite voix de la raison, celle qui l'avertissait que si elle couchait avec Cruz, cela changerait la face du monde.

Chapitre 5

Les sabots des chevaux sonnaient dans la pierraille. En ce début de printemps, la brise était fraîche, l'air très pur ; Lexi et Skye avançaient côte à côte, Erin, la fille de Skye, trottait devant. A sept ans seulement, l'âge où les autres petites filles se contentent de poneys, Erin montait son cheval avec l'aisance d'une longue pratique. Elle n'avait peur de rien et aujourd'hui, Lexi lui enviait son courage.

Les trois cavalières s'immobilisèrent au sommet d'une petite colline et Lexi contempla le paysage avec bonheur. Si l'on laissait de côté les terres des Cassidy à l'ouest, la contrée entière appartenait aux Tristan. « Voilà de quoi nous sommes faits », pensa-t-elle. Pour le meilleur ou pour le pire, cette terre, ce sentiment d'appartenance pesaient de tout leur poids sur la façon dont les Tristan menaient leurs vies. On pouvait ne pas croire à la destinée, se détacher des traditions… mais Lexi ne pourrait pas tourner le dos à l'héritage de Jed. Ce serait se mutiler elle-même !

La voix de Skye balaya ses pensées.

— Comment se passe ton installation chez Cruz ?

— Formidablement bien, répliqua Lexi avec une chaleur feinte. Il est adorable. J'ai tant de chance que nous nous soyons retrouvés.

— Votre histoire est d'un romantisme, murmura Skye.

Elle semblait presque envieuse ! Lexi eut honte car en réalité, son histoire relevait du pragmatisme le plus abject, du plus horrible cynisme. De plus, elle ne remplissait même pas honnêtement sa part du contrat car elle continuait à éviter Cruz. Pour se ménager une semaine de répit, elle venait de déclencher délibérément ses règles en cessant de prendre ses pilules contraceptives. Dans deux jours, il lui faudrait trouver un autre prétexte pour éloigner Cruz de son lit. Tôt ou tard, elle devrait faire l'amour avec lui, elle en avait bien conscience. L'idée que cela pourrait être encore meilleur que dans son souvenir la terrifiait.

— Maman, je peux aller voir Fidela ? s'écria Erin en se retournant sur sa selle.

La petite ressemblait beaucoup à sa mère avec ses boucles rousses et ses immenses yeux verts. Erin était Skye en miniature, avec tout de même un petit quelque chose de son père dans la forme de son visage.

— Oui ? insista la petite avec un grand sourire. Je peux y aller ?

— Bien sûr. Demande à Fidela de me téléphoner quand tu prendras le chemin du retour.

— D'accord !

Agitant joyeusement la main, la gamine poussa son cheval dans la descente. Fidela tenait la maison des Cassidy ; petites, Lexi et ses sœurs allaient souvent la voir et la brave femme avait toujours des cookies tout juste sortis du four pour trois petites filles solitaires. Manifestement, Erin continuait la tradition !

— Je ne l'ai pas vue depuis une éternité, murmura Lexi.

— Tu devrais passer. Elle serait contente de te voir.

— Tu y vas souvent ?

— Chaque semaine. Sérieusement, tu devrais trouver le temps de lui rendre visite. Elle comptait pour nous, autrefois.

Dans son état de nerfs actuel, Lexi trouva la remarque très critique. Sans réfléchir, elle répliqua :

— Mitch n'est toujours pas revenu ?

Aussitôt, elle regretta sa question, tout en sachant qu'elle ne pouvait plus la reprendre.

— Toujours pas, non, répondit posément Skye. Pas que je sache.

Tout au long de leur adolescence, les filles Tristan rêvaient à Mitch Cassidy, le jeune voisin si beau, si fort, au sourire si chaleureux. En fin de compte, c'était à Skye qu'il avait donné son cœur, huit ans auparavant. Une très belle histoire… jusqu'à ce que l'intervention de Jed ne gâche tout. Car il tenait à ce que Skye en épouse un autre et, mise en demeure de choisir entre son père et l'homme qu'elle aimait, Skye avait opté pour la famille. Quelques jours plus tard, Mitch s'enrôlait dans la Navy ; ensuite, il était devenu commando.

— Il ne rentre jamais en permission ? demanda Lexi.

— Comment veux-tu que je le sache ? répliqua Skye avec un regard hostile. Je ne le suis pas à la trace. C'était il y a très longtemps et je n'ai pas envie de parler de lui.

— Très bien. Excuse-moi.

Manifestement, Mitch restait un sujet tabou ! Troublée, Lexi se demanda si Skye regrettait encore aujourd'hui de l'avoir quitté pour l'homme choisi par Jed ; si elle souffrait encore. Comme si elle lisait dans ses pensées, Skye soupira :

— Non, c'est moi qui m'excuse. Je sais que je suis bizarre quand il est question de Mitch. C'est si vieux, tout ça. Je ne regrette pas d'avoir épousé Ray. C'était quelqu'un de bien. Je l'aimais et il m'a donné Erin.

Sachant qu'elle s'exposait à une nouvelle rebuffade, Lexi demanda pourtant :

— Tu ne te demandes jamais ce qui se serait passé si tu étais restée avec Mitch ?

Skye contempla le ciel quelques instants en silence.

— Parfois, avoua-t-elle enfin. Je ne sais pas. Nous n'étions que des gosses, je ne suis pas du tout sûre que notre histoire aurait duré. Ray était le bon choix.

— Meilleur ou simplement plus prudent ?

— C'est une question injuste et tu le sais. Je t'interdis de me juger, Lexi.

— Je ne te juge pas.

Une tension subite venait de jaillir entre elles, elles se fixaient droit dans les yeux. « Ce n'était jamais comme cela entre nous, avant », pensa Lexi avec tristesse. Malgré son envie de passer à l'attaque, elle décida de montrer un peu de maturité.

— On fait la paix ? proposa-t-elle.

— Bonne idée, soupira sa sœur.

Puis, montrant la maison des Cassidy au loin :

— Erin est arrivée. Nous pouvons rentrer si tu veux.

— D'accord.

En silence, elles tournèrent la tête de leurs chevaux vers Glory's Gate.

— J'ai presque terminé les préparatifs pour ta fête de fiançailles, dit Skye. Si tu as des préférences ou des souhaits particuliers, c'est le moment de le dire.

— Personne ne fait cela mieux que toi, répondit Lexi.

— Autrement dit, riposta Skye en fronçant le nez, l'idée d'organiser une fête t'ennuie.

— C'est vrai aussi.

— Je comprends. A chacun son rôle, après tout.

— Pardon ? demanda Lexi, un peu interloquée.

— Chacune de nous a son rôle dans la vie. Tu es la femme d'affaires, Izzy l'aventurière, et moi je suis la maman, celle qui accueille et réconforte.

— Je n'avais jamais envisagé les choses de cette façon.

Skye voyait juste, pourtant : chacune d'entre elles avait trouvé sa façon de se distinguer aux yeux de leur père.

— Et tu es satisfaite d'être celle qui accueille et réconforte ? demanda-t-elle.

— Je ne sais pas faire autre chose. Toi, tu n'aurais aucune envie d'organiser des galas ou de diriger la fondation et moi, je ne saurais pas faire ce que tu fais. Et encore moins ce que fait Izzy !

— Là, je suis complètement d'accord avec toi.

Lexi réprima un frisson. Izzy ne cessait de risquer sa vie,

sans raison, pour le plaisir. Lors de ses dernières vacances, elle était allée nager avec des requins !

— Je sais que ma contribution a son importance, enchaîna Skye. La fondation fait une œuvre utile. C'est important de nourrir des enfants. Seulement… Je ne sais pas, il y a des jours…

— … Où cela ne te suffit plus.

Lexi comprenait parfaitement la sensation, même si elle était incapable de l'expliquer.

— Nous avons toutes deux beaucoup de chance, soupira Skye. Nous devrions nous montrer plus reconnaissantes.

— Tu as raison.

Tout de même, depuis quelque temps, sa chance prenait des détours assez curieux. Elle venait même de frôler la faillite ! Sur une impulsion subite, elle demanda :

— Tu connais Garth Duncan ?

— J'entends parler de lui, comme tout le monde, mais je ne crois pas l'avoir rencontré. Pourquoi ?

— Cruz aimerait le connaître, prétendit Lexi.

— Et toi, tu aimerais lui faire plaisir, s'écria Skye avec un large sourire. C'est craquant !

— Ce n'est pas craquant. Je te prie de modérer ton vocabulaire !

— Lexi est amoureuse, chantonna Skye.

— Nous n'avons plus dix ans, Skye, protesta Lexi. Tu as toi-même une fille et à mon avis, elle montre plus de maturité que toi.

Skye éclata de rire.

— Voilà où tu te trompes ! Oui, bien sûr, j'inviterai Garth Duncan. Pas aux fiançailles, il n'y aura que les amis et la famille, mais je trouverai une occasion. Je te tiendrai au courant.

— Merci.

Lexi avait décidé de rencontrer l'homme qui cherchait à la ruiner. Il lui semblait que si elle pouvait lui parler face à face, elle saurait deviner la raison de son geste.

***

— Je crois que je vais vomir, murmura Lexi en gardant bien les yeux fixés sur la ligne d'horizon.

— Je dois m'arrêter ? demanda Cruz.

Lexi secoua la tête et avala péniblement sa salive.

— Ce n'est pas que je ne veuille pas rencontrer ta mère, je ne veux juste pas lui mentir.

Dire que tout semblait si simple, le premier soir, sur le balcon ! A première vue, leur accord était la solution idéale à ses difficultés financières. Elle n'avait pas réfléchi plus avant et maintenant…

— Nous pourrions lui dire la vérité, proposa Cruz.

— Bien sûr que non, maugréa Lexi en se laissant glisser au fond de son siège et en fermant les yeux.

Il ne la contredit pas, se contenta d'assurer :

— Tout va bien se passer.

— C'est facile à dire…

« Les hommes tirent toujours leur épingle du jeu », pensa-t-elle avec rancune. Si jamais cette histoire éclatait au grand jour, l'image de Cruz en souffrirait beaucoup moins que la sienne. Oh, et puis au diable son image et sa réputation, le problème se situait à un tout autre niveau ! Au niveau de Cruz justement, qui se trouvait si près d'elle dans cette fichue voiture. Même les yeux fermés, elle gardait une conscience si aiguë de sa présence qu'elle captait le rythme de sa respiration. Son corps vibrait en alerte rouge, elle guettait malgré elle l'effleurement d'un coude contre le sien, d'une main sur son genou…

Elle avait réussi à ne pas faire l'amour avec lui jusqu'ici… mais cette question de ne pas faire l'amour occupait une part démesurée de ses pensées. De son côté, Cruz n'insistait pas, ne faisait jamais référence au fait qu'elle annexait son lit tout en y dormant seule. Son attitude était donc plutôt rassurante… mais le désir de Lexi grandissait littéralement à chaque instant.

Elle ne cessait de penser à leur nuit unique. Absurde ! C'était si vieux, comme le disait Skye au sujet de Mitch ! Et pourtant, le souvenir des baisers de Cruz sur sa bouche, ses épaules, sur tout son corps… elle n'avait plus jamais connu cela par la suite. Il l'avait menée à la jouissance, et elle entendait encore son petit rire de satisfaction bien masculine. Il était doux et tendre et taquin et incroyablement sexy et… elle devait absolument cesser de penser à lui ! Pour refroidir ses ardeurs, le mieux était encore de revenir à la réalité présente, et se souvenir qu'ils se rendaient en ce moment chez une vieille dame pour lui mentir. Une vieille dame qui ne méritait pas un tel traitement.

— Que lui as-tu dit sur moi ? demanda-t-elle.

— Pas grand-chose. Simplement que nous nous connaissions depuis longtemps et que je t'avais enfin convaincue de m'épouser.

— Formidable. Alors je suis la méchante de l'histoire ?

— C'est ma mère ! répliqua-t-il avec un large sourire. De toute façon, à ses yeux, j'aurai forcément le beau rôle !

Les hommes !

Ils quittèrent l'autoroute à Sugar Land, une banlieue au sud-ouest de Houston. En regardant défiler les restaurants, les magasins, les parcs avec leurs pelouses soignées, Lexi pensa machinalement que ce serait l'emplacement idéal pour un second Vénus & Moi. Il devait y avoir ici beaucoup de femmes aisées en quête de bien-être. Aussitôt, elle se ravisa. Elle ne cherchait pas particulièrement à créer une succursale, et le moment serait même particulièrement mal choisi pour prendre un risque financier. Avant de penser à s'agrandir, il s'agissait déjà de régler la crise actuelle !

Ils pénétraient maintenant dans un dédale de rues paisibles bordées de maisons individuelles. Ce quartier ne ressemblait en rien aux bas-fonds où avait grandi Cruz, sans doute avait-il transplanté sa mère ici dès ses premiers succès dans les affaires. Mme Rodriguez devait être très fière de son fils. Son fils unique, et sans doute la lumière de son existence…

— Elle va me détester.

Pour toute réponse, Cruz eut un petit rire.

Ils se garèrent devant une petite maison fleurie, tout au bout d'une rue charmante. Tout en émergeant lentement de la voiture, Lexi rassembla tout son savoir-faire pour tenter de maîtriser son anxiété. Elle avait subi un entraînement intensif de femme du monde, et savait montrer une aisance parfaite en présence des personnages les plus impressionnants, princes ou présidents ! Malheureusement, personne n'avait songé à la préparer à tromper une dame d'origine modeste en lui faisant croire qu'elle épousait son fils. Où étaient les dictateurs bardés de médailles lorsqu'on avait besoin d'eux ?

« Respire, souris », s'ordonna-t-elle en s'approchant de la porte.

Cruz n'eut pas le temps de frapper : la porte s'ouvrit et Lexi vit une petite femme brune et vive surgir et serrer Cruz sur son cœur en déversant un torrent de paroles en espagnol. Lui ne répondait que par des « *si, mama* » ou « *no, mama* ». Enfin, la petite dame recula en lançant en anglais :

— Tu fais attendre ta future épouse sur le pas de la porte ? Cruz, à quoi penses-tu ?

Docile, Cruz entama les présentations et Lexi s'avança, frémissante d'angoisse.

— Je suis heureuse de vous rencontrer, madame Rodriguez.

— Juanita ! corrigea celle-ci, péremptoire. Ou *mama*, comme tout le monde. Venez, venez, entrez !

Son visage fin transfiguré par un sourire adorable, elle les chassa devant elle en agitant les mains, leur faisant traverser son living et entrer dans une grande cuisine lumineuse et très propre. Des senteurs délicieuses s'échappaient des marmites qui mijotaient sur le feu, des rideaux amidonnés encadraient chaque fenêtre, le carrelage étincelait. Lexi eut immédiatement envie de retirer ses chaussures pour ne rien salir.

La mère de Cruz — qu'elle était donc jolie, et pleine de vie ! — se planta devant elle et saisit ses mains entre les siennes.

— Laisse-moi te regarder !

Elle arrivait à peine à l'épaule de Lexi. Vêtue très simplement d'un pantalon et d'un corsage, elle portait de grandes boucles d'oreilles en or qui se balancèrent quand elle inclina la tête sur le côté.

— Lexi, dit-elle. Tu vas épouser mon garçon ? Oui ?

Lexi ne se sentait plus de honte.

— Oui, chuchota-t-elle.

— Je n'y croyais plus. Mon garçon, il est si sauvage, personne ne pouvait l'apprivoiser. Comment tu as fait ?

L'accent de Juanita était délicieux. Souriant malgré elle, Lexi répondit :

— Il faudra le lui demander. Je ne sais pas trop moi-même.

— Tu n'as pas couru après lui, tu ne l'as pas fait marcher ?

Enfin une question à laquelle Lexi pouvait répondre en toute sincérité !

— Pas du tout. Nous avons été très francs l'un envers l'autre. Nous sommes tout à fait clairs sur ce que nous pouvons nous offrir mutuellement.

Effectivement, il ne leur avait fallu que quelques minutes pour se mettre d'accord !

— Elle est très belle ! exulta Juanita en se retournant vers Cruz. Tu t'es trouvé une très belle femme.

Croisant le regard de Lexi, Cruz répondit :

— Oui, mais ce n'est pas pour cela que je veux l'épouser.

Il parlait avec tant de sincérité ! Comme ce devait être bon de vivre cela pour de vrai, pensa Lexi. Elle sentit une boule se former dans sa gorge à force de honte et de tristesse… Comment pouvait-elle mentir à cette femme adorable ? Mais comment aurait-elle pu lui dire la vérité ? Elle pensa à son père, au besoin de tendresse qu'elle éprouvait, à son besoin d'être simplement acceptée. A près de trente ans, il était temps pour elle d'admettre que Jed ne serait jamais le père dont elle rêvait, mais seulement un tyran qui prenait plaisir à tourmenter ses proches !

Pour le déjeuner, Juanita leur servit des *tamales* maison accompagnés d'une salade. Lexi trouva tout excellent sans parvenir à avaler grand-chose. Cruz racontait toutes sortes d'anecdotes sur leur passé commun, en commençant par le jour de leur rencontre.

— Vous avez parié votre voiture ? demanda Juanita, stupéfaite.

— J'étais jeune et bête, je pensais pouvoir gagner, soupira Lexi. Je n'y connaissais rien et j'ai perdu, bien sûr.

Cruz eut droit à un regard furibond de sa mère.

— Tu as pris sa voiture ? Quel homme irait prendre la voiture d'une jeune fille ?

— C'était mon travail…

— Un travail illégal !

Un nouveau feu d'artifice de phrases en espagnol semblait prêt à jaillir. Lexi s'efforça de détourner l'orage en s'écriant :

— Il me l'a rendue !

Les deux autres se turent pour la dévisager. Rougissante, elle précisa :

— Pendant tout ce temps, il a gardé ma voiture, et il me l'a rendue le jour où nous nous sommes fiancés.

Le regard de Juanita allait de l'un à l'autre.

— Tu as gagné sa voiture, mais tu ne l'as pas vendue ?

Cruz se pencha sur son assiette, apparemment fasciné par son contenu.

— Cela ne veut rien dire. J'avais beaucoup à faire. Elle est restée dans un coin du garage.

Levant les yeux, Lexi trouva le regard de Juanita posé sur elle. La mère de Cruz hocha lentement la tête.

— Je vois, dit-elle. Vous avez fixé la date du mariage ?

Lexi manqua s'étrangler avec une feuille de salade.

— Pas vraiment, non, bredouilla-t-elle. Nous pensions attendre un peu.

— Nous avons tout notre temps, renchérit Cruz.

Juanita pensait déjà à autre chose.

— Je vais avoir des petits-enfants, dit-elle avec un large sourire ému. Vous comptez bien avoir des enfants, si ?

Cruz blêmit. Affreusement gênée pour son propre compte, Lexi eut pourtant pitié de lui.

— *Mama*, nous en parlerons une autre fois ! dit-il avec beaucoup de fermeté.

— Je ne rajeunis pas…, commença Juanita sans l'écouter.

Puis, voyant le regard de son fils, elle leva les mains au ciel.

— D'accord ! Je ne dis plus rien ! Mais j'en veux au moins quatre. Ma voisine a quatre petits-enfants, c'est juste ce qu'il faut autour de la table.

Deux heures plus tard, le jeune couple fit ses adieux et reprit la route. Un lourd silence régnait dans la voiture ; Lexi attendit qu'ils soient sur l'autoroute pour le briser en demandant :

— Elle est charmante et je vois bien que tu l'adores. Cela ne te dérange pas de lui mentir ?

Il haussa les épaules avec impatience.

— Cela ne me plaît pas mais je n'ai pas le choix. Elle ne comprendrait pas.

Lexi se demanda si elle-même comprenait réellement ce qui se passait entre eux. Elle voyait bien le bénéfice qu'elle tirait de leur accord… mais pourquoi Cruz faisait-il cela ? Avait-il vraiment besoin d'une femme comme elle pour obtenir ce qu'il voulait ?

— Je lui ai toujours caché certaines choses, ajouta Cruz. Rien n'a changé.

— Quel genre de choses ?

— Comment j'ai fait fortune, par exemple.

— Elle était au courant, pour les courses au coupon rose.

Il lui jeta un bref coup d'œil avant de se concentrer de nouveau sur sa conduite.

— J'ai fait pire. Quand j'avais douze ans, je suis entré dans une bande. Je portais les messages, je faisais le guet pendant les cambriolages. J'ai économisé ma part jusqu'à ce que j'aie assez pour acheter une arme.

— Sérieusement ? souffla Lexi en ouvrant de grands yeux.

— J'avais un problème, ne me demande pas lequel. La question réglée, je me suis arrangé pour quitter la bande. J'ai fait semblant d'être trop jeune et trop froussard pour participer aux vrais coups durs, et c'est là que j'ai commencé les courses de voitures. Ensuite, j'ai pris mes gains et j'ai investi dans des affaires légales. Les concessions d'auto, les pièces détachées. Aujourd'hui, j'ai un associé qui s'occupe de la gestion, Manny, un pote de toujours. On a grandi dans la même rue.

Lexi savait qu'il existait des zones d'ombre dans le passé de Cruz, mais elle n'avait pas imaginé un tableau aussi sombre.

— Tu reviens de loin, dit-elle.

— J'avais mes objectifs et j'étais prêt à travailler dur pour les atteindre. J'ai fait ce que j'avais à faire.

— Tu as terminé tes études secondaire ?

— Bien sûr ! lança-t-il avec un sourire. *Mama* y tenait et quand elle tient à quelque chose… Grâce à elle, j'ai fait très attention. Je n'avais pas peur d'aller en prison mais mettre *mama* en colère ? Pas question !

— Mais tu es allé en prison.

— Une ou deux fois seulement, et jamais après mes dix-huit ans. Résultat, mon casier judiciaire est scellé.

Lui jetant un nouveau regard en coin, il demanda :

— Tu regrettes notre accord ?

— Non. Rien de ce que tu me dis ne me surprend réellement.

— Parce que tu savais déjà que j'étais un mauvais garçon.

— Tu es beaucoup de choses, Cruz, mais sûrement pas quelqu'un de mauvais.

— Tu te trompes. Tu n'as aucune idée de ce que j'ai pu faire.

Avait-il raison ? C'était possible. Lexi avait grandi à Tristanville, sous la protection de Jed Tristan en personne. Il devait exister beaucoup de choses dont elle n'avait aucune idée.

— Et toi ? demanda-t-il. Tu as de noirs secrets que je devrais connaître ?

— Désolée, soupira Lexi. Ma vie est tout à fait ordinaire.

Ennuyeuse. Pourquoi ce mot lui venait-il à l'esprit tout à coup ? Non, elle n'était pas quelqu'un d'ennuyeux, et elle ne s'ennuyait pas non plus dans l'existence. Au contraire, elle menait une vie agréable et bien remplie, avec son travail et ses sœurs. Sauf qu'il n'y avait pas d'homme dans sa vie. Elle avait toujours voulu tomber amoureuse, fonder une famille mais la seule fois où elle avait cru réaliser ce rêve, avec Andrew, l'épisode s'était achevé en catastrophe.

— Tu penses à quelque chose, dit la voix de Cruz près d'elle.

— Cela n'a pas d'importance…

La réception allait commencer. En entrant dans sa vaste chambre d'enfant pour jeter un dernier coup d'œil à sa tenue, Lexi trouva la place déjà investie par ses deux sœurs. Par chance, Izzy avait pu se libérer, en décidant de prendre des vacances entre deux missions et de passer un mois au moins à Glory's Gate.

La courte robe verte de Skye mettait en valeur son corps voluptueux, ses longs cheveux roux bouclaient librement sur ses épaules. Elle était éblouissante, de cette beauté sensuelle qui met les hommes à genoux. Face à face, elles ressemblaient à une déesse de la fertilité et à une reine des glaces, pensa Lexi avec amertume. La comparaison la faisait souffrir mais elle ne pouvait tout de même pas s'exclamer : « Moi aussi, je pourrais me montrer chaleureuse et sexy ! » — d'autant que personne ne l'aurait crue…

Izzy émergea de la salle de bains, vêtue uniquement d'un string et d'un soutien-gorge sans bretelles. Voyant Lexi, elle ouvrit les bras avec un large sourire.

— Voilà la fille qui s'est passé la corde au cou sans même m'en parler !

Oubliant ses idées noires, Lexi éclata de rire et alla l'embrasser.

— Avoue que tu m'envies !

— Tu n'imagines pas à quel point ! Tu es en beauté ! Alors, raconte, il est torride ? Il faut absolument qu'il soit torride.

— Il est torride, affirma Lexi.

— C'est ce que tu dis. Je te donnerai mon avis.

— Tu as vu ça ? demanda Skye à Lexi en lui montrant la jambe d'Izzy.

Lexi recula avec une grimace en découvrant la longue estafilade à peine cicatrisée sur la cuisse d'Izzy.

— Je ne veux même pas savoir comment tu t'es fait cela, murmura-t-elle.

— Un petit accident de varappe, dit Izzy d'un ton léger. J'ai glissé. Ce n'est rien du tout.

Lexi se tourna vers Skye qui leva les yeux au ciel en se lamentant :

— Elle ne grandira jamais. Je lui dis de faire attention mais est-ce qu'elle m'écoute ?

— Je t'écoute, grogna Izzy. Je t'écoute tout le temps.

La cadette et la benjamine échangèrent un regard où l'agacement se mêlait à la connivence. Elles s'adoraient toutes les deux ! Lexi les contempla, souriante mais consciente de se sentir tout de même un peu exclue. Cela avait toujours été ainsi, pensa-t-elle avec un brin de tristesse. Skye et Izzy n'avaient qu'une année d'écart, Lexi était l'aînée de trois ans.

Skye et Izzy partageaient les mêmes parents, Lexi n'avait que Jed en commun avec elles. Trois, ce n'est pas toujours un nombre idéal et les deux petites écartaient parfois la grande de certains secrets…

Toujours la dernière à se préparer, Izzy enfila un large pantalon de soie fendu sur le côté qui cacha sa vilaine coupure, et se tortilla pour entrer dans un fourreau rouge vif qui mit en valeur sa chevelure sombre et ses yeux noisette. Elle était ravissante, sexy et libre comme l'air.

— Parfait, dit-elle en s'admirant dans la glace. Je suis superbe. A toi, Lexi, je veux tout savoir sur ce garçon. Cruz Rodriguez, attends, j'ai entendu parler de lui. Il est riche mais cela, ce n'est pas particulièrement passionnant. Il a des voitures de course, non ? C'est déjà mieux. Je me demande s'il me laisserait conduire un modèle vraiment rapide.

— Tu peux toujours le lui demander, répondit Lexi en se promettant de demander à Cruz de refuser.

— Tu n'es pas enceinte ? enchaîna Izzy.

Lexi manqua s'étrangler de saisissement.

— Non !

— Je demandais, c'est tout. Toi qui évitais toujours de t'engager, pourquoi as-tu changé d'avis ?

— Elle est tombée follement amoureuse, avança Skye. En tout cas, c'est la version qu'elle m'a donnée. Tu n'as pas changé d'avis, n'est-ce pas ?

Lexi lui sourit, tout en s'efforçant de maîtriser une énorme envie de fuir son regard inquisiteur.

— Non, non, assura-t-elle. C'est bien de l'amour.

Skye laissa échapper une petite exclamation sceptique.

— Admettons, reprit Izzy en s'attachant un collier d'or au cou. Oh, dites, pourvu que cela ne m'arrive jamais, je détesterais être obligée de rendre des comptes. Les hommes, c'est fantastique au lit mais les avoir toujours dans les pattes ? Très peu pour moi.

— La famille, ça compte, protesta Skye avec douceur.

Les racines aussi. Tu n'aimerais pas être liée pour toujours à quelqu'un, avoir ta place sur cette Terre ?

Izzy réagit comme elle le faisait depuis ses quatre ans : elle fit mine de se retenir de vomir. Cette fois, Lexi rit franchement. Son moment de mélancolie s'envola, son regard changea du tout au tout : Skye et Izzy étaient peut-être nées des mêmes parents mais l'on pouvait difficilement imaginer deux femmes plus différentes ! Skye aspirait à une vie traditionnelle d'épouse et de mère, Izzy vivait pour les sensations fortes. Et elle-même, où se situait-elle ? Sans doute à mi-chemin des deux… Mais tout était si différent depuis que Jed les avait dressées les unes contre les autres.

— Que se passe-t-il ? demanda Izzy en croisant son regard dans le miroir.

— Rien…

— Il y a bien quelque chose. Tu riais et maintenant, tu es triste.

— C'est Jed. Son défi.

Il se fit un silence subit. Les trois sœurs se dévisagèrent.

— Il a ses raisons, avança Skye avec raideur.

— Ce sont des raisons stupides, répliqua aussitôt Izzy. Quant à lui, c'est un crétin fini.

Peut-être, pensa Lexi. Sûrement même…, mais Izzy avait beau clamer qu'elle se fichait de l'opinion de son père, elle n'était jamais allée lui dire que son défi ne l'intéressait pas. « La gagnante rafle la mise », pensa-t-elle ; autrement dit, deux d'entre elles n'auraient rien. Elles avaient plaisanté un jour en disant que Lexi voulait Tristan World, Skye Glory's Gate et Izzy le monde entier. Au fond, toutes trois n'espéraient qu'une chose : un père capable de tendresse.

— Izzy, demanda-t-elle en écartant délibérément ces sombres pensées, tu connais Garth Duncan ?

La benjamine se tourna vers elle.

— Pas personnellement, non. Pourquoi ? Tu penses qu'il me plairait ?

— Je n'en ai aucune idée, répondit Lexi en riant.

— Et Cruz, il va me plaire ?

— Oui.

— Tu n'as pas hésité un seul instant, observa Skye. Tu en es si sûre ?

Lexi s'interrogeait sur bien des points, mais pas sur le potentiel de séduction de son fiancé.

— J'en suis certaine, dit-elle.

Elles descendirent. De l'escalier, Skye repéra Cruz qui bavardait avec une connaissance à quelques pas du bar et, discrètement, le désigna à Izzy. Cruz dut sentir leurs regards posés sur lui car il se retourna avec son sourire le plus dévastateur. Lexi se sentit frémir de la tête aux pieds. Près d'elle, Izzy faisait mine de s'éventer avec sa main.

— Quand tu auras terminé avec lui, tu me le laisses ? chuchota-t-elle. Il est spec-ta-cu-laire.

— Tu es d'un vulgaire, s'indigna Skye, outrée.

— C'est pour cela que je m'amuse davantage que toi.

Elles se turent car Cruz se dirigeait vers elles. Lorsque Lexi fit les présentations, il se montra charmant comme toujours mais il semblait n'avoir d'yeux que pour elle. Dans son regard, elle lut de la chaleur, du désir. Son corps s'éveilla en réponse. Un instant, elle se demanda pourquoi elle tenait tant à lui résister.

Chapitre 6

Minutieusement préparée, la réception des fiançailles se déroula dans l'harmonie. Cruz reçut avec le sourire les félicitations d'hommes avec qui il faisait des affaires depuis des années, et nota la façon dont ils le jaugeaient, maintenant qu'ils allaient devoir l'accepter comme l'un des leurs. Il nota également lesquels d'entre eux sautaient le pas sans hésiter, et lesquels se montraient plus réticents.

La fête fut aussi opulente qu'il l'avait espéré : deux cents personnes vinrent leur souhaiter beaucoup de bonheur. La plupart des femmes le dévisageaient avec un intérêt à peine voilé ; les hommes contemplaient Lexi d'un air songeur, comme s'ils se demandaient s'ils venaient de laisser passer une occasion intéressante.

Ce soir, il touchait au but qu'il s'était fixé l'année de ses douze ans, se dit-il en prenant une coupe de champagne sur le plateau d'un serveur. Enfin, presque, puisque ces fiançailles n'étaient qu'un stratagème. Un jour ou l'autre, il choisirait sa véritable épouse ; ce soir, cela le contentait de regarder Lexi évoluer parmi les invités.

La façon dont sa petite robe blanche mettait en valeur ses longues jambes… Il l'aurait volontiers entraînée dans un recoin discret ! Elle protesterait, bien sûr ; elle trouverait un prétexte pour refuser ses avances, comme elle le faisait depuis deux semaines maintenant. Après le premier soir, il avait compris qu'elle ne cherchait pas à renier leur accord : elle était terrifiée, tout simplement ! Sans cerner la raison de cette frayeur, Cruz sentait clairement qu'il devait lui laisser du temps. Lexi n'était pas femme à sauter dans le lit d'un inconnu — bien qu'elle l'ait fait une fois au moins dans sa vie, lors de leur première nuit d'amour.

Il avait donc gardé ses distances, en s'interdisant de sourire quand elle lui donnait chaque soir une nouvelle raison de ne pas la rejoindre dans son propre lit. Il savait être patient quand la récompense en valait la peine. Il attendrait donc… encore un peu.

— On dirait un fauve qui guette sa proie, dit une voix à son oreille.

Levant les yeux, il reconnut la plus jeune sœur de Lexi.

— Moi ? dit-il innocemment.

Izzy contemplait Lexi à son tour.

— La plupart des hommes ne la voient pas comme une femme passionnée, observa-t-elle.

— Ils sont aveugles, répondit aussitôt Cruz.

— Pas vous ?

— Pas moi.

Au même moment, Lexi se retourna, les vit et s'avança vers eux, en demandant gaiement à Cruz :

— Izzy a déjà commencé à te terroriser ?

— Je ne terrorise personne, protesta celle-ci en lançant à Cruz un sourire éblouissant. Je vis intensément, voilà tout. Je ne sais pas pourquoi les hommes s'imaginent tous que je vais les ligoter et les fouetter pour mieux les dominer.

— Et cela vous arrive ? demanda poliment Cruz.

Le sourire impudent d'Izzy s'élargit encore.

— Parfois, lâcha-t-elle avant de tourner les talons.

Lexi la suivit du regard en maugréant :

— Je me demande parfois si elle est tout à fait normale.

— Je la trouve absolument charmante.

— Intéressant, dit-elle en passant son bras sous le sien. C'est probablement une bonne chose que tu te sois laissé distraire par Izzy. Cela t'a évité de remarquer que mon père commence à s'impatienter. Tu ne lui as pas encore été officiellement présenté.

— Jed Tristan est un homme comme les autres, répondit tranquillement Cruz.

— Si tu le dis!

Elle l'entraîna vers l'angle de la pièce où se tenait le grand homme, entouré de ses amis. Tous les hommes de ce groupe étaient grands, extrêmement bien vêtus, souvent trop bien nourris; leur richesse les enveloppait d'une sorte de halo. A une époque, Cruz se serait senti bien petit face à eux; la nervosité l'aurait empêché de trouver les mots justes pour leur parler. Ce n'était plus le cas. Il se savait déjà plus riche que certains piliers de la vieille garde; avant d'avoir leur âge, il les dominerait tous. A l'exception peut-être de Jed Tristan! Cette fortune-là se construisait depuis des générations, il lui faudrait du temps et de sérieux efforts pour l'égaler.

Le tenant par la main, Lexi fendit le groupe. Les hommes se turent et la regardèrent en souriant.

— Papa, lança-t-elle, je te présente Cruz Rodriguez. Cruz, voici mon père, Jed.

— Monsieur Tristan, dit Cruz en lui tendant la main.

Le regard très bleu de Jed se braqua sur lui. Courtoisement, les autres hommes s'écartèrent pour les laisser seuls. La poignée de main des deux hommes fut ferme et brève. Les yeux hypnotiques de Tristan pesaient toujours sur Cruz, qui le laissa dominer cet instant sans craindre de ne pas être à la hauteur.

— Voilà donc l'homme qui va me voler ma petite fille, dit enfin le vieil homme en lâchant sa main. J'ai pris mes renseignements sur vous. Ce n'est pas son argent qui vous intéresse.

— Non, monsieur.

— Inutile de m'appeler monsieur, protesta Jed avec un geste d'impatience. Je ne suis pas si vieux.

— Très bien.

— Si vous pensez être capable de rendre Lexi heureuse, allez-y ! Vous connaissez ma collection d'armes à feu ?

— Non.

— Elle est impressionnante. Ne l'oubliez pas.

Inclinant sa haute taille avec une certaine raideur, Jed posa un baiser sur la joue de Lexi et la renvoya d'un bref :

— Maintenant, va vite le montrer à tous tes amis.

— Oui, papa.

Ils s'éloignèrent. Voyant l'expression troublée de Lexi, Cruz lui glissa :

— Qu'y a-t-il ? Tu t'attendais à une explosion ?

— Non, bien sûr que non. La scène était bien jouée, il n'a oublié aucune de ses répliques. Il a menacé de t'abattre comme un lapin au premier faux pas, c'est tout à fait dans la tradition des pères texans.

L'entraînant dans un coin discret à l'écart de la foule, Cruz souleva son menton pour mieux scruter son regard. Quand elle leva les yeux à contrecœur, il y lut une grande tristesse.

— Dis-moi, insista-t-il.

— Il ne pense pas un mot de ce qu'il dit. Pour cela, il faudrait qu'il s'intéresse à moi. J'ai aussi reçu un petit mot absolument charmant de la part de ma mère, qui me félicite pour mes fiançailles avec un mécanicien. Si, si, je t'assure. Elle nous souhaite beaucoup de bonheur.

Ce chagrin dans les yeux bleus de Lexi… L'intensité de sa propre réaction stupéfia Cruz. Il se découvrait une envie subite de la protéger.

— Tu aurais aimé qu'elle vienne ce soir ? demanda-t-il.

— J'aurais aimé que l'un des deux au moins attache de l'importance à l'événement. Après tout, ils ne savent pas que ce ne sont pas de vraies fiançailles. Oh, et puis cela n'a pas d'importance. Je n'ai rien mangé aujourd'hui et le champagne me monte à la tête. Oublie tout cela, je n'ai rien dit, tout va bien. J'ai Skye et Izzy, n'est-ce pas ?

Il aurait aimé lui dire qu'elle l'avait aussi, lui, ne serait-ce que pour quelques mois, mais il doutait que cela lui soit d'un grand réconfort. Ne sachant que faire d'autre, il lui prit la main pour l'entraîner vers la piste de danse. Comme par un fait exprès, l'orchestre entamait un slow. Il l'attira dans ses bras, elle s'appuya contre lui ; ils dansèrent lentement, sans se parler, leurs corps parfaitement accordés l'un à l'autre.

D'autres couples dansaient autour d'eux, des serveurs fendaient la foule avec des plateaux sur lesquels étincelaient des rangées de coupes de champagne. Tout était d'un goût parfait. « C'est ainsi que les nantis font la fête », pensa Cruz. Voilà ce qu'il visait depuis le début : être accepté par ces gens, et tenir cette femme dans ses bras. Se penchant vers Lexi, il effleura légèrement ses lèvres des siennes. Il sentit un frisson parcourir son corps svelte, elle se pressa un peu plus étroitement contre lui. Cette réaction aurait dû enchanter Cruz… mais en éveillant le désir de la jeune femme, il venait également de déchaîner le sien. Son corps prêt à l'amour brûlait, il était à la torture. C'était ainsi chaque fois qu'il voyait Lexi ; il suffisait qu'elle s'approche de lui pour qu'il ne pense plus qu'à une chose : la prendre, encore et encore et encore.

Bientôt, se promit-il. Très bientôt.

— Cela va mieux? demanda-t-il quand ils quittèrent la piste.

Elle hocha la tête avec un sourire.

— Merci. Je ne me laisse généralement pas abattre par l'attitude de mes parents. Tu as été…

— Je n'en revenais pas quand j'ai appris la nouvelle ! J'aurais parié qu'il ne se laisserait jamais capturer.

Cruz n'eut pas besoin de se retourner pour savoir à qui appartenait cette voix. Surprise, Lexi dévisageait la femme qui venait de se planter devant lui.

— Je te présente Sabrina, lui dit Cruz. Une vieille amie. Sabrina, voici Lexi, ma fiancée.

— Je sais qui est Lexi ! répliqua l'autre femme, et j'avoue que je suis impressionnée. Une Tristan !

— C'était gentil à Cruz de vous inviter, articula Lexi d'une voix glaciale.

— Oh, ne vous inquiétez pas, il ne m'a pas invitée ! assura Sabrina avec un petit rire. J'accompagne un ami de votre père, un vieux monsieur riche et assez obtus. Ce sont les meilleures qualités chez un homme — à part chez toi, Cruz, j'ai toujours fait une exception pour toi.

Les deux femmes n'auraient pu être plus différentes, pensa Cruz. Sabrina, à la limite de la vulgarité dans sa robe voyante et un peu trop étroite, de gros diamants aux oreilles, au cou et au poignet. A vingt ans, il la trouvait merveilleusement sophistiquée ; depuis, ils avaient continué à se voir de loin en loin, pour le plaisir… jusqu'au jour où Sabrina avait voulu modifier les règles du jeu.

— Excusez-moi, dit Lexi avec un sourire tendu, je vais m'assurer que tout va bien aux cuisines. Heureuse de vous avoir rencontrée.

Elle s'éloigna d'un pas vif.

— Tu as décroché la timbale, dit Sabrina en la suivant des yeux. Bravo.

— Merci, répondit distraitement Cruz.

Lui aussi suivait Lexi des yeux. Elle semblait contrariée, mais pourquoi ? Il chercha à se dire que cela n'avait aucune importance. Ses anciennes liaisons n'avaient aucun rapport avec l'accord qu'ils venaient de passer. Sabrina était une réalité qu'il ne pouvait changer, qu'il n'avait aucune envie de changer. Lexi allait devoir assumer. Se tournant vers Sabrina, il lui proposa de danser.

— La garce, siffla Lexi entre ses dents, réfugiée derrière une énorme plante verte.

— Parler tout seul, c'est mauvais signe, lui murmura Dana qui arrivait juste derrière elle. Qui t'a mise dans un état pareil ?

D'un signe du menton, Lexi lui montra la piste de danse et la blonde décolorée qui se pressait contre Cruz dans sa robe trop moulante.

— Je la déteste. Regarde ce corps ! Tu trouves ça juste, qu'elle ait des formes partout où il faut, et moi nulle part ?

— C'est artificiel, répliqua Dana. Regarde mieux, sa poitrine est complètement figée, c'est du silicone. Et elle est déjà plus que potelée ; dans cinq ans, elle sera énorme.

— Tu crois ? demanda Lexi, humiliée d'entendre une note d'espoir percer dans sa voix. C'est une ex. Une parmi tant d'autres.

— Pourquoi t'intéresser à elle ? Cruz et toi, ce n'est qu'une transaction, n'est-ce pas ?

— Si. Bien sûr. Mais ce soir, c'est tout de même nos fiançailles. C'est humiliant pour moi qu'il s'accroche à elle comme cela.

Son amie s'éclaircit bruyamment la gorge.

— D'abord, déclara-t-elle, c'est elle qui s'accroche, pas lui. Ensuite, dépêche-toi de me dire que tu n'es pas en train de craquer pour lui.

— Non, bien sûr que non, mais j'ai tout de même une image à préserver.

— Depuis quand ! s'esclaffa Dana.

— Tu sais très bien ce que je veux dire.

— Je n'en suis pas si sûre. Si cela peut te rassurer, il a effectivement fréquenté beaucoup de femmes mais aucune d'elles n'a compté pour lui. Il n'en garde aucune plus de quelques semaines, personne ne s'approche réellement de lui.

Lexi la dévisagea, médusée.

— Et comment sais-tu tout cela ?

— J'ai pris quelques renseignements, répliqua Dana sans la moindre gêne. Tu es mon amie et tu t'es fiancée à un type dont je ne savais rien. Je voulais m'assurer que tu ne courais aucun risque.

Aussitôt, Lexi se détendit, touchée.

— Je te remercie, dit-elle. C'est formidable de t'avoir pour assurer mes arrières.

— Il faut bien que quelqu'un te surveille, tu ferais confiance à n'importe qui. Pour en revenir à Cruz : il a fait beaucoup de bêtises quand il était gosse. Son casier est scellé mais j'ai posé quelques questions et trouvé quelques flics qui se souvenaient de lui. C'étaient les condamnations habituelles chez les mineurs.

— Laisse-moi deviner, demanda Lexi, sardonique. Il a volé des voitures ?

— Il ne s'est fait prendre qu'une fois mais effectivement, il a volé des voitures. Et aussi d'autres menus objets. Depuis ses dix-huit ans, c'est un citoyen modèle… et très prospère. Tout ce qu'il touche se transforme en or.

« Exactement comme mon père », pensa Lexi. Une fois de plus, elle fut troublée par la ressemblance entre les deux hommes.

— Sur le plan amoureux, enchaîna Dana, aucune relation sérieuse, mais il a son type de femme.

— Que veux-tu dire ?

Dana jeta un regard appuyé vers la piste de danse. Sabrina parlait à son cavalier avec animation, et même avec passion. Cruz semblait s'ennuyer — à moins que Lexi ne voie uniquement ce qu'elle souhaitait voir ?

— Il aime les grandes blondes aux yeux bleus. Autrement dit, toi, Lexi.

— Ah ? Et où veux-tu en venir ? Il m'a choisie pour compléter sa collection ?

Dana soupira et sembla renoncer à répondre.

— C'est un homme dangereux, dit-elle. Très civilisé en apparence, mais dis-toi bien qu'il ne ressemble à aucun des hommes avec qui tu es sortie jusqu'ici. Et surtout pas à Andrew.

— Enfin une bonne nouvelle.

— Là, je suis assez d'accord avec toi. Andrew est parvenu

à cacher le fait qu'il était un sale type, Cruz aime annoncer la couleur au monde entier. Reste qu'il est réellement dangereux. Prends bien garde à toi.

— C'est une transaction, assura Lexi. Je ne suis pas en train de craquer.

Son amie ne sembla pas très convaincue.

— Je te rappellerai tes paroles dans six à huit semaines, promit-elle. Nous verrons si c'est toujours le cas.

— Cruz pour vous sur la une, annonça la voix chantante de la réceptionniste de Vénus & Moi.

— Merci !

Respirant à fond, Lexi enfonça le bouton et lança :

— Bonjour !

— Bonjour.

Cette voix grave et sexy... Elle en arrivait presque à regretter de ne pas voir son homme chaque matin au saut du lit... car Cruz était toujours parti quand elle descendait prendre son petit déjeuner.

— J'ai lancé ma petite enquête sur le mystérieux Garth Duncan, lui disait-il. C'est un homme discret qui couvre bien ses arrières ; je mettrai sans doute un certain temps avant d'aboutir à des résultats concrets. J'ai tout de même trouvé un point intéressant.

— Et c'est ?

— Il possède une animalerie. Chez toi, à Tristanville.

Lexi fronça les sourcils, interdite. Une animalerie ? Ce milliardaire, cet homme d'affaires impitoyable, ce type aux instincts de tueur qui avait délibérément tenté de la ruiner... possédait un commerce où l'on vendait des chiots, des chatons et des poissons rouges ?

— Tu en es bien sûr ? demanda-t-elle. Ce n'est pas un autre homme portant le même nom que lui ?

— Je me suis aussi posé la question mais j'ai remonté la piste des actes de propriété et je suis parfaitement sûr de ce que j'avance. D'ailleurs, ce n'est pas un nom si courant. J'ai pensé que tu voudrais jeter un coup d'œil.

— Tu as eu raison. Je passerai plus tard dans la journée. Merci beaucoup, Cruz.

— De rien. A ce soir ?

— J'ai hâte.

C'était sorti tout seul. Lexi rougit en se demandant comment elle avait pu dire une chose pareille. Au bout du fil, il y eut un blanc très bref puis :

— Moi aussi, *querida*.

Cette voix ! Une voix qui évoquait des draps froissés, un homme nu… Le désir de Lexi flamba.

— Très bien, s'entendit-elle dire d'une voix qu'elle ne reconnut pas. A tout à l'heure. Je… file à l'animalerie. Je te tiendrai au courant.

Un quart d'heure plus tard, elle se garait devant le magasin. Sur la vitrine, de hautes lettres calligraphiées à l'ancienne épelaient les mots « Pattes et Plumes ». En poussant la porte, Lexi pénétra dans un espace agréablement agencé. Des présentoirs de bois proposaient des sachets de nourriture et de fournitures diverses, des cages en tout genre s'alignaient le long des travées ; elle ne décela aucune odeur déplaisante. A la caisse, un adolescent leva les yeux d'un livre de cours pour l'accueillir d'un sourire.

— Bonjour ! Je peux vous aider ?

— Je… je regarde juste.

— Très bien. Si vous avez des questions, revenez me voir ou adressez-vous à Kathy. C'est elle qui sait tout !

— Merci, lança Lexi, amusée par cette formule.

Un peu au hasard, elle s'engagea dans une travée. Maintenant qu'elle était ici, elle se demandait ce qu'elle comptait découvrir. Garth Duncan ne rôdait certainement pas au rayon des rongeurs, il n'affichait pas ses transactions secrètes à côté des panneaux annonçant la promotion du jour. A quoi bon explorer cet endroit ?

Puisqu'elle était ici, autant achever la visite ! Intéressée malgré elle, elle tomba en arrêt devant une grande cage dans laquelle voltigeaient des oiseaux minuscules.

— Je ne crois pas, non, dit une voix.

Une voix de femme, très douce, un peu enfantine. Se retournant, Lexi se trouva nez à nez avec une inconnue au sourire étrange, un peu flou.

— Pour vous, ce ne sera pas un oiseau, reprit-elle. Ou un reptile. Moi non plus d'ailleurs, mais beaucoup de garçons apprécient les reptiles. Pauvres bêtes, ce n'est pas leur faute s'ils sont un peu effrayants. Sauf les tortues, bien entendu. Les tortues sont adorables mais les serpents ? Non. Disons que nous nous comprenons. Les serpents me respectent. Les lézards aussi. Ils sont très bien, les lézards.

Ni grande ni petite, cinquante et quelques années, des cheveux châtains très doux et de magnifiques yeux verts… mais quelle femme étrange ! Il se dégageait d'elle une impression troublante, une sorte de décalage.

— Je suis Kathy, reprit-elle. Je m'occupe des animaux. Certains d'entre eux sont à vendre mais je suis très prudente quand je choisis à qui je les confie.

C'était sa façon de parler, décida Lexi. Lentement, prudemment, comme si elle choisissait chaque mot avant de le prononcer. Les séquelles d'une attaque cérébrale peut-être ? Non, car ses mouvements étaient souples et aisés. Un léger handicap mental ?

— Je ne cherche pas vraiment un animal de compagnie, avoua-t-elle.

— Bien sûr que si, protesta Kathy en penchant la tête sur le côté. Mais quel genre d'animal ? Laissez-moi réfléchir.

— Mais non, je vous assure… Je suis uniquement entrée par curiosité.

Lexi se sentit perdre pied. Quelle espionne lamentable elle faisait !

— De la douceur, murmura Kathy en scrutant son visage. Un petit être câlin.

Ses yeux extraordinaires s'illuminèrent et elle articula :

— Je sais. Un chaton.

— Je n'aime pas particulièrement les chats…

— Mais si ! Venez voir.

Elle se dirigeait déjà vers le fond du magasin. A quoi bon la contredire ? Lexi la suivit. La situation était ridicule mais il lui suffirait de tenir le chaton dans ses bras quelques instants, puis de refuser poliment et de s'en aller.

Il y avait trois chatons, lancés dans une sarabande acrobatique dans leur grande cage de verre. Kathy les étudia attentivement puis en choisit un, au poil couleur de marmelade d'oranges.

— Tenez, dit-elle en le tendant à Lexi. C'est celui-ci.

Soupirant à l'idée des poils que le petit animal ne manquerait pas de laisser sur son pull noir, Lexi le prit contre elle. Ses mains se refermèrent sur son corps menu, elle sentit la douceur de sa fourrure, perçut le battement d'un petit cœur déterminé. Il était minuscule, tout chaud, avec de charmants yeux ronds. Ne sachant que faire, elle le cala contre sa poitrine ; se blottissant contre elle, le chaton se mit à ronronner — un ronronnement trop grand pour lui. Elle sentit ses petites pattes pétrir sa paume, les fines aiguilles de ses griffes piquer sa peau. Cela aurait dû être agaçant mais ça ne l'était pas. C'était… adorable.

— Il vous faudra un bac et de la litière, déclara Kathy. Et aussi de la nourriture, deux bols et quelques jouets.

— Mais je ne vais pas le prendre, protesta Lexi.

Fascinée, elle étudia le petit minois.

— C'est un petit mâle, dit Kathy qui s'éloigna en cueillant les objets qu'elle venait d'énumérer sur les rayonnages. Il faudra le faire castrer quand il aura six ou huit mois. Il a eu ses premiers vaccins mais vous devrez penser au rappel.

Sans consulter sa cliente, elle ajouta un livre sur les soins à donner aux chats.

— Ce serait difficile pour moi de m'occuper d'un animal pour l'instant, tenta d'objecter Lexi. Je suis absente toute la journée. Je travaille.

— Vous resterez bientôt à la maison avec vos bébés, assura Kathy en se retournant pour lui sourire.

Lexi toussa de saisissement.

— Des bébés ! Mais je ne suis pas enceinte.

— Pas encore, non.

— Mais je n'ai pas l'intention…

A quoi bon continuer cette discussion absurde ? De toute façon, Kathy ne l'écoutait pas. Très concentrée, elle choisissait de la nourriture en boîte, des croquettes, plusieurs jouets. Tout à fait dépassée par les événements, Lexi la suivit jusqu'à la caisse.

— Je vous assure que ce n'est pas une bonne idée…

Avec beaucoup de sérieux, Kathy approuva de la tête.

— Pour l'instant, non, mais ce le sera.

Tendant une main fine, elle caressa le chaton.

— Tu me manqueras, dit-elle à la petite bête, mais tu vas être très heureux.

Se détournant, elle posa un dernier objet près de la caisse : une petite cage de voyage. Puis, tournant les talons, elle disparut derrière un présentoir. Médusée, Lexi se tourna vers l'adolescent qui se tenait derrière le comptoir.

— Tout est brusquement très bizarre, lui avoua-t-elle.

Le garçon éclata de rire.

— Cela se passe toujours comme cela. Les clients entrent ici, Kathy leur dit quel animal il leur faut. Je vous assure qu'elle a presque toujours raison. Tout le monde l'adore.

Le chaton s'était endormi. Sachant parfaitement qu'elle devrait le rendre sans attendre, Lexi pressa son menton dans sa fourrure soyeuse. Elle ne parvenait tout simplement pas à remettre le petit animal entre les mains du jeune garçon qui attendait sa décision avec un sourire amusé. Bon, très bien ! Elle l'emmènerait à l'institut et… elle l'offrirait à quelqu'un. Tout le monde adore les chatons, elle trouverait forcément un bon foyer pour celui-ci.

— Elle n'est pas tout à fait… comme tout le monde, n'est-ce pas ? demanda-t-elle. Kathy, je veux dire.

— Elle n'a pas toujours été comme ça, répondit le garçon sans la moindre gêne. J'ai cru comprendre qu'il lui était arrivé quelque chose, il y a très longtemps. Moi, je travaille ici seulement depuis dix-huit mois. Mais vous verrez : pour le chaton, elle aura raison.

Même avec l'aide du jeune employé, Lexi dut faire deux voyages pour charger tous ses achats dans le coffre de sa voiture. Délicatement, elle glissa le chaton dans sa cage et la déposa près d'elle sur le siège du passager, la fixant en place à l'aide de la ceinture de sécurité. Après un instant de réflexion, elle pressa le bouton qui déprogrammait l'airbag de ce côté.

— Je prends cette histoire beaucoup trop au sérieux.

Le chaton n'eut rien à lui répondre, trop occupé à contempler avec intérêt ce nouvel environnement. En démarrant, Lexi se sentait de plus en plus perplexe. Pourquoi un homme d'affaires comme Duncan possédait-il un commerce de ce genre ? Quant à Kathy, que lui était-il arrivé ? Quelle influence avait pu la changer à ce point, et quel rapport cela avait-il avec Duncan, ou avec elle-même et Vénus & Moi ?

Quand elle rentra chez Cruz un peu après 17 heures, elle n'était pas parvenue à offrir le chaton à qui que ce soit. C'était curieux car elle en avait pourtant la ferme intention ! En règle générale, elle n'aimait pas particulièrement les chats mais celui-ci semblait s'être fait une place dans son cœur.

Les bras chargés, elle poussa la grande porte… et s'arrêta net en entendant des éclats de voix. Cruz parlait espagnol, et semblait très en colère. Hésitante, Lexi s'approcha de la porte de son bureau et le vit debout derrière sa table de travail, face à un inconnu ; elle ne comprenait pas un mot de leur échange mais tous deux étaient manifestement furieux. Troublée, elle recula, et monta à l'étage en emportant le chaton avec elle. Elle installerait le petit animal dans la pièce où elle avait son ordinateur et ses dossiers, en face de la chambre principale. Un quart d'heure plus tard, quand Cruz la rejoignit, il semblait toujours hors de lui.

— Désolé de t'avoir imposé cela, maugréa-t-il.

— Pas de problème. C'est une affaire qui a mal tourné ?

— Non.

Fronçant les sourcils, il examina le petit chat qui explorait la surface du bureau.

— Qu'est-ce que c'est ?

— A ton avis ?

— Tu as acheté un chat ?

— Je ne sais pas très bien comment c'est arrivé.

De son drôle de trot bancal, le chaton se précipita vers Cruz et donna des coups de patte dans la main qu'il lui tendait. Le soulevant, Cruz le pressa contre sa joue ; instantanément, le chaton se mit à ronronner. C'est alors que Cruz surprit Lexi, une fois de plus.

— J'aime les chats, dit-il. Il s'appelle comment ?

— Je pensais l'appeler C.C.

Le nom lui venait à l'instant. Voyant Cruz hausser les sourcils, Lexi lui sourit en lançant :

— Comme ton entreprise, Cruz Control.

— Tu as baptisé ce chaton en mon honneur ?

— Mais oui.

— Bien vu.

Très décontracté, C.C. se nicha au creux du bras de Cruz, roula sur le dos et s'endormit aussitôt, une patte en l'air. Se laissant tomber sur le siège le plus proche, Cruz le caressa doucement.

— C'était mon père, dit-il sans lever les yeux.

Cela, Lexi ne s'y attendait pas ! Maintenant qu'il était trop tard, elle regrettait de n'avoir pas mieux regardé le visiteur de Cruz.

— Si je comprends bien, vous ne vous entendez pas ? demanda-t-elle avec prudence.

— Non, soupira Cruz. C'est une longue histoire mais chaque fois qu'il se mettait en colère contre ma mère, il menaçait d'appeler les services d'immigration. Lui, il avait la nationalité américaine mais ma mère était arrivée ici clandestinement. Quand j'étais petit, elle vivait dans la terreur d'être expulsée. Je lui ai obtenu ses papiers il y a quelques années. Le reste du temps, il se contentait de la battre jusqu'à ce qu'elle promette de l'aimer toujours…

Lexi se raidit, horrifiée. Elle comprenait le sens des paroles de Cruz mais… comment assimiler d'un coup l'horreur de ce qu'il racontait ? Juanita, cette femme charmante et généreuse ? Quel genre de monstre pourrait envisager de la frapper ? Et pas seulement une fois, sous le coup de l'emportement, mais *de façon régulière* ?

— Si je suis entré dans une bande, c'était à cause de lui, reprit Cruz. Il me fallait de l'argent pour acheter une arme.

Il leva les yeux vers Lexi, des yeux sombres, indéchiffrables qui la firent penser à une nuit froide et sans lune.

— J'avais douze ans, dit-il d'une voix lointaine. Je l'ai attendu près de la maison, je me suis mis derrière lui et j'ai pressé le pistolet contre sa nuque. Je lui ai dit que s'il s'avisait de la frapper une fois de plus, je le tuerais. Je lui ai donné une heure pour emballer ses affaires et débarrasser le plancher.

— Et que s'est-il passé ? demanda Lexi tout bas.

— Il est parti. *Mama* et moi, nous n'avons plus jamais parlé de lui. J'aimerais penser qu'elle est soulagée, que je l'ai sauvée, mais il n'y a jamais eu d'autre homme dans sa vie, alors il se peut qu'elle l'aime toujours.

Haussant les épaules, il ajouta avec amertume :

— Au moins, elle ne risque plus rien. Au fond, c'est la seule chose qui compte. Quand j'étais petit, je pensais chaque jour que la vie serait plus agréable sans lui. Et pour cela au moins, je ne me trompais pas.

— Et lui, ton… père ?

— Il vient me voir de loin en loin. Il sait que j'ai de l'argent. C'est plus facile de lui en donner.

Par culpabilité ? Ou au nom d'un lien impossible à briser, même si Cruz le souhaitait ?

— Je suis désolée, dit-elle.

— Il ne faut pas. Tout va bien.

Elle fut émue par la tristesse de son visage. Se levant, il lui rendit C.C.

— J'ai du travail, dit-il d'une voix brève.

Et il sortit.

Ce soir-là, Lexi arpenta longuement la vaste chambre. Elle ne cessait de penser au récit de Cruz. Cette histoire expliquait tant de choses qu'elle ne comprenait pas auparavant, elle voyait si clairement comment ce petit garçon blessé et furieux était devenu le Cruz d'aujourd'hui. Voilà pourquoi il se préservait de toute relation trop intime, voilà pourquoi il avait un si grand besoin d'être accepté. Quelque chose en lui était brisé. Comme en chaque être humain sans doute ?

Vers minuit, elle entendit des pas dans le couloir, et la porte de la chambre s'ouvrit. Cruz parut sur le seuil et attendit en silence.

Lexi avait trouvé mille prétextes pour se préserver de lui. Elle s'était efforcée de garder ses distances parce qu'elle savait trop bien ce qu'elle risquait en retournant dans ses bras. D'avance, elle devinait combien ce serait difficile de dresser un mur entre ses émotions et leur union physique. Elle voyait clairement toutes les raisons de ne pas céder et tout à coup, aucune d'entre elles ne comptait plus, parce qu'elle venait de découvrir un aspect de Cruz qu'elle ne soupçonnait pas. Face à un homme puissant et sûr de lui, son instinct la poussait à résister mais face à un homme vulnérable ? Traversant la chambre pour le rejoindre, elle se haussa sur la pointe des pieds et l'embrassa.

Chapitre 7

Cruz réagit instantanément, la pressant contre lui et s'emparant de sa bouche avec une passion qui lui coupa le souffle. Elle sentit ses jambes céder. La bouche de Cruz avait un goût d'amour et de whisky ; quand leurs langues se rencontrèrent, elle noua les bras autour de son cou, cherchant un ancrage solide dans cette tempête qui les soulevait tous deux. Les mains de Cruz exploraient son corps, en laissant des étincelles partout où elles passaient. Lexi ne portait qu'une légère nuisette mais c'était encore trop : elle voulait sentir la peau nue de Cruz contre la sienne, retrouver les sensations de sa première fois, quand il l'avait changée pour toujours en lui faisant l'amour une nuit d'été.

Voilà pourquoi elle lui résistait depuis son arrivée sous son toit : quand il la touchait, elle ne se reconnaissait plus. Lors de leur stupéfiante première nuit, la violence de sa propre passion l'avait effrayée. Depuis, elle s'était arrangée pour ne plus jamais perdre le contrôle d'elle-même avec un homme.

Cruz était tout en muscles durs, le contact de son corps la rendait folle. Quand il laissa glisser ses mains jusqu'à ses reins, elle se pressa passionnément contre lui. « Prends-moi tout de suite », pensa-t-elle. Elle le voulait *maintenant*, elle voulait qu'il l'adosse contre un mur et qu'il la prenne ; qu'il la possède et qu'il la comble. Que ce soit comme un bouleversement de tout son être, et que rien ne soit plus jamais comme avant.

Jamais elle n'avait connu cela avec un homme. Habituellement, elle préférait de la douceur dans l'amour : un échange familier et facile, une danse prévisible, codifiée. Andrew s'était même plaint un soir de sa froideur ! Mais elle n'était pas froide avec Cruz : au contraire, elle le dévorait avec feu !

Dans ses bras, il répondait à son élan et elle redoublait d'ardeur. Encore, encore ! Et tout, tout de suite !

Il lui couvrit le cou de baisers brûlants. Elle en frissonnait, de la lave coulait dans ses veines, son corps aspirait à la délivrance. Les mains tremblantes, elle arracha la chemise de Cruz plus qu'elle ne la déboutonna. Il lui prit le visage à deux mains et plongea dans ses yeux : sous le coup de la passion, ses prunelles de braise étaient encore plus noires. Lui aussi cherchait son souffle, comme Lexi. Sans cesser de la contempler, il repoussa les bretelles de sa nuisette. Et soudain, presque avec brusquerie, il dénuda ses seins. Là, il s'inclina pour y poser les lèvres et la goûter du bout des dents.

L'exquise douleur arracha un cri de plaisir à Lexi. Instinctivement, elle pressa contre elle le visage de Cruz. « Encore, pensait-elle désespérément, encore. » A présent, Cruz la caressait et le désir devenait insupportable. Quand il se laissa tomber à genoux, elle entendit vaguement se déchirer la soie de sa nuisette. Elle était nue, totalement nue, et Cruz était à ses pieds.

Mon Dieu… Ils n'étaient même pas dans un lit… Cela lui ressemblait si peu de se laisser aimer de cette façon…

Les mains agrippées aux épaules de son amant, elle perdit le souffle lorsqu'il ouvrit délicatement ses jambes puis posa les lèvres à l'intérieur de ses cuisses, sur le point le plus sensible qu'il attisa de la langue.

De nouveau, dans un éclair, Lexi se vit telle qu'elle était : debout, au beau milieu de la chambre, haletante, offerte aux caresses audacieuses de Cruz. Cependant, la honte ne l'effleura pas. Plus rien ne comptait ni n'existait, en cet instant, sauf Cruz et le plaisir qu'il lui donnait.

Il semblait savoir exactement ce qu'elle ressentait ! Progressivement, implacablement, il fit monter la tension et enfler en elle la vague fatale. Lexi aurait voulu retenir le plaisir, mais son corps décidait pour elle. Les yeux fermés, la tête renversée, elle galopait vers la jouissance.

Cruz glissa un, puis deux doigts dans son intimité, sans cesser de la caresser avec sa langue. Et là, comme la foudre s'abat, la jouissance la saisit et la terrassa. Elle s'entendit crier, soulevée par un orgasme éblouissant. Puis, accompagnée par Cruz, elle se laissa retomber, secouée de frissons, vers l'apaisement absolu.

Mais son amant n'en avait pas fini avec elle. Lexi sentit qu'il la portait vers le lit. Il la nicha au creux du lit, allongée sur le dos, toujours embrumée de plaisir. Elle le vit à peine se déshabiller mais elle admira son corps nu. Bientôt, il fut sur elle, et aussitôt, en elle. Leurs corps s'épousèrent d'un seul élan, comme s'ils étaient faits l'un pour l'autre de toute éternité. Cruz plongea dans les yeux de Lexi puis, d'eux-mêmes, leurs corps entamèrent un galop. En quelques instants, Lexi sentit son plaisir renaître. Elle enroula les jambes autour des reins de Cruz, l'attira à elle plus profondément à chaque assaut, s'abandonnant tout entière. Plus vite, plus fort…

— Encore, souffla-t-elle d'une voix rauque. Ne retiens rien.

Il hésita un bref instant, revint avec davantage de force. Et cela commença : une force qui se rassemble, une spirale étourdissante… Une nouvelle explosion se préparait, encore meilleure que la précédente. Lexi étreignit Cruz de toutes ses forces, tendue vers la sensation. Elle en aurait pleuré. Soudain, il la fit rouler dans ses bras et elle se retrouva à le chevaucher comme une amazone.

C'était elle maintenant qui donnait le rythme, soutenue par Cruz dont les mains, solidement agrippées à ses hanches, la guidaient. Elle fila vers le plaisir, les yeux clos pour ne pas savoir si Cruz la regardait jouir. Pourtant, ses inhibitions habituelles s'étaient envolées, elle ne se surveillait plus.

La jouissance explosa. Une plainte rauque échappa à Lexi, venue de ses entrailles. Cela dura, dura, et elle sut qu'elle pouvait mourir, maintenant, car rien ne serait jamais aussi bon que cet instant.

Plus tard, elle se replia dans la salle de bains. Une fois l'euphorie retombée, elle se sentait terriblement gênée de la façon dont elle s'était laissée aller. « Reine des glaces… », pensa-t-elle avec une petite grimace, tout en aspergeant d'eau fraîche son visage.

Les yeux fermés, elle chercha une serviette à tâtons… et toucha Cruz. Il lui donna un drap de bain ; muette de honte, elle se tamponna le visage, puis croisa dans le miroir le regard de son amant. En peignoir blanc, il était éblouissant et plus sexy que jamais. Un fauve. Mais prêt à ronronner de satisfaction !

— Tu ne revenais pas, dit-il. Je voulais m'assurer que tout allait bien.

— Tout va bien, dit-elle.

C'était presque vrai. Il s'approcha d'elle pour lui effleurer la joue.

— Je t'ai donné du temps, Lexi. Ce n'était pas assez ?

— Tu m'as donné…, répéta-t-elle sans comprendre.

— Du temps. Je voyais bien que tu cherchais à m'éviter.

Un instant, Lexi se demanda si elle devait le remercier ou se mettre en colère.

— Tu aurais dû dire quelque chose, lui reprocha-t-elle.

— Pourquoi ? Cela n'aurait rien changé.

Que voulait-il dire par là ? Qu'il savait qu'elle remplirait sa part du contrat ? Qu'il était sûr que tôt ou tard, elle lui tomberait dans les bras ? Ce qu'elle venait d'ailleurs de faire…

— J'ai eu suffisamment de temps, oui, dit-elle en baissant les yeux avec gêne.

Elle aurait juste aimé lui expliquer qu'habituellement, elle ne se déchaînait pas de cette façon ! Mais, déjà, Cruz l'attirait contre lui en murmurant :

— Dans ce cas, reviens au lit. J'ai encore envie de toi.

— Tu n'as pas l'intention de dormir ? demanda-t-elle en luttant contre la sensation délicieuse qui la saisissait.

— Pas si c'est toi, l'alternative.

Il l'entraîna dans la chambre, ils échouèrent ensemble dans le mitan du lit et Cruz passa l'heure qui suivit à lui faire l'amour.

Si bien que, le lendemain matin, au réveil, Lexi eut l'impression que son corps n'était plus que langueur. Une délicieuse lassitude la clouait au lit, l'effort de se lever pour aller travailler lui semblait insurmontable. Cruz était tout simplement stupéfiant ! N'importe quelle femme pouvait devenir accro à ses caresses ! Qui sait combien de maîtresses il avait ainsi aliénées, au cours de sa carrière mouvementée ?

Au moment où elle se posait la question, Cruz entra justement dans la chambre, impeccable dans son complet sombre, le chaton pelotonné contre lui. La vue de cet homme grand et solide serrant si doucement une petite boule de fourrure gonfla le cœur de Lexi.

— Quelqu'un te cherchait, dit-il en posant C.C. sur le lit. Je l'ai entendu pleurer.

— Il doit avoir faim, murmura-t-elle en caressant le chaton qui se précipitait vers elle. Tu veux ton petit déjeuner, dis ?

Le petit animal se frotta contre elle en ronronnant.

— J'ai un dîner d'affaires, ce soir, reprit Cruz. J'aimerais que tu t'y montres. Acceptes-tu ?

A ce stade, elle ferait n'importe quoi pour passer une soirée avec lui… du moment que la soirée se terminait au lit ! Enchanté de la voir consentir, Cruz se pencha pour l'embrasser.

— Hier soir, c'était extraordinaire, souffla-t-il à son oreille.

Elle rosit. Hier soir, la passion balayait toutes ses inhibitions — mais ce matin, elle se sentait beaucoup moins sûre d'elle. Cruz l'embrassa encore puis lui dit :

— Ce week-end, nous devrions prendre un moment pour décider à qui tu vas me présenter.

— Tu veux dire… dresser une liste ?

— Oui, une liste des membres de ton réseau d'aristocrates. J'aurai besoin de les connaître, pour plus tard, surtout les femmes. Pour quand notre accord sera terminé.

Lexi avait de qui tenir. Soutenue par l'orgueil des Tristan, son sourire ne vacilla pas, elle ne changea pas d'expression, comme si elle n'avait pas senti ce coup de poignard en plein cœur. Que la réalité était donc froide, le lendemain matin !

— D'accord, murmura-t-elle en espérant que sa voix ne la trahirait pas.

— Parfait. Je passerai te prendre à 18 heures.

Elle attendit son départ pour sauter hors du lit et se précipiter dans la salle de bains pour vomir. Puis elle se rinça la bouche, emmena C.C. dans la pièce voisine et lui donna son petit déjeuner. Pendant que le chaton se jetait sur son bol avec avidité, elle s'affaissa sur le sol près de lui et posa la tête sur ses genoux.

Stupide, stupide…, se répétait-elle en silence. C'était même pire que de la stupidité : de l'autodestruction. Eblouie par cette nuit mémorable, elle avait oublié un instant la raison pour laquelle elle vivait chez Cruz. Pour lui, elle n'était qu'un moyen d'atteindre l'objectif qu'il se fixait.

Elle couchait avec lui parce qu'il l'avait achetée.

Ce soir-là, Lexi se prépara pour le dîner avec un soin extrême. Un dîner d'affaires, cela signifiait une tenue de femme d'affaires ; elle choisit donc de porter un tailleur avec un corsage de soie rouge. Une tenue relativement sage en apparence ; le petit plus intervenait lorsqu'elle retirait sa veste car le corsage en question n'était fait que de deux bandes d'étoffe réunies par quelques boutons. Cruz souhaitait la montrer ? Eh bien, ses invités en prendraient plein la vue !

Ses cheveux maintenant. Elle obtint un style décoiffé très *fashion* et utilisa un demi-flacon de laque pour le maintenir. Et pour compléter sa tenue, son parfum préféré, des boucles d'oreilles de diamants et des escarpins coquins. Elle eut beau raviver son gloss plusieurs fois et se répéter que tout allait pour le mieux dans le meilleur des mondes, elle se sentait encore très mal. Les paroles de Cruz l'avaient hantée toute la journée.

Une fois de plus, elle tenta de se raisonner. Ce n'était pas comme si de son côté, elle était amoureuse ! Elle avait simplement eu raison de redouter de faire l'amour avec lui ; en lâchant la bride à sa passion, elle exposait tout ce qui en elle était vulnérable et sensible, tout ce qui créait et répondait aux liens affectifs. Une question de biologie féminine sans doute…

Comment, comment Cruz avait-il pu faire toutes ces choses avec elle, pour lui demander ensuite de lui procurer d'autres filles ? Et comment avait-elle pu se donner avec tant d'abandon ? Repoussant fermement ces questions sans réponse, elle alla s'assurer que C.C. ne manquait de rien, referma doucement la porte et descendit attendre Cruz.

Il l'attendait déjà au rez-de-chaussée. Malgré elle, son cœur se serra, elle sentit une langueur délicieuse se glisser en elle. Dans son superbe complet noir, il respirait la virilité et la puissance. S'avançant vers elle, il lui offrit une rose.

— Je suis désolé, dit-il. J'ai été abject ce matin. Je n'aurais pas dû te parler de notre accord alors que nous venions de passer la nuit ensemble. La plupart du temps, j'arrive à me comporter à peu près correctement mais de temps à autre, je fais une bourde odieuse.

Lexi s'attendait à beaucoup de choses, mais pas à des excuses ! Ces paroles inattendues la touchèrent bien plus qu'elles n'auraient dû le faire. En cherchant à se racheter, Cruz venait de lui donner encore une raison supplémentaire de rester sur ses gardes ! Tout de même, elle appréciait qu'il ait compris l'insulte qu'il lui faisait.

— Merci, dit-elle en acceptant la rose et en respirant son parfum délicat. Nous avons bien un accord, mais ce n'était pas le moment d'en parler.

— Je comprends.

Ils se regardèrent dans les yeux. Lexi sentit une pression curieuse dans sa poitrine, comme si une porte, longtemps condamnée, venait de s'entrebâiller. Non, pensa-t-elle avec force. Elle refusait de croire au danger : elle était trop prudente pour tomber amoureuse de Cruz. Trop intelligente. Tout allait bien se passer.

Le cocktail avant le repas ressembla à tant d'autres, une mêlée dans laquelle chacun s'évertuait à boire le plus possible tout en s'efforçant d'étendre son réseau. Lexi commanda un soda avec une rondelle de citron. C'était ce qu'elle faisait toujours dans ce genre de rencontres, car cela lui permettait de garder les idées claires sans que personne ne devine qu'elle ne buvait pas d'alcool.

Cruz lui fit faire le tour de la pièce en la présentant aux rares personnes qu'elle ne connaissait pas. Il gardait la main posée au creux de ses reins, un geste un peu possessif sans doute… mais elle constata que loin de se sentir agacée, elle appréciait sa présence et son soutien.

Ils s'avancèrent vers un nouveau groupe. Souriante, Lexi échangea quelques mots avec ses connaissances, puis leva les yeux vers l'unique inconnu, un grand garçon brun qu'il lui semblait avoir déjà vu quelque part. Croisant son regard, il s'avança vers elle.

— Je ne crois pas que nous ayons été présentés. Garth Duncan.

Garth Duncan ! Instinctivement, elle se raidit, puisant le réconfort dont elle avait besoin dans la pression légère de la main de Cruz sur sa taille.

— Lexi Tristan, dit-elle en lui tendant la main. Contente de vous connaître.

— J'ai beaucoup entendu parler de votre famille, dit l'homme avec un regard indéchiffrable. Votre père est une véritable institution.

— Effectivement, mais il me semble que vous aussi, vous vous êtes taillé un joli succès, monsieur Duncan.

— Je vous en prie, appelez-moi Garth.

— Si vous voulez. Vous aussi, vous frisez le statut de mythe.

Duncan eut un petit rire et termina son whisky d'un coup.

— Les journalistes adorent exagérer.

Cruz, qui discutait avec une relation d'affaires, se tourna vers eux et se présenta à son tour. Les deux hommes bavardèrent quelques instants, tandis que Lexi les écoutait en silence. Rien dans l'attitude de Duncan ne suggérait une hostilité ou une rancune envers elle, et elle était sûre de ne l'avoir jamais rencontré auparavant. Et cet homme avait cherché à couler son entreprise ? Mais pourquoi ! Au bout de quelques minutes, l'énigmatique personnage les salua d'un sourire et s'éloigna, se perdant aussitôt dans la foule. Lexi se tourna vers Cruz.

— Tu savais qu'il serait ici ce soir ?

— J'avais entendu dire qu'il le serait peut-être, et j'ai pensé que tu apprécierais cette occasion de le rencontrer. Qu'as-tu pensé de lui ?

— Je n'en suis pas sûre. Je dirais que c'est quelqu'un de froid. C'est bizarre : je suis sûre de ne pas le connaître et pourtant, il a quelque chose de familier. Je ne sais pas à quoi cela tient…

Elle réfléchit quelques instants, puis renonça en secouant la tête.

— Pourquoi ? demanda-t-elle. Pourquoi s'est-il attaqué à moi ?

— C'est ce que nous allons découvrir.

Un peu plus tard, alors que Lexi s'était éclipsée en direction des toilettes, Jed Tristan se joignit au groupe qui entourait Cruz.

— Comment va la vie avec ma fille ? demanda-t-il sans préambule.

Le reste du groupe s'écarta discrètement pour les laisser en tête à tête.

— Le bonheur, dit tranquillement Cruz en soutenant son regard perçant.

— Vous avez fixé une date pour le grand jour ?

— Non.

— Vous prenez votre temps ? C'est intelligent de votre part. Il faut être sûr de faire le bon choix.

Négligemment, Jed saisit un petit four sur le plateau d'un serveur qui passait devant lui.

— Vous n'êtes pas venu me voir, dit-il. Vous ne m'avez pas demandé la main de Lexi. Je vous attendais.

— Lexi fait ses propres choix.

— Je le sais. C'est une fille très intelligente. Intelligente et obstinée. Je vous recommande de ne pas vous la mettre à dos : elle ne pardonne pas facilement.

Sans paraître se formaliser de la brièveté des réponses de Cruz, le vieil homme avala paisiblement son chou aux crevettes et reprit :

— J'ai arrangé le mariage de Skye. Un homme bien, beaucoup de cœur. Elle était amoureuse d'un jeune voisin mais je l'ai convaincue de faire les choses à ma façon. Lexi n'admettrait pas cela. Elle ne céderait pas. J'ai du respect pour elle.

Cruz apprécia cette description de Lexi. Par moments, elle lui rappelait C.C. et la détermination à toute épreuve qui lui permettait de tenir tête, soufflant et crachant, à une menace vingt fois plus grande que lui. Lexi ne reculait devant rien mais à l'intérieur, elle n'était que douceur et tendresse. Il avait compris cela ce matin, en voyant l'éclair de souffrance dans ses yeux. Oh, il ne s'y trompait pas, elle n'était pas amoureuse de lui ! Il n'avait pas blessé son cœur, mais il l'avait humiliée. Parfois, cela faisait encore plus mal.

— Je lui avais dit d'épouser Andrew, enchaînait Jed. J'ai insisté mais elle a refusé de m'écouter. Et en fin de compte, c'est elle qui avait raison.

Qui était cet Andrew ? Au fond, cela n'avait aucune importance mais Cruz ressentit une nette curiosité.

— Les affaires marchent ? lui demanda Jed. Et l'institut de beauté de Lexi, il a du succès ?

— Beaucoup de succès, répondit Cruz. C'est une excellente femme d'affaires, elle a énormément d'instinct.

Jed ne sembla pas très convaincu.

— Si vous le dites. Vous saviez qu'elle avait plaqué ma société ?

— Elle voulait bâtir quelque chose par elle-même. Cela aussi, c'est respectable.

Jed hocha négligemment les épaules.

— Peut-être. Nous verrons. Skye est beaucoup plus conciliante.

Instinctivement, Cruz eut envie de défendre Lexi.

— Elle a créé quelque chose à partir de rien, déclara-t-il. Vous n'avez rien fait de plus qu'hériter d'une entreprise déjà florissante, et la développer.

Le redoutable regard bleu de Jed Tristan se braqua sur lui.

— Vous ne seriez pas en train de me manquer de respect ?

— Non. Mais si j'avais besoin de le faire, je le ferais.

Le regard bleu ne vacilla pas.

— Nous verrons, répéta le vieux tyran. Dites, vous n'êtes pas non plus en train de tomber amoureux d'elle ? Il n'y a rien de pire qu'un homme qui se laisse mener par sa femme. Il perd la face et le monde entier se moque de lui. Ecoutez le conseil d'un vieil homme : n'aimez jamais une femme. Votre vie sera un enfer et vous pourrez dire adieu à tout votre pouvoir.

Cruz se trouvait rarement pris de court mais cette fois, il ne trouva rien à répondre !

— Vous savez que j'ai raison, dit Jed en lui souriant.

Tournant les talons, il s'éloigna à son tour. Cruz le suivit d'un regard pensif. Jed Tristan s'était marié deux fois. N'avait-il pas aimé ses femmes ? Etait-ce pour cette raison que la mère de Lexi était partie, que celle de ses sœurs s'était suicidée ? Pour échapper à un homme sans cœur ? Cruz songea à son propre passé, à son père qui battait sa mère pour la forcer à crier qu'elle l'aimait. Cruz aussi avait toujours pensé que l'amour affaiblissait un homme ; pour autant, il ne ressemblait pas à Jed Tristan. Ils étaient comme le jour et la nuit ; venant de sphères aussi radicalement opposées, ils devaient aborder chaque question, chaque choix de l'existence, à partir de deux directions différentes. Mais… était-ce pour parvenir au même point, en fin de compte ?

Chapitre 8

Le samedi matin, la journée commença tard car Lexi et Cruz s'attardèrent sous la couette à jouer avec C.C. Ni l'un ni l'autre n'avaient envie de préparer le petit déjeuner.

— Nous pourrions sortir, dit Cruz en glissant paresseusement la main sous le drap pour surprendre le chaton, qui rôdait à la recherche de sa proie.

Lexi se redressa en riant.

— Tu as envie d'aller au Café Calicot. Avoue !

— Ils servent une excellente omelette, je te l'accorde, mais ils devraient réellement revoir leur décoration. Elle est terrifiante.

— Mais le menu vaut la peine ?

— Tout à fait !

Il sourit à Lexi, puis éclata de rire quand C.C., attiré par un mouvement, bondit sur sa main à travers le drap. Avec un soupir de bonheur, Lexi s'enfonça dans ses oreillers. Elle était bien ! La nuit avait encore été fabuleuse et en fin de compte, rien ne l'obligeait à vivre son accord avec Cruz comme une punition ! Elle passerait six excellents mois avec lui et, le moment venu, elle s'en irait sans se retourner. Elle saurait se préserver. Tout se passerait à merveille.

Après une douche rapide, ils prirent la voiture pour se rendre à Tristanville. Au passage, Cruz acheta un journal, qu'il passa à Lexi pendant qu'ils attendaient qu'une table se libère. Distraitement, elle jeta un coup d'œil aux gros titres, esquissa un mouvement pour tourner la page, et se figea en comprenant à retardement ce qu'elle venait de lire. *Scandale chez Tristan World : cadres supérieurs mis en examen.*

— Qu'est-ce que…

Elle dévora l'article, Cruz penché sur son épaule. Le texte était bref, sans doute parce que le journaliste disposait de peu de détails. En résumé, plusieurs managers de la compagnie étaient inculpés de délit d'initié. Lexi relut le paragraphe pour s'assurer que son père ne faisait pas partie du nombre, puis tendit le journal à Cruz.

— Il ne ferait pas une chose pareille, objecta-t-elle tandis qu'on les précédait vers leur table. Il ne permettrait à aucun de ses collaborateurs de le faire. Jed veut gagner de façon écrasante, sans que personne ne puisse contester sa victoire. Pas en rusant avec la loi. D'ailleurs il n'a pas besoin de le faire.

— Parce que la loi est souple en ce qui le concerne ? demanda Cruz en s'installant en face d'elle.

— Parfois… mais cela ne fonctionnerait pas pour un délit de ce genre. Cette histoire n'a aucun sens, ce n'est pas du tout le style de Tristan World. Jed n'embauche pas ce genre de collaborateurs. L'intégrité compte énormément à ses yeux — ou tout au moins un certain type d'intégrité.

Elle avait très envie de téléphoner à son père, tout en sachant qu'il n'apprécierait guère son coup de fil. Jed se voulait triomphant, toujours. Si les choses allaient mal pour lui, il n'y était pour personne. Cruz posa une main apaisante sur la sienne.

— Ce n'est pas ton problème, lui dit-il avec gentillesse. Il est parfaitement capable d'éclaircir cette situation.

— Je le sais, mais c'est si bizarre. Comme les chevaux.

Voyant qu'il haussait les sourcils sans comprendre, elle lui raconta l'épisode du dopage.

— C'était exactement comme cette nouvelle affaire, conclut-elle. Inattendu, peu vraisemblable, et très public.

— Tu penses que Garth Duncan a encore frappé ? demanda-t-il.

Lexi le fixa quelques instants en silence. L'idée ne lui était pas encore venue mais maintenant que Cruz en parlait…

— Je ne sais pas, dit-elle enfin. Je ne voudrais pas sombrer dans la paranoïa mais le *timing* est tout de même louche. Mais pourquoi ? Il nous en voudrait à tous deux, à moi et à mon père ? Tu penses qu'il s'attaquera aussi à Skye et à Izzy ?

— Nous allons le découvrir. Je continue mes recherches.

— Que penses-tu ? lui demanda-t-elle. Que te dit ton instinct ?

— Je pense que c'est lui. La coïncidence serait trop énorme et je ne crois pas aux coïncidences. En revanche, nous ne pourrons rien faire tant que nous n'aurons pas compris ce qui le pousse à agir.

Lexi hocha la tête en silence. Lorsqu'il avait quelqu'un dans sa ligne de mire, Cruz était un adversaire redoutable. C'était réconfortant pour elle de l'avoir dans son camp.

— Bonjour !

Lexi leva les yeux, surprise. Trop préoccupée par ce qu'elle venait d'apprendre, elle n'avait pas vu approcher Dana.

— Bonjour, dit-elle à son amie. Cruz, tu te souviens de Dana ?

Celui-ci se leva pour serrer la main de la jeune policière.

— Avouez, lança Dana avec un sourire de défi. L'uniforme vous met mal à l'aise.

— Mais pas le moins du monde, répliqua Cruz, très décontracté. Vous avez terminé votre enquête sur moi ?

— Pourquoi pensez-vous que je me suis donné cette peine ?

— Lexi est votre amie, vous ne me connaissez pas, et vous avez toutes les ressources de la police à votre disposition.

— Je sais ce que j'ai besoin de savoir, lâcha Dana en haussant les épaules.

Tirant à elle une chaise appartenant à une table voisine, elle s'installa près d'eux. Sans se formaliser, Cruz se rassit. Comme le silence se prolongeait, Lexi demanda en les regardant tour à tour :

— Et maintenant ? Prévenez-moi si vous comptez faire un bras de fer, je vous laisserai la place.

Dana toisa Cruz un instant, et décida de ne pas répondre.

— J'ai lu l'article sur ton père, lança-t-elle. Que se passe-t-il ?

— Je ne sais pas.

— Je n'apprécie pas beaucoup Jed Tristan mais je sais qu'il ne ferait rien d'illégal. Ou plutôt, ce serait plus discret. Cette histoire ne tient pas debout.

— Nous en parlions justement. Je voudrais en discuter avec lui mais je doute qu'il accepte de me voir aujourd'hui.

— Je vais tirer cette affaire au clair, dit Dana en se levant. Essaie de ne pas te faire trop de souci. Quant à vous, Cruz, je vous ai à l'œil.

— Vous n'êtes pas très subtile, repartit-il aimablement.

— C'est ce qui fait tout mon charme. Bonne journée à vous.

Cruz suivit la jeune femme des yeux jusqu'à la porte.

— Une femme intéressante.

— Oui, et aussi une amie précieuse. Si tu connais des garçons vraiment sympathiques, j'aimerais lui faire rencontrer quelqu'un de bien.

— Les hommes ne font pas cela, protesta Cruz avec gêne. Organiser les rencontres, c'est une idée de femmes… et cela se termine toujours mal.

— Dana sort toujours avec des garçons trop gentils. Il lui faudrait un homme ayant du caractère.

— Elle trouvera son caractère toute seule.

— Froussard !

— Sur ce plan, je n'ai pas honte de l'avouer. Tout l'art de la réussite est de connaître ses points forts et ses points faibles.

— Et Dana est l'un de tes points faibles ? demanda Lexi en souriant.

— Pas de la même façon que toi…

— Oh ! Eh bien, c'est… Parlons d'autre chose, bredouilla-t-elle en rougissant.

— Et pourquoi ?

— Nous sommes entourés de gens qui prennent leur petit déjeuner !

— Et alors ?

— Nous ne pouvons pas parler de cela !

Cruz se pencha vers elle, les yeux dans les yeux.

— Pourquoi pas ? répéta-t-il. Ce que nous faisons au lit tous les deux, cela te gêne ?

Gênée, une femme moderne et sophistiquée comme elle ? Bien sûr que non, pensa Lexi sans la moindre conviction.

— C'est juste que… Habituellement, je ne… Mais tout va bien !

L'expression de Cruz changea. Se penchant encore plus près, il murmura :

— Lexi ?

Jetant un rapide coup d'œil à la ronde pour s'assurer que personne ne les écoutait, celle-ci baissa la voix et reprit :

— La première fois, je veux dire il y a dix ans… Tu es littéralement parti en courant. Tu m'as trouvée si lamentable que tu ne parvenais même plus à me regarder en face.

Stupéfait, il protesta :

— Je t'ai trouvée extraordinaire et je voulais recommencer, jusqu'au moment où j'ai compris que c'était ta première fois. Je ne m'attendais pas du tout à cela ! Je ne voulais pas d'une telle responsabilité.

— Une responsabilité ? J'attendais seulement que tu me fasses l'amour, pas que tu paies mes études. Je flottais sur mon petit nuage de bien-être et tu as filé comme une fusée.

Elle se souvenait encore de l'humiliation de cet instant ; l'expression de panique de Cruz restait gravée en elle.

— Tu es vite descendue de ton nuage, lui dit le Cruz

d'aujourd'hui. Tu m'as vite fait comprendre que je n'étais pas quelqu'un que tu tenais à fréquenter.

— Seulement après que tu m'aies rejetée, répliqua-t-elle un peu sèchement. J'avais dix-neuf ans, je venais de faire l'amour pour la première fois et le garçon rayait le plancher dans sa hâte de prendre la porte. J'ai dit cela pour préserver mon orgueil.

La main de Cruz pressa la sienne.

— Je suis désolé, dit-il. Je n'avais pas compris. Je voulais te revoir, Lexi, qui ne le voudrait pas ! Mais tu m'impressionnais terriblement, tu étais à des kilomètres au-dessus de moi.

Sans doute y avait-il un certain décalage entre eux, à l'époque, pensa-t-elle. Mais aujourd'hui ?

— Je préservais mes arrières, reprit-il tout bas, les yeux dans les yeux. Je ne pouvais pas être avec toi, et je ne voulais pas te faire du mal. Alors je suis parti.

Il ne s'agissait donc que de cela ? Une réaction instinctive, aveugle, de leur part à tous les deux ? Baissant les yeux, Lexi murmura :

— J'ai supposé que je ne valais rien au lit. Je pensais que c'était moi, le problème, alors j'ai eu peur de coucher avec d'autres garçons. Quand j'ai fini par franchir le pas, je n'arrivais pas à me détendre. C'était horrible, tout le monde disait que j'étais froide et coincée.

— Toi ? Je n'ai jamais entendu une ineptie pareille !

La voix de Cruz éclata dans le murmure des conversations du café. Saisie, Lexi leva les yeux. Sur le beau visage de l'homme qui lui faisait face, elle lut davantage d'irritation que de compassion.

— Les hommes qui t'ont dit cela ne savaient pas s'y prendre, reprit-il d'une voix plus mesurée. Toi, tu n'as aucun problème.

— Tu crois ? bredouilla-t-elle.

— Tu n'es pas froide. Tu es sexy et passionnée, et tout à fait extraordinaire au lit.

Une sensation délicieuse se répandit dans le corps de Lexi.

— C'est vrai ? demanda-t-elle ingénument.

Il répondit d'un regard qui exprimait si clairement le désir qu'elle eut envie d'arracher ses vêtements pour faire l'amour à l'instant même, sur leur table couverte de calicot.

— Mais je n'étais pas comme ça avec eux, souffla-t-elle. Je ne pouvais pas me laisser aller.

— C'était leur problème, pas le tien.

— Ce n'était pas l'effet que cela me faisait.

Une fois de plus, le regard sombre de Cruz scruta le sien.

— Avec Andrew non plus ? demanda-t-il.

Rougissant brutalement, Lexi se redressa d'un mouvement nerveux, comme si elle reprenait ses distances ou dressait entre eux une barrière invisible.

— Comment sais-tu, pour Andrew ? demanda-t-elle.

— Jed a mentionné son nom l'autre soir, au cocktail. Juste pour dire qu'il voulait que tu l'épouses, que tu avais refusé et qu'en fin de compte, tu étais dans le vrai.

« Tout le monde a un passé, se dit-elle, le mien n'est pas très reluisant, voilà tout ». Subitement, elle regretta de n'avoir pas vécu un parcours hors du commun, au lieu de ces années routinières ponctuées d'erreurs banales. Des erreurs comme tomber amoureuse d'un type minable qui avait su lui jeter la poudre aux yeux…

— J'ai rencontré Andrew il y a trois ans, chez des amis, raconta-t-elle. Il travaillait dans la finance. Nous étions du même milieu, nous nous intéressions aux mêmes choses… apparemment. Il était charmant, chaleureux et très attiré par moi. Il m'a fait comprendre qu'il n'était pas simplement avec moi pour s'amuser, que notre histoire comptait beaucoup pour lui…

— Et en fait… ?

Lexi hocha sèchement la tête.

— Disons qu'il s'intéressait surtout à tout le bien que je

pouvais lui faire. Il avait effectivement fréquenté une grande école, mais en tant que boursier. Comprends-moi bien, ce n'est pas ce que je lui reproche : qu'il soit sans le sou ne me posait aucun problème… mais le fait qu'il ait voulu me faire croire qu'il était riche, si. Il ne cessait de mentir sur ses parents, sur son enfance. Quand je l'ai compris, quand je lui ai demandé des comptes, il a répondu qu'il avait peur que j'aie moins de respect pour lui si je savais.

— Et il avait raison ?

— Je me fichais du fait qu'il ait grandi dans une famille ordinaire mais je ne supportais pas qu'il me mente sur sa vie. J'ai commencé à relever d'autres choses qui me mettaient mal à l'aise, comme le fait qu'il ait coupé avec ses origines : il ne voyait personne d'autre que ses collègues ou quelques copains de sa fameuse grande école. Il y avait aussi la façon dont il regardait Izzy. Je croyais que je faisais seulement un peu de jalousie, jusqu'au jour où je l'ai entendu discuter avec ses amis. Il avait tout prévu : lorque nous serions mariés, il décrocherait un poste important dans la société de Jed. Ce n'était pas moi qu'il voulait mais la fortune des Tristan. Moi, je n'étais que le moyen d'atteindre son but. Si cela ne marchait pas avec moi, il viserait Izzy.

Elle se souvenait encore de sa première émotion : une sorte de fatalisme, comme si ce dénouement était inévitable.

— Que s'est-il passé ? demanda Cruz.

— J'ai rompu avec lui et je l'ai prévenu qu'il courrait un gros risque s'il tournait autour de ma sœur. Pour s'assurer que le message était bien passé, Dana est allée chez lui un soir, avec deux collègues musclés, histoire de lui flanquer une bonne frousse. Il a quitté la région.

— Il t'a brisé le cœur ?

— Non, dit-elle après un instant de réflexion. Cette histoire m'a fait mal mais je m'en suis remise. Dans un sens, je n'étais même pas surprise : le nom de Tristan a toujours changé la façon dont les gens se comportaient avec moi. Toi aussi, tu n'es là que pour mon nom.

Cette dernière phrase ne plut guère à Cruz. Et pourtant, il ne pouvait nier ce qu'il attendait d'elle !

— Je m'intéresse davantage à tes relations du côté de ta mère, dit-il distraitement.

— Tu comprends ce que je veux dire. Mes sœurs et moi, nous avons grandi dans cette ambiance, et nous avons appris à nous serrer les coudes. Dana est mon amie depuis toujours et je sais que je peux lui faire confiance, mais en dehors d'elle…

Cruz se raidit. Aux yeux de Lexi, il se trouvait donc compris dans cette masse qui cherchait uniquement à profiter d'elle !

— Je ne m'intéresse ni à ton argent ni à ton nom, lui dit-il.

— Pas de la façon habituelle, convint-elle. Tu n'as pas besoin d'argent mais mon nom t'aide à obtenir ce que tu recherches.

L'épouse idéale, issue du milieu idéal. Celle qui lui ouvrirait les portes d'un monde qu'il savait superficiel, mais qui l'attirait comme un aimant.

— Ce n'est pas un problème, lui dit-elle. Tu as été franc avec moi ; nous avons passé un accord. Avec toi, je sais où me situer mais avec les autres, c'est souvent très compliqué. Je pensais m'être blindée mais Andrew a tout de même réussi à me tromper. Je crois que c'est cela qui m'a le plus troublée. Je me croyais moins stupide.

— Tu es très intelligente. Tu ne feras pas deux fois la même erreur.

La serveuse apporta leur petit déjeuner, Lexi fit une observation sur la quantité qu'on leur servait. Voyant qu'elle souhaitait changer de sujet, Cruz abonda dans son sens. Intérieurement pourtant, il ne cessait de penser à ce qu'il venait d'apprendre. Ce n'était pas seulement de la tristesse qu'il lisait dans les yeux de Lexi, il comprenait tout à coup que quelque chose en elle était… brisé. Cette belle femme, si compétente et sûre d'elle, cette femme parfaite avait mal, comme tout le monde.

Il aurait aimé la réconforter. Comment ? En retrouvant Andrew et en lui lançant son poing dans la figure ? Ridicule. Au fond, que voulait-il ? Etre le gentil de l'histoire ? Ce n'était pas son point fort. Et même s'il appréciait Lexi — énormément, bien plus qu'il ne l'avait pensé tout d'abord — elle ne signifiait réellement rien pour lui. Elle n'était que le moyen de parvenir à ses fins. Elle le touchait beaucoup mais le moment venu, il partirait tout de même sans se retourner.

— Je dois passer à Vénus prendre quelque chose, dit Lexi quand ils quittèrent le café. Cela t'ennuie ? Je ferai vite.

— Pas de problème.

Ils s'engagèrent dans une rue transversale. Dans une commune aussi petite que Tristanville, tout se trouvait à quelques minutes à pied.

— Tu veux que je t'attende dans la voiture ? proposa-t-il.

— Tu n'as qu'à entrer, répondit-elle avec un sourire. La salle d'attente est ouverte à tous. A moins que tu ne te sentes mal à l'aise dans une ambiance aussi féminine ?

— Ce n'est pas mon ambiance préférée.

Elle éclata de rire et ce son fit plaisir à Cruz. En parlant d'Andrew, elle avait semblé perdre toute sa vitalité ; il se sentit heureux de retrouver l'étincelle de son regard.

— Je te trouverai un coin tranquille, ajouta-t-elle avec un regard amusé. Ou bien… si je jetais un coup d'œil au planning des massages, histoire de voir si quelqu'un serait libre pour s'occuper de toi ?

— Non, merci.

— Allez, Cruz ! Quand t'es-tu fait masser pour la dernière fois ?

— Par une professionnelle ?

— Oublie tes insinuations et viens, tu vas adorer.

Elle s'engouffrait déjà par la porte vitrée de Vénus & Moi. Cruz la suivit un peu à contrecœur et retrouva les étagères de teck couvertes de flacons et de bougies aromatiques, la jungle de plantes vertes et cette musique bizarre qui ne tarderait pas, il le sentait, à lui porter sur les nerfs. Saluant gaiement la jeune femme à l'accueil, Lexi se pencha sur un ordinateur pour taper quelques mots.

— Parfait ! s'écria-t-elle. Val sera disponible dans un quart d'heure. Viens, je vais te préparer.

Avec un certain malaise, Cruz franchit une porte double et pénétra dans un couloir à l'éclairage tamisé. Lexi frappa un coup léger à la porte du vestiaire des hommes ; n'obtenant pas de réponse, elle poussa la porte et Cruz découvrit une salle agréable avec des peignoirs jaunes accrochés à des patères et une demi-douzaine de casiers fermés à clé.

— Range tes vêtements ici, dit Lexi en lui indiquant un casier. Il y a des pantoufles sur cette étagère. Prends aussi un peignoir.

Se retournant vers lui avec un sourire, elle précisa :

— Au fait, elle te voudra nu.

— C'est comme cela qu'elles me veulent toutes.

— Cela non plus, je ne l'ai pas entendu. Prépare-toi, je t'attends dehors. Tu patienteras dans le salon de détente, et Val viendra te chercher. Ne te vautre pas.

— Pardon ?

— Les hommes ont tendance à s'asseoir les jambes écartées. Personne ne tient à découvrir le panorama.

Jetant un bref regard vers sa ceinture, elle se ravisa.

— Dans ton cas, c'est moins sûr mais nous appliquerons tout de même le règlement de la maison. On ne se vautre pas.

Elle s'en allait ! Saisissant sa main au passage, Cruz l'attira contre lui.

— Tu peux rester, tu sais…

— Je suis la patronne. Il n'est pas question que le personnel se mette à jaser sur mon compte.

Il l'embrassa, effleurant à peine ses lèvres, histoire de la tenter ; la sentit retenir son souffle, vaciller très légèrement. Pourtant, elle recula.

— Non, dit-elle fermement. Tu devras trouver autre chose.

— Je trouverai.

— Ce n'était pas un défi. C'était…

Elle s'interrompit en se mordant la lèvre.

— Cruz, reprit-elle, je suis la patronne. Je ne peux pas…

— Je sais, dit-il doucement en la lâchant.

Le désir crépitait entre eux. Un instant, ils se regardèrent dans le blanc des yeux… puis elle se détourna vivement et sortit. Quelques minutes plus tard, quand il émergea à son tour, nu sous son peignoir, Lexi discutait avec une jolie petite brune.

— Voici Val, dit-elle en se tournant vers lui. Elle va s'occuper de toi.

Il ne voulait personne d'autre que Lexi ! Pourtant, il suivit la jeune femme dans une petite pièce chaleureuse meublée d'une table de massage.

— Je sors un instant, lui dit la jeune employée. Retirez votre peignoir et allongez-vous sur le ventre, sous le drap.

Avec un brin d'appréhension, Cruz suivit ses instructions. Bientôt, la jolie fille revint, replia sans façons le drap jusqu'à sa taille et s'attaqua aux muscles de son dos. Incroyable ! Comme un radar parfaitement réglé, elle décelait des tensions dont il n'avait même pas conscience et les dénouait aussitôt. En quelques secondes, Cruz fut converti, fermement décidé à s'offrir des massages réguliers. Quelle sensation merveilleuse ! Il flottait, délicieusement détendu, quand un bruit léger attira son attention. Il entendit un chuchotement, les mains de Val s'écartèrent, aussitôt remplacées par d'autres, plus familières. Aha ! pensa-t-il. Cela devenait de plus en plus intéressant.

— Et si je me retournais ? proposa-t-il tout bas. Tu pourrais me rejoindre sur la table.

— N'y pense même pas, répondit la voix de Lexi. Laisse-moi me concentrer. J'ai étudié le massage mais je ne pratique pas suffisamment pour avoir la force nécessaire. Je ne tiendrai pas longtemps.

— Je croyais que c'étaient surtout les garçons qui avaient ce problème.

— Très drôle.

Elle pétrissait ses muscles en profondeur ; il sentait ses dernières tensions s'évanouir mais le contact des mains de Lexi avait le résultat habituel. Une situation plutôt inconfortable dans sa position actuelle ! S'efforçant de penser à autre chose, Cruz demanda :

— Ce local était déjà un Spa quand tu l'as repris ?

— Un petit institut de beauté. A côté, il y avait un cours de danse et un magasin. Quand j'ai eu mon prêt de deux millions de dollars, j'ai acheté l'immeuble, repris les autres entreprises, et entièrement rénové le rez-de-chaussée. Les travaux ont coûté cher, le matériel aussi. Nous avons un centre d'hydrothérapie et du matériel haut de gamme. De l'autre côté, il y a un salon de beauté et de coiffure et une onglerie. J'ai même fait installer une cabine de bronzage au jet ! J'ai près de vingt employés et une longue liste de clients.

— Et tout cela à partir de rien.

— On pourrait le dire.

Cruz sourit, heureux d'entendre autant de fierté dans sa voix.

— Pourquoi un centre de soins et de beauté ? demanda-t-il.

— Je savais que je devais créer ma propre affaire : aucune entreprise texane ne se risquerait à embaucher la fille de Jed Tristan ! Je n'avais aucune envie de partir m'installer à New York ou Los Angeles. J'avais fait un petit héritage à la mort de ma grand-mère maternelle ; en faisant quelques recherches, j'ai découvert qu'un centre comme celui-ci remplirait tous mes critères. Le travail est intéressant, j'aime avoir des femmes comme collègues. Je suis entourée d'excellentes professionnelles et mes soins de beauté sont gratuits. Je ne pouvais pas rêver mieux.

— Ton père doit être fier de toi.

— Je suppose. Il ne l'a jamais dit.

Typique, pensa Cruz avec amertume. Jed Tristan ne dévoilait jamais ses cartes et ne donnait jamais rien gratuitement. En revanche, Lexi n'était plus la petite étudiante aux longues jambes de biche qui avait cru pouvoir le battre à la course. Elle avait même fait un sacré chemin ! Roulant sur lui-même, il se redressa. Comme la table était haute, ils se retrouvèrent au même niveau.

— Nous n'allons pas faire l'amour ici, dit-elle fermement.

— Je le sais.

Tendant la main, il effleura sa joue, puis sa bouche.

— Lexi, demanda-t-il, pourquoi ai-je été le premier à coucher avec toi ?

Cette question, il n'avait pas eu l'intention de la poser mais voilà dix ans qu'elle le tourmentait : pourquoi lui ? Pourquoi ce soir-là ? Pourquoi pas un étudiant de bonne famille comme elle ? Pourquoi donner un trésor pareil à un gamin du *barrio*, avec qui il ne pouvait être question de relation durable ?

D'un mouvement souple, Lexi tourna les talons et se dirigea vers la porte.

— Je vais demander à Val de terminer ton massage. Je serai prête à partir quand tu sortiras.

Et elle disparut.

Chapitre 9

Lexi se réveilla avant l'aube… ce qui n'était pas un exploit car elle n'était pas parvenue à fermer l'œil de la nuit : elle ne cessait de penser à la question de Cruz.

Pourquoi l'avait-elle choisi pour sa première fois ? Pourquoi ne s'était-elle pas réservée pour quelqu'un qui compterait vraiment pour elle — ou même pour sa nuit de noces ? Elle ne le savait pas. Cruz distillait-il une séduction particulière avec son aura de mauvais garçon ? Etait-il irrésistible, tout simplement ? Cette conclusion la dérangeait car elle suggérait une attitude passive de sa part. Et ce choix de sa première expérience amoureuse, elle voulait l'assumer !

Il y avait eu cette impression, dès le premier baiser, qu'elle pourrait tomber amoureuse de Cruz. Jamais auparavant elle ne s'était sentie *reliée* de cette façon à un homme. Ce lien existait encore entre eux, ou tout au moins à sens unique, d'elle à lui.

Cruz n'était pas venu la rejoindre la veille au soir. Redoutait-il qu'elle ne se montre trop sentimentale, une fois les vannes du passé ouvertes par sa question ? Les hommes détestaient cela, n'est-ce pas ? Il préférait sans doute prendre du champ, le temps de revenir à un registre plus familier.

Elle était déjà douchée et habillée quand Cruz entra dans la chambre d'un pas nonchalant, vêtu d'un jean et d'une chemise à manches longues.

— Tu es prête ? Parfait. Nous partons dans quelques minutes.

Interdite, elle fronça les sourcils.

— C'est dimanche, objecta-t-elle.

— Je le sais.

— Si je comprends bien, tu as prévu quelque chose mais tu ne m'as pas demandé si j'avais des projets pour la journée.

— J'ai vérifié ton agenda, dit-il sans la moindre gêne. Hier, j'ai visité ton univers, aujourd'hui, tu vas découvrir le mien.

— C'est-à-dire ?

— Je t'emmène à un circuit de courses automobiles en Louisiane. Il y a là-bas un jeune pilote qui m'intéresse.

— En Louisiane ? Tu te rends compte de la distance ?

— C'est plus près que tu ne le crois.

Après une brève visite à C.C., ils descendirent au garage. Cruz prit le volant mais au lieu de se diriger vers l'est comme Lexi s'y attendait, il roula vers un aérodrome tout proche où les attendait un hélicoptère.

— Tu triches, protesta-t-elle en le suivant à bord.

— Je suis efficace, voilà tout.

Dès qu'ils furent installés, l'appareil bondit dans les airs à la verticale dans un vacarme assourdissant. Acceptant le casque muni d'écouteurs et d'un micro que lui tendait Cruz, Lexi se le cala sur la tête et aussitôt, le bruit s'évanouit et elle entendit clairement la voix de son compagnon de voyage.

— Ce sont des casques spéciaux, lui dit-il. Tout va bien ? Certaines personnes supportent mal l'hélicoptère.

— Izzy déteste, répondit Lexi avec bonne humeur, ce qui est assez comique de la part d'une aventurière comme elle. Moi, cela ne me dérange pas.

Elle se mit à rire et ajouta :

— Habituellement, elle écoute toujours des musiques hyperviolentes mais chaque fois qu'elle doit prendre l'avion ou l'hélicoptère, elle emporte des enregistrements de méditation pour les écouter tout au long du voyage. Tu sais, avec des litanies du genre : « Fermez les yeux… Représentez-vous une plage déserte, les rouleaux se brisent sur le sable… » Alors qu'en ce moment, elle travaille sur une plate-forme pétrolière en tant que plongeur-soudeur.

— Ta sœur Izzy ? demanda Cruz, stupéfait. Celle que j'ai rencontrée à la fête ?

Lexi comprit parfaitement le sens de sa question.

— Oui, soupira-t-elle. Celle qui est si féminine et sexy. Si tu veux vraiment lui faire plaisir, propose-lui de lutter au corps à corps avec un grizzly.

Comme Cruz la fixait toujours, médusé, elle ajouta :

— Elle a toujours été un cas à part.

— Trois sœurs intéressantes, observa-t-il.

— Et toi ? Tu as de la famille, à part tes parents ?

— Non. J'étais fils unique. Maman a deux sœurs en Californie mais je ne sais rien de la famille de mon père. Ils ont de bonnes raisons de ne pas m'apprécier.

— Parce que tu l'as chassé de chez vous ?

Il hocha la tête sans répondre. La famille ! pensa Lexi en réprimant un soupir. Cruz avait dû chasser son père, sa propre mère était partie sans elle. Comment cela s'était-il décidé ? Sa mère ne voulait-elle pas l'emmener, Jed avait-il insisté pour la garder ? Lexi n'avait jamais pu le savoir.

— Jed a réellement arrangé le mariage de Skye ? demanda la voix de Cruz dans son casque.

— Vous avez trouvé beaucoup de choses à vous dire en quelques minutes, lança ironiquement Lexi. Oui, il l'a fait, mais nous n'aimons pas beaucoup en parler.

— Mais pourquoi ? Il devait une faveur au mari ?

— Je ne sais pas, peut-être. Ray était très gentil. Beaucoup plus âgé que Skye. Il l'adorait et je crois qu'ils ont été assez heureux ensemble. En tout cas, c'est l'impression qu'ils donnaient.

Seulement, on sait ce que valent les apparences. En les voyant ensemble, Cruz et elle, l'on pouvait aussi supposer qu'ils étaient fous l'un de l'autre.

— Pourquoi a-t-elle accepté ce mariage ? demanda-t-il encore.

— Cela non plus, je ne le sais pas. Skye et Jed sont très proches. Après la mort de sa mère, Skye a endossé le rôle de maîtresse de maison, avec toutes les responsabilités que cela comportait. Elle était pourtant très jeune. Depuis, elle tient la maison, gère l'agenda personnel de Jed et lui facilite la vie de toutes sortes de façons. Je ne sais pas si elle saurait lui refuser quoi que ce soit.

En refusant, redouterait-elle d'aliéner son père ?

— Il y avait un autre garçon, reprit Lexi, pensive. Mitch, le propriétaire du ranch voisin. Skye et lui étaient amoureux l'un de l'autre, ou du moins je le croyais. Elle l'a laissé tomber pour épouser Ray et ils ont eu une fille. Erin a sept ans maintenant.

— Et Ray est mort ?

— Voilà bientôt deux ans. Skye est retournée à Glory's Gate avec Erin et elle a repris la maison en main.

— Etre un Tristan, ce n'est pas de tout repos, murmura Cruz.

— Effectivement.

L'hélicoptère perdait de l'altitude. Ils atterrirent à quelques centaines de mètres seulement du circuit automobile. En émergeant de l'habitacle, Lexi huma un air humide et tiède qui sentait la verdure, très différent de l'atmosphère à laquelle elle était accoutumée. Puis elle entendit le chœur rugissant des moteurs.

— Des courses au coupon rose ? demanda-t-elle.

Lui saisissant la main, Cruz l'entraîna vers les gradins.

— Pas aujourd'hui, lança-t-il avec un sourire. Je te l'ai dit, je cherche de nouveaux talents.

Il avait effectivement mentionné un jeune pilote…

— Comment as-tu entendu parler de lui ?

— J'ai mes sources. Mon associé, Manny, me fait savoir quand un garçon prometteur fait parler de lui sur le circuit.

On peut toujours embaucher des pilotes expérimentés mais j'aime trouver des jeunes et les former à ma façon.

— En gagnant par la même occasion leur loyauté éternelle, observa Lexi avec un certain cynisme.

— Disons que j'ai une meilleure chance de les garder quelques années.

Chaussant des lunettes de soleil, Cruz s'approcha d'un stand hétéroclite où l'on vendait de tout et acheta deux bouteilles d'eau et deux casquettes de base-ball.

— Allons nous asseoir là-bas, dit-il en indiquant les gradins de l'autre côté du circuit.

Aussi loin du centre névralgique du circuit ? En voyant Cruz enfoncer sa casquette sur ses yeux et marcher à grands pas, sans adresser la parole à personne, Lexi comprit qu'il était là incognito. Tout en trottant pour le rattraper, elle lança :

— Si tu étais arrivé en voiture comme tout le monde, tu aurais eu davantage de chances de rester anonyme.

— Personne ne m'a remarqué, et nous sommes arrivés plus vite.

Effectivement, personne ne s'occupait des nouveaux venus : toute l'attention de la foule se concentrait sur les voitures. Prenant les tickets les moins chers, Cruz entraîna Lexi au sommet des gradins.

La première course commençait. Les véhicules étaient des voitures de ville ; Cruz expliqua à Lexi quelles modifications étaient autorisées. Lorsqu'une BMW remporta la première place, elle demanda :

— C'est à lui que tu t'intéresses ?

— Non. Celui-là est un frimeur. Celui que je veux est inscrit dans la course suivante.

Avec curiosité, Lexi étudia les spectateurs qui les entouraient. Ce n'était pas un circuit de première ligue avec des équipes sponsorisées mais une petite course locale. Chaque participant était là par passion ; pour chacun, l'enjeu semblait vital. Elle fut surprise de voir beaucoup de femmes dans la foule, bien davantage qu'elle ne l'aurait imaginé.

— Je me demande si je pourrais aménager un camion…, murmura-t-elle.

— Comment? demanda Cruz, concentré sur la piste.

— Il y a beaucoup de femmes ici, expliqua Lexi. Certaines d'entre elles ne sont là que pour accompagner leur petit ami. Si j'aménageais un camion-remorque en salon de soins, manucure, pédicure et massages faciaux, je ramasserais une petite fortune. Les grands circuits attirent des foules?

En guise de réponse, Cruz l'embrassa en riant.

— On peut dire que tu as le sens des affaires. Pour une fille!

— Je ne sais pas si je dois te remercier ou t'étrangler, protesta-t-elle.

— Tu veux me punir, plus tard? s'enquit-il, une étincelle dans le regard.

— Nous verrons, dit-elle en se détournant avec dignité.

Elle se remit à étudier la foule… et s'aperçut que plusieurs hommes les regardaient. Poussant légèrement Cruz du coude, elle murmura :

— Tu es repéré.

Il suivit son regard, lui jeta un coup d'œil en coin et secoua la tête.

— Mais non, *querida*. C'est toi qu'ils regardent.

Surprise, elle se retourna vers les hommes; aussitôt, l'un d'eux lui fit un grand signe de la main. Un peu inquiète, elle se glissa plus près de Cruz qui éclata de rire.

La deuxième course allait commencer. Six voitures s'étaient alignées sur la ligne de départ. Lexi se concentra sur la Mustang rouge que Cruz lui avait désignée, en espérant de tout son cœur que le jeune pilote l'emporterait — et en s'efforçant d'endurer sans grimace les rugissements furieux des moteurs! Le départ fut donné, les voitures bondirent en avant. Dès le premier virage, l'un des concurrents dérapa; un autre heurta les bottes de foin délimitant le circuit et quitta la piste dans un violent tête-à-queue ; les quatre autres continuèrent en formation groupée.

Trois tours plus tard, il ne restait que trois voitures. La Mustang rouge roulait derrière les deux autres mais elle ne se laissait pas distancer. Tout à coup le pilote vit sa chance et fonça ; passant entre les deux autres à les frôler, il se retrouva en première place. La deuxième voiture tenta aussitôt de le doubler. Sa manœuvre était mal calculée : il heurta son pare-chocs, lui faisant faire une violente embardée. Le temps de redresser, la troisième voiture les distança et remporta la course.

— Ce n'est pas juste ! clama Lexi. Ils ne devraient pas avoir le droit de se heurter !

— Ils ne cherchent pas à le faire, ce serait trop dangereux. Parfois, cela arrive.

Puis il la surprit en sautant sur ses pieds.

— Tu es prête ?

— C'est tout ? Nous repartons ?

— J'ai vu ce que je voulais voir. A moins que tu ne veuilles rester ?

Comme elle secouait la tête, il lui reprit la main et dévala les gradins, l'entraînant vers la piste. Sans se préoccuper du petit groupe qui félicitait le vainqueur, il se dirigea vers le grand garçon morose planté près de la Mustang. Un garçon tout jeune, très grand et surtout très maigre. Le visage contracté, il se penchait sur son pare-chocs endommagé.

— Vous êtes Justin Thibodeaux ? demanda Cruz.

Le gamin se retourna, l'air méfiant.

— C'est moi. Et vous, vous êtes ?

Jamais Lexi n'avait entendu quelqu'un parler de cette façon. Etait-ce un accent cajun ? Ce gamin lui plaisait ; elle appréciait la façon dont il tenait tête à Cruz car elle savait ce dernier assez impressionnant au premier abord !

— Je vous ai vu piloter, répondit Cruz.

— Vous m'avez surtout vu perdre la course, lâcha amèrement le gamin. La prochaine fois, je les aurai.

Leur tournant le dos, il s'accroupit devant sa voiture.

— C'était une jolie manœuvre à la fin, quand vous avez trouvé l'ouverture pour passer devant les autres. Seulement, vous avez oublié de garder vos arrières.

Absorbé dans l'examen de son châssis, le jeune homme ne releva pas la tête.

— Vous avez de bons réflexes, continua Cruz sans se formaliser de l'attitude hostile du garçon, mais cela ne suffit pas. Vous avez encore beaucoup à apprendre, du moins si vous comptez devenir un vrai pilote de course.

D'un mouvement nerveux, Justin se releva pour se planter devant lui.

— Je sais ce que j'ai à faire, lança-t-il.

— Non, pas encore, mais vous pourriez apprendre.

— Et vous êtes qui, vous ?

Sortant une carte de sa poche, Cruz la lui tendit. Les yeux de Justin s'arrondirent, il jura et s'excusa aussitôt.

— Je veux dire, c'est un honneur de vous rencontrer, monsieur Rodriguez !

— Appelle-moi Cruz, répondit celui-ci en lui serrant la main. Je cherche un nouveau pilote. Si tu veux la place, elle est à toi. Tu commenceras en bas de l'échelle et tu devras travailler dur pour gravir chaque barreau. Tu devras aussi t'installer à Dallas et travailler dans mon garage ; de cette façon, tu gagneras de quoi vivre et tu piloteras pendant tes heures de liberté. Les journées seront longues, tu ne t'amuseras pas beaucoup mais si tu tiens le coup, si tu as vraiment le talent que je crois voir chez toi, dans un an, tu seras pilote à plein temps. Cela t'intéresse ?

La réponse de Justin jaillit dans un mélange d'anglais, de français et d'un dialecte que Lexi ne reconnut pas. Se ressaisissant un peu, il tendit la main en articulant :

— Cela m'intéresse. Dites-moi où je dois aller et j'y serai. Je ferai tout ce que vous voudrez.

Cruz scruta son visage, les yeux plissés.

— Tu as eu tes dix-huit ans ?

— Il y a quatre mois.

— Il faudra me le prouver. L'adresse est au dos de ma carte. Sois là-bas jeudi. Demande Manny, il te mettra au courant. Si tes parents veulent parler à quelqu'un, demande-leur de m'appeler directement.

Rayonnant, Justin secoua de nouveau la main de Cruz et, se tournant vers Lexi, il posa galamment un baiser sur sa joue.

— Merci, dit-il. Merci infiniment. Vous ne regretterez pas, je vais être le meilleur. Vous verrez !

— J'y compte bien.

Laissant échapper un cri de guerre, le garçon partit au triple galop. Enthousiasmée, Lexi se tourna vers Cruz en riant.

— C'était formidable ! On recommence ?

— Il est le seul à qui je m'intéresse dans le secteur. Tu voudras m'accompagner la prochaine fois que je partirai voir ce que vaut un jeune pilote ?

— Oui ! Tu dois adorer ce genre de rencontre.

Fronçant les sourcils, il maugréa :

— N'en parle à personne, surtout. Tout le monde me prend pour un type sans cœur, je ne veux pas casser mon image.

Se plantant devant lui, elle effleura sa bouche de la sienne.

— Mais moi, je connais la vérité. Au fond, tu es adorable !

— Ce n'est pas le mot que j'aurais choisi, lâcha-t-il avec une grimace fugitive.

Elle insista, poussant son avantage :

— Mais c'est vrai ! Tu es un vrai nounours !

— Lexi, gronda-t-il, menaçant.

Enchantée, elle s'écarta en riant.

— Je ne trahirai pas ton secret.

Ils se frayèrent un chemin hors de la foule pour rejoindre l'hélicoptère. Le cœur de Lexi se gonflait, une émotion inconnue la soulevait de terre. C'était bon, et encore mieux que bon. Cruz venait de lui montrer un aspect de lui qu'elle ne soupçonnait pas. Cet homme-là, elle sentait qu'elle pourrait l'apprécier. Et même davantage !

— Plus haut, la jambe, cria Dana. Ce type t'a brisé le cœur. Pire encore, il t'a dit que ta nouvelle paire d'escarpins de chez… qui tu voudras… était ridicule !

Haletante, en sueur, Lexi se frotta le nez du dos de son gant de boxe.

— D'escarpins de chez qui tu voudras ? répéta-t-elle. Fais un effort, Dana. Tout le monde connaît Manolo. Même toi.

— Oui, mais je me sens ridicule, expliqua la jeune policière. Je viens très souvent dans cette salle de gym, tu comprends ? Les habitués me connaissent.

— Dans ce cas, ils ont dû remarquer que tu es une fille, répliqua Skye. Personne ne te jugera mal parce que tu connais le nom d'un créateur de mode.

— Tu en es si sûre ? siffla Dana.

La séance de sport durait depuis bientôt trois quarts d'heure. Les deux sœurs Tristan étaient à bout de forces ; quant à Dana, ses joues hâlées n'avaient même pas rosi.

— Certaine, répondit Skye avec un sourire gourmand. Si tu veux nous motiver, il faut trouver le bon vocabulaire.

Dana tendit un doigt autoritaire vers les sacs de frappe suspendus devant les deux filles.

— Très bien, clama-t-elle. Ce fumier vient de faire passer sa voiture sur votre toute dernière paire de Manolo. C'est mieux ?

Lexi se représenta le pauvre escarpin brisé sur la chaussée tandis qu'un type au sourire méprisant s'éloignait au volant d'une insolente petite voiture de sport. Son pied partit tout seul, heurtant violemment le sac de frappe, puis elle enchaîna avec deux furieux coups de poing. Dana hocha la tête, les poings sur ses hanches.

— D'accord. Le sujet est prêt à tout pour défendre ses chaussures.

Lexi éclata de rire. Fronçant le nez, Skye imita son attaque. Enchantée, Lexi heurta son gant contre le sien pour la féliciter.

— Oui, mais c'est qui, le type ? demanda Skye.

Médusées, Dana et Lexi la dévisagèrent.

— C'est un type imaginaire, expliqua Dana avec précaution. Je cherche seulement à vous démontrer que vous êtes plus fortes que vous ne le pensez — du moment que vous avez une raison de vous battre. Vous verrez, la boxe est un excellent moyen de brûler des calories.

— Merci, haleta Lexi, mais franchement, je ne me vois pas passer mes loisirs ici. Tu te rends bien compte que nous ne reviendrons jamais à moins que tu ne nous y forces ?

Elle cherchait déjà à défaire l'attache de ses gants.

— Bien sûr, grogna Dana. Toi, tu as des moyens plus intéressants de brûler tes calories. Nous autres, nous ne couchons pas avec Cruz.

— Ni avec Cruz ni avec personne, soupira Skye.

Frappée par une idée subite, elle se retourna vers Dana pour lui demander :

— Et Martin, tu ne le vois plus ?

— J'ai idée qu'il ne lui donne pas beaucoup d'exercice, glissa Lexi, perfide.

— Martin est tout à fait correct au lit, protesta Dana.

— Tout à fait correct ? répéta Lexi, incrédule. Voilà une formule qui fait battre le cœur !

— Oui, c'est l'épitaphe que j'espère mériter un jour, renchérit Skye. Tout à fait correcte au lit. Ils devraient imprimer cela sur des T-shirts.

Les deux sœurs se claquèrent les paumes.

— Je ne vous écoute même pas, lâcha Dana, vexée.

— J'ai une autre question pour toi, lança Skye en se débarrassant de ses gants avec un plaisir non dissimulé. Pourquoi ne trouves-tu pas un homme qui t'intéresse réellement ? Un type cool, avec le sens de l'humour ? Un type qui soit un vrai challenge ?

— J'ai suffisamment de challenges dans mon travail. Quand il s'agit des hommes, je préfère éviter les complications.

— Mais tu t'ennuies !

— Sérieusement, Dana, dit Lexi en arrachant ses gants à son tour. Martin est exactement comme tous les autres garçons avec qui tu es sortie. Tu ne peux pas parler de lui sans bâiller. Change un peu, essaie un type d'homme différent.

— Si vous ne voulez pas une vraie démonstration de boxe, vous feriez mieux d'arrêter toutes les deux.

Lexi n'avait plus envie de rire. Dana était sa meilleure amie, mais elle ne comprenait pas ce qui motivait ce comportement chez elle. Pourquoi évitait-elle systématiquement les hommes réellement excitants, pourquoi se réfugiait-elle auprès d'une succession de clones du pauvre Martin ? Quelle angoisse secrète… ?

— Je veux juste que tu sois heureuse, dit-elle avec une gravité subite.

— Et moi, je veux que tu vives une vraie passion, ajouta Skye. Le genre de passion qui t'empêche de dormir, qui fait picoter ta peau et s'épanouir ton tu-sais-quoi.

Dana la foudroya du regard.

— Premièrement, articula-t-elle, aucune personne au-dessus de l'âge de huit ans ne dit plus « tu-sais-quoi ». Deuxièmement, on ne peut pas dire que Ray t'ait illuminée comme un arbre de Noël, Skye. Il était le choix de ton papa, pas le tien.

Instinctivement, Lexi eut un mouvement pour réconforter Skye. Elle fut moins rapide que Dana qui saisit celle-ci aux épaules, le visage crispé.

— Je suis désolée, chuchota-t-elle. Vraiment désolée. Je ne pensais pas ce que j'ai dit, j'ai juste cherché à te faire mal. Quand vous jouez la carte de la connivence entre frangines, toutes les deux, je ne supporte pas. Pardonne-moi. Ray était un type adorable, et tu l'aimais.

— Je l'aimais, oui, dit lentement Skye. Plus que tu ne le penses.

Se détournant, elle lança ses gants dans la caisse placée à cet effet dans l'angle du gymnase.

— Tout va bien, dit-elle. Nous ne te taquinerons plus au sujet de Martin. Ce n'est pas notre affaire.

Un affreux climat de gêne pesait sur elles. Lexi se sentait déchirée entre son envie de défendre Skye et son inquiétude pour Dana. Prenant une grande inspiration, celle-ci lança gaiement :

— Dis donc, Lexi ! On t'a vue en ville avec Cruz ce week-end.

— Oui, nous sommes allés au Café Calicot pour le petit déjeuner, répondit machinalement Lexi. Ensuite, je l'ai emmené à Vénus pour lui offrir un massage.

— Un massage avec *happy end* ? plaisanta Skye.

Lexi et Dana la dévisagèrent, médusées.

— Où as-tu entendu parler de ces choses ? lui demanda sa sœur.

— Je ne suis pas une bonne sœur !

— C'est ce que je vois ! Eh bien non, pas ce genre de massage. Nous n'en faisons pas chez moi.

— Je pensais que tu ferais peut-être une exception pour ton fiancé.

— Eh bien, tu te trompais.

Elles prirent le chemin des vestiaires. Dana cherchait toujours à alimenter la conversation.

— Et qu'avez-vous fait d'autre ce week-end ? Si ce n'est pas trop indiscret !

— Nous sommes allés en Louisiane !

Enchantée de changer de sujet, Lexi raconta leur virée en hélicoptère pour aller voir concourir le jeune Justin.

— C'était incroyable ! Imaginez un grand gosse monté en graine qui habite un petit bourg de rien du tout et qui rêve aux grands circuits de pilotage. Il se préparait à faire son chemin tout seul, à surmonter d'énormes obstacles… et voilà Cruz qui tombe du ciel. Il a changé la vie de ce garçon à tout jamais. C'était un moment extraordinaire.

— Il cherche de nouveaux pilotes ? demanda Skye.

— Oui. Apparemment, il passe beaucoup de temps à repérer de jeunes talents. Il dit qu'il préfère constituer une équipe petit à petit plutôt que d'en acheter une toute faite. Je trouve ça bien de sa part. Cela doit être une sensation formidable de donner un avenir à un jeune.

Dana et Skye échangeaient un long regard entendu.

— Quoi ? lança Lexi, prête à se vexer.

— Tu es radieuse, lui dit Skye. Je t'assure, on pourrait lire le journal à la lumière que tu émets en ce moment. Et cela t'arrive chaque fois que tu parles de Cruz.

— Mais non, bien sûr que non, protesta Lexi, excédée.

Au nom de quoi serait-elle radieuse ? Oui, elle appréciait énormément ce que Cruz avait fait pour le jeune Justin, mais cela ne changeait rien à sa propre situation.

— Skye a raison, dit Dana en la regardant fixement — comme pour lui rappeler que Cruz et elle étaient uniquement partenaires dans une transaction d'un genre un peu particulier.

— Ne te défends pas, disait Skye. C'est bien d'être radieuse en parlant de l'homme que tu vas épouser. Je trouve cela merveilleux.

Puis, tendant un doigt accusateur vers Dana, elle lança :

— Toi, en revanche, tu n'es pas du tout radieuse quand tu parles de Martin. Tu devrais peut-être y réfléchir.

— Je t'ai dit récemment combien tu peux être agaçante ? s'enquit Dana.

— Une ou deux fois ! s'écria Skye en éclatant de rire.

Enfin, la tension retombait. Les trois filles se douchèrent et se rhabillèrent sans cesser de se chamailler avec entrain. Lexi ne les écoutait plus. Radieuse, elle ? Chaque fois qu'il était question de Cruz ? Impossible. Cruz n'était pas l'homme de sa vie ! Dans quelques mois, ils passeraient tous deux leur chemin, et c'était très bien ainsi. Parfait. De cette façon, quoi qu'il arrive, elle resterait bien en sécurité, son cœur hors d'atteinte !

En rentrant un peu après 17 heures, Lexi entendit des voix et de la musique dans la pièce qui abritait la stéréo et le home cinéma. L'équipe de ménage avait-elle laissé le téléviseur allumé ? Surprise, elle alla voir et trouva l'immense écran plat allumé… et une adolescente mollement allongée sur le canapé de cuir, C.C. blotti sur sa poitrine.

— Je peux vous renseigner ? demanda Lexi assez sèchement.

Elle supposait que la fille d'un voisin avait eu le culot d'entrer et de faire comme chez elle. Pas du tout déconcertée, la gamine coupa le son du téléviseur et se redressa en s'étirant.

— Salut, dit-elle. Vous êtes qui ?

— Ce serait plutôt à moi de poser cette question. Qui êtes-vous et que faites-vous ici ?

La petite intruse n'avait pas plus de quatorze ou quinze ans. Très brune, avec de longs cheveux ondulés et de grands yeux sombres, elle aurait été jolie sans la croûte de maquillage qui la transformait en caricature de *call-girl*. Un T-shirt beaucoup trop serré lui dénudait le ventre.

S'étirant de nouveau, elle lâcha en bâillant :

— Laissez-moi deviner : vous êtes la saveur du mois. Typique ! Et bien entendu, mon père n'a pas parlé de moi. Bizarre, ça ne me surprend même plus. Ce n'est pas comme si je comptais dans son existence…

Instinctivement, Lexi se retint au chambranle de la porte.

Pendant un instant, elle avait eu l'impression que le parquet tanguait sous ses pieds.

— Au fait, je m'appelle Kendra, ajouta l'adolescente en la dévisageant. Dites, vous allez bien ?

— Cela ira, dit Lexi à voix basse. Cruz est…

— Mon papa ! D'accord, je vois qu'il ne vous a rien dit. C'est tout lui, autant de sensibilité qu'une blatte. Dites, vous n'avez vraiment pas l'air dans votre assiette.

Sautant sur ses pieds, la gamine s'approcha de Lexi en expliquant, d'un ton moins désinvolte cette fois :

— Je suis sa fille, oui. Je ne le vois pas très souvent mais ma mère a dû partir en déplacement et elle ne savait pas à qui me confier. Elle croit que je ne suis pas capable de me débrouiller toute seule.

Elle s'interrompit un instant pour lever les yeux au ciel.

— J'ai quinze ans, je suis quasiment une adulte mais personne ne veut s'en apercevoir. Normalement, j'irais chez ma mémé mais elle se repose chez une amie après une opération du genou. Résultat, on m'envoie chez papa.

D'un geste enfantin, elle courut reprendre C.C. et le serra doucement sur son cœur.

— Le petit chat est à vous ? Elle est craquante !

— Il, corrigea machinalement Lexi.

Cruz avait une fille ? Il avait une enfant de quinze ans et il n'en avait jamais parlé ? Cela la choquait plus qu'elle n'aurait pu le dire.

— D'accord, il. Il s'appelle comment ? demandait la jeune fille.

— C.C.

— Comme Cruz Control ?

Kendra secoua la tête, l'air désapprobateur.

— Vous êtes vraiment mordue. Vous devriez plutôt le tenir à distance, c'est ce que les hommes respectent. Vous donnez trop, vous perdez tout. Enfin, c'est ce que dit ma mère. Moi, je n'ai pas de petit copain puisque je n'ai pas le droit de sortir. Enfin, si : en bande mais ça, c'est méga-nul.

Il y avait forcément une erreur, pensait confusément Lexi. Cruz était père, Cruz avait un enfant ?

— Alors, tu vas… t'installer ici ? demanda-t-elle.

— Dites, vous comprenez vite, fanfaronna Kendra. Oui, je suis ici pour une quinzaine de jours. Nous serons une vraie petite famille. Epatant, non ?

Lexi sentait la nausée la gagner. Toujours aussi impudente, Kendra fit un geste vers la bague à son doigt.

— Joli caillou. Vous êtes fiancée ?

— Comment ?

Décontenancée, Lexi jeta un coup d'œil au diamant qui brillait à sa main gauche.

— Oui…

— Intéressant. Je n'y compterais pas trop, si j'étais vous. Il s'est déjà fiancé. Généralement, cela ne dure pas.

Cela faisait vraiment trop d'informations à la fois ! Décidant de se raccrocher aux questions concrètes, Lexi demanda :

— Vous… Tu as une chambre à toi ?

L'adolescente eut une expression curieuse, qui ressemblait presque à de la pitié.

— Oh, écoutez, ne vous sentez pas obligée de vous occuper de moi. Je me débrouillerai. Je ne serai pas dans vos pattes, vous ne serez pas dans les miennes. Je suis déjà venue, je connais la maison. Ce n'est pas comme si vous alliez être là très longtemps, d'accord ? Nous n'aurons sans doute pas l'occasion de nous revoir.

— Mais il savait que tu venais ?

— Mouais, soupira Kendra en étirant le mot avec insolence. Je crois que la seule à ne pas être au courant, c'était vous.

Chapitre 10

Lexi préféra se replier dans la cuisine pour attendre le retour de Cruz. Elle marcha de long en large, en tendant l'oreille chaque fois qu'une voiture passait dans la rue ; dès qu'elle entendit le portail s'ouvrir, elle se précipita dehors.

— Tu as un enfant, gronda-t-elle tout bas. Une fille de quinze ans.

Cruz émergea de la voiture, les sourcils froncés.

— Tu me le dis ou tu me le demandes ? Parce que je suis au courant.

— Moi, je n'étais pas au courant. Tu as une fille. Elle va séjourner avec toi, avec nous, et tu ne t'es pas donné la peine de me mettre au courant. Nous étions ensemble tout ce week-end, nous avons parlé de notre passé et de nos projets mais il ne t'est pas venu à l'esprit de mentionner que tu étais papa, et que, tiens, au fait, ta fille allait justement passer quelques jours avec nous.

Passant devant elle, il se dirigea vers la maison en lâchant :

— J'essayais de trouver une autre solution.

— Ce n'est pas la question !

Saisissant sa manche, elle le fit pivoter vers elle.

— Cruz, tu as une fille.

— Tu n'arrêtes pas de le répéter.

— Je veux que toi, tu le dises.

Il haussa les épaules avec impatience.

— J'ai une fille, voilà. Il y a seize ans, j'ai mis une fille enceinte. Nous n'étions que des gamins, nous ne voulions pas nous marier. Elle a décidé de faire adopter le bébé, nous avons rempli tous les formulaires mais le moment venu, elle a décidé de le garder. Moi, non. Nous nous sommes mis d'accord : elle s'occuperait de la petite et moi, je lui enverrais de l'argent. De loin en loin, Kendra passe quelques jours chez moi. Elle ne sera pas ici longtemps.

Lexi le dévisageait, incrédule. Plus tard, elle tenterait de décrypter ce remarquable discours dans le détail. Pour l'instant, elle ne put que dire :

— Mais elle est ici maintenant, et tu ne m'as pas prévenue.

— Je ne te demande pas de t'occuper d'elle, si c'est ce qui t'inquiète. Je me débrouillerai.

Lexi regretta de ne pas être assez forte pour le secouer comme un prunier.

— Ce n'est pas la question, répéta-t-elle. Tu ne m'as pas dit qu'elle venait, ni même qu'elle existait.

— Tu n'avais pas besoin de le savoir.

Voilà une gifle qui laisserait sa trace, pensa-t-elle dans le silence qui suivit. Voyant son expression, il concéda :

— Très bien. J'aurais dû te prévenir plutôt que de te laisser la trouver ici en arrivant. Il y a autre chose ?

Il y avait une foule, un univers de choses dont ils allaient devoir discuter — mais cela attendrait. Les mains de Lexi retombèrent, libérant Cruz qui se détourna aussitôt et disparut dans la maison. Lexi resta plantée au pied du perron, le cœur battant.

Elle avait déjà noté des points de ressemblance entre Cruz et Jed mais… à ce point ? Jed non plus ne s'était pas préoccupé de ses filles, en tout cas pas avant qu'elles ne deviennent « valorisantes » pour lui. Cruz se fichait royalement de Kendra. Il s'était mis d'accord avec la mère ? Bravo ! Et la fille, l'avait-il consultée ? Comment Kendra vivait-elle son rapport avec ce père qui montrait si clairement qu'il ne s'intéressait pas à elle ?

Bien, elle s'efforcerait de tirer la question au clair, et elle tenterait d'ouvrir les yeux de Cruz. Pour l'instant, quelqu'un devait se préoccuper du dîner car ce soir, ils avaient une adolescente à nourrir. Rentrant à pas lents dans la maison, elle passa dans la cuisine et trouva Kendra perchée sur un tabouret près de l'îlot central. Cherchant à se donner une contenance, Lexi entreprit de fouiller le congélateur.

— Nous avons des crevettes, annonça-t-elle. Je pourrais faire du riz.

— Non, merci, répondit Kendra.

— Il y a aussi des plats complets congelés, ou nous pourrions réchauffer des restes.

— Oh, très tentant ! Ou pas.

Se retenant de taper du pied, Lexi referma posément le congélateur. La situation était difficile, l'adolescente ne faisait rien pour la simplifier. Pire encore, comme le personnel n'était pas prévenu de l'arrivée de la petite, il n'y avait guère de provisions en réserve.

— Il faut bien manger quelque chose, dit-elle d'une voix neutre.

Rejetant une longue boucle brune par-dessus son épaule, Kendra observa :

— Vous n'êtes pas comme les autres. Vous savez où est la cuisine et aussi que les enfants sont censés dîner. Intéressant. Mon père sait que vous avez un cerveau ?

Lexi s'adossa contre le plan de travail. Elle ne se mettrait pas en colère, décida-t-elle. Elle mesurait trop bien ce que la jeune fille devait ressentir en voyant que son père n'avait strictement rien préparé pour son arrivée. Elle cherchait encore une réponse quand Cruz en personne les rejoignit.

— Elle a un cerveau ! lança aussitôt Kendra en se retournant vers lui. Oups, j'ai cafté ! Je n'aurais pas dû le dire, ce n'est pas ce que tu recherches habituellement.

— Ne joue pas trop souvent la carte du sarcasme, recommanda Lexi. Tu es un peu jeune et tu en fais trop.

Le visage de Kendra se durcit.

— Vous n'avez encore rien vu.

Sautant à bas de son tabouret, elle lança :

— Ecoutez, je vais nous faciliter la vie, d'accord ? Je vais commander une pizza. Papa, tu me passes vingt dollars ?

Sans un mot, Cruz lui tendit deux billets verts.

— Super, grinça la gamine en les prenant. A plus tard, les amoureux.

Elle se tournait vers la porte quand Lexi s'écria :

— Attends une seconde. Tu ne vas pas partir comme cela !

La scène se figea. Cruz et Kendra la dévisageaient tous deux, interloqués.

— Pourquoi pas ? demanda le premier. Elle sait se débrouiller.

— Mais c'est une gosse ! Et ses devoirs ? Comment doit-elle s'organiser cette semaine ?

Kendra leva les yeux au ciel.

— Je sais ce que j'ai à faire !

— Tu n'as que quinze ans.

— Les jeunes sont plus mûrs de nos jours. Dis-le-lui, papa.

— Elle s'organise à sa façon, dit Cruz. Je ne la dérange pas et elle ne me dérange pas.

— Ce n'est pas normal, s'obstina Lexi. C'est encore une enfant, il lui faut un cadre, des limites.

— Pourquoi pas un règlement intérieur ? se rebiffa la gamine. Qui a décidé que c'était vous, la patronne ? Vous êtes de passage, vous aussi. Il y en a eu d'autres avant, il y en aura d'autres ensuite. Je vous l'ai déjà dit : inutile de chercher à créer des liens parce que vous ne serez plus là la prochaine fois que je viendrai.

Kendra n'avait pas tort, pensa Lexi, mais il ne s'agissait pas d'elle.

— Ce n'est pas un hôtel, ici, dit-elle avec toute la douceur dont elle était capable. C'est la maison de ton père.

Kendra fit alors une chose terrible : se penchant en avant comme si elle confiait un secret, elle chuchota :

— Ce n'est pas mon père, juste un donneur de sperme. Je l'appelle papa parce que c'est plus facile pour tout le monde mais il n'y a strictement rien entre nous. Vous êtes gentille de vous faire du souci, mais laissez tomber. Tout est parfait, nous savons exactement ce que nous pouvons attendre l'un de l'autre.

Elle cachait une telle souffrance derrière son affreuse ironie ! Emue, Lexi voulut faire une autre tentative.

— Kendra, dit-elle, je sais que c'est dur pour toi…

Ouvrant le réfrigérateur, la jeune fille choisit un soda et, tournant les talons, se dirigea vers la porte.

— Le plus dur, lâcha-t-elle, c'est que ce n'est pas un hôtel et que vous ne faites pas partie du personnel. Si c'était le cas, je pourrais vous virer. Laissez-nous tranquilles.

Et elle disparut. Estomaquée, Lexi se tourna vers Cruz.

— Et c'est tout ? demanda-t-elle. Fin de la discussion ?

— Je t'avais prévenue de ne pas t'en mêler. Kendra a déjà séjourné ici.

— Des séjours qui ne ressemblaient à rien !

Comment pouvait-il ne pas comprendre ? Elle tenta un nouvel effort.

— Cruz, elle joue les dures mais c'est une jeune fille. Ta fille. Tu as tes responsabilités.

— Des responsabilités dont mon comptable s'occupe chaque mois. Kendra a tout ce qu'il lui faut.

— Sauf un père.

Ce fut à peine si le visage de Cruz changea.

— Je n'avais pas besoin de mon père et elle n'a pas besoin du sien. Elle s'en sort très bien.

— Tu trouves ? Moi pas. Tu l'as écoutée ? Mais rends-toi compte, tu ne m'as jamais parlé d'elle, tu ne parles d'elle à personne. Elle arrive ici et rien n'a été préparé pour elle. Comment fera-t-elle pour aller en cours demain matin ?

— Je ne sais pas. Sa mère a dû prévoir quelque chose.

— Tu dois absolument t'impliquer !

Un détachement aussi absolu. Lexi trouvait cela totalement incompréhensible.

— Tu ne ressens vraiment rien pour elle ? demanda-t-elle d'une voix presque suppliante.

— A part un besoin pressant d'être n'importe où sauf ici ?

Atterrée, Lexi vit qu'il tournait les talons à son tour. Sur le seuil de la cuisine, il se retourna pour lui dire :

— Tu investis beaucoup trop d'énergie dans cette question. Elle sera ici une quinzaine de jours, voilà tout. Ne t'en fais pas pour elle.

— Mais c'est ta fille, murmura-t-elle, sachant qu'il ne saisirait pas.

— Pourquoi répètes-tu cela ?

— Parce que c'est une personne, pas un objet. Tu as vraiment décidé d'être un imbécile ?

Le regard de Cruz s'assombrit.

— Je pense que cela me vient naturellement.

Il disparut, et Lexi se retrouva seule. Seule avec la certitude que son intervention venait d'envenimer une situation déjà impossible. Posant les coudes sur le plan de travail, elle se couvrit le visage de ses mains.

Quel genre d'homme pouvait croire qu'il remplissait son rôle de père en se contentant de signer un chèque chaque mois ? Qu'un adolescent n'ait pas voulu endosser la responsabilité d'un enfant, elle pouvait le comprendre — mais Cruz était un homme aujourd'hui !

Lexi aussi avait grandi auprès d'un père qui l'ignorait. En vivant pour les précieux instants que Jed lui accordait parfois. Aujourd'hui encore, sachant qu'elle ne pouvait rien attendre de lui, son père continuait à compter pour elle, elle luttait toujours pour faire ses preuves à ses yeux. Skye avait renoncé à l'amour de sa vie pour épouser l'homme qu'il préférait, Izzy risquait sa vie au quotidien… Et Cruz ne voyait pas combien il faisait souffrir Kendra. Se redressant, Lexi se dirigea d'un pas ferme vers son bureau. Elle le trouva assis derrière sa table de travail, fixant la nuit par la fenêtre.

— Cruz, dit-elle.

Il leva les yeux vers elle.

— Pourquoi te mets-tu dans des états pareils ? demanda-t-il d'une voix lointaine. Ce n'est pas ta gosse.

— C'est une toute jeune fille, pas une plante verte. Tu ne peux pas lui jeter une pizza en supposant que cela lui suffira.

— Cela lui a toujours suffi jusqu'ici.

Il se leva.

— Ecoute, dit-il. Tous les deux ans environ, elle passe quelques jours ici. Quand elle était plus jeune, j'embauchais quelqu'un pour s'occuper d'elle, mais elle n'a plus besoin d'une baby-sitter. Elle me l'a dit elle-même il y a quelques années. Elle se débrouille comme un chef. Elle va et vient à sa guise, nous ne nous gênons pas. C'est suffisant.

— Ce n'est rien du tout. Il ne t'est pas venu à l'esprit qu'elle pourrait espérer davantage de ta part ? Tu es son père. Elle a besoin que tu l'aimes, et que tu sois là pour elle.

— C'est de Kendra et moi qu'il s'agit, pas de toi et Jed.

— Les besoins des enfants sont universels.

— Je n'ai pas eu besoin de mon père. La vie s'est beaucoup améliorée après son départ.

— Mais toi, tu ne bats pas Kendra.

— Je la connais à peine, et tu ne la connais pas du tout. Cesse de sauter à des conclusions. Lâche-nous, tous les deux.

— Je ne peux pas faire cela.

— Tu refuses de le faire. C'est toi qui voudrais que tout soit différent, mais ce n'est ni ta maison, ni ta gosse, ni ton affaire. Fais-moi le plaisir de lâcher ce sujet, tout de suite.

S'il avait crié, elle aurait pu s'emporter à son tour mais Cruz parlait à voix basse, une voix d'une intensité assez effrayante. Lexi comprit qu'elle ne pourrait pas le raisonner ; pas ce soir en tout cas. Et à cet instant précis, Kendra comptait davantage que Cruz. Quittant le bureau, elle monta à l'étage. Kendra s'était installée dans la dernière chambre au fond du couloir, une pièce assez petite mais gaie, avec un grand lit et un petit bureau près de la fenêtre. Installée à ce bureau, elle pianotait sur le clavier de son ordinateur portable tout en écoutant de la musique sur son iPod. Le chaton dormait paisiblement sur le lit.

Frappant un coup léger à la porte entrouverte, Lexi passa la tête à l'intérieur en lançant :

— Il y a quelqu'un ? Tu t'installes ?

— Mouais, maugréa Kendra sans prendre la peine de se retourner.

— Tu veux aller en ville manger quelque chose ? Je connais un endroit extra.

Avec un gros soupir théâtral, Kendra se retourna vers elle en retirant ses écouteurs. Elle souriait, mais c'était un sourire de commande, plus patient que réellement cordial.

— C'est vraiment gentil à vous de vous donner du mal, dit-elle. J'apprécie. Sérieusement, je vous assure. Mais tout va bien, voilà. Je n'ai pas besoin d'être soutenue ou de me faire des amies, surtout pas l'une des petites amies de mon père. Franchement, vous et lui, c'est permanent ?

Lexi pensa à l'accord passé avec Cruz, et secoua la tête.

— Je me disais aussi. Bien, allez passer un bon moment tous les deux. Je m'arrangerai pour ne pas vous déranger, je repartirai bientôt et nous pourrons tous oublier que nous nous sommes croisés. Ce n'est pas mieux comme ça ?

Elle esquissa un mouvement vers son iPod, puis se ravisa pour lancer :

— Au fait, j'ai commandé une pizza. Si je n'entends pas la sonnette, vous voudrez bien ouvrir la porte au livreur ?

*
* *

Vers 21 h 30, Cruz entama son troisième whisky. Il ne cherchait pas à se soûler, juste à se détendre un peu, à diluer la tension qui lui nouait le corps. Il n'avait pas allumé la lampe ; dans la pénombre, les voix, les scènes du passé se pressaient autour de lui sans qu'il puisse les repousser. Les yeux grands ouverts dans le vide, il revoyait son père battre sa mère. Juanita, jeune encore et si menue, face à cet homme qui semblait prendre plaisir à la frapper jusqu'à ce qu'elle s'effondre sur le sol en le suppliant. Jusqu'à sa mort, Cruz n'oublierait jamais le son des coups et les cris aigus de souffrance…

— Dis-moi que tu m'aimes, ordonnait son père. Dis-le !

Et bien sûr, elle finissait par capituler. Elle prononçait les paroles qu'il exigeait, d'abord à voix basse, puis plus fort, comme il lui hurlait de le faire. Quand elle jurait de l'aimer toujours, il tournait les talons et s'en allait. Cruz se souvenait encore du silence qui tombait alors. Sa mère ne faisait aucun bruit tandis qu'ils guettaient tous les deux le signal qui leur dirait qu'ils ne risquaient plus rien : le moteur de la voiture qui s'éloignait vers le coin de la rue.

Tapi dans le couloir, terrifié, Cruz attendait que sa mère se hisse sur ses pieds. Elle lui disait toujours qu'elle n'avait rien, alors même qu'elle lavait le sang de son visage. Chaque fois qu'il la battait, son mari brisait un peu plus son cœur et sa volonté.

La dernière fois, cela avait semblé durer une éternité. Cruz avait douze ans, l'âge de vouloir protéger sa mère. Quand il s'était jeté sur son père, celui-ci l'avait frappé au visage, si violemment que Cruz était tombé, un tintement dans les oreilles et la vision brouillée.

— Ne fais plus jamais ça, petit, avait grondé cet homme qu'il haïssait. Si tu recommences, je la tue.

C'est là, en entendant sa mère supplier pour eux deux cette fois, sa voix entrecoupée par le choc des poings du père, que

Cruz s'était juré que tout allait changer. Méthodiquement, il avait fait le nécessaire pour rassembler de l'argent, acheter une arme, et chasser l'homme de chez eux.

Depuis, il avait vu des familles vivre autrement. Manny par exemple adorait ses gosses, et ses gosses l'adoraient. Ils faisaient toutes sortes de choses ensemble, partaient faire du camping, assistaient à des matchs de base-ball ; quand ils regardaient la télé, c'était tous ensemble, serrés sur le canapé. Si l'un des petits avait peur, s'il se faisait mal, il se précipitait aussitôt vers son papa. Il ne leur venait pas à l'esprit qu'il puisse les frapper. Ils ne semblaient pas savoir que l'on pouvait craindre son père.

Cruz savait. Il connaissait la peur et la douleur physique, et les moments où l'on se retient de respirer pour ne pas attirer l'attention du monstre. Les moments où l'on fait semblant de ne pas remarquer les marques sur le visage et les bras de sa mère, ces marques qu'elle cachait à ses employeurs de peur qu'on ne lui pose des questions. Il savait qu'elle craignait d'être renvoyée si elle portait des traces de coups trop visibles — ou une enquête de l'Immigration.

Cruz savait également une chose sur son propre compte. Un jour, alors que Kendra était tout bébé, il la gardait un après-midi quand elle s'était mise à pleurer. Un son aigu, lancinant, insupportable qui durait, durait… Il aurait fait n'importe quoi pour que ce cri désespéré s'arrête mais il ne parvenait pas à la faire taire. En désespoir de cause, poussé à bout et terrifié par ce qu'il risquait de faire, il était sorti attendre dans la rue le retour de sa mère. Juanita avait aussitôt su réconforter la petite, mais lui ne savait pas. Sa propre impulsion avait été un geste de violence.

Sachant désormais de quoi il était capable, il avait mesuré le poids de son hérédité et su qu'il valait mieux, pour tous deux, ne plus s'approcher de sa fille.

Il était bien après minuit quand Cruz quitta son bureau. En grimpant l'escalier sans bruit, il ne vit pas de lumière sous la porte de la chambre. Lexi dormait sans doute ; en tout cas elle ne bougea pas quand Cruz passa la tête dans la pièce. Sur une impulsion, il se dirigea vers le bout du couloir et ouvrit doucement la porte de Kendra. Sa fille reposait au milieu du lit, roulée en boule. La grande gamine intelligente et agressive de la journée avait disparu, laissant la place à une petite fille. C.C. s'était blotti contre elle, et ils dormaient profondément tous les deux.

Longtemps, Cruz contempla Kendra en se demandant quelle part de lui elle portait en elle, et en espérant lui avoir transmis quelque chose de plus positif que ce que son propre père lui léguait. Tendant une main hésitante, il remonta le drap sur son épaule, lissa la couette et sortit.

Ce soir, il monterait la garde. Si on leur posait la question, Kendra et Lexi affirmeraient sans doute toutes deux qu'elles n'avaient pas besoin de sa protection, et sans doute auraient-elles raison. Il resterait tout de même éveillé, au cas où.

— C'est une blague ? grogna Kendra en entrant dans la cuisine le lendemain matin. Vous regardez trop les séries à la télé !

Ignorant la pique, Lexi disposa deux tranches de pain perdu sur une assiette qu'elle plaça devant l'adolescente.

— Nous n'avons pas de céréales, dit-elle. Je ne savais pas comment tu prends tes œufs.

— Je ne mange pas le matin, répliqua Kendra. C'est un gaspillage de calories.

— Les personnes qui ne mangent pas le matin sont désagréables, comme tu es en train de le démontrer en ce moment. Plus vite tu termineras, plus vite tu pourras partir.

Grommelant quelque chose tout bas, Kendra se laissa tomber sur un tabouret et attaqua son assiette. Lexi s'efforça de cacher sa jubilation. Elle venait de gagner une manche !

— Tu prends du lait ? demanda-t-elle d'un ton désinvolte.

— Du café.

Du café, à son âge ? Lexi trouva cela bizarre mais remplit tout de même une tasse qu'elle lui passa.

— Comment fais-tu pour aller en cours ? demanda-t-elle.

— Je prends le bus.

— Ton bus passe par ici ?

— Ce n'est pas mon bus habituel mais oui, il y a un bus scolaire qui dessert ce quartier. Même les gosses de riches sont obligés d'aller en cours.

— Donc, tu habites dans le même secteur scolaire que ton père ?

Kendra haussa les sourcils, mais répondit avec une patience exagérée :

— Le même secteur scolaire, oui. Notre appartement n'est qu'à quelques kilomètres. Ça non plus, il ne vous l'a pas dit ?

— Comme tu vois.

Kendra vivait à quelques minutes de Cruz et il ne trouvait pas un instant pour la voir ? Lexi cherchait à assimiler cette information quand, levant les yeux vers l'horloge murale, la jeune fille poussa un piaillement aigu.

— Je vais rater mon bus ! A plus !

Lâchant son assiette, elle saisit sa sacoche au vol et fila au galop. Réprimant un soupir, Lexi se servit du café à son tour. Comment allait-elle rétablir cette situation ? Ce n'était effectivement pas son problème, mais elle ne pouvait pas ignorer ce qui se passait sous ses yeux. Kendra et Cruz avaient besoin l'un de l'autre, même s'ils ne le savaient pas encore.

En début d'après-midi, Cruz se présenta à la réception de Vénus & Moi en demandant à voir Lexi. Celle-ci voulut se dire qu'elle ne tenait pas particulièrement à le croiser, après leur dispute… mais dès qu'elle le sut sous le même toit qu'elle, les terminaisons nerveuses sous sa peau entamèrent leur petite danse de joie habituelle. Une question de chimie, se dit-elle en contournant son bureau pour l'accueillir. Les phéromones, ou un instinct aveugle qui créait ce besoin incontrôlable dès qu'elle l'approchait.

Il était, comme toujours, très agréable à regarder dans son complet parfaitement coupé. Venait-il pour s'excuser ? Avait-il enfin saisi l'importance de créer un lien avec sa fille ? Elle aurait aimé le croire…

— Je dois te dire quelque chose, déclara-t-il sans préambule, avec une gravité qui la surprit. Je crois que tu ferais bien de t'asseoir.

Aussitôt, la panique la saisit.

— Je ne veux pas m'asseoir, s'écria-t-elle. Que se passe-t-il ?

Lui prenant la main, il plongea son regard dans le sien. Lexi sentit une terreur glacée la serrer à la gorge.

— Cruz, souffla-t-elle. C'est une de mes sœurs ?

— Non, non, rien de ce genre. Tes sœurs vont bien. C'est au sujet de Garth Duncan.

— Mais alors, pourquoi tant de drame ? Il a décidé de conduire une vendetta contre moi ? Je suis capable de me défendre !

— Pas seulement toi. Je pense qu'il en a après toute la famille.

— Je ne comprends rien à ce que tu racontes !

Serrant fermement sa main entre les siennes, Cruz lui apprit ce qu'il était venu lui dire :

— Garth est le fils illégitime de Jed.

Chapitre 11

Vingt-quatre heures plus tard, Lexi était encore sous le choc. Tout en elle rejetait ce qu'elle venait d'apprendre. Comment cet homme pourrait-il être le fils de Jed ? L'on n'était plus au XIXe siècle, il n'y avait plus de scandale à avoir un enfant avant le mariage ! S'il avait eu un fils, Jed l'aurait reconnu ! Tout en arpentant nerveusement le grand living de la maison de Cruz, elle s'interrogea pour la première fois sur la mère de Garth. Qui était-elle, et pourquoi Jed ne l'avait-il pas épousée ?

Dans quelques minutes, ses sœurs arriveraient. Sur la table basse reposait un mince dossier contenant les informations glanées par Cruz : une lettre de la main de Jed, adressée à son notaire et donnant ses instructions pour qu'un capital soit investi et le revenu versé à son fils. Lexi préférait ne pas demander à Cruz comment il avait obtenu ce document !

Ses sœurs la rejoignirent à l'heure dite, Izzy très nonchalante en débardeur et pantalon de coton froncé à la taille, Skye plus classique en robe bleu marine. Les longs cheveux d'Izzy flottaient sur ses épaules comme ceux de Kendra. Machinalement, Lexi jeta un coup d'œil à l'horloge, en pensant que l'adolescente ne tarderait pas à rentrer de ses cours.

Les deux visiteuses, qui n'étaient pas encore venues chez Cruz, regardaient autour d'elles avec intérêt. Izzy laissa même échapper un long sifflement.

— Jolie cabane, lâcha-t-elle. Un de ces jours, je devrais aussi m'installer avec un garçon très riche.

— Pour une semaine, deux peut-être ? s'enquit Skye. Tu

ne supportes pas qu'un homme soit encore là le lendemain, ou qu'il ait envie de s'occuper de toi.

— Je n'ai pas besoin qu'on s'occupe de moi, Skye. Je ne cherche pas de papa.

Le ton était plus âpre que leurs chamailleries habituelles !

— Vous vous disputez ? demanda Lexi, interdite. Mais pourquoi ?

— J'ai couché avec un type et Skye me fait la tête.

— Elle a couché avec un jeune collaborateur de mon cabinet d'avocats. On les a surpris dans le vestiaire des hommes.

Lexi fronça le nez.

— Le vestiaire ? Vous étiez debout, j'espère ?

— Bien sûr ! s'écria Izzy en éclatant de rire.

Jetant un regard en coin à Skye, elle ajouta, perfide :

— C'est toi qui m'as invitée à déjeuner avec ton avocat et ses copains.

— Ce ne sont pas ses copains mais ses employés. Je t'ai emmenée parce que tu m'as dit que tu aimerais faire quelque chose pour la fondation.

Se laissant tomber sur le canapé, Izzy s'étira négligemment.

— Oui mais j'avais envie de jouer au bel avocat et à la fugitive… C'était bien.

— Tu n'es pas une fugitive, tu es une enfant gâtée complètement irresponsable. Non, en fait, tu as raison sur un point : tu te comportes exactement comme une délinquante.

Izzy croisa les bras derrière sa tête.

— C'est extraordinaire, non ? lança-t-elle à Lexi. Même quand elle serre les dents, elle arrive à articuler parfaitement.

En temps normal, Lexi aurait participé allègrement à la bagarre. Pas aujourd'hui.

— Ce n'est pas pour entendre parler des frasques d'Izzy que je vous ai demandé de venir, dit-elle avec un brin d'impatience. Il se passe quelque chose d'important.

— Aïe, ça a l'air sérieux, commenta Izzy en se redressant. Tu as un problème ?

— Pas exactement.

Oubliant aussitôt sa contrariété, Skye s'installa sur le canapé en croisant les mains sur ses genoux.

— Que se passe-t-il ?

— Je dois vous apprendre quelque chose. J'ai hésité à vous en parler parce que j'avais peur…

Elle serra les lèvres en s'efforçant d'ignorer le glissement froid de l'angoisse dans son ventre. Rassemblant son courage, elle reprit :

— Si papa l'apprend, tout sera… différent.

Elle avait failli dire « remis en cause » !

Avançant un pouf devant le canapé, elle s'y laissa tomber et entama son récit :

— Il y a deux ans, mon banquier m'a transmis la proposition d'un investisseur qui voulait placer une grosse somme dans mon entreprise. Il pensait que je tenais un bon filon et voulait me donner la possibilité de m'agrandir. Cela ne m'engageait à rien, il ne demandait pas une part de l'entreprise mais uniquement le remboursement du prêt, à un taux d'intérêt raisonnable. Cela m'a permis d'acheter l'immeuble et de me développer.

— Et alors ? demanda Izzy, perplexe. Tu as fait une bonne affaire, où est le problème ?

— Il y avait juste une condition : l'investisseur pouvait demander le remboursement à tout moment, et j'aurais vingt et un jours pour trouver les fonds. Je ne me suis pas inquiétée outre mesure parce que mon banquier avait déjà travaillé avec le prêteur et, pour tout vous dire, le taux était vraiment intéressant. Et puis, quel intérêt aurait-il eu à récupérer la somme avant l'échéance ? Il perdrait tout simplement ses intérêts ! Non, attendez, il y avait deux conditions. L'investisseur préférait rester anonyme.

Skye eut une grimace inquiète.

— Il demande le remboursement, c'est cela ? Tu as besoin d'argent ? Combien ?

A sa mort, Pru avait laissé une fortune considérable à sa fille aînée. Curieusement, Izzy n'était pas citée dans son testament, et personne ne savait s'il s'agissait d'un choix délibéré ou d'une simple omission. Quelle femme jeune et belle pense à mettre à jour son testament ? Fidèle à elle-même, Skye avait investi la moitié de la somme au nom d'Izzy et s'était servie du reste pour créer sa fondation. Avec en surplus la somme confortable léguée par son défunt mari, Skye était une femme riche.

— Je n'ai pas besoin d'argent, répondit Lexi avec un rapide sourire de reconnaissance. J'ai décroché un autre prêt. Le problème est ailleurs.

Elle préférait ne pas compliquer la situation en entrant dans le détail de son accord avec Cruz ! Respirant à fond, elle reprit le fil de son récit.

— Oui, tu as raison, l'investisseur a exigé le remboursement immédiat, et je peux vous dire que cela m'a fait un choc. J'ai eu le sentiment que cela me visait personnellement, que quelqu'un m'avait délibérément manipulée pour me placer dans une position intenable. J'ai demandé à Cruz de m'aider à découvrir qui.

Izzy et Skye échangèrent un regard.

— C'était papa ? demanda Skye.

— Non. C'était Garth Duncan.

Izzy ouvrit de grands yeux.

— Lui ? Je croyais que tu ne le connaissais pas. Pourquoi ferait-il une chose pareille ?

Comme toujours, Skye manifesta davantage de finesse :

— Tu savais que c'était lui quand tu m'as demandé si je le connaissais, n'est-ce pas ? demanda-t-elle.

Lexi approuva en silence.

— Sais-tu pourquoi ? insista sa sœur.

— Pas précisément.

Sachant qu'il n'y avait aucune façon de dire cela avec délicatesse, elle se jeta à l'eau :

— En revanche, j'ai appris quelque chose à son sujet. Tenez-vous bien : cet homme est le fils de Jed. J'ai ici la copie d'une lettre de papa à son notaire. Jed a investi de l'argent pour lui, mais il ne l'a jamais reconnu.

Elle fit un geste vers la chemise posée à l'angle de la table basse.

— Ce n'est pas aussi certain qu'un échantillon d'ADN, mais personnellement, cela me suffit. Jed ne donne rien à personne à moins d'y être obligé. Garth est bien son fils.

— Mais cela ne tient pas debout ! clama Izzy en sautant sur ses pieds. Je veux dire : si papa a eu un autre gosse, pourquoi faire tant de mystères ! Garth a quoi, trente-deux, trente-trois ans ?

— Quelque chose comme cela.

— Donc il est né avant que Jed n'épouse ta mère. Où est le problème ? Pourquoi Jed l'aurait-il caché, et pourquoi Duncan s'en prendrait-il à toi aujourd'hui ?

— Je ne sais pas. Manifestement, il garde une solide rancune… et je suis sûre que ce n'est pas uniquement contre moi.

Skye n'avait pas bougé, son regard vert restait braqué sur Lexi.

— Tu penses qu'il fait cela délibérément, dit-elle.

— Ce n'est qu'une hypothèse mais oui, c'est bien ce que je pense. Il y a tout de même eu plusieurs incidents bizarres ces derniers temps, non ? Pas seulement pour moi mais aussi pour papa. Ces chevaux dopés… Jamais Jed n'autoriserait cela, il licencierait instantanément tout employé des écuries qui voudrait jouer à ce petit jeu.

— Et le délit d'initié, souffla Izzy. Quel fumier ! S'il veut quelque chose, il n'a qu'à venir nous le dire en face !

Sans pouvoir expliquer pourquoi, Lexi avait la conviction d'assister à la mise en œuvre d'une stratégie longuement mûrie. Duncan visait-il la destruction de toute la famille ?

— J'ai eu quelques problèmes aussi, annonça tout à coup Skye. A la fondation. Des auditeurs sont venus, en toute discrétion, vérifier les comptes. Il était question de détournement de fonds.

— Comment ? hurla Izzy, outrée.

— Tu parles sérieusement ? lança Lexi en même temps.

— Malheureusement, oui, répondit Skye d'une voix égale. Je n'y avais pas attaché d'importance jusqu'à cet instant. Nous donnons à manger aux enfants qui manquent du nécessaire, c'est l'unique but de la fondation. Qui pourrait chercher à nous nuire ?

— Garth Duncan, marmotta Izzy. D'accord. Il nous faut un plan. Je propose que nous allions le voir et que nous lui demandions tout net ce qu'il manigance. En emmenant quelques garçons solides, pourquoi pas ! Si nous lui flanquons suffisamment la frousse, il nous laissera tranquilles.

— Je crois que tu regardes trop la télévision, soupira Lexi. Tabasser Duncan ne donnera rien, et c'est illégal.

Sa jeune sœur écarta cette considération d'un geste désinvolte.

— Il fait ses coups en douce, à nous d'en faire autant.

— Non, dit lentement Skye. Avant tout, il nous faut davantage d'informations. Ne révélons pas trop vite que nous sommes au courant. Pour l'instant, il ne sait pas encore que nous sommes sur sa piste, et cela nous donne un avantage.

— Je suis d'accord, dit Lexi, heureuse de voir qu'une de ses sœurs au moins réfléchissait intelligemment. Cruz va continuer à se renseigner. Plus nous aurons d'éléments pour l'incriminer, mieux cela vaudra.

— Je vais me renseigner aussi, décida Skye. Discrètement, bien sûr.

— Et moi, qu'est-ce que je dois faire ? clama Izzy. Je veux faire quelque chose !

— Surtout, ne fais rien !

— Vous me laissez toujours en dehors du coup ! tempêta Izzy, furieuse. Je ne suis plus le bébé, je suis une adulte !

— Tu t'es fait percer le nombril, accusa Skye.

— Comment ? Où est le rapport ?

— Ce n'est pas exactement un signe de maturité.

— Bien sûr que si. Cela montre que je sais endurer la douleur. Tu es jalouse, voilà tout.

Skye se mit à rire. Vexée, Izzy lança :

— Lexi a un tatouage !

Celle-ci haussa les sourcils, interloquée.

— Bien sûr que non !

— Je sais bien, concéda Izzy de bonne grâce, mais je voulais détourner l'attention de Skye.

— Qu'allons-nous faire d'elle ? demanda celle-ci.

— Espérer qu'elle grandira un jour ?

— Je suis grande. Et très mature, répliqua l'intéressée en leur tirant la langue.

Izzy avait réussi à leur rendre le sourire, et Lexi lui en fut reconnaissante. Il était temps car à cet instant précis, la porte d'entrée s'ouvrit à la volée et Kendra parut. En voyant les trois sœurs, elle s'immobilisa sur le seuil.

— Mais vous êtes combien ! lança-t-elle en retrouvant instantanément toute son agressivité. Mon père pourrait tout de même attendre que je ne sois pas là !

Sautant sur ses pieds, Lexi lui fit signe d'approcher.

— Je vous présente Kendra, dit-elle aux deux autres. La fille de Cruz.

— Celle dont il a oublié de lui parler, leur confia Kendra d'un air entendu. Je ne vous dis pas le choc qu'elle a eu.

Izzy et Skye échangèrent un regard interdit, puis levèrent les yeux vers Lexi qui s'efforçait de sourire.

— Un choc, oui, admit-elle, mais pas forcément un choc désagréable.

— Voilà, je suis un vrai petit rayon de soleil, minauda l'adolescente.

— Kendra, poursuivit Lexi sans l'écouter, ces superbes créatures sont mes sœurs, Skye et Izzy.

— Vos sœurs ? répéta Kendra, intriguée. Tiens ! J'ai toujours voulu une sœur, mais maman dit que ça n'arrivera jamais. Elle ne veut surtout pas grossir.

Ce n'était pas la raison la plus sympathique de ne pas vouloir un second enfant, pensa Lexi — mais aussitôt, elle s'interdit de juger alors qu'elle possédait si peu d'éléments. Comment la mère de Kendra vivait-elle sa situation ? Avait-elle un compagnon aujourd'hui ou élevait-elle Kendra seule ? Trouvait-elle difficile d'être une mère célibataire ? Cruz pouvait se contenter de signer ses chèques, mais la maman de Kendra devait faire face au quotidien. Sans l'avoir voulu, elle pensa aussitôt à Jed et Garth.

Skye souriait à Kendra avec sa gentillesse habituelle.

— Bonjour. Moi aussi, j'ai une fille, mais elle est beaucoup plus jeune que toi. Seulement sept ans.

— Vos cheveux, répliqua Kendra sans l'écouter. La couleur n'est pas vraie, tout de même ? Le roux, c'est vraiment difficile. Je ne sais pas qui fait vos colorations mais elle connaît son boulot.

Il en fallait davantage pour déconcerter Skye !

— C'est naturel, répondit-elle avec un sourire serein. Autrefois, je détestais mes cheveux mais maintenant je les adore.

— Il vous faudrait tout de même quelques reflets.

Les bras croisés, Izzy toisait froidement Kendra, qui leva les yeux vers elle avec un brin d'inquiétude.

— C'est ça, ta stratégie ? s'enquit la benjamine des Tristan. Tu commences par insulter tout le monde, à tout hasard ? Bon, d'accord, tu gardes l'initiative, mais tout le monde te trouve désagréable. Je te dis juste ça à titre d'information.

Les yeux de Kendra se plissèrent, hostiles.

— Et alors ?

Skye jeta un regard d'avertissement à Izzy.

— Gentille, murmura-t-elle.

— Moi, je n'ai rien fait, protesta Izzy. Pour une fois, ce n'est pas moi, la sale môme.

— Pour une fois, ce n'est pas toi l'enfant.

Izzy haussa les épaules.

— Très bien. De toute façon, nous avions terminé. Je file.

— Nous sommes d'accord, alors ? intervint Lexi. Nous voyons ce que nous pouvons glaner, puis nous discutons de nouveau ?

— C'est cela, répondit Skye.

Izzy capitula.

— Je pense toujours que vous êtes des dégonflées, mais d'accord. Moi, je n'ai rien à perdre, alors c'est surtout à vous deux de voir comment gérer la situation.

Elle partit en agitant gaiement la main. Effectivement, se dit Lexi, pensive. Izzy n'avait ni entreprise ni fondation, rien qui puisse faire d'elle une cible pour Duncan. Elle trouva cette idée réconfortante.

— Je suppose que vous n'allez pas me dire de quoi vous parliez, lança Kendra. Très bien, gardez vos petites discussions codées, je vais chercher quelque chose à manger.

— Tu aimerais faire un tour à cheval ? lui proposa Skye à brûle-pourpoint.

Stupéfaite, Kendra se retourna vers elle.

— Comment ? A cheval ?

— Oui, dit Lexi, à la fois surprise et contente de l'initiative de sa sœur. Nous avons des chevaux.

Un instant, Kendra ressembla davantage à une gosse qu'à une apprentie *call-girl*.

— Mais je ne sais pas monter à cheval…

— Ce n'est pas difficile. Erin pourra te montrer.

— Erin, c'est celle qui a sept ans ? Merci bien !

Lexi se demandait déjà si une sortie au grand air, loin de

la maison de Cruz, les aiderait à mieux communiquer. Cela valait la peine d'essayer !

— Dimanche matin ? proposa-t-elle.

— Ce sera parfait, répondit aussitôt Skye.

— Et si je ne veux pas ? protesta Kendra.

Lexi éclata de rire.

— Nous t'emmènerons de force !

— Je n'ai pas envie, grogna Kendra pour la dixième fois. Je n'aime pas les chevaux.

— Tu en as déjà vu un de près ?

— Plein de fois. Monter à cheval, c'est ridicule.

— Hier soir, tu disais que tu avais hâte d'essayer.

— Je mentais pour être polie.

— Toi ? Depuis quand ! s'exclama Lexi en éclatant de rire.

Contrariée de s'être laissé piéger, Kendra lâcha un soupir excédé et repassa aussitôt à l'attaque.

— Vous ne pouvez pas m'obliger.

— Ce n'est pas une punition, tu sais ? On va s'amuser.

— Vous, vous allez vous amuser. Moi, je vais détester.

— Probablement, oui, concéda Lexi sans se démonter. Nous y sommes presque.

— Merci pour le renseignement.

Quittant la route principale, la voiture s'engagea dans une allée pavée menant à un immense portail. Au cœur de la ferronnerie, des lettres épelaient les mots « Glory's Gate ». Oubliant qu'elle boudait, Kendra tourna vivement la tête.

— J'ai entendu parler de cette maison ! s'écria-t-elle. Il paraît qu'elle est énorme.

— C'est l'un des plus grands ranches du Texas.

— Vous êtes riche, alors.

— Mon père est riche.

— Un jour, tout sera à vous. Alors, vous ne sortez pas avec mon père pour son argent ?

— Tu croyais cela ?

— C'est pour cela que venaient les autres.

— Pas moi.

Non, pensa amèrement Lexi. Elle était là pour remplir un contrat. Ce qui revenait exactement au même !

— Vous êtes tout de même son type de femme.

— Je le sais.

— Et lui, il est votre type ? demanda la jeune fille avec un sourire impudent.

— Par moments, oui.

Kendra éclata de rire et se pencha vers sa vitre.

— C'est la maison ? On dirait un hôtel. Ce devait être génial de grandir ici.

Lexi ne répondit pas. Au fond, les trois filles Tristan avaient connu l'enfance de tout le monde : heureuse par certains côtés, malheureuse par d'autres. Contournant la maison, elle se gara devant les écuries où les attendaient Skye et Erin. Retrouvant aussitôt le sourire, elle descendit de voiture ; Kendra la suivit lentement, à contrecœur.

— Je n'ai plus vraiment envie, disait-elle tout bas. Je ne sais même pas si j'aime les chevaux.

— Tu as un peu peur. C'est tout à fait normal, mais le seul moyen de dépasser ta peur est de faire ce que tu redoutes.

— Comme si vous saviez de quoi vous parlez !

— Tu serais surprise.

— Lexi ! Bonjour !

Comme un petit bolide, Erin se précipita dans les bras de sa tante. Puis, se retournant vers Kendra avec un large sourire, elle s'écria :

— Bonjour ! On va faire du cheval. Je t'ai choisi une très bonne monture, il s'appelle Oliver. Il n'est pas très grand, et il est gentil ! Tu verras, il est très sensible au mors, tu devras faire attention.

— Moi, je devrai faire attention ? protesta Kendra en reculant. C'est lui qui risque de me faire du mal.

— Oh, non, pas lui. Il va bien t'aimer.

Sans se préoccuper de l'attitude hostile de l'adolescente, Erin lui saisit la main et chercha à l'entraîner. Kendra résista.

— Les gamins m'ennuient, lâcha-t-elle.

Voyant Erin se retourner, surprise, Lexi décida qu'il était temps d'intervenir.

— Comme c'est tragique, dit-elle tranquillement. Tu veux marcher ou tu veux qu'on te traîne ?

— Elle ne pourrait pas, elle est trop petite.

— Moi, je pourrais.

Kendra s'éloigna, halée par Erin qui avait retrouvé son sourire. Lexi se retourna vers Skye et vit que sa sœur suivait les filles d'un regard inquiet.

— C'est l'attitude habituelle des adolescentes ? Je dois m'attendre à ce qu'Erin se mette à parler de cette façon ?

— Je ne sais pas si c'est l'âge, les hormones ou la façon dont elle a été élevée, soupira Lexi. Tu devrais peut-être commencer à te renseigner sur la question. Histoire d'éviter de te retrouver face à une authentique peste d'ici quelques années.

— Tu as raison.

Jetant un regard à la ronde, Skye baissa la voix.

— J'ai pu remonter aux sources de l'enquête sur la fondation. Tout est parti d'une dénonciation anonyme au procureur. Ils sont en train de parvenir à la conclusion que l'affaire était montée de toutes pièces, et l'accusation va probablement faire long feu.

— Voilà une bonne nouvelle.

— Peut-être, mais comme le procureur veut être absolument sûr de son fait, il envoie un expert éplucher nos comptes.

— Ce n'est sûrement pas un problème ? demanda Lexi.

— Il ne trouvera rien mais c'est un tel gaspillage de temps et de ressources ! Notre personnel juridique est spécialisé dans le droit des associations, pas dans les litiges. J'ai dû prendre un avocat pour nous représenter et cela retire des fonds de notre mission principale. L'idée que quelqu'un ait fait cela délibérément me met hors de moi. Si c'est Duncan… Il ne comprend donc pas qu'il retire la nourriture de la bouche des enfants avec ses petites manœuvres ?

— A mon avis, ce facteur ne l'intéresse guère. Il doit considérer cela comme un effet secondaire.

— Personne ne serait aussi monstrueux.

— Comment le sais-tu ?

Skye serra les lèvres. Lexi vit qu'elle était réellement bouleversée.

— Je vais faire le maximum pour en savoir davantage, dit-elle en faisant un effort pour maîtriser sa voix. Je pense que nous aurons bientôt de nouveaux éléments. J'ai encore un peu de mal à croire que Duncan soit notre demi-frère, ou qu'il lance une attaque organisée contre nous. Pourquoi ne pas simplement venir réclamer ce qu'il veut, face à face ?

— Je me suis posé la même question, dit lentement Lexi. J'ai le sentiment qu'il veut nous punir, et j'aimerais bien savoir ce qu'il nous reproche.

Les deux filles revenaient avec les chevaux. La minuscule Erin menait gaillardement trois montures magnifiques ; Kendra marchait aussi loin qu'elle le pouvait du brave Oliver.

— C'est trop bête, protestait-elle. Il n'y a que les gosses pour faire du cheval.

— Moi, je fais du cheval, objecta Skye.

— Génial. Les gosses et les vieux.

— Izzy avait raison, tu as décidé une fois pour toutes de te montrer déplaisante avec tout le monde, répondit posément Skye. Il y a un seul problème : on voit si clairement que tu cherches à te protéger qu'on ne se sent même plus insulté. Tu aurais peut-être juste besoin qu'on te tienne la main ?

Kendra eut un recul involontaire.

— Surtout pas !

Lexi s'efforça de ne pas rire. La douce Skye parvenait encore à la surprendre ! Elle venait de clouer le bec à Kendra, ce qui n'était pas une mince affaire. Tendant les brides de deux montures aux adultes, Erin se retourna vers la visiteuse.

— Il te faudra un peu d'aide pour monter, dit-elle avec un adorable petit air de compétence. Emmène ton cheval au montoir. Il y a des marches de l'autre côté.

Kendra ne fit pas un geste pour obéir.

— Mais s'il s'en va pendant que j'essaie de monter ? Je vais tomber !

— Oliver ne ferait pas ça. Et même si tu tombes, tu te relèves et tu recommences. Tu montres au monde entier ce que tu vaux.

Erin récitait avec beaucoup de gravité cette leçon qu'on lui répétait depuis sa naissance. Car elle aussi était une Tristan ! En épousant Ray, Skye avait gardé son nom de jeune fille.

— Le monde se fiche bien de me voir par terre avec des côtes cassées, grogna Kendra.

Erin perdait pied. Lançant sa propre bride à Skye, Lexi s'avança vers Kendra.

— Je vais tenir Oliver, décida-t-elle. Viens par là.

— Je ne vois pas pourquoi vous voulez absolument me faire monter à cheval, se plaignit Kendra.

Erin lui jeta un regard compréhensif.

— Il ne faut pas avoir peur, dit-elle avec gentillesse.

Kendra ouvrit la bouche pour répliquer… et la referma, décidant sans doute qu'elle n'aurait rien à gagner à insulter une toute petite fille en présence de sa mère et de sa tante. D'un pas traînant, elle gravit les marches tandis que Lexi mettait Oliver en position. Le petit hongre avait un caractère très doux ; percevant sans doute l'angoisse de sa jeune cavalière, il se rangea tout près du montoir et resta absolument immobile tandis qu'elle lançait une jambe par-dessus la selle.

— Bien, dit Lexi. Maintenant, les deux pieds dans les étriers.

Kendra obéit, mais piailla aussitôt :

— C'est trop haut ! Je vais tomber ! Je ne veux pas !

Elle s'agrippait de toutes ses forces au pommeau.

— Mais si, répondit Erin. Tu as déjà fait le plus dur.

Skye vint soulever sa fille au genou et Erin atterrit en selle comme une fleur — ou comme une excellente cavalière. Pendant que Skye et Lexi montaient à leur tour, Kendra resta figée sur sa selle, paralysée de frayeur. Quand Erin lui tendit ses rênes, elle détacha deux doigts du pommeau pour les prendre sans un mot.

— Ne tire pas sur le mors, tu lui ferais mal à la bouche, recommanda la petite. Décide juste où tu veux aller et il t'emmènera.

— C'est ça, il lit dans mes pensées, grogna Kendra. C'est trop haut. Si je tombe, il va me piétiner.

— Pas Oliver ! protesta Erin, choquée. Le mien pourrait, parce qu'il a son caractère, mais pas Oliver.

Involontairement, Skye et Lexi se regardèrent, et réussirent à ne pas éclater de rire.

— Je ne sais pas si je te l'ai dit récemment, murmura Lexi, mais j'adore ta fille.

— Tu me l'as dit mais c'est toujours bon à entendre, répliqua Skye sur le même ton.

— De toute façon, il suivra les autres, lança l'intéressée d'un ton léger.

Et, la première, elle poussa sa monture sur la piste menant dans la campagne. Comme elle l'avait prédit, Oliver suivit le mouvement, Kendra plantée comme un piquet sur sa selle. Bientôt, les deux filles avançaient côte à côte, et Skye se rangeait botte à botte avec Lexi.

— Tu savais que Cruz avait une fille ? demanda-t-elle au bout de quelques instants. Tu n'avais rien dit.

— Il n'avait rien dit non plus. Je suis rentrée l'autre soir et je l'ai trouvée à la maison. Kendra et lui ne sont pas très proches, ils ne se voient pas souvent. Je pense que tu as raison, toute cette insolence, c'est surtout pour se protéger.

— Pauvre gosse…

— C'est ce que je pense aussi. J'ai dit à Cruz qu'il devait absolument faire un effort pour se rapprocher d'elle mais pour l'instant, il refuse de m'entendre.

Ignorait-il sa fille par choix, ou était-ce une séquelle de son propre passé ? Détestant son propre père, ne savait-il pas trouver sa place auprès de sa fille ?

— J'ai de la peine pour eux deux, reprit Lexi. Malgré son agressivité, j'ai le sentiment que Kendra est une gosse intéressante. Elle est intelligente, drôle par moments. Je suis sûre que si Cruz faisait un geste vers elle, tout changerait.

— Tu dis qu'ils ne se voient pas régulièrement ?

— Presque jamais. Seulement quand il n'y a personne d'autre pour la garder.

Il y eut un silence, puis Skye reprit :

— Quand vous serez mariés, Cruz et toi, tu pourras faire davantage. Tu pourras proposer d'inviter Kendra le week-end, ou pour dîner.

Lexi réprima un soupir. L'idée avait du mérite mais malheureusement, elle ne correspondait pas à la réalité.

— Comment Cruz s'entendait-il avec son propre père ? demanda Skye.

— Mal. Le père de Cruz était violent et Cruz a dû le chasser de chez eux.

Skye ouvrit de grands yeux.

— Tu crois qu'il a peur de ressembler à son père ?

— Je ne sais pas ! Il n'est pas du tout… on ne sent pas de colère en lui.

Peur de ressembler à son père ? Cette idée troublait profondément Lexi. Elle ne connaissait pas très bien Cruz, mais elle ne sentait en lui aucune trace de violence. Lorsqu'il s'était mis en colère, elle n'avait pas redouté un seul instant qu'il lève la main sur elle. Et quand elle pensait à leur voyage en Louisiane pour offrir un avenir à un grand gosse qui rêvait de voitures de course…

— Oh, non, ajouta-t-elle avec certitude. Il n'est pas comme ça.

— Toi, tu le sais, insista Skye avec douceur, mais lui ?

Cela, Lexi n'y avait pas pensé.

— Mais comment comprends-tu tout cela ? s'écria-t-elle. C'est quelque chose qui vient aux mères ? Une partie du cerveau qui est activée au moment de l'accouchement ?

Skye éclata de rire.

— Oh, moi, je me suis toujours occupée des autres. Pendant que tu faisais des études brillantes et une belle carrière, je fondais un foyer et j'apprenais à comprendre le fonctionnement humain.

Tout en se pliant aux caprices de Jed et en lui obéissant en tout point, pensa Lexi. A moins qu'elle ne se montre injuste en pensant cela ? Elle-même n'aurait jamais supporté de renoncer à son indépendance, mais les aspirations de Skye étaient très différentes des siennes. Sa sœur était sans doute satisfaite de ses choix. Sans réfléchir, elle lança :

— Tu ne te demandes jamais ce qui se serait passé si tu avais épousé Mitch plutôt que Ray ?

Aussitôt, Skye lança un regard vers Erin, comme pour s'assurer que sa fille ne les entendait pas.

— Non, répondit-elle en baissant la voix. C'est une vieille histoire. Mitch est parti.

— Parce que tu refusais de l'épouser.

— Cela n'aurait pas marché entre nous.

— Mais pourquoi ?

— Je le sais, voilà tout. J'ai épousé Ray, je l'ai aimé et maintenant, j'élève sa fille.

— Je ne cherche pas à me disputer avec toi, dit Lexi avec douceur. C'est juste que ces derniers temps, je réfléchis beaucoup à notre vie à toutes les trois.

— Je le sais, soupira Skye. Je comprends. Tu es folle de Cruz et tu voudrais nous voir toutes amoureuses. Un jour peut-être, quand Erin sera plus grande, je trouverai quelqu'un… mais ce ne sera pas Mitch.

A cause de la façon dont s'était terminée leur histoire ? Parce que Mitch n'était pas homme à pardonner une trahison ? Lexi n'osa pas interroger sa sœur plus avant. Dire que Skye pensait sincèrement qu'elle aimait Cruz à la folie ! Quel effet cela ferait-il d'être amoureuse ? se demanda-t-elle tout à coup. Réellement, follement amoureuse ? Avec Andrew, un instinct l'empêchait de s'abandonner tout à fait ; avant lui, elle avait eu quelques petits amis interchangeables, dont aucun ne faisait réellement battre son cœur. Aucun homme ne l'avait jamais fait rêver, désirer, souffrir… personne à part Cruz. Mais elle ne l'aimait pas ! Elle n'était pas assez stupide pour donner son cœur à un homme qui ne lui demandait rien.

— Comment as-tu su que tu aimais Ray ? demanda-t-elle. Au moment où tu l'as épousé, tu n'étais pas encore amoureuse.

— C'est arrivé peu à peu, répondit Skye, le regard lointain. Il était gentil, je l'appréciais, mais rien de plus. Je ne savais même pas si je pourrais jamais en aimer un autre comme j'avais aimé Mitch. Ray était fou de moi, il n'hésitait pas à le montrer, mais il le faisait d'une façon qui ne m'obligeait pas à me sentir redevable. Je me sentais plutôt… protégée, en sécurité auprès de lui.

Lexi comprenait parfaitement ce besoin, car il leur avait manqué à toutes un refuge émotionnel, une sécurité affective. Skye reprit :

— Au moment du mariage, je savais déjà que je tenais à lui, mais j'ai su que je l'aimais la nuit où Erin est née.

Elle hésita un instant, puis avoua avec un sourire rapide :

— Il s'est évanoui dans la salle d'accouchement. Tu comprends, il n'avait pas assisté à la naissance de ses autres enfants, et il ne savait pas du tout à quoi s'attendre. J'ai cru qu'il faisait une crise cardiaque ! J'ai complètement perdu la tête et c'est là que j'ai compris ce qu'il représentait pour moi.

— Il vous adorait toutes les deux.

— Je le sais. Et il est mort en sachant qu'il était mon univers.

Emue, Lexi se demanda ce que l'on ressentait en sachant qu'on était l'univers de quelqu'un. Aurait-elle un jour le courage de se donner aussi complètement ? Dans un sens, c'était plus facile de rester seule, de ne penser qu'à soi... mais cela ne comblait pas le vide d'une existence. Fallait-il donc obligatoirement prendre des risques pour accéder aux plus belles choses de la vie ?

Elles avançaient au pas dans un paysage sublime. L'horizon s'ouvrait jusqu'à l'infini, le soleil illuminait le sol aride. Se détendant un peu, Kendra s'était retournée sur sa selle pour contempler la maison. A cette distance, Glory's Gate ressemblait à un château de légende.

— Sérieusement ? lança-t-elle. Vous avez grandi ici ?

Les deux sœurs suivirent son regard, et Lexi hocha la tête avec un sourire.

— Waouh, soupira Kendra.

— C'est moins extraordinaire qu'on ne le pense.

— Les gens disent toujours ça mais ce n'est pas vrai. Je ne comprends pas comment vous avez pu décider de partir.

— Tu n'as pas envie d'avoir ton chez toi, quand tu seras grande ?

Kendra fit la grimace.

— Si, bien sûr, mais moi, j'habite dans une maison normale, pas un palais.

— C'est vrai que c'est un lieu à part, murmura Skye.

Son beau regard vert restait fixé sur la maison. Lexi lui sourit avec affection. Skye avait toujours aimé cette maison. La compagnie Tristan World ne l'intéressait pas, elle ne voulait que Glory's Gate. Tout à coup, Lexi se demanda si Jed s'était servi de cette passion pour la convaincre d'épouser Ray. En suggérant que plus tard, si elle se pliait à sa volonté, la propriété lui reviendrait ? Et Duncan ? se demanda-t-elle pour la centième fois. Quelle était sa place dans l'équation ? De quoi cherchait-il à se venger ? De n'avoir pas grandi à Glory's Gate, lui aussi ? De n'avoir pas été reconnu par son père ? Ou y avait-il autre chose, dont elle n'avait aucune idée ?

— Venez ! s'écria Erin. On galope un peu ?

— Surtout pas, marmonna Kendra.

Tournant le dos à Glory's Gate, elle se remit d'aplomb sur sa selle. Dans le mouvement, elle tira maladroitement sur ses rênes et Oliver, docile, fit un écart ; surprise, sa cavalière glissa de côté… et tomba presque au ralenti, atterrissant lourdement sur le sol pierreux.

Lexi se jeta à bas de sa selle pour s'agenouiller près d'elle.

— Ça va ? s'écria-t-elle. Tu t'es fait mal ?

Un instant plus tard, Skye et Erin la rejoignaient. Elles se penchaient toutes trois sur Kendra avec angoisse quand celle-ci les surprit en se mettant à rire.

— Vous verriez vos têtes, pouffa-t-elle. Je crois que ça va, je n'ai rien de cassé.

Levant la tête vers Erin, elle expliqua :

— C'était ma faute. J'ai zigué, il a zagué, mais je l'ai senti amorcer un mouvement comme s'il cherchait à me rattraper.

Erin sourit, enchantée.

— Tu vois ? Oliver, c'est un amour.

Kendra se releva avec précaution et entreprit d'épousseter l'arrière de son jean.

— Un amour, n'exagérons rien, dit-elle. Mais bon, je veux bien recommencer.

Spontanément, Lexi passa le bras autour de ses épaules et la serra contre elle.

— Impressionnant, dit-elle. Et dans la meilleure tradition texane.

Un bref instant, Kendra s'appuya contre elle. Cela ne dura pas : aussitôt, la réaction se fit et elle se dégagea brusquement.

— Non, dit-elle avec raideur. Ne faites pas semblant d'être gentille avec moi.

Déconcertée, Lexi recula.

— Vous allez vous en aller, articula Kendra, les yeux pleins de larmes. Elles partent toujours.

Les derniers mots s'étranglèrent dans sa gorge ; tournant les talons, elle se mit à courir vers la maison. Si jeune et déjà si blessée, pensa Lexi, le cœur serré. Avec quelle angoisse vivait-elle pour que l'idée de s'attacher à quelqu'un la tourmente à ce point ? Pour qu'elle soit si sûre que toute nouvelle amie disparaîtrait aussitôt de sa vie ? Que faire, comment l'aider ? Et combien de proches Kendra avait-elle déjà perdus ?

— Tu peux l'aider, lui dit Skye d'une voix ferme. Une fois que vous serez mariés, Cruz et toi, elle comprendra que tu ne la laisseras pas tomber.

Sa sœur disait cela pour la rassurer mais Lexi se sentit encore plus mal. Car Kendra avait raison : dans quelques mois, Lexi disparaîtrait à son tour.

Chapitre 12

La sonnerie du téléphone dérangea Cruz dans sa concentration. D'un geste machinal, il repoussa le dossier sur lequel il travaillait et décrocha.

— Oui ?

— Ici Manny. Je t'appelle de l'hôpital. C'est Jorge.

Cruz se redressa brusquement. Jorge était l'un de leurs meilleurs jeunes pilotes mais… il n'y avait pas eu de course, pas d'accident…

— Que se passe-t-il ?

— Je ne sais pas encore. L'ambulance l'a amené ici tout à l'heure, ils disent qu'il fait une overdose.

Cruz eut froid tout à coup.

— Il ne prend pas de drogues, protesta-t-il.

Tous les pilotes savaient qu'ils ne pouvaient pas se permettre d'absorber la moindre substance susceptible de dérégler leurs réflexes. Pour eux, c'était une question de vie ou de mort. Au cas où il viendrait à l'idée de l'un d'eux d'augmenter sa vigilance en prenant un petit quelque chose, Cruz imposait de fréquents tests surprise.

— Je le sais aussi bien que toi, lui répondit Manny. Ce n'est pas son genre. Les médecins s'occupent de lui en ce moment, ils en sauront davantage dans deux heures environ. A leur avis, il s'en sortira.

La main de Cruz se crispa sur le combiné.

— Où es-tu ? demanda-t-il. J'arrive.

Manny lui donna le nom de l'hôpital, le service et l'étage.

En entrant dans la chambre trente minutes plus tard, Cruz trouva son associé debout au chevet du jeune pilote. Le garçon ruisselait de sueur, sa peau très mate était verdâtre, ses yeux rouges et gonflés.

— Je n'ai rien fait, souffla-t-il, sans forces. Patron, faut me croire. Je ne prends rien. Jamais. Je trouve ça répugnant et même si je voulais, ma mère me tuerait.

Sa main vint se poser sur la croix qu'il portait au cou.

— Je te crois, dit Cruz avec douceur. Tout va bien se passer. Contente-toi d'aller mieux, je m'occupe du reste.

— Merci, chuchota Jorge.

Ses paupières retombèrent. Le visage de Manny s'était durci. Faisant signe à Cruz de le suivre, il sortit sur la pointe des pieds et tira la porte derrière eux.

— Ça sent mauvais, dit-il avec une colère froide. Jorge m'a tout raconté. Il était sorti avec les copains, et une autre bande à la table voisine s'est mise à leur poser une foule de questions. Ils étaient pilotes de course ? Oh, génial ! Et pour qui ? Ce n'étaient pas de vrais fans, ils n'y connaissaient rien. Jorge dit que c'était plutôt comme s'ils cherchaient à savoir qui était qui autour de la table.

Cruz l'écoutait, très concentré, son instinct en alerte. Cela sentait effectivement très mauvais.

— Les autres types ont payé quelques tournées, c'était la bonne ambiance. Jorge ne buvait rien mais l'un de ces braves garçons s'est mis dans tous ses états parce qu'il refusait le verre qu'il lui offrait. Alors il a accepté une bière.

— Et avant, que buvait-il ? demanda Cruz.

— De l'eau minérale.

Cruz approuva de la tête en serrant les dents. Bien sûr : l'eau minérale n'avait pas suffisamment de goût pour masquer le produit qu'on voulait faire prendre à Jorge. Manny eut un sourire amer.

— La drogue lui a fait perdre conscience. Le médecin pense que la dose était trop importante. Exprès ? C'est difficile à dire. Ils veulent faire d'autres analyses pour s'assurer qu'il n'y aura pas de séquelles.

— L'hôpital a contacté la police ?

— Ils voulaient le faire. Comme il s'agit d'un de tes gars, ils sont prêts à attendre de t'avoir parlé.

Parce que c'était un de ses gars ? Comme s'il était quelqu'un d'important ! Dans une situation moins grave, Cruz aurait éclaté de rire.

— Je vais parler au médecin, dit-il. Il faut tout de suite prévenir la police. Personne ne touche à mes pilotes.

— Tout à fait d'accord avec toi. Mais je ne comprends pas ! s'écria Manny en serrant les poings. Qui ferait une chose pareille ? C'est stupide et dangereux : si on découvre qu'une autre équipe de course est responsable, ils seront disqualifiés, leur réputation démolie. Jorge est un bon pilote mais ce n'est pas une star. L'enjeu n'est pas à la hauteur !

Cruz était bien d'accord avec lui, il ne s'agissait pas d'un sabotage entre équipes concurrentes, comme cela arrive quelquefois. Mais qui d'autre voudrait s'en prendre à lui ? Il s'était fait quelques ennemis au cours de sa carrière, mais pas récemment... et d'ailleurs, ce coup ne le touchait pas vraiment personnellement.

— Une agression stupide ? suggéra-t-il. Un psychopathe qui s'amuse à détruire son prochain ?

— Peut-être, répondit sombrement Manny. Je ne crois pas. Ce n'est pas le feeling que ça me donne.

— Moi non plus. Quelqu'un pourrait en vouloir à Jorge ? Il a tourné autour de la femme de quelqu'un ?

— Non plus. C'est un brave gosse très proche de sa famille. Il va à l'église tous les dimanches et il sort avec des filles qui plaisent à sa mère. Pas du tout le genre de garçon à coucher avec une femme mariée.

Cruz hocha la tête. S'il ne s'agissait pas d'un psychopathe, et si personne n'en voulait à Jorge, que restait-il ? Il chercha à envisager toutes les possibilités, et celle qu'il aurait aimé écarter fut celle qui revint, encore et encore, se placer en première position. Garth Duncan.

D'abord Lexi et son prêt, ensuite Jed et ses chevaux et, aussitôt après, l'accusation de délit d'initié. Ensuite, il y avait eu Skye et la dénonciation anonyme de détournement de fonds. En se tournant maintenant vers lui, Duncan voulait-il lui souhaiter la bienvenue dans la famille ? Et si c'était le cas, comment Cruz devait-il réagir ?

Lexi achevait de vérifier les comptes du trimestre. Les chiffres étaient si simples, pensa-t-elle. Ils se rangeaient à leur place sans discuter, ils n'avaient pas d'émotions, pas de rancunes. Avec eux, on savait où se situer et pour peu que l'on sache les manier, ils vous ouvraient les portes du pouvoir.

La lumière de la lampe arracha une étincelle à sa bague de fiançailles. La bague qu'elle portait pour tromper son monde depuis que Cruz et elle étaient devenus des associés qui couchaient ensemble. Seulement, depuis que la présence de Kendra bouleversait leurs existences, Cruz ne la rejoignait plus le soir dans son lit.

Lexi ne reprochait rien à la petite ! Le problème se situait surtout chez Cruz et Lexi était sûre qu'en d'autres circonstances, Kendra et elle pourraient très bien s'entendre… en supposant que Kendra veuille bien lui donner sa chance, et en supposant qu'elle ait l'intention de rester auprès de Cruz…

Lexi avait toujours pensé qu'un jour, elle se marierait et aurait des enfants. Un jour ou l'autre, quand elle aurait réussi, ou quand sa vie serait telle qu'elle la voulait, ou encore quand elle tomberait amoureuse… ou quand elle surmonterait sa peur de donner son cœur ? Saisie, elle se redressa, le regard perdu dans le vide. Le problème était-il là, au fond ? Avait-elle peur de s'attacher ? Pas de façon générale, car cela ne lui posait aucun problème d'aimer ses sœurs, ou Erin. Même Kendra, oui, elle sentait qu'elle s'attacherait facilement à cette petite. Peur de s'attacher à un homme, alors ? Un homme, c'était tout à fait autre chose. Un homme saurait voir clair en elle, il distinguerait toutes ses failles. Et si ce qu'il découvrait était trop laid, s'il ne trouvait rien en elle à aimer ?

— Arrête, dit-elle tout haut. Ne te mets pas des idées pareilles en tête.

Trop tard. Elle s'était engagée dans une spirale descendante et glissait sans pouvoir se retenir. Déjà, elle passait en revue les visages de tous ceux qui, au cours de sa vie, étaient partis sans se retourner. Sa mère, qui ne tenait pas suffisamment à sa petite fille pour l'emmener avec elle en quittant Jed. Jed lui-même, incapable d'aimer un autre que lui-même. Pru, qui avait préféré mourir et s'était effacée du monde en abandonnant trois petites filles. Andrew, qui ne voulait d'elle que son nom et son éventuel héritage.

Arrivée à ce stade, Lexi sauta sur ses pieds en prenant une grande inspiration. Si elle continuait ainsi, cela se terminerait en crise de larmes au fond de son lit. Stupide, inutile, une perte de temps. Si seulement elle aimait le jogging, ce serait le moment idéal de sortir courir un peu. Peut-être aurait-elle dû créer un centre de fitness plutôt qu'un Spa ? Elle cherchait encore un moyen de tromper ses pensées quand le téléphone sonna.

— C'est Kendra ! cria une voix aiguë à son oreille. C.C. ne va pas bien ! Je ne sais pas ce qu'il lui arrive mais je crois bien qu'il va mourir. S'il vous plaît, Lexi, venez vite ! Je vous en prie !

Lexi roula comme une folle, en espérant de toutes ses forces qu'aucune voiture de police ne la prendrait en chasse. A moins que ce ne soit celle de Dana, qui piquerait une crise de colère mais s'arrangerait pour l'escorter chez Cruz en un temps record. Elle rentra sans encombre, pila devant la maison dans un grand crissement de freins et gravit le perron quatre à quatre.

— Où es-tu ! cria-t-elle dans l'entrée.

— Ici, en haut. Je crois qu'il va bien maintenant…

Kendra se tenait sur le palier, C.C. blotti dans ses bras. Le chaton avait l'air en pleine forme mais l'adolescente faisait pitié avec son nez rouge et les traînées de maquillage qui maculaient ses joues. Lexi se hâta de les rejoindre ; sans un mot, Kendra lui tendit C.C. qui se lova contre elle en ronronnant avant de se mettre à jouer avec ses longues boucles d'oreilles.

— Que s'est-il passé ? demanda Lexi.

Kendra eut un reniflement de petite fille.

— Je ne sais pas ! On jouait tous les deux, je tirais le ruban et il le poursuivait, et d'un seul coup il s'est ramassé sur lui-même et il s'est mis à faire un horrible bruit étranglé. Il avait les flancs qui rentraient et sortaient. Je crois bien qu'il a fait une attaque.

Les larmes coulaient de nouveau sur ses joues.

— Je ne savais pas quoi faire ! C'était horrible. Je ne lui ai pas fait mal, je vous assure. Je l'aime, il dort avec moi le soir. C'est juste un chaton, je ne lui ferais jamais de mal.

— Bien sûr que non, la rassura Lexi. Je le sais bien. Viens, on va voir dans ta chambre.

Kendra ouvrit la marche sans cesser de sangloter. Cherchant à la réconforter, Lexi voulut lui rendre le chaton mais elle secoua la tête en bredouillant :

— Je vais encore le rendre malade.

— Tu ne lui as rien fait. D'après ce que tu me dis, il avait une boule de fourrure à rendre. Cela arrive assez souvent. Les chats se lèchent, ils avalent chaque fois un peu de fourrure, cela finit par s'accumuler et il faut bien qu'ils s'en débarrassent. Ecoute, je vais acheter une brosse, et tu pourras le brosser tous les jours. Je crois qu'ils en avalent moins, de cette façon.

Interdite, Kendra se retourna sur le seuil de sa chambre.

— Une boule de fourrure ?

— Mais oui. Si cela lui arrive trop souvent, nous en parlerons au vétérinaire mais je crois qu'en le brossant, ce sera déjà mieux.

Muette, Kendra tendit les bras à C.C. qui alla se blottir contre elle sans hésitation. La gamine le berça tendrement contre elle.

— Ne meurs pas, chuchota-t-elle.

— Il ne va pas mourir, assura Lexi avec un sourire.

Hésitante, Kendra releva la tête vers elle.

— Vous n'êtes pas en colère ?

— Parce que le chaton a eu une boule de fourrure ? Mais non !

— Pour tout le reste. Pour ce que j'ai dit, le jour où on a fait du cheval.

Lexi formula sa réponse avec beaucoup de précautions.

— Je comprends pourquoi tu te comportes comme tu le fais. J'aimerais que tu ne dises pas des choses aussi méchantes.

Une fois de plus, les yeux de Kendra se mouillèrent.

— Je sais. Je suis horrible. Je ne veux pas être comme ça mais ça sort tout seul. Je sens que j'ai peur et puis… Je ne sais pas.

— Je sais plus ou moins ce que tu ressens, hasarda Lexi avec beaucoup de prudence. Les pères, c'est compliqué.

Kendra se laissa tomber sur son lit, le visage enfoui dans la fourrure du chaton.

— Je n'ai pas de problème avec mon père, dit-elle sans relever les yeux. On n'a pas besoin de changer quoi que ce soit.

Lexi prit la chaise du petit bureau. Le regard fixé par la fenêtre, elle dit :

— Mon père est un homme d'affaires d'assez haut niveau. Il a grandi dans la grande maison que tu as vue, Glory's Gate, mais il voulait encore davantage. A force d'ajouter à sa fortune, il a fini par avoir le monde à ses pieds. Où qu'il aille, les gens savent qui il est. Les femmes essaient d'attirer son regard et les hommes veulent tous être son meilleur copain. C'était dur pour une gosse de se faire une place face à une compétition pareille.

Délibérément, Lexi laissa le passé remonter en elle.

— Je me souviens surtout de la solitude, dit-elle d'une voix lointaine. Mes parents se sont séparés et ma mère m'a laissée chez mon père. Je n'ai jamais su pourquoi.

De surprise, Kendra oublia de cacher son visage.

— Votre mère ne vous a pas gardée ? demanda-t-elle.

Lexi secoua la tête.

— J'ai eu des bonnes d'enfants, mais elles ne restaient jamais très longtemps. Puis mon père s'est remarié et Pru, sa deuxième femme, a tout changé. Elle était gentille, je l'adorais. Elle a eu Skye et Izzy, je n'étais plus seule mais cela ne me suffisait toujours pas. Je voulais davantage. Je voulais que mon père me remarque.

— Et il l'a fait ? demanda Kendra, comme une enfant qui écoute une histoire.

— Jamais. Et j'essaie toujours d'attirer son attention. J'aurai bientôt trente ans et je n'attends qu'une chose : l'approbation de mon père. Je n'arrive pas à me débarrasser de cette attitude, et je crois que c'est un peu pareil pour tout le monde. Toi, quand tu es ici, tu es obligée de croiser ton père, de décider comment te comporter avec lui et ce n'est pas facile. Moi, je suis venue ici pour lui, alors je suis une cible facile.

D'un mouvement nerveux, Kendra s'essuya les joues.

— Ne soyez pas gentille, dit-elle. Cela n'arrange rien.

— J'aimerais qu'on soit amies, toutes les deux.

— Les adultes ne restent pas amies avec les filles de mon âge.

— Nous pourrions essayer, tu ne crois pas ?

— Mais pourquoi ? J'ai été horrible avec vous.

— Pas tant que ça.

Kendra réfléchit quelques instants, puis proposa d'une voix un peu étranglée :

— On pourrait… faire quelque chose ensemble ? Quelque chose d'amusant ?

— Une pédicure, ça te plairait ? Je suis la patronne d'un institut de beauté. Cela te dirait d'y aller ce week-end ?

— Pas mal, répondit l'adolescente avec un sourire. Je n'ai jamais eu de pédicure.

— Dans ce cas, je vais prendre rendez-vous.

Chapitre 13

— Tu sais que je déteste ces trucs de filles, grogna Dana, et tu me remets entre les mains d'une apprentie ?

La toute jeune femme qui se penchait sur le pied droit de la jeune policière leva les yeux, troublée.

— Je ferai très attention, dit-elle d'une voix timide. J'ai presque terminé ma formation.

Dana lui offrit un sourire tendu.

— Excusez-moi. Vous n'êtes pas en cause. Vous êtes… très bien. Lexi… on en reparlera plus tard.

— Cinq personnes supplémentaires un samedi matin, cela taxe mes ressources, dit Lexi en se renversant voluptueusement dans son fauteuil de soins. J'ai dû faire appel à toutes mes suppléantes.

— C'est bon pour toi, Dana, intervint Skye avec un sourire encourageant. Tu as besoin de mettre davantage de frivolité dans ta vie.

— Elle a raison, renchérit Izzy en soulevant un instant son pack de gel pour le contour des yeux. Allez, Dana, pas de panique ! Tu as peur de mettre un peu de vernis à ongles sur tes orteils ?

— Aucun homme ne mérite qu'on se donne autant de peine.

— C'est que tu n'as pas encore croisé celui qui te mérite ! riposta Skye. Regarde Lexi. Que ne ferait-elle pas pour Cruz ?

Lexi réprima un soupir. Son lit lui semblait bien vide depuis une dizaine de jours, et Cruz lui adressait à peine la parole. Ils étaient toujours dans la même impasse : elle trouvait déplorable qu'il ne s'occupe pas de sa fille, et il estimait que ce n'était pas son affaire.

— Cruz, c'est un homme à part, dit-elle.

Elle le pensait sincèrement, même si la situation n'était pas celle qu'elle prétendait !

— Du calme ! protesta Kendra. C'est de mon père que vous parlez.

— Seulement en bien, dit Skye en lui souriant amicalement.

Elles étaient rassemblées dans la salle de pédicure de Vénus & Moi. Kendra et Dana sirotaient un soda, les sœurs Tristan une tasse de tisane. La musique était apaisante, la compagnie agréable et Lexi était déterminée à passer une matinée mémorable, sans tensions et sans conflits. Objectif qui fut aussitôt battu en brèche quand Izzy lança :

— Et comment va Martin ? Kendra, je t'explique : Martin est le petit ami de Dana, si on peut appeler ça un petit ami. En fait, c'est une chiffe de petit intellectuel trop poli. Dana sort toujours avec ce genre de garçon. Elle les traite comme des chiens, ils se laissent faire et elle les quitte parce qu'elle s'ennuie trop avec eux. Profite de son exemple : si jamais tu t'aperçois que tu as des problèmes récurrents avec les hommes, le problème ne vient pas d'eux mais de toi.

— Pourquoi ai-je laissé mon arme dans la voiture ? demanda pensivement Dana, les yeux au plafond.

— Tu veux abattre Izzy ou te suicider ? s'enquit Lexi.

— Je ne sais plus, articula Dana avec un regard de rancune. Martin est très bien.

— Mais tu commences à t'ennuyer, non ? insista doucement Skye. Dana, il te faut quelqu'un de moins prévisible. Un homme sexy, qui ne craint pas de s'affirmer, un homme complexe qui sache te surprendre. Un homme comme Cruz.

— Alerte, alerte, protesta Kendra.

— Je suis désolée, dit Skye, mais franchement, ton père est irrésistible.

— Renonce, recommanda Lexi en tapotant le bras de l'adolescente. Tu vas devoir t'y faire. Imagine qu'il n'est pas ton père.

— Ce sera dur, déclara Kendra.

Se tournant vers Dana, elle demanda :

— Qu'est-ce qui ne va pas chez Martin ?

— Mais rien ! s'exclama la jeune policière, excédée. Il est très gentil. Il travaille dans l'informatique et c'est un vrai gentleman.

— Tu n'es pas à l'aise avec les hommes qui s'affirment, alors tu sors avec les autres ? demanda ingénument l'adolescente.

Interdites, les quatre femmes la dévisagèrent ; troublée, elle se tassa au fond de son siège.

— Qu'est-ce que j'ai dit ?

— Quelque chose de très intelligent, déclara Lexi.

— Quelqu'un dans cette pièce regarde trop les émissions psy à la télé, articula Dana. Je ne m'intéresse pas à l'amour-toujours, je veux juste me faire…

Elle s'interrompit juste à temps et, consciente de la présence d'une gamine de quinze ans, substitua :

— Je veux juste quelqu'un de gentil.

— Tu veux un petit ami, soupira Kendra. Moi aussi, je voudrais bien. Il y a un garçon qui me plaît, au bahut, mais il ne s'intéresse qu'aux pom-pom girls. J'ai bien pensé à passer les auditions mais ce n'est vraiment pas mon truc.

— S'il ne s'intéresse qu'aux pom-pom girls, il est un peu superficiel, déclara Skye. Ce ne serait pas un petit ami très agréable. Il te faut quelqu'un qui t'apprécie telle que tu es.

— Un massage des pieds ? proposa timidement la jeune femme qui s'occupait de Dana.

— Oui, bien sûr ! répondit aussitôt Lexi sans laisser à son amie le temps de répondre.

Puis elle éclata de rire en voyant l'expression de l'intéressée. Celle-ci plissa les yeux.

— Tu veux des coups bas ? Très bien, articula-t-elle. Kendra, tu savais que Lexi avait auditionné pour devenir pom-pom girl de l'équipe des Cowboys de Dallas ?

— Non, c'est vrai ? piailla l'adolescente. Et alors ?

Ce fut au tour de Lexi de se recroqueviller sur elle-même.

— C'est la stricte vérité, clama Dana en couvrant ses protestations.

— Elle a été formidable, s'écria Skye. J'y suis allée avec elle. Ils auraient dû la choisir.

— Raconte, demanda Kendra, très impressionnée.

— Mon premier grand échec, avoua Lexi. J'ai été admise au camp d'entraînement… mais on m'a renvoyée au bout d'une semaine. Je n'étais pas au niveau dans les cours de danse, je n'avais pas suffisamment d'expérience et j'étais trop lente à apprendre les enchaînements. On m'a mise à la porte, je suis retournée au campus et j'ai noyé mon chagrin dans mes études de *management*.

En réalité, elle était sortie avec des amis, avait fait la course, perdu sa voiture, couché avec Cruz et rompu avec lui. Une semaine assez intense !

— Tu n'as jamais essayé de nouveau ? demanda Kendra.

— Non. J'aurais pu prendre des cours de danse et travailler mon endurance, mais je devais décrocher mon diplôme et je savais qu'ensuite, je travaillerais pour mon père. Mais voilà, j'aurai tout de même tenté ma chance une fois.

— C'est trop cool !

— C'était une sacrée expérience, mais si tu veux entendre parler d'aventures, il faut parler à Izzy. Elle a tout fait : escaladé des montagnes, nagé avec les requins, rejoint Hawaii à la voile dans un tout petit bateau…

Cette fois, Kendra sembla plus déconcertée qu'envieuse.

— Mais pourquoi ?

— J'aime les sensations fortes, soupira Izzy, très détendue sous son pack de gel. Je suis une junkie de l'aventure.

— Et toi, Skye ? demanda Kendra. Tu as aussi fait des choses étonnantes ? Tu as des secrets ?

Skye hésita une fraction de seconde avant de secouer la tête.

— Moi ? Non, j'ai une vie très ordinaire. Je suis la maman d'Erin, je fais mon travail à la fondation. Rien de bien passionnant.

— Mais tu as été mariée, non ?

— Oui. Avec un homme formidable.

— Alors tu étais amoureuse, soupira la gamine. Je voudrais être amoureuse un jour. C'est aussi bien qu'on le dit ?

— Je pense que c'est différent pour chacun, répondit Skye, pensive. Pour moi, l'amour s'est installé très lentement mais quelquefois, on vit un vrai coup de foudre. C'était comme cela pour toi, Lexi ? Tu as su dès l'instant où tu as vu Cruz ?

— Oui, dit Lexi en évitant le regard de Dana. Enfin, pas à la seconde où je l'ai vu mais dès le premier baiser, j'ai su que c'était lui.

Une demi-vérité, pensa-t-elle, car elle se souvenait réellement de ce premier baiser. Lorsque la bouche de Cruz s'était posée sur la sienne, chaque cellule de son corps s'était embrasée. C'était comme si elle attendait cet instant depuis toujours.

— Radieuse, dit Dana à mi-voix. Fais attention.

— Tout va bien, répliqua Lexi sur le même ton.

Dana ne sembla pas convaincue.

— Et toi, Izzy, tu as déjà été amoureuse ? demanda Kendra.

— Non, et je ne veux pas l'être. Les hommes sont fantastiques, mais je refuse que l'un d'entre eux cherche à régenter mon existence.

— Mais pourquoi ?

— Je suis indépendante.

— Tu ne veux pas être la femme de quelqu'un ? demanda Kendra, stupéfaite.

Izzy souleva son pack pour la regarder.

— C'est ce que tu veux, toi ? demanda-t-elle.

— Oui ! Je veux compter pour quelqu'un.

— Tu comptes, lui dit Lexi. Tu comptes beaucoup.

— Et tu nous as, nous, lança gaiement Skye. Cruz et Lexi vont se marier, alors nous ferons toutes partie de ta famille.

— Mais je vais bientôt rentrer chez moi.

— Tu reviendras !

Kendra se détourna, mal à l'aise.

— Je sais bien mais… mon père ne reste jamais longtemps avec… Il dit toujours qu'il ne se rangera jamais. Je sais bien qu'il est fiancé avec toi, dit-elle en levant les yeux vers Lexi. J'aimerais bien qu'il t'épouse, ce serait génial, mais je ne crois pas vraiment qu'il… va le faire.

Les joues de l'adolescente étaient très rouges, elle semblait très gênée et très triste à la fois.

— Kendra, il ne faut pas t'inquiéter, murmura Lexi, le cœur serré.

Cela, elle ne l'avait pas prévu ! En acceptant de venir chez Cruz, elle n'imaginait pas qu'une tierce personne puisse en souffrir, et surtout pas une toute jeune fille en quête d'amour paternel. Qu'aurait-elle fait si elle avait su qu'il avait une fille ? Cruz aurait dû mieux réfléchir avant de faire sa proposition !

— Je sais que ton père ne s'est jamais décidé jusqu'ici, dit Skye, mais il veut réellement épouser Lexi. Tu verras. Ils resteront ensemble, et nous serons une famille.

— Peut-être, murmura Kendra sans conviction.

— Je veux voir ma petite-fille plus souvent, lança Juanita en s'agitant bruyamment dans sa jolie cuisine immaculée.

Malgré sa petite taille, la mère de Cruz avait une poigne

de fer ; aujourd'hui, elle hachait ses légumes avec un bruit de mitrailleuse, et le regard sévère qui impressionnait tant son fils quand il avait dix ans fonctionnait toujours !

— Je verrai ce que je peux faire, dit-il, tout en sachant que cela ne la satisferait pas.

— Ce que tu peux ! répéta-t-elle avec un mépris écrasant. Tu es son père. Tu n'as pas besoin de voir, tu décides, voilà tout. Et toi, tu la vois souvent ?

— De temps en temps.

— Une fille a besoin de son père, surtout à son âge. Kendra a quinze ans et les garçons sont des voyous. Tu dois t'assurer que personne ne profitera d'elle.

— Sa mère…

Juanita eut un grand geste péremptoire.

— C'est à toi que je parle. Les années passent, elle grandit trop vite. Quand tu es venu me dire que ta petite amie était enceinte, j'ai seulement pensé qu'il ne fallait pas gâcher ta vie — mais nous avons fait le mauvais choix. Tous autant que nous sommes !

— Tu penses qu'on aurait dû se marier ?

— Non, mais tu aurais dû t'occuper d'elle davantage. Envoyer un chèque tous les mois, ce n'est pas suffisant.

— Bien, tu m'as dit ce que tu penses, ça suffit maintenant.

Ce qui suffit, c'est que tu ne prennes pas tes responsabilités. Les filles mûrissent plus tôt que les garçons. Kendra est presque une jeune femme.

Cruz lui fit signe de baisser la voix car l'intéressée regardait la télévision dans la pièce voisine. Comme il regrettait maintenant d'avoir accepté cette invitation à déjeuner chez Juanita !

— Tu veux qu'elle devienne une femme, qu'elle fasse ses études et qu'elle se lance dans la vie sans même savoir qui tu es ?

— Elle sait qui je suis.

Tourner les talons, partir ? Impossible, il ne pouvait pas

faire cela à sa mère. En revanche, revenir sur cette question à quelques jours de sa dispute avec Lexi, cela lui semblait insupportable ! Il se sentait cerné, piégé par les femmes de sa vie. Il décida que dès qu'il pourrait placer un mot, il tenterait de changer de sujet.

— Elle connaît ton nom, elle sait où tu habites, continuait Juanita, implacable, mais tu n'as aucun échange avec elle. Elle ne te connaît pas en tant que père. Tu aurais dû t'impliquer. L'argent ne suffit pas, il faut de l'amour.

Voilà bien le dernier mot que Cruz avait envie d'entendre !

— L'amour, c'est n'importe quoi.

D'un geste vif, Juanita lui appliqua une claque derrière la tête.

— Ne me parle jamais comme cela. Tu ne crois pas que je t'aime ?

Machinalement, Cruz se frotta le crâne en regrettant amèrement sa petite phrase.

— Si. Bien sûr que si.

— Alors toi, tu ne m'aimes pas ?

— Maman, je t'aime, soupira-t-il, excédé. Je t'aime de tout mon cœur et tu le sais très bien.

— Et ta fille, alors ? Tu l'aimes ? Tu le lui dis ?

— Ne me pousse pas trop loin. Kendra a tout ce qu'il lui faut.

Ce qu'elles refusaient toutes de comprendre, pensa-t-il avec fureur, c'est qu'il valait beaucoup mieux pour sa fille qu'il garde ses distances. Pour leur sécurité à tous.

— Ce n'est pas suffisant. Ce n'est pas comme cela qu'on traite la famille.

— Ton mari aussi faisait partie de la famille, lança-t-il. Tu l'aimais ?

Poussé à bout, il avait parlé sans réfléchir. Le silence tomba, oppressant. Le cœur serré, il regarda sa mère terminer de couper ses tomates en cubes, les disposer dans un saladier, ajouter de la ciboulette.

— Nos familles avaient arrangé notre mariage, dit-elle enfin. Non, je ne l'aimais pas. Ce n'était pas quelqu'un de bien.

Cruz parvint à reprendre son souffle. Pas quelqu'un de bien ! pensa-t-il, la bouche amère. La petite phrase était affreusement modérée.

— Mais il m'a donné mon fils, reprit sa mère en braquant de nouveau sur lui le regard lucide qui le paralysait. Je t'ai eu, toi, et pour cela, tout le reste valait la peine.

La peine d'endurer ces coups, ces insultes ? Les jours où elle partait travailler avec un œil poché ou une côte brisée ?

— Non, dit-il avec force. C'était trop dur, rien ne peut valoir cela.

— Tu vaux toutes les peines. Tu es mon fils.

Elle le pensait sincèrement, il le lut dans ses yeux. Dépassé, il murmura :

— Maman, ce n'est pas la même chose…

S'essuyant les mains sur son torchon, Juanita vint prendre le visage de Cruz entre ses paumes.

— Tu n'es pas comme lui, lui dit-elle, les yeux dans les yeux. Tu n'es pas lui, tu ne lui ressembles en rien.

— Je le sais !

— Non, tu ne le sais pas. Tu as peur. Je vois ce que tu penses, tu le sais ? Tu vas devoir te faire confiance. Tu vas devoir ouvrir ton cœur. Si tu te donnais la permission d'aimer Kendra, tu saurais qu'elle vaut toutes les peines, elle aussi.

Le lâchant, elle retourna à son plan de travail en ajoutant d'un ton très prosaïque :

— Avec ton prochain, je crois que ce sera mieux. Lexi et toi, vous aurez des bébés magnifiques. Il y aura un fils pour perpétuer notre nom.

Cruz n'eut même pas besoin de fermer les yeux pour se représenter Lexi enceinte. Elle serait si belle, si rayonnante ! Mais si jamais cela arrivait, ce ne serait pas son enfant. Il ne répéterait pas la tragique erreur de la naissance de Kendra. Ou peut-être plus tard, quand il aurait trouvé l'épouse qui aurait le nom et la lignée qui lui conviendraient — dans ces conditions, il fonderait sans doute une famille. Et que se passerait-il alors ? pensa-t-il aussitôt. Eviterait-il ces enfants comme il évitait Kendra ? Par crainte de sentir son père se réveiller en lui ? A bout, Cruz se leva brusquement. Ces questions, il y répondrait un autre jour. Pour aujourd'hui, cela suffisait, il refusait d'y penser.

— Dis-moi que tu vas t'occuper davantage de Kendra, ordonna sa mère. Promets-le-moi.

— Maman…

— Cruz. Je veux t'entendre promettre.

Plongeant les yeux dans son regard déterminé, il dit :

— Je te le promets.

Tout en sachant très bien qu'il mentait.

Lexi et C.C. erraient de pièce en pièce dans la maison déserte. Blotti dans le cou de Lexi, le chaton tendait son petit nez vers chaque porte comme si son bonheur dépendait d'une présence enfuie. Kendra était repartie. Ce matin, après un petit déjeuner pris sur le pouce comme chaque jour d'école, elle avait couru prendre son bus… mais cette fois, elle ne reviendrait pas. Sa mère était rentrée de voyage et l'on n'avait plus besoin des services de Cruz pour la garder.

Kendra avait insisté pour qu'elles ne se disent pas au revoir. Lexi comprenait son point de vue : puisque l'adolescente était convaincue que Lexi ne serait plus là lors de sa prochaine visite, à quoi bon se faire du mal ? Et le pire était qu'elle avait raison.

C'était si triste, cette absence ! Lexi préféra se replier dans la cuisine où, posant le chaton, elle réfléchit à ce qu'ils pourraient manger ce soir. Il y avait toutes sortes de bonnes choses à préparer mais elle n'avait aucun appétit. Bientôt, elle entendit la voiture et sut que Cruz était de retour. Allait-elle se sentir mieux ou sa présence achèverait-elle de la déprimer ? Ils se voyaient si peu ces derniers temps, et cela faisait près de trois semaines qu'ils ne partageaient plus le même lit.

Il lui manquait. Elle regrettait l'homme à qui il était si facile de parler, l'homme qui savait la faire rire, et aussi l'homme qui la transportait de plaisir.

— Kendra est partie, dit-elle quand il poussa la porte.

— Je sais. Elle devait rentrer chez elle aujourd'hui après les cours.

— Elle me manque. Elle est insupportable et pourtant elle me manque.

Retirant son veston, Cruz le jeta en travers d'une chaise.

— Tu vas recommencer tes reproches ? demanda-t-il sans se retourner.

— Je pense toujours tout ce que je t'ai dit le soir de son arrivée mais non, cela ne servirait à rien puisqu'elle n'est plus là. J'aimerais juste…

S'approchant d'elle, Cruz la prit aux épaules.

— Tu aimerais quoi ? demanda-t-il.

— J'aimerais que tu puisses la laisser s'approcher de toi. Tu lui fais de la peine, Cruz. Je sais bien que tu ne le fais pas exprès, mais cela ne change rien.

Absurdement, elle sentit sa gorge se serrer et articula :

— Et C.C. est tout triste !

— C.C. est un chat, répondit Cruz. Il n'a pas suffisamment conscience de lui-même pour être déprimé.

— Il est triste, il ne veut plus jouer.

— Il mange ?

— Oui.

— Alors il va bien.

— Pas moi !

Cruz plongea son regard sombre dans le sien. D'une voix curieusement modérée, il demanda :

— Nom de Dieu, Lexi… Que vais-je faire de toi ?

— Je ne sais pas…

— Nous avons un accord, tous les deux. Il ne peut pas être question de ma fille.

— Tu aurais dû me dire que tu étais père, protesta-t-elle tristement.

— Oui. J'aurais dû.

Un instant, Lexi fut prise de court. Voulant pousser son avantage, elle ajouta :

— Et les autres fois où tu as été fiancé ? Les fois où tu voulais réellement te marier ? Cela aussi, tu aurais dû m'en parler.

— Je ne me suis jamais fiancé auparavant.

Lexi se sentit le cœur plus léger tout à coup.

— Mais Kendra a dit…, bredouilla-t-elle, interdite.

— Des femmes ont voulu se fiancer avec moi, mais je n'avais encore jamais demandé à quiconque de m'épouser. Je te le jure.

D'où venait cette lame de fond d'émotion ? se demanda Lexi. Car au fond, vu le contexte, ce que disait Cruz n'était qu'une information sans conséquence !

— Très bien, dit-elle. Parfait. Il me semblait juste que je devais le savoir. Tu ne dois surtout pas te faire une réputation d'homme qui fait des offres de mariage pour plaquer ensuite ses fiancées. Cela te donnerait une très mauvaise image.

Les yeux de Cruz plongèrent dans les siens, plus sombres que jamais. Elle sentit ses grandes mains presser ses épaules, descendre le long de ses bras, se glisser autour de sa taille du geste vif de prédateur qui s'empare de sa proie.

— Cruz ? murmura-t-elle, frémissante.

Pour toute réponse, il l'embrassa à pleine bouche. Aussitôt, une vague irrésistible enfla en elle. Cruz avait une façon bien à lui de s'imposer, sans aucune violence mais en la mettant au défi de lui résister. Il savait se faire désirer d'elle ; dès qu'il s'agissait de lui, elle était sans défense. En s'abandonnant, les yeux clos, elle tremblait déjà d'impatience de se perdre, nue contre sa peau nue.

Frissonnante, elle l'embrassa à son tour avec une passion dévorante et il lui répondit, mordilla ses lèvres, son cou. Du bout de la langue, il taquina son oreille. Vite, elle arracha son T-shirt, son soutien-gorge, et laissa Cruz jouer avec les pointes de ses seins. Des soupirs rauques montèrent de sa gorge. Cambré contre son amant, elle attendait impatiemment qu'il prenne davantage, qu'il la prenne toute.

Le désir était un fauve que Lexi ne contrôlait plus. Apparemment, ce serait toujours ainsi, avec Cruz, la reine des glaces fondrait et, à sa place, s'éveillerait une femme de feu.

De son genou, Cruz écarta les cuisses de Lexi, qui se pressa contre lui sans pudeur. Elle dénoua sa cravate et la jeta au loin. Les boutons de la chemise lui résistaient, ses mains tremblaient trop. Cruz empoigna l'étoffe, et la chemise s'ouvrit d'un coup sur toute sa longueur. Enfin, Lexi put toucher sa peau, une peau tiède de la couleur d'un café crème corsé, et sous laquelle jouaient des muscles durs.

— Déshabille-toi, ordonna-t-elle dans un souffle.

Une flamme s'alluma dans les yeux de Cruz, et Lexi comprit qu'elle aussi éveillait en lui un désir tout à fait unique. Quel fabuleux sentiment de puissance !

Se débarrassant l'un l'autre de leurs derniers vêtements, ils se firent bientôt face, parfaitement nus. Lexi contempla le corps puissant de Cruz, s'attardant sans fausse pudeur sur son sexe dressé. Puis, du même élan, ils tendirent les mains et se retrouvèrent pressés l'un contre l'autre, se caressant, se touchant, s'embrassant. Cruz la plaqua contre la table. L'instant d'après, il la soulevait et la couchait sur le bois.

Elle se laissa faire, humant sa chaleur d'homme. Il tira une chaise, s'assit, empoigna Lexi par les cuisses et se pencha pour l'embrasser. C'était bon et mieux que bon. Encore quelques caresses, et elle allait jouir sans pouvoir retenir ses cris. Jamais elle ne s'était sentie aussi vulnérable devant un homme ; en même temps, jamais elle n'avait connu une plénitude et une complicité sexuelles si fortes. Avec tout autre que Cruz, elle se serait refusée ; mais il s'agissait de Cruz et, sans savoir pourquoi, elle pouvait se laisser aller, s'abandonner sans craindre d'être à sa merci.

A présent, elle se sentait approcher du moment sublime, celui où elle basculerait tout entière dans le plaisir. C'était trop bon, elle ne pouvait plus…

D'un seul coup, elle se crut en plein ciel, aveuglée, et terrassée par une pure joie qui n'en finissait plus. Cruz choisit alors de la rejoindre et se glissa en elle désespérément, puis creusa ses reins comme si lui non plus ne se contrôlait plus.

Elle fut happée par un nouvel éblouissement.

Juste après, ils jouissaient ensemble.

Elle était nue, étendue sur la table de la cuisine, comblée et un peu gênée.

— Cela nous fera un beau souvenir, déclara Cruz qui avait deviné ses pensées.

— Je vais rougir chaque fois que j'entrerai dans cette pièce.

L'aidant à se redresser, il l'attira dans ses bras.

— Nous continuerons à faire l'amour ici jusqu'à ce que tu te sentes tout à fait à l'aise.

— Dans la cuisine ? Sur la table ?

Tendrement, il promena les doigts sur sa joue.

— Ma belle Lexington…

— Ne m'appelle pas comme cela, protesta-t-elle en s'esquivant instinctivement.

— C'est pourtant ton prénom.

— C'est un nom de famille et tu sais que je le déteste.

Ce nom dont elle ne parlait jamais, elle le lui avait avoué

au cours de leur première nuit, dix ans auparavant. La nuit de toutes les premières fois !

— Il me plaît, dit Cruz. C'est un lien avec le passé.

— Un lien avec un arrière-grand-père qui, d'après les sources historiques, était un joueur professionnel et une sorte de brigand, oui ! Tu veux bien me rappeler pourquoi c'est si important pour toi d'épouser une femme issue d'une famille pareille ?

— Tu es adorable quand tu es vexée.

— Je vais finir par te battre.

Il sourit, enchanté.

— Je ne pensais pas que tu t'intéressais à ce genre de pratiques. Tu veux commencer par m'attacher ?

— Tu ne me laisserais pas faire.

— Bien sûr que non, mais ce serait amusant de te voir essayer.

Doucement, il ramena ses cheveux blonds derrière son oreille.

— Cela te gêne toujours autant d'avoir fait l'amour sur la table de la cuisine ?

— Plus tellement. Tu t'es servi de mon nom pour cela, avoue. Pour me faire penser à autre chose.

— J'avoue.

— Ne le fais plus.

— D'accord. Tu veux sortir dîner ?

Elle voulait surtout monter dans la chambre et faire encore l'amour, au lit cette fois. Elle voulait se blottir contre lui et sentir ses bras la serrer bien fort. Or c'était la pire erreur qu'elle puisse commettre. Se sentir liée à Cruz ? Captive, corps et âme ? Quelle terrible, terrible bêtise ce serait !

— Bonne idée, dit-elle.

Plus vite ils sortiraient de cette maison, mieux cela vaudrait. Elle avait un besoin urgent de se changer les idées.

Un quart d'heure plus tard, à bord de la voiture, ils reculaient pour sortir de l'allée quand Lexi remarqua un homme qui s'avançait vers la porte d'entrée.

— Tu le connais ? demanda-t-elle.

— Non.

Coupant le moteur, Cruz ouvrit sa portière en lançant :

— Je peux vous aider ?

L'inconnu se retourna vers lui.

— Bonsoir ! Je cherche Mlle Tristan. Lexington Tristan.

Lexi réprima une grimace. Décidément, ce soir, tout le monde connaissait son prénom !

— C'est moi ! cria-t-elle en abaissant sa vitre.

S'approchant d'un pas vif, l'homme lui remit une épaisse enveloppe qu'elle prit machinalement.

— Mademoiselle Tristan, dit-il. Vous venez de recevoir une assignation en justice par voie d'huissier.

Chapitre 14

Le document était assez simple, du moins pour un texte légal. Une ancienne cliente de Lexi portait plainte contre elle, en se déclarant défigurée à la suite de soins reçus à Vénus & Moi. Elle réclamait des dommages et intérêts en compensation de ses cicatrices au visage et des dégâts émotionnels collatéraux.

Lexi parcourut rapidement l'assignation pendant que Cruz roulait vers l'institut pour lui permettre de consulter ses archives informatiques.

— Dégâts émotionnels collatéraux ? murmura-t-elle, atterrée.

— Nous sommes presque arrivés, lui dit Cruz. Nous allons régler ce problème.

C'était réconfortant de le sentir près d'elle, si calme et efficace. Une sensation nouvelle pour elle car elle ne comptait jamais que sur elle-même, surtout en affaires ! Malgré son amour pour ses sœurs, la connivence qui existait entre elles se jouait sur un autre registre… surtout depuis que Jed s'était efforcé de les mettre en concurrence.

A plus de 7 heures du soir, le parking était presque vide, les locaux très calmes. En refermant la porte de son bureau, elle consulta Cruz du regard et alluma son ordinateur. Il vint se pencher sur son épaule.

— Anne Paul, lut-elle tout haut. Elle venait tous les quinze jours environ pour un soin du visage. Il y a aussi eu une pédicure et deux massages.

Reprenant l'assignation, elle s'exclama avec une indignation croissante :

— Quelle détresse, quelles cicatrices ?

Jetant la liasse de papiers sur son sous-main, elle pressa quelques touches de son clavier pour consulter les notes prises par l'esthéticienne qui s'était occupée de cette cliente.

— Impossible, murmura-t-elle. Jeannie est la meilleure, elle a une liste d'attente longue comme le bras. Cela ne tient pas debout.

Se renversant contre le dossier de son siège, elle leva les yeux vers Cruz.

— C'est Duncan, n'est-ce pas ?

— J'en ai bien l'impression.

— Cela ne lui suffisait pas de me pousser à la faillite ?

Cruz ne se donna pas la peine de répondre.

— Ecoute, reprit Lexi en se frottant le front. Je ne veux pas aller au tribunal. Je ne perdrai ni mon temps ni mon argent avec cette histoire. Même si nous gagnons, il y aurait de quoi ruiner notre réputation auprès des clientes.

Un spasme de rage la saisit. Elle avait travaillé si dur pour créer son entreprise, pour bâtir de toutes pièces ce lieu où les femmes se sentaient bien, se sentaient belles et trouvaient un espace de détente.

— Ce fumier ne me prendra pas mon entreprise, déclara-t-elle.

— Je vais t'aider, promit Cruz. Commençons par nous renseigner sur la femme qui a porté plainte. Qui est cette Anne Paul ? Tu penses qu'elle travaille pour Duncan ?

Lexi se redressa brusquement.

— Tu veux dire qu'elle a pu mentir ?

— Duncan a pu la payer pour qu'elle porte plainte.

— Mais c'est sûrement illégal ?

— Ce serait difficile à prouver. Ce dossier n'est pas très solide mais je pense que tu as raison : Duncan cherche surtout à te faire du tort. Le simple fait de savoir qu'une cliente te traîne en justice peut suffire à faire fuir les autres… et cela se saura forcément. Le tribunal aura beau te donner raison, ta réputation en souffrira.

— Effectivement. Mais quel est le problème de ce type ? Pourquoi tient-il tant à nous démolir ?

— Je vais voir si je trouve un lien entre Duncan et cette femme, proposa Cruz. Donne-moi un jour ou deux.

— Merci, lui dit-elle avec un sourire. Merci pour ton aide. Je suis en état de choc !

— Nous allons te tirer d'affaire.

Elle hocha la tête, réfléchit un instant et déclara :

— Je pense que cela ira plus vite si nous remontons à la source. Je vais parler à Jed. Je veux savoir s'il est au courant, et s'il a un plan pour bloquer les manœuvres de Duncan.

Lorsque le ciel était d'un bleu très léger et que des nuages filtraient la lumière implacable du soleil texan, le grand hall de Tristan World ressemblait à une cathédrale. En se dirigeant vers les ascenseurs, Lexi se souvint d'une nounou qui l'emmenait à l'église lorsqu'elle avait huit ou neuf ans. Pendant que les grands écoutaient l'office, les enfants avaient droit à une séance de catéchisme. Un dimanche, Lexi s'était fait gronder : la dame parlait de l'infinie puissance de Dieu et Lexi l'avait choquée en déclarant que son père était plus puissant que le Créateur.

On l'avait obligée à rester après les autres pour s'expliquer avec le pasteur. Convoquée dans un bureau aux tentures sombres, Lexi, très impressionnée, dut répéter qu'elle entendait souvent les gens dire que Jed Tristan était plus puissant que Dieu. Jed lui-même le disait parfois, et son papa ne pouvait pas mentir. Choqué à son tour, le pasteur avait téléphoné à Jed, qui était venu aussitôt. Lexi le revoyait encore entrer à grands pas dans le bureau en déclarant d'une voix tonitruante qu'on était au

Texas et qu'ici, un homme pouvait faire tout ce qui lui plaisait et même rivaliser avec Dieu en personne. Puis il avait emmené Lexi déjeuner au Bronco Billy en lui disant de commander tout ce qu'elle voulait. Ce soir-là, malade d'avoir trop mangé, elle avait appelé son papa, mais il n'était pas revenu.

En grandissant, Lexi avait pu constater que son père partageait nombre de points communs avec Dieu car tous deux se montraient particulièrement exigeants, difficiles à joindre, et peu disponibles. Repoussant ses souvenirs, elle prit l'ascenseur jusqu'au sommet de la tour. En entrant dans le bureau, elle trouva son père au téléphone. Il lui fit signe de s'asseoir et, montrant le combiné d'un geste excédé, s'écria d'une voix joviale :

— Bien sûr, Ted ! Quand tu voudras. Tu sais que je suis un fan. Oui, oui. Bien, je dois y aller. Bien sûr ! Bientôt. Les sénateurs ont leur utilité mais ils sont collants ! grogna-t-il en raccrochant brutalement. Comment vas-tu, Lexi ? Comment va ton homme ?

— Il va très bien.

— Bien ! Parfait ! De quoi as-tu besoin ?

Pensive, Lexi le contempla. A près de soixante-dix ans, Jed restait encore un bel homme. Elle avait souvent constaté que l'argent conserve, et efface beaucoup de petites imperfections. Pourquoi ne s'était-il pas remarié après la mort de Pru ? Lexi n'imaginait pas un seul instant que le suicide de sa seconde femme l'ait ébranlé au point de ne pouvoir en aimer une autre. Pour cela, il faudrait que Jed soit capable de penser à quelqu'un d'autre que lui. Il avait forcément des fréquentations féminines mais à sa connaissance au moins, il sortait peu et ne s'affichait avec personne en particulier.

— Tu vois quelqu'un, en ce moment ? lui demanda-t-elle.

— C'est une drôle de question à poser à ton père !

— Je me demandais, voilà tout.

— Ma vie privée ne regarde que moi, petite.

— Très bien. Ce n'est pas de cela que je suis venue te parler.

— Ne me dis pas que tu as des ennuis.

— Je te remercie pour ton soutien, murmura-t-elle, sardonique.

— Je me trompe ?

— Il y a effectivement un problème mais pas dans le sens où tu l'entends. Je suis venue te parler de Garth Duncan.

Elle scrutait attentivement son visage et quand elle prononça ce nom, il n'eut aucune réaction. Son regard ne vacilla pas, aucun muscle ne tressaillit. Posément, il s'installa dans le siège massif derrière son bureau et déclara :

— Un homme d'affaires remarquable. Un requin. Dur, plutôt honnête. Je n'ai pas eu beaucoup de contacts avec lui.

C'était sans doute tout à fait vrai ! pensa Lexi.

— En ce moment, il s'attaque à notre famille, dit-elle.

Cela non plus ne suscita aucune réaction.

— Pourquoi dis-tu cela ?

— Tu as forcément remarqué qu'il nous arrive beaucoup de tuiles depuis quelque temps : le dopage dans ton écurie de courses, l'accusation de délit d'initié. Skye a une enquête sur le dos pour détournement de fonds, et une cliente vient de porter plainte contre moi. Je la soupçonne d'avoir un lien avec Duncan.

Elle avait décidé de ne pas parler de son prêt. Croisant les bras, elle regarda son père bien en face en lançant :

— Je me demandais, papa : quelle raison peut-il bien avoir de nous en vouloir ?

— Tu penses déjà le savoir, riposta Jed sans détourner les yeux.

— Je sais qu'il est ton fils.

Elle espérait presque qu'il nierait, ou qu'il semblerait surpris. Il se contenta de hocher la tête.

— C'était il y a très longtemps. Tu n'étais pas née, je n'avais pas encore épousé ta mère.

Cette confirmation troubla Lexi plus qu'elle ne s'y attendait.

— Que s'est-il passé ? demanda-t-elle.

— Que crois-tu qu'il s'est passé ? J'ai mis une fille enceinte. Elle s'appelait Kathy, elle était jolie, pleine de vie. Elle me faisait rire.

Un instant, son visage de pierre parut prêt à sourire mais aussitôt, il reprit son immobilité habituelle.

— Elle n'était pas le genre de fille qu'un homme comme moi peut épouser. Je me suis montré généreux, et très clair avec elle. Elle a gardé le bébé, tout en s'engageant à ne plus jamais entrer en contact avec moi.

Aussi simplement que cela, pensa Lexi. Un fils écarté de sa vie sans la moindre hésitation.

— Et elle ne t'a jamais recontacté ?

— Jamais. Elle n'a pas eu de raison de le faire. L'argent que j'ai versé la fera vivre confortablement jusqu'à la fin de ses jours. Kathy n'est pas stupide.

— Elle n'a donc aucune raison de t'en vouloir.

— Bien sûr que non. J'ai réglé le problème.

Duncan appréciait-il d'être considéré comme un problème ? Avec un peu d'impatience, Lexi demanda :

— Si tout est si clair entre vous, pourquoi fait-il cela aujourd'hui ?

— Tu peux prouver que c'est lui ?

— J'ai de bonnes raisons de le croire.

— Reviens me voir quand tu auras des preuves.

— Et si je t'apporte ces preuves, tu feras quelque chose ? Tu t'intéresseras au problème ? Papa, il est responsable de tout ce qui nous arrive. Il a probablement fait droguer l'un des pilotes de Cruz. Il s'en prend à nous tous, les uns après les autres.

— Je n'ai pas peur de lui. Si toi, tu te laisses impressionner, tu n'es pas la femme d'affaires que je croyais.

La menace n'était même pas voilée. Décidant de ne pas relever, Lexi repassa à l'attaque.

— Pourquoi ne nous as-tu jamais parlé de Duncan ? demanda-t-elle. Il est tout de même notre frère !

— Il n'est pas votre frère. Il n'est rien du tout. Il ne sera jamais un Tristan.

Lexi en resta bouche bée. Elle venait seulement de réaliser que cet homme qui cherchait à les détruire était aussi proche d'elle par le sang que Skye ou Izzy. Elle n'avait pas encore envisagé la situation sous ce jour ! Elle lança :

— Il est ton fils. Si j'ai raison, si c'est bien lui le responsable de ce qui nous arrive, il agit comme tu le ferais, toi.

— Oublie cette histoire, lâcha son père. Garth Duncan n'a aucune importance.

— Tu te trompes, papa. Tu peux t'intéresser au problème tout de suite ou le remettre à plus tard, mais il ne se réglera pas tout seul. Je pense que Duncan cherchera à nous abattre, les uns après les autres. La seule chose que je ne comprends pas, c'est pourquoi.

— Tu n'as pas besoin de savoir pourquoi.

Interdite, Lexi le dévisagea. Un instant, elle avait eu la certitude que Jed *savait*, mais cette impression s'évanouit aussitôt.

— Tu ne comptes rien faire ? demanda-t-elle pour la dernière fois.

— Garth Duncan ne me fait pas peur.

Lexi respectait habituellement les opinions de son père… du moins dans le domaine des affaires où il réussissait parfois des coups stupéfiants. Cette fois, il se trompait, elle en avait la certitude. Duncan était dangereux, elle le sentait dans chaque fibre de son corps.

En rentrant, elle trouva Cruz qui l'attendait.

— Alors ? demanda-t-il aussitôt en l'attirant dans ses bras.

Jetant son sac sur le plan de travail, Lexi s'appuya contre lui.

— Alors rien, soupira-t-elle. Il a tout de suite admis que Duncan est son fils, mais il refuse de croire qu'il y a un problème. Il dit qu'il a mis une fille enceinte, que ce n'était pas le genre de fille qu'il épouserait, alors il lui a versé une grosse somme pour se débarrasser d'elle. D'après lui, il leur a donné largement de quoi vivre, personne n'en a voulu à personne et Duncan ne représente pas une menace.

— Et toi, que penses-tu ? demanda Cruz en la berçant contre lui.

Elle ferma les yeux pour mieux savourer la chaleur de son corps.

— Je pense que je ne comprends rien à rien. Duncan est un adversaire redoutable, et il a déjà fait des dégâts considérables. Par sa faute, Jed a manqué l'affaire avec les Chinois. Cela aurait dû le contrarier sérieusement mais il a très bien pris ce revers. Pas exactement comme s'il s'y attendait, plutôt…

— Plutôt de l'orgueil paternel ? Une espèce de fierté ?

— Peut-être, dit-elle en reculant. Cela ne me plaît pas, mais peut-être bien.

— Garth est son fils.

— Génial. Tu veux dire : le fils qu'il n'a jamais eu ?

— Les hommes sont comme cela, dit Cruz en haussant les épaules. Surtout un homme comme Jed Tristan. Il veut s'incarner dans une génération nouvelle.

— Se perpétuer de cette façon, quel motif de fierté ! protesta Lexi. Je trouve cela incroyablement primitif. Et misogyne car bien entendu, cela ne fonctionne qu'avec les fils.

— Je ne dis pas qu'il a raison.

— C'est pour cette raison que tu ne t'intéresses pas à Kendra ? Ce serait différent si elle était un garçon ?

Le visage de Cruz se durcit.

— Non. Cela n'a rien à voir avec le fait qu'elle est une fille.

Lexi revint se blottir contre lui. La voix de Cruz avait l'accent de la vérité et elle le croyait, mais il restait tout de même des similarités troublantes avec Jed. Cruz non plus n'avait pas voulu épouser la fille qui portait son premier enfant ; comme Jed, il préférait chercher une femme qui l'élèverait dans la société. Cruz versait une mensualité à la mère de Kendra, Jed avait investi un capital ; en théorie, les deux enfants ne manquaient de rien mais Kendra au moins attendait davantage de son père. Garth Duncan avait-il espéré que Jed s'intéresserait à lui ? La tristesse de l'enfant s'était-elle transformée chez l'homme en une rage destructrice ?

— A quoi penses-tu ? demanda Cruz.

— Je me disais que toi et mon père, vous vous ressemblez trop. Cela me fait peur.

— Je ne ressemble pas du tout à Jed Tristan.

— Tu veux te ménager une place tout en haut de la pyramide, exactement comme lui. Depuis deux mois, je t'ai présenté à beaucoup de gens qui comptent, y compris les P.-D.G. des trois plus grandes compagnies pétrolières du monde et un prince saoudien.

— C'était prévu dans notre accord.

C'était beaucoup plus que cela. Etait-il possible que Cruz n'en ait pas conscience ?

— Tu veux épouser une femme qui t'ouvrira les meilleures maisons. Tu devrais peut-être te demander si cela a fonctionné pour Jed.

— Je choisirai mieux que lui.

Avant qu'elle ne puisse répliquer, il recula en levant les mains, paumes ouvertes.

— Je ne dis rien contre ta mère, précisa-t-il avec un bref sourire. Je parle plutôt de tempérament, et de la capacité de la femme en question à s'entendre avec moi.

— Bien entendu, ce ne sera pas à toi de t'entendre avec elle.

— Lexi, tu sais parfaitement ce que je veux dire.

— Parfaitement, oui.

S'écartant brusquement, elle arpenta la cuisine à grands pas avant de se retourner vers lui.

— Je n'ai pas voulu regarder la vérité en face mais c'est une évidence. Vous avez tous deux abandonné vos enfants. Toi, une fois, Jed, quatre. Oh, il a gardé ses trois filles sous son toit mais il ne nous a jamais *aimées*. Maintenant que nous sommes adultes, il fait tout pour nous monter les unes contre les autres.

— Je ne suis pas comme lui, répéta Cruz. Tu vas devoir me laisser régler la *question* de Kendra à ma façon.

— Régler la question ? répéta-t-elle, incrédule. Le hasard nous a réunies, Kendra et moi. Je l'ai vue chaque jour pendant plus de deux semaines, j'ai appris à la connaître. Une gamine de quinze ans a besoin de savoir que son père l'aime. Pourquoi est-ce si difficile à comprendre ?

— Elle n'a pas besoin de moi, dit-il d'une voix basse et dure. Elle s'en sortira mieux sans moi.

Comme il s'en était lui-même mieux sorti après le départ de son père ? Se souvenant du tableau qu'il lui avait décrit, Lexi réprima une grimace. Les coups, les cris, les déclarations d'amour sous la contrainte… son récit s'était profondément gravé en elle.

— Ce n'est pas une fatalité, souffla-t-elle. Kendra n'est pas toi, tu n'es pas ton père.

Cruz la fixa sans répondre.

— C'est absurde, insista-t-elle. Tu aimes ta mère. Je t'ai vu avec elle et tu l'adores, cela crève les yeux. Toi et Manny, vous êtes comme des frères et tu aimes toute sa famille. Tous ces êtres comptent pour toi, tu ferais n'importe quoi pour eux. Et ce gamin, Justin, celui auquel tu as donné sa chance ? Je ne dis pas que tu l'aimes, mais tu étais heureux de pouvoir le lancer dans la vie.

— C'était professionnel, dit-il.

— Jed n'aurait jamais fait cela, dit-elle.

Cette découverte la soulageait prodigieusement ! Le cœur plus léger tout à coup, elle s'écria :

— Et si tu étais quelqu'un de bien, tout simplement ? Ce serait si difficile à admettre ? Sérieusement, Cruz, rien ne t'empêche de te rapprocher de Kendra !

Sa réaction la stupéfia. S'avançant vers elle, il gronda :

— Reste hors de ma vie.

Puis il s'engouffra par la porte du garage. Quelques instants plus tard, elle entendit ronfler un moteur.

Cruz prit la Bugatti, parce qu'il avait besoin ce soir de puissance et de vitesse. La longue voiture dévora littéralement la route, mais son pilote sentit vite que cela ne l'aidait pas. Il prit un virage à quatre-vingt-dix à l'heure, accéléra sur la ligne droite... Il roulait à près de cent cinquante quand il vit un gosse sur la chaussée devant lui. Un gamin qui pédalait de toutes ses forces sur son petit vélo, en zigzaguant un peu... Le dépassant en un éclair, Cruz enfonça le frein et redescendit brutalement en dessous de la limite de vitesse. Puis, voyant une place libre, il se rangea souplement contre le trottoir.

Son cœur battait très vite. Le regard dans le vide, il fouilla ses sensations. Il n'avait envie d'aller nulle part, il ne voulait être avec personne... à part Lexi. Mais Lexi était en colère contre lui. Une colère compliquée, bourrée de contradictions. Cette fois, il ne l'avait pas mal traitée, ou blessée ; ce n'était pas pour elle qu'elle lui en voulait, mais pour Kendra. Pourquoi ne pouvait-elle pas se comporter comme les autres femmes ? Se contenter de sexe et de bijoux ? Il n'y avait que Lexi pour vouloir parler de tout, pour toujours discuter de ce qu'ils ressentaient tous deux.

— Fichue bonne femme.

Elle n'était pas raisonnable. Elle demandait plus qu'il ne pouvait donner, elle en attendait trop de sa part. Elle compliquait tout, elle était insupportable. Irrésistible.

Chapitre 15

Debout sur le seuil de la chambre de maître, Lexi se demandait si elle devait faire sa valise. Le moment était-il venu de rentrer chez elle ? L'accord passé avec Cruz n'était plus lisible, tout devenait trop intime, trop personnel. Une nausée subite la saisit ; elle luttait pour la maîtriser quand la sonnerie de son portable la fit sursauter. Prudente, elle vérifia l'écran avant de répondre. C'était Izzy, qui lui annonça sans préambule :

— Martin vient de plaquer Dana, je suis chez elle avec Skye. Tu viens nous aider à la consoler ?

— J'arrive !

C'était exactement ce qu'il lui fallait pour se changer les idées. Une pensée un peu égoïste peut-être, mais qui avait le mérite d'être honnête. Vingt minutes plus tard, en poussant la porte du pavillon minuscule de son amie, elle découvrit un tableau émouvant : Dana effondrée sur le canapé, Skye assise sur la moquette à ses pieds et devant elles, sur la table basse, un pichet de margarita entouré de pots de crème glacée et de sachets de friandises. Un peu à l'écart, Izzy se vernissait les ongles des orteils. Une chanson affreusement sentimentale passait à la stéréo.

— Nous allons probablement trop boire. Je pense que nous ne serons plus en état de conduire et qu'il vaudra mieux passer la nuit sur place. Erin est chez une copine mais toi, tu devrais peut-être appeler Cruz.

— Tout à l'heure, répondit distraitement Lexi. J'ai l'estomac de travers. Trop de stress.

Cruz s'apercevrait-il seulement de son absence ? Aussitôt, elle s'en voulut pour cette pensée pathétique. Elle n'était pas venue ici pour penser à ses propres malheurs ! S'asseyant près de Dana, elle lui demanda avec gentillesse comment elle se sentait.

— Je me sens surtout ridicule. Totalement humiliée. Martin a osé me plaquer ! Il dit que je cherche à tout contrôler. Tu te rends compte ? Monsieur veut une femme plus délicate. J'aurais dû lui briser les jambes.

Lexi dut ravaler un éclat de rire.

— Je n'y comprends rien ! clamait Dana. Les hommes ne me quittent pas, c'est moi qui les quitte. Surtout les hommes comme Martin.

— Ils sont tous comme Martin, lança Izzy de son fauteuil. Je n'arrête pas de te le répéter : il te faut un autre type de garçon. Le départ de Martin t'a vexée mais avoue, tu ne le trouvais pas intéressant, tu ne t'amusais pas avec lui. Je veux bien parier qu'il n'était même pas une affaire au lit. Allez, dis-le ! Tu en avais marre de lui.

— Je n'ai pas le goût de l'aventure comme toi, je me contente de relations tranquilles et sans complications.

— … Et incroyablement ennuyeuses !

— Je peux l'assassiner ? demanda Dana à Lexi. Je te promets qu'elle ne souffrira pas.

— Non, tu ne peux pas, soupira celle-ci.

— Oh, mais je pourrais !

— Disons que tu ne dois pas.

— Mais elle m'agace ! gémit la jeune policière.

— Parce que tu sais qu'elle a raison. Tout le monde déteste entendre ses quatre vérités, surtout toi.

— Je ne vois pas du tout où tu veux en venir, grommela Dana, fermant les yeux et renversant la tête sur le dossier du canapé.

Du regard, Lexi consulta Skye qui se lança à son tour :

— Tu sais qu'on t'adore, dit-elle.

— Tu dis ça pour te donner bonne conscience, se plaignit Dana sans relever la tête. Tu vas me dire des horreurs et tu sais que je déteste ça.

— Tu t'obstines à choisir des hommes qui ne te conviennent pas, enchaîna Skye sans relever ce commentaire. Ils sont tous des Martin !

— Allez-vous-en, soupira Dana, qui semblait sur le point de s'endormir. Je n'aurais pas dû vous téléphoner.

— Mais si, dit gaiement Lexi en lui tapotant le bras. Tu nous adores, nous t'adorons et Skye a raison. Tu dois cesser de sortir éternellement avec le même petit homme coincé.

Cette fois, Dana se redressa brusquement.

— J'ai précisé que j'étais d'humeur à tabasser quelqu'un ?

— Viens avec moi au Mexique cet été, proposa Izzy sans se formaliser. Je compte faire de la plongée en grotte.

Skye frémit, atterrée.

— Tu as perdu la tête ? Tu vas passer tes journées à explorer des boyaux sombres et confinés et ô joie, ils seront remplis d'eau ? Les belles vacances !

— Oui ! répliqua Izzy en souriant de toutes ses dents.

— On peut aimer les sensations fortes sans risquer sa peau ! protesta Lexi. Tu ne peux pas te contenter des montagnes russes comme tout le monde ?

— Ce n'est pas assez extrême pour moi.

Oubliant ses malheurs, Dana dévisageait Izzy, désabusée.

— Tu es là à te peindre des pâquerettes sur les orteils, objecta-t-elle, et tu veux faire de la plongée en grotte ?

— Je suis un être complexe.

Lexi soupira. La seule idée de plonger dans des grottes sous-marines la glaçait de terreur, mais le sujet avait tout de même un avantage : depuis dix bonnes minutes, elle n'avait pas pensé une seule fois à la femme qui lui faisait un procès, ou à sa conversation avec son père. Elle avait hâte de raconter tout cela à ses sœurs… mais le moment semblait mal choisi !

— Je ne peux pas croire qu'il m'ait plaquée, marmonna

Dana en vidant son verre. C'est moi qui pars, pas eux. Je décide avec qui je vais sortir et ensuite, je les plaque.

— Ce n'est pas sain, déclara Skye.

— Au fond, tu te fiches royalement de lui, renchérit Lexi. Izzy a raison, tu es furieuse et vexée mais tu ne souffres pas.

— Furieuse et vexée, ce n'est pas très agréable ! Et humiliée, et rejetée. Je suis ce qui lui est arrivé de mieux, à ce crapaud efféminé. Comment a-t-il pu me faire ça, à moi ?

— Tu n'étais pas une femme pour lui, dit fermement Izzy. Dana, sérieusement, tu n'en as pas marre de répéter le même schéma ?

Lexi sentit ses épaules se crisper. Dana allait se fâcher, l'explosion était inévitable… mais son amie la surprit en ébouriffant ses cheveux courts et en hochant lentement la tête, le regard dans le vague.

— Peut-être, dit-elle.

— Dans ce cas, essaie un type différent, la prochaine fois, insista Izzy. Cela ne te ressemble pas d'avoir peur des vrais hommes.

Les yeux de Dana se plissèrent.

— Qu'est-ce que tu viens de dire ?

Jamais encore Lexi n'avait à ce point admiré le courage d'Izzy. Les requins, la plongée, ce n'était rien à côté du cran nécessaire pour tenir tête à Dana en colère. Tranquillement, elle assena :

— Je dis que tu as peur d'une vraie relation, donc tu sors avec des types comme Martin.

Volant au secours de sa petite sœur, Lexi renchérit :

— Tu sais qu'elle a raison. Diversifie-toi un peu, tu verras bien le résultat.

Le regard torve de Dana se posa sur elle, puis sur Skye.

— Ne commence pas, dit-elle à cette dernière. Souviens-toi que je fais de la boxe.

— Après cinq margaritas ? s'enquit Skye.

— Il te faut un homme qui ait de la personnalité, reprit

Izzy. Un garçon qui te tiendra tête sans se laisser impressionner. Et moi, je sais qui.

— Qui ? demanda Lexi, intriguée.

Elle ne parvenait pas à imaginer un homme suffisamment sûr de lui pour affronter Dana sur son propre terrain, ou suffisamment déterminé pour renverser la barricade derrière laquelle elle se retranchait.

— Mitch Cassidy ! s'écria Izzy, triomphante.

Instinctivement, Lexi se tourna vers Skye. Le visage de celle-ci n'exprimait que de la stupeur.

— Mais Skye est sortie avec lui, dit-elle, hésitante.

— Il y a une éternité, dit Izzy en haussant les épaules.

Se tournant vers Skye, elle demanda :

— Tu n'es plus amoureuse de Mitch, si ?

— Bien sûr que non ! Je ne l'ai pas revu depuis des années.

— Tu vois ? Tu as la permission de son ex.

— C'est un commando, non ? Ils font de la plongée, eux aussi, articula Dana dont la diction commençait à se brouiller. C'est toi qui devrais sortir avec lui.

— Non. Ce n'est pas mon type d'homme et même s'il l'était, Skye et lui ont fait des choses ensemble. Je ne me tape pas les ex de ma sœur, ce serait bizarre. Et puis, Mitch et moi, on est amis.

Lexi décida qu'il était temps de changer de sujet. Skye était toujours mal à l'aise quand il était question de Mitch.

— C'est une idée intéressante, dit-elle, mais je crois que nous nous égarons. Mitch n'est pas rentré au pays depuis des années, comment veux-tu que Dana et lui se rencontrent ?

— Il est de retour.

Il se trouva que Lexi regardait Skye au moment où cette petite phrase tomba. Elle vit le visage de sa sœur blêmir, la vit se pencher vivement pour ajuster son escarpin… ou pour cacher son expression ?

— Depuis quand ? demanda Lexi dans le silence subit.

— Une quinzaine de jours. Il est à Washington pour l'instant mais il sera bientôt au ranch.

— En permission ? demanda Skye d'une voix désinvolte.

Izzy semblait n'avoir rien remarqué ; quant à Dana, elle n'était pas en état de capter les non-dits qui circulaient dans la pièce.

— Tu n'as pas du tout gardé le contact avec lui ? demanda Izzy en vissant avec soin le bouchon de son vernis à ongles.

— Et toi si ? riposta Skye.

— Oui. C'était un ami, Skye. Ce n'est pas parce que tu lui as brisé le cœur que je ne devais plus lui adresser la parole.

— Non, bien sûr…

Les mots sonnaient juste mais Skye semblait toujours assez ébranlée.

— Il a quitté la Navy.

Se tournant vers Dana, Izzy enchaîna :

— C'est un héros ! Un type endurci, remarquable, et beau gosse en plus. Je crois qu'il te plairait. Je craquais complètement pour lui mais il ne regardait que Skye. Il était fou d'elle, et elle l'a plaqué.

D'un mouvement brusque, Skye se leva.

— Arrête de te répéter. Ce n'était pas comme ça. Tu ne comprends pas, il y a des choses que tu n'as pas sues. Je n'avais pas le choix.

Plaquant sa main sur sa bouche, elle se précipita hors de la pièce. Interdite, Izzy protesta :

— Mais qu'est-ce que j'ai dit ?

— C'est évident, s'écria Lexi en perdant patience. Skye n'a pas oublié Mitch. Je ne sais pas ce qu'elle ressent pour lui au juste, mais il y a au moins une part de culpabilité.

— Je ne crois pas que ce type soit une affaire, déclara Dana. Trop de complications.

— Moi, j'aimerais sortir avec lui, soupira Izzy. Il doit être fantastique au lit.

— Il n'y a pas que le sexe dans une relation, protesta Lexi d'un ton un peu pincé.

Izzy et Dana échangèrent un regard entendu.

— Autrement dit, Cruz n'est pas aussi chaud qu'il en a l'air ? demanda Dana en souriant.

— Si.

— Parce que s'il a besoin de conseils, taquina Izzy, on peut toujours lui envoyer Martin !

Dana et Izzy se claquèrent les paumes, et Lexi elle-même ne put s'empêcher de rire. Pourtant, en regardant la porte close de la chambre, elle se demanda ce que ressentait Skye en ce moment. Et quand elle pensait à sa dispute avec Cruz… Dana avait raison, les rapports amoureux étaient trop compliqués. Même ceux qui n'étaient pas censés compter.

Lexi rentra chez Cruz un peu après minuit. Elle avait refusé les margaritas mais avait tout de même la tête lourde, les yeux douloureux. « C'est l'histoire de ma vie, pensa-t-elle avec amertume, une longue gueule de bois sans même avoir fait la fête. » Le stress sans doute, trop d'événements en trop peu de temps…

Quelques lampes étaient restées allumées au rez-de-chaussée. Elle fit le circuit des pièces pour les éteindre, puis monta à l'étage d'un pas lourd. La porte de la chambre était ouverte, la lumière inondait le palier ; installé au fond d'un fauteuil près de la cheminée, Cruz lisait.

Quand il était parti si vite tout à l'heure, Lexi avait pensé ne jamais le revoir. Elle avait même envisagé de retourner s'installer chez elle — et voilà qu'ils se retrouvaient ici tous les deux. Qu'il était beau, pensa-t-elle en étudiant son visage carré, ses lèvres bien dessinées, ses cheveux et ses yeux si sombres… Le simple fait de se trouver dans la même pièce que lui créait une réaction en elle ; elle pourrait faire l'amour avec lui vingt fois de suite et elle le désirerait toujours autant. Cela ne pouvait pas durer, n'est-ce pas ? Une passion pareille ? Au bout de leurs six mois, quand ils passeraient leur chemin, elle ne ressentirait tout de même plus la même chose ?

— Tu as passé une bonne soirée ? demanda-t-il.

— Je suis allée chez Dana. Martin l'a plaquée alors nous l'avons consolée, entre filles.

— Je ne te demandais pas où tu étais.

— Je le sais, mais je te raconte tout de même.

Posant son sac à main, elle osa ajouter :

— Tu es parti vite tout à l'heure.

— J'étais en colère.

— J'avais saisi. Tu es très doué pour la communication.

Un instant, sa propre ironie la surprit. Elle n'était pas en colère, seulement lasse de tenter de lui faire comprendre…

— Je regrette, dit-il. Je n'aurais pas dû me défouler sur toi. Tu cherches seulement à nous aider. Kendra n'est pas ta responsabilité mais tu te sens obligée d'intervenir. Elle ne t'a pas facilité la tâche, je suis même sûr qu'elle a tout fait pour t'énerver, mais tu continues…

— Je ne peux pas faire autrement.

— Je ne dis pas que c'est une mauvaise chose, Lexi, je dis seulement…

Il s'approcha d'elle, le visage troublé.

— Tu as peut-être raison, dit-il très vite. J'ai un peu de mal à faire la part des choses, à mesurer les traces qu'a laissées mon enfance — mais cela n'a rien à voir avec elle. Elle n'est qu'une gamine qui cherche à s'en sortir de son mieux. Je ne lui ai pas facilité la vie, bien au contraire ! Tu étais déterminée à me faire voir cette vérité, alors que je la repoussais de toutes mes forces… et toi avec.

Lexi laissa ces mots s'installer en elle. Dans un subtil relâchement, l'un de ses soucis s'envolait, lui laissant le cœur plus léger.

— Tu penses la voir plus souvent ? demanda-t-elle.

— Nous dînons ensemble la semaine prochaine. C'est un début.

— C'est formidable. Je suis contente. C'est une fille bien, je pense que tu vas beaucoup l'apprécier.

— Je le crois aussi.

— Qu'est-ce qui t'a fait changer d'avis ?

— Toi.

— Oh, Cruz, soupira-t-elle, émue.

— Je peux choisir comment me comporter avec ma fille, murmura-t-il en la prenant dans ses bras. Mon père aussi avait le choix. Chaque fois qu'il frappait ma mère, il avait le choix. Il a opté pour l'égoïsme. Je ne veux pas être comme lui.

— Tu n'es pas comme lui !

La main de Cruz remonta vers sa nuque, il se pencha pour l'embrasser. Un élan la porta vers sa bouche chaude et tendre. Pourquoi, à cet instant, se souvint-elle de la question qu'il lui avait posée un jour : pourquoi voulait-elle que ce soit lui, pour sa première fois ? Maintenant, elle connaissait la réponse : tout simplement parce qu'elle n'avait pas le choix. Quand il s'agissait de Cruz, elle ne maîtrisait plus rien, elle était le papillon de nuit et lui la flamme.

Hélas, l'histoire ne se terminait jamais bien pour le papillon de nuit.

Les informations les mieux cachées deviennent vite accessibles lorsqu'on a de l'argent, des contacts et un minimum de scrupules.

— Tu es sûre de ce que tu fais ? demanda Cruz.

Lexi leva la tête vers l'immeuble devant lequel ils venaient de se garer.

— Je veux lui parler, dit-elle.

— Son avocat pourrait se servir de cette visite contre toi.

— Il n'y aura pas d'avocats.

Cela, Lexi en était sûre car cette fois, Garth Duncan s'était fourvoyé. Avec son prêt, grâce à l'effet de surprise, il avait remporté une manche mais cette fois, elle prendrait les devants.

Ils s'engouffrèrent dans l'immeuble et prirent l'ascenseur jusqu'au troisième. Anne Paul serait chez elle, Lexi s'en était assurée en téléphonant quelques minutes auparavant, en prétextant un faux numéro. Prenant une grande respiration, elle sonna à la porte. La femme qui leur ouvrit était petite, quelconque, proche de la quarantaine ; Lexi ne se souvenait pas de l'avoir jamais vue à Vénus & Moi. Sans lui laisser le temps de réagir, elle entra en lançant :

— Bonjour ! Je suis Lexi Tristan, la femme à qui vous faites un procès. J'ai pensé que ce serait une bonne idée de venir en discuter avec vous. Voici mon fiancé, Cruz Rodriguez. Il est ici pour m'empêcher de faire une bêtise.

L'autre femme recula, terrifiée.

— Je vais devoir vous demander de sortir !

— Je sortirai bientôt, répliqua Lexi. Mais d'abord, j'ai quelques points à clarifier avec vous. J'ai pris des renseignements et je sais que vous avez travaillé pour Garth Duncan. Vous étiez l'assistante de son assistante. Tout le monde au bureau savait que vous craquiez pour lui, qu'il ne vous a jamais remarquée, et que vous auriez fait n'importe quoi pour attirer son attention. Manifestement, vous étiez même prête à mentir pour lui.

La petite femme rougit violemment.

— Je ne comprends rien à ce que vous dites…

— Dans ce cas, je vais continuer à m'expliquer. Garth mène une vendetta contre ma famille et il se sert de vous, Anne. Pour lui, vous n'êtes qu'un pion sans importance, il se fiche de ce qui peut vous arriver. C'est facile de porter plainte ; je devine que les avocats de Garth l'ont fait pour vous, vous n'avez eu qu'à signer là où ils vous le disaient. Seulement maintenant, tout va beaucoup se compliquer. Il y aura des témoignages, des audiences. Vous allez vous retrouver face à mes avocats et je peux vous assurer que ce ne sont pas des tendres. Ensuite, il y aura un juge, et un jury.

Anne Paul ouvrait des yeux effrayés.

— Il n'y aura pas de procès ! s'écria-t-elle très vite. Vous allez conclure un arrangement à l'amiable !

Lexi sentit son cœur se serrer de pitié.

— Duncan vous a dit cela ? Que je battrais en retraite ?

— Cela vous ferait beaucoup de publicité négative. Tout ce qui m'est arrivé après mes soins… J'ai des photos !

— Je n'en doute pas. Et moi, j'ai une équipe d'enquêteurs qui ne tardera pas à découvrir où vous avez fait prendre ces photos, et qui s'est chargé du maquillage.

Lexi bluffait mais cela, Anne Paul ne pouvait pas le savoir. Lexi fut enchantée de voir qu'elle perdait pied.

— J'ai été défigurée, bredouilla-t-elle. On a dû se tromper de produit. Vous devriez choisir un personnel plus compétent.

— Ce que je ne comprends pas, assena Lexi, c'est que, s'il vous est réellement arrivé quelque chose, vous ne soyez jamais venue m'en parler.

— J'ai téléphoné, lança l'autre, avec davantage d'assurance, cette fois. On m'a dit que vous rappelleriez, mais vous ne l'avez jamais fait.

— Intéressant. Vous savez que nous avons un logiciel qui stocke les appels, n'est-ce pas ? Tous les appels, pas seulement les derniers. Nous allons pouvoir vérifier combien de fois vous avez réellement tenté de m'avoir au bout du fil.

Son interlocutrice serra convulsivement les mains.

— Je voudrais que vous partiez, maintenant, chuchota-t-elle.

— Je m'en vais, en vous donnant tout de même une dernière information. Je suis sûre que Duncan n'a pas jugé utile de vous le dire, mais ce que vous faites est illégal. Cela s'appelle une escroquerie. Le montant que vous réclamez est suffisamment important pour vous envoyer en prison. Vous pensez que Garth continuera à vous soutenir si les choses en arrivent là ? Vous pensez qu'il envisagera un seul instant d'aller en prison à votre place ? Avez-vous seulement une preuve écrite pour montrer que ce n'est pas vous qui avez eu l'idée de vous attaquer à moi ?

Le visage d'Anne était livide. Les yeux dans les yeux, Lexi lui dit :

— Vous vous êtes engagée dans une voie qui va gâcher votre vie entière. Je comprends bien que Garth compte pour vous, mais vous devez d'abord vous préserver. Si vous dites la vérité, si vous avez réellement été blessée dans mon entreprise, je vous fait personnellement mes excuses et je m'engage à vous dédommager. En revanche, s'il s'agit uniquement d'un nouveau plan de Duncan pour m'empoisonner l'existence, je me défendrai et vous serez écrasée dans la bagarre. Je ne me laisserai pas détruire, je ferai le nécessaire pour protéger ce qui est à moi. Je suis une Tristan, Anne, je suis sûre que vous avez déjà entendu ce nom. J'ai des ressources dont vous n'avez aucune idée.

— Je… je…, bredouilla l'autre femme. Si vous ne partez pas tout de suite, j'appelle la police.

— Cette fois, je m'en vais, dit Lexi en se tournant vers la porte. De votre côté, réfléchissez un peu. Je n'ai aucun désir de vous nuire, mais si vous vous mesurez à moi, vous perdrez.

Fourrant la main dans la poche de sa veste, elle en sortit une carte de visite.

— Si Duncan vous menace, si vous avez peur, appelez-moi. Je sais bien que ce n'est pas vous qui avez inventé cette histoire. Vous devriez vous dégager du piège pendant que vous le pouvez encore. Je suis prête à vous aider à le faire. Vous pensez probablement que vous ne pouvez pas vous fier à moi mais vous vous trompez. Je ne suis pas comme Duncan, cela me dérange de passer sur le corps des innocents pour atteindre un objectif.

Tournant les talons, elle sortit, suivie par Cruz. En arrivant aux ascenseurs, elle dut poser la main sur le mur pour reprendre son souffle.

— Je crois que je vais vomir, murmura-t-elle.

— Essaie de te retenir jusqu'à ce que nous soyons en bas, souffla-t-il. Ce serait dommage de gâcher une aussi belle sortie.

Elle pouffa malgré elle, et sa nausée s'apaisa un peu. Un instant plus tard, les portes de l'ascenseur se refermèrent derrière eux. Quand elle déboucha sur le trottoir, son estomac s'était à peu près apaisé.

— C'était horrible, soupira-t-elle. Ce type se sert d'elle.

— Il fait ce qu'il estime nécessaire pour gagner.

— Très bien ! Dans ce cas, qu'il se mette lui-même en jeu, qu'il prenne ses propres risques. Il n'a pas le droit de sacrifier une imbécile qui n'a ni l'expérience ni les ressources nécessaires pour se protéger.

— Tu parlais sérieusement ? Si elle se met en travers de ton chemin, tu la démoliras ?

Lexi leva les yeux vers l'immeuble. D'ici, elle ne voyait pas les fenêtres de l'appartement d'Anne Paul mais elle l'imaginait très bien tapie chez elle, terrorisée.

— Si je dois le faire, dit-elle avec tristesse.

Elle n'aurait pas le choix. Face à de tels coups bas, elle serait obligée de descendre dans l'arène.

— Tu as été impressionnante, dit Cruz en lui ouvrant la portière de sa Bugatti.

— Je parie que tu dis cela à toutes les filles.

La plaisanterie n'était pas drôle et il ne sourit pas.

— Je parle sérieusement, Lexi. Tu t'es montrée à la fois très ferme et très raisonnable. Tu lui as dit la vérité et tu lui as offert une porte de sortie. Tu penses qu'elle va t'appeler ?

— Non. Elle fantasme sur lui depuis des années ; moi, je suis son ennemie. J'espère seulement qu'elle va réfléchir.

— Il ne voudra pas qu'elle retire sa plainte.

— Cela ne lui plaira pas mais je me demande si cela le

dérangera tant que cela. Il mène sa guerre sur plusieurs fronts, il peut se permettre de perdre une bataille.

— Il a déjà perdu face à toi. Tu as trouvé un moyen de redresser la barre.

— Grâce à toi, murmura-t-elle avec reconnaissance.

Sans Cruz, elle se serait retrouvée sur la paille et depuis, il ne cessait de l'aider.

— Pourquoi l'as-tu fait ? lui demanda-t-elle tout à coup. Pourquoi m'as-tu prêté cet argent ?

— Tu sais pourquoi. Nous avons un accord tous les deux.

— Théoriquement, oui, mais tu n'as pas demandé à rencontrer d'autres femmes.

Cette fois, elle le vit sourire.

— J'étais trop occupé avec toi, et tu m'as donné beaucoup d'autres contacts. Ne t'en fais pas, j'en viendrai aux femmes… une fois que tu m'auras épuisé.

Il plaisantait, bien sûr. Il la taquinait, sans se douter un seul instant à quel point la seule idée de lui avec une autre la révulsait. Au diable leur accord, elle n'avait plus aucune envie de l'introduire dans cette bonne société à laquelle il tenait tant si c'était pour… Les images se pressèrent dans sa tête, elle le vit en embrasser une autre, la renverser sur son lit. Non ! Elle ne voulait pas cela, elle le voulait… tout à elle.

— Lexi ? Ça va ?

— Bien, oui, chuchota-t-elle. Je n'ai rien mangé ce matin, j'ai un peu le vertige.

— Dans ce cas, allons déjeuner.

La faisant monter dans la voiture, il referma soigneusement sa portière avant de se glisser derrière le volant. Le regard vague, Lexi se laissa aller dans le siège de cuir souple. Elle se trompait, n'est-ce pas ? Elle ne pouvait pas être aussi stupide ? Assez stupide pour commettre l'erreur capitale… ?

Mais si. En quelques instants, elle venait de passer du premier soupçon à la certitude. A un moment au cours des dernières semaines, sans savoir quand ou comment, elle était tombée amoureuse de Cruz.

A moins qu'elle n'ait toujours été amoureuse de lui, et qu'elle finisse seulement par s'en apercevoir ? Au fond, quelle importance ! Dans tous les cas, c'était une catastrophe. Cruz ne s'intéressait pas à elle en tant qu'individu ; l'amour ne comptait pas pour lui. Comme Jed, il épouserait une lignée, un nom de famille. L'amour, c'était pour les naïfs… et elle était probablement la plus naïve de toutes !

Chapitre 16

Cruz hésitait devant la haute porte de Glory's Gate.

— Tu n'as pas besoin de moi…

— C'est toi qui as trouvé toutes nos informations, protesta Lexi.

— Tu es tout à fait capable de leur expliquer.

Elle lui sourit, du sourire amusé, presque indulgent, qui donnait toujours à Cruz une furieuse envie de la traîner dans son lit.

— Tu n'as tout de même pas peur de mes petites sœurs ? demanda-t-elle d'un ton léger.

— Non. Je n'ai pas peur, mais je suis suffisamment intelligent pour connaître mes limites. Ce serait une meilleure stratégie de te laisser leur parler seule.

— Ne t'en fais pas, je te protégerai, murmura-t-elle en ouvrant la porte d'entrée.

Elle s'avança dans l'immense hall en appelant ses sœurs à la cantonade. Aussitôt, Izzy parut en haut de l'escalier monumental, sa crinière sombre en bataille.

— Vous êtes là ! Mon bonheur est parfait ! lança-t-elle.

Se juchant sur la rampe, elle glissa comme une fusée jusqu'au rez-de-chaussée.

— Ils sont arrivés, Skye ! Notre vie peut commencer, cria-t-elle en mettant pied à terre.

Skye émergea d'un salon d'un pas tranquille, élégante comme toujours, ses cheveux roux sagement noués sur sa nuque. Izzy et elle avaient beau partager le même patrimoine génétique, pensa Cruz, elles l'aménageaient très différemment !

— Ne l'écoute pas, lui recommanda Skye. Elle est de bonne humeur, voilà tout.

— J'ai des informations stupéfiantes, annonça Izzy, mais il va falloir me les demander gentiment.

Lexi et Skye échangèrent un regard entendu.

— C'est parce qu'elle est la plus jeune, expliqua Lexi à Cruz sans se donner la peine de baisser la voix. Cela l'oblige à compenser. C'est agaçant, mais on s'habitue.

Ils passèrent dans la bibliothèque, où Skye les invita à s'installer sur les canapés de cuir. Avec ses longs rayonnages de livres et ses hautes fenêtres, c'était une pièce très masculine où les trois sœurs Tristan semblaient pourtant parfaitement à leur aise. Cruz se souvint qu'elles avaient grandi ici. Petit, il sortait parfois le soir se poster dans la rue pour contempler la vie des foyers normaux à travers les fenêtres éclairées. A l'époque, il aurait refusé de croire qu'une maison comme celle-ci puisse exister. Ou alors, seulement dans les films ! Il ne parvenait toujours pas à imaginer une enfance comme celle des Tristan, avec des domestiques, des chevaux, un jardin de la taille de l'Etat du Delaware. A cet instant, il sut qu'il ne perdrait jamais tout à fait son regard affamé de petit garçon pauvre et exclu. Il avait réussi, il était riche et puissant, mais il y aurait toujours des moments où il redeviendrait le gosse du *barrio*.

Sans deviner les pensées qui l'agitaient, les trois sœurs ouvrirent le débat.

— Mes nouvelles sont bonnes, dit Skye. L'enquête pour détournement de fonds et blanchiment d'argent est terminée et le procureur n'a pas trouvé une miette à se mettre sous la dent. Tout est en règle et notre comptabilité est impeccable. Reste que le grand avocat que j'ai dû engager pour me défendre m'a coûté un gros paquet, et je suis furieuse d'avoir dû gaspiller une somme pareille. Vous savez combien d'enfants j'aurais pu nourrir avec cet argent ?

— Ne réponds pas, souffla Lexi en effleurant le bras de Cruz. Elle va se calmer dans une minute.

— C'est absurde, et c'est criminel, conclut Skye avec dignité.

Elle respira à fond.

— Bien. J'ai terminé. Je dirai juste que je suis très en colère contre Garth Duncan et s'il est effectivement notre demi-frère, je ne me priverai pas de le lui dire à la première occasion. A toi, Lexi. Quoi de neuf?

— Deux choses. Une cliente me fait un procès.

— Encore Garth? demanda aussitôt Izzy.

— La femme qui a porté plainte travaillait pour lui à une époque et, de l'avis de leurs collègues, elle craquait pour lui. A mon avis, oui, c'est encore Garth. Je suis allée voir cette femme et je l'ai prévenue que je me défendrais. Je lui ai expliqué que Garth la plaçait en première ligne sans la moindre protection, tout en évitant de s'exposer lui-même. Je lui ai aussi dit que l'escroquerie était un crime puni par la loi. Je ne sais pas si elle m'a bien entendue. Nous le saurons d'ici quelques jours… si elle retire sa plainte.

— Pourquoi nous en veut-il autant? s'exclama Skye. Nous ne lui avons rien fait!

C'était bien le nœud du problème, pensa Cruz. Duncan souffrait-il de n'être jamais entré dans ce cercle, de n'avoir jamais pu être un Tristan? Etait-ce aussi simple que cela?

— Deuxième point : j'ai parlé à Jed, dit Lexi.

Ses sœurs la dévisagèrent, muettes de saisissement.

— J'aurais aimé y être, dit enfin Izzy avec un bref sourire. Comment notre cher vieux papa a-t-il pris la chose?

— Je ne sais pas, avoua Lexi. C'était très bizarre. Il a admis que Garth était son fils. Pour lui, c'est très simple : il a mis une fille enceinte alors qu'il était encore célibataire; comme elle n'était pas de son milieu, il n'était pas question de l'épouser. Il s'est donc débarrassé d'elle en lui donnant de l'argent. Il affirme qu'il s'est montré généreux et qu'elle s'est retrouvée à l'abri du besoin pour le restant de ses jours. A son avis, Duncan ne représente pas une menace et si je pense le contraire, je ne suis pas la femme d'affaires pour laquelle il me prenait.

— La claque habituelle, dès que nous nous adressons à lui sur un pied d'égalité, soupira Skye. Pourquoi faut-il qu'il transforme chaque échange en affrontement ? Il pose toujours ses conditions, il ne peut jamais être tout simplement…

— Notre papa, acheva Izzy. Pourquoi ? Parce qu'il est Jed Tristan et qu'il ne donne rien pour rien. Pas même à ses filles.

Cruz lut la même tristesse dans le regard des trois sœurs, la même nostalgie. Chacune à sa manière, elles avaient besoin d'une chose que seul Jed pouvait leur apporter. Il pensa à Kendra et sentit son cœur se serrer.

— Bref, reprit Lexi en s'éclaircissant la gorge, je suis ressortie de son bureau encore plus perplexe qu'en entrant. Jed semble se ficher des attaques de Duncan. Il bluffait peut-être, mais je n'ai perçu chez lui aucune inquiétude. C'était presque… comme s'il était fier de Garth.

— Bon sang ne ment pas, murmura Cruz.

— Que veux-tu dire par là ? lui demanda Skye.

— Qu'il l'ait reconnu ou non, Garth est son fils, la chair de sa chair. Je pense que Jed ressent effectivement une sorte de fierté. Il peut prendre plaisir à voir opérer un adversaire réellement habile, même si l'attaque se dirige contre lui.

— Je n'ai jamais rien entendu d'aussi tordu ! clama Lexi. Jed serait content que Garth cherche à le détruire ?

— C'est possible, confirma Cruz avec gravité. Il ne se laissera pas détruire mais je dirais qu'il s'intéresse à la façon dont la partie va se jouer. Il n'a pas peur, et je suis prêt à parier qu'il est curieux de voir si Garth a suffisamment de… de détermination pour aller jusqu'au bout.

— Tu allais employer un autre mot, souffla Izzy avec un sourire impudent. Ne t'en fais pas, nous avons aussi du vocabulaire.

— Tu n'as jamais rencontré ma mère, soupira Cruz. Pas de mots vulgaires devant une dame.

— Moi, je l'ai rencontrée, et elle est adorable, intervint Lexi. Mais pour en revenir à Jed et Garth : tu veux dire que même si Jed ne se laisserait pas démolir, il est satisfait, au fond, de voir son fils montrer de quoi il est capable ?

— Oui.

— Formidable… Nous allons voir nos existences mises à sac parce que papa veut voir jusqu'où son petit garçon est prêt à aller.

— Il finira par descendre dans l'arène, assura Cruz.

— Seulement quand cette histoire finira par le déranger personnellement, murmura Skye avec amertume.

— Nous ne comptons pas, renchérit Lexi. Nous n'avons jamais compté. En fait, il attendait seulement d'avoir un fils.

La voix d'Izzy jaillit, nette et incisive :

— Non ! Ce n'est pas du tout cela. Garth, c'est tout nouveau, c'est un challenge. Quand il ira trop loin, Jed l'écrasera. Nous l'avons déjà vu faire, il n'aime pas qu'on se mette en travers de son chemin.

Cruz sentit qu'elle avait vu juste. La question était de savoir quand Jed se déciderait à stopper cet adversaire. D'ici là, les sœurs parviendraient-elles à se défendre, auraient-elles la ressource nécessaire, la volonté ? Elles avaient du cœur, des émotions, des réactions dont ni Jed ni Duncan sans doute n'étaient plus capables. Aucune d'entre elles ne souhaiterait engager un combat à mort.

— Tout ceci est fascinant, lança Izzy, mais ce n'est rien à côté de ce que j'ai à vous apprendre.

— Et c'est… ? demanda Skye.

— Moi aussi, j'ai fait quelques recherches. Vous connaissez l'animalerie à Tristanville ?

— Bien sûr, répondit Lexi. C'est là que j'ai acheté C.C. La boutique appartient à Garth.

— Un investissement bizarre pour un homme comme

lui, non? demanda Izzy, les yeux brillants. Et la femme qui travaille au magasin, Kathy? Elle a une personnalité un peu particulière. Aujourd'hui en tout cas, car autrefois, elle était tout à fait normale.

— Où veux-tu en venir? demanda Skye, impatientée par ces préliminaires.

— Kathy est la mère de Garth.

— J'aurais dû faire le rapprochement, dit Lexi dans la voiture qui les ramenait chez Cruz. Je l'ai rencontrée, je connaissais son nom, Jed avait mentionné une Kathy. J'aurais dû comprendre que c'était elle.

— C'est un nom très courant.

Lexi réprima un mouvement d'impatience. Sa vie en ce moment était trop compliquée, voilà pourquoi elle n'avait pas compris tout de suite. Dire qu'on ne cessait de la complimenter sur son intelligence analytique...

— Sa mère, répéta-t-elle, pensive. Je me demande ce qui lui est arrivé, et quand.

— Cela pourrait être beaucoup de choses, un accident, un cancer, une attaque.

— Je ne crois pas qu'il s'agisse d'une attaque. Elle se déplace sans difficulté, et je n'ai rien remarqué de particulier au niveau physique. Si c'est un handicap, il est mental. Je vais retourner la voir, je veux lui parler de nouveau.

— Mais si elle est... un peu ailleurs, que comptes-tu obtenir d'elle?

— Je ne sais pas, mais je vais essayer.

— Je ne crois pas que ce soit une bonne idée.

— J'ai beaucoup de mauvaises idées en ce moment, mais je ferai attention.

— Oh, je suis sûr que tu ne courras aucun risque, assura

Cruz. Je m'inquiète surtout de ce que tu ressentiras après lui avoir parlé. Tu n'as pas l'instinct du tueur.

Lexi le dévisagea, interdite.

— Et ce n'est pas une bonne chose ?

— C'est une bonne chose.

— Jed dirait le contraire. Il verrait cela comme un défaut. Cruz, dis-moi la vérité : tu te serais davantage rapproché de ton enfant si Kendra avait été un garçon ?

— Tu m'as déjà posé la question. La réponse est toujours non.

— Tu es si sûr de toi ?

— Certain. Quand j'ai su que ma petite amie était enceinte, je n'ai eu qu'une envie : partir en courant. Nous étions des gosses qui se croyaient amoureux. Au lit, c'était fantastique… mais je n'étais pas très exigeant à l'époque. Mais un bébé, le mariage ? Pas question.

— Et elle, que voulait-elle ?

— Je ne sais pas très bien. Le bébé avait sans doute plus de réalité pour elle que pour moi ; elle le portait dans son corps. Ses parents m'ont surpris : ils l'ont soutenue sur toute la ligne. Ils ont menacé de prévenir ma mère si je ne le faisais pas moi-même, alors j'ai parlé à Juanita et nous nous sommes tous retrouvés pour discuter de la situation.

Lexi se demanda comment les choses se seraient passées si elle s'était retrouvée enceinte au lycée. Jed aurait probablement tué le père de ses mains et enterré le corps quelque part dans son domaine.

— Nous avons envisagé de faire adopter le bébé, reprit Cruz d'une voix lointaine, mais plus la grossesse avançait, plus je voyais qu'elle voulait le garder. Je me sentais pris au piège. Je n'étais pas prêt à être papa, je ne voulais pas être responsable de qui que ce soit. Je faisais encore des courses au coupon rose, j'avais mes projets, mes rêves. Une petite famille, c'était bien la dernière chose dont j'avais envie !

Lexi sentit son cœur se serrer. Pauvre Kendra, pourvu qu'elle n'ait jamais rien su de tout cela !

— En fin de compte, nous nous sommes mis d'accord sur deux points : je ne ferais pas un bon père, et une présence en pointillés de ma part ne ferait que créer la confusion dans l'esprit de l'enfant. Nous avons décidé que je verserais une pension sans me montrer. Pour moi, c'était la porte de sortie idéale.

Cruz jeta un bref regard à Lexi.

— Je n'étais pas là quand elle est née, lança-t-il. Je ne voulais pas être mis au courant. Je ne sais pas ce que Jed pense de Garth, mais ce n'est pas la même chose pour moi.

Lexi approuva de la tête, convaincue.

— Et tu envisages tout de même de te marier et d'avoir des enfants bientôt ?

— Le moment est venu de le faire.

— Tu veux dire que c'est un investissement logique ?

— Quelque chose de ce genre.

— Ce n'est pas une très bonne raison de se marier.

— Aussi bonne qu'une autre…

Non, pensa Lexi avec conviction, pas aussi bonne que l'amour. Avant de se marier, il fallait vouloir partager avec l'autre tout ce que l'on était. Désirer sincèrement passer le reste de son existence auprès de lui. Mais cela, elle n'en parlerait pas parce qu'elle ne voulait pas entendre la réponse de Cruz. Elle se souvint de la mère d'une amie lui expliquant un jour que quand un homme avouait quelque chose de négatif sur lui-même, « Je suis toujours en retard » ou « Il m'est arrivé de tromper ma femme », il disait certainement la vérité. Une fille intelligente devait écouter, et se souvenir.

En ce moment, Cruz disait la vérité sur lui-même, et il venait de lui donner une information cruciale. Seulement, il était trop tard pour elle. Elle lui avait déjà donné son cœur et ne savait pas comment le reprendre.

*
* *

Le lendemain matin, Lexi retourna à l'animalerie. Cernée de toutes parts de problèmes insolubles, elle avait besoin d'agir et sans savoir très bien ce qu'elle espérait découvrir, cet endroit l'attirait comme un aimant. Si Duncan avait un point faible, il se situait ici, elle en avait la certitude.

Le même adolescent se trouvait à la caisse, occupé à remplir un bon de commande. Quand Lexi lui fit signe qu'elle allait se promener dans les rayons, il lui répondit d'un signe de tête en souriant. Elle approchait du fond du magasin quand elle entendit le murmure d'une voix de femme.

— Oh, le joli garçon. Tu sais que tu es joli, n'est-ce pas? Joli, joli. Oui, tu as faim. N'aie pas peur, je m'occupe de toi.

S'avançant encore de quelques pas, Lexi découvrit Kathy penchée sur une cage ouverte. Du bout de l'index, elle caressait un oiseau perché sur sa main. Un petit oiseau vert vif, une perruche sans doute. Un instant interdite, Lexi s'avança en s'efforçant de ne pas faire de gestes brusques.

— Bonjour, dit-elle d'une voix douce.

Un sourire spontané illumina le visage de Kathy.

— Bonjour. Vous êtes revenue. Regardez, c'est Max. Quelqu'un l'avait acheté mais ils ne peuvent pas le garder, alors il est de retour chez nous. Pauvre Max. C'est dur qu'on ne veuille pas de toi?

L'oiseau semblait regarder l'étrange femme avec attention. Ses ailes frémirent mais il ne cherchait pas à s'enfuir : il semblait presque répondre à ce qu'elle lui disait.

— Tu seras en sécurité ici, avec moi, le rassura Kathy. Je te trouverai un bon foyer. Cela prendra peut-être un peu de temps, tout le monde n'aime pas les oiseaux. Nous devons attendre de trouver la personne qui te conviendra.

L'oiseau la dévisageait toujours; Lexi aurait juré qu'il venait de hocher la tête. Non, impossible! Pourtant, il semblait bien approuver du bec. Tout en se jurant de boire moins de café le matin, Lexi chercha le moyen d'amorcer la conversation. Kathy glissa l'oiseau dans une cage, referma la porte avec précaution et, se tournant vers elle, demanda :

— Comment cela se passe-t-il avec votre chaton ?

— Très bien ! Il grandit tous les jours, il est adorable. Je n'étais pas très sûre, je n'avais jamais envisagé d'avoir un chat, mais il est…

Elle hésita, incapable d'exprimer ce que C.C. représentait pour elle.

— C'est bien de l'avoir auprès de moi, conclut-elle avec maladresse.

— Je le sais, répondit Kathy avec satisfaction. Il vous tiendra compagnie et il vous aimera, quoi qu'il arrive. Que peut-on espérer de mieux ?

— C'est vrai…

Comment amener la conversation sur Garth, maintenant ? Kathy était charmante, chaleureuse, mais si bizarre. Cela allait-il la bouleverser de parler de son fils ?

— Je crois que je connais quelqu'un qui vous est proche, hasarda Lexi. Garth Duncan ?

Le visage de Kathy s'illumina de plaisir.

— Garth ? Vous connaissez Garth ? Moi aussi. Il est merveilleux, non ? Je l'aime. Il m'a acheté ce magasin. Je pourrai travailler ici aussi longtemps que je voudrai.

— Il est très gentil, mentit Lexi. Comment le connaissez-vous ?

Avec un soupir, Kathy prit un balai et entreprit de nettoyer le pourtour des cages.

— Il était mon fils, à une époque.

Le visage sombre, elle reprit lentement :

— Il s'est passé quelque chose, je ne sais pas quoi. C'était il y a longtemps.

Un instant, sa main pâle vint se poser à l'arrière de sa tête.

— J'ai une cicatrice, souffla-t-elle. Elle ne me fait pas mal mais parfois je ne sais plus…

— Il ne faut pas en parler si cela vous rend triste, se hâta de dire Lexi.

Fataliste, elle pensa qu'elle ne ferait jamais une espionne efficace : elle ne supportait pas de manipuler ses semblables.

— Garth vous a parlé de moi ? demanda Kathy en retrouvant son sourire. Il m'aime bien. Il est si gentil.

Il fallait tout de même tenter de savoir quelque chose ! Prenant son courage à deux mains, Lexi fit taire sa nature et demanda :

— Savez-vous quand vous avez changé ? Quand vous avez eu votre cicatrice ?

Kathy secoua la tête.

— Il y a longtemps, répéta-t-elle. Il y a eu… avant et maintenant, c'est après.

— Vous avez un très beau magasin, dit tristement Lexi.

Kathy approuva de la tête, rayonnante.

— Oui. J'aime beaucoup travailler ici. Et quelquefois, Garth passe me voir.

Lexi nota mentalement cette information, sans savoir si cela pourrait lui servir.

— Je dois retourner travailler, dit-elle. Je voulais juste vous remercier de m'avoir trouvé C.C.

— Vous serez heureuse avec lui. Garth me téléphone, quelquefois. Voulez-vous que je lui passe un message ?

— Non, merci.

Lexi quitta le magasin, troublée par cet échange. Qu'était-il arrivé à Kathy Duncan ? Manifestement, cela datait d'après la naissance de Garth, car Jed ne se serait jamais intéressé à elle dans sa condition actuelle. Quand avait-elle changé, et surtout, pourquoi ? Une inquiétude nouvelle la tourmentait : Jed était-il, d'une façon ou d'une autre, mêlé à l'événement ? En retournant vers sa voiture, elle se demandait si elle aurait le courage de creuser cette question.

***

Lexi rentra en milieu d'après-midi. Habituellement, elle travaillait beaucoup plus tard mais depuis quelques jours, elle ne se sentait aucune énergie. C'était curieux, cette léthargie qui pesait sur elle, elle dormait pourtant bien et même davantage que d'habitude ! Le stress, décida-t-elle en freinant devant un feu rouge. Trop de bouleversements, trop de soucis, trop de questions troublantes, et aussi cette bizarre indigestion récurrente qui l'attaquait à tout moment de la journée. Un virus ? Elle n'allait jamais jusqu'à vomir mais elle en avait souvent envie. Presque comme si…

Voyant le feu passer au vert, elle redémarra machinalement, pour se garer deux rues plus loin devant une pharmacie. Les pensées se bousculaient dans son esprit, si rapides qu'elle ne parvenait pas à les suivre. De ce chaos émergeait une angoisse lancinante : en s'installant chez Cruz, elle avait cessé de prendre la pilule, pour déclencher ses règles, parce qu'elle cherchait un prétexte pour ne pas faire l'amour avec lui. Ensuite, elle avait recommencé à la prendre mais… avant que les comprimés ne recommencent à faire leur effet… ? La première fois qu'ils avaient couché ensemble… ou la deuxième ?

D'un mouvement brusque, ses mains se crispèrent sur le volant. Non. Elle ne pouvait pas être enceinte. Pas maintenant, pas de Cruz. Cruz ne voulait pas d'enfant, il pensait que s'attacher à quelqu'un était un signe de faiblesse. Oui, elle l'aimait, et alors ? Cela ne changeait pas le point de vue de Cruz. Cela ne garantissait rien. Il était bien le dernier homme avec qui elle doive s'impliquer. Quel cauchemar ce serait de se retrouver liée à tout jamais, du fait de cet enfant, à l'homme qui se servait d'elle pour se faire une place dans la société ! Un homme qui avait déjà abandonné sa fille…

Se décidant tout à coup, elle entra dans la pharmacie et acheta trois différents tests de grossesse. La vendeuse lui sourit avec gentillesse et lui lança « Bonne chance ! » quand elle ressortit.

Maintenant, où aller ? D'elle-même, sa voiture fila vers son appartement, son refuge. Une demi-heure plus tard, dans la salle de bains, Lexi contemplait trois petits bâtons de plastique qui affichaient tous le même message. Enceinte.

Chapitre 17

Superbe, trente-cinq ans, une peau parfaite et une longue chevelure blonde, Lexi trouvait sa meilleure employée presque intimidante de beauté. Et avec cela, un cœur d'or, une gentillesse à toute épreuve…

— Je n'en dors plus, disait Jeannie tout bas. Je ne comprends pas ce qui a pu se passer. Vous me connaissez, Lexi, je ne fais pas n'importe quoi, je donne toute mon attention à chacune de mes clientes.

— Inutile de chercher à me convaincre, répondit Lexi avec chaleur, vous prêchez une convertie. J'ai confiance en vous et les clientes aussi. Je ne pense pas que vos soins soient réellement en cause dans ce procès.

— Comment ? Mais…

Lexi avait décidé de ne pas révéler que Garth Duncan était son demi-frère. A quoi bon raconter cela à Jeannie ? Il suffisait de la rassurer.

— Votre travail n'est pas en cause, lui dit-elle. A mon avis, cette attaque me vise personnellement, on tente de m'atteindre en coulant mon entreprise.

— Vous n'allez pas me renvoyer ?

— Bien sûr que non !

Le soulagement de Jeannie fut tel qu'elle fondit en larmes.

— Oh, si vous saviez… ! J'aime travailler ici, Lexi. Je m'entends bien avec mes collègues et nos clientes sont de vraies amies. Je ne voulais pas partir, surtout si on allait dire que tout était ma faute…

— Personne ne dira cela, en tout cas personne qui a jamais eu affaire à vous. Non, cette histoire n'est qu'un prétexte et je suis presque sûre que cela n'ira pas plus loin.

Plus elle y pensait, plus Lexi se sentait prête à parier que Anne Paul retirerait sa plainte. C'était une chose de craquer pour le patron, et une autre d'aller en prison pour lui !

— Vous pensez qu'elle renoncera à nous poursuivre ? demanda Jeannie d'une voix pleine d'espoir.

— Je l'espère en tout cas. En attendant, j'aimerais que vous fassiez votre travail comme vous l'avez toujours fait. Nous allons nous en sortir.

Jeannie se leva, hésita un instant, et vint embrasser Lexi.

— Merci. Merci pour tout.

— Je ne veux pas vous perdre ! Si vous sentez le stress vous gagner de nouveau, venez m'en parler !

Jeannie promit d'un signe de tête et quitta le bureau en s'essuyant les yeux. Restée seule, Lexi éprouva un besoin subit de parcourir son domaine. Dans le hall d'accueil, quelques clientes bavardaient près de la caisse, d'autres examinaient les produits mis en vente. Lexi passa dans le salon de détente où deux jolies femmes en peignoir bavardaient en buvant une tisane. Au bout du couloir de teck, tous les sièges du salon de beauté étaient pris, et le coin réservé aux ongles résonnait d'éclats de rire.

Jed n'aimerait pas cet endroit, pensa Lexi en terminant sa ronde. On y prenait le jeu des affaires bien trop à la légère. Vénus & Moi ne valait pas des milliards, ce n'était pas une affaire à l'échelle mondiale mais une entreprise modeste qui tournait à plein régime et apportait beaucoup de joies à sa patronne. Pensive, elle retourna dans son bureau.

Quelques années plus tôt, elle avait accepté un poste dans la société de son père dans l'espoir de lui montrer de quoi elle était capable ; un peu plus tard, elle était partie pour la même raison. En acceptant le prêt qui lui avait permis de développer l'institut, elle cherchait encore à impressionner Jed. Les événements récents la faisaient beaucoup réfléchir car en voulant voir trop grand, elle avait failli tout perdre. Sans Cruz, elle serait en faillite aujourd'hui. Que voulait-elle, au fond, que voulait-elle réellement ? Maintenant qu'une vie naissait en elle ? Machinalement, elle effleura son ventre. Elle avait beau se répéter ces mots, ils ne signifiaient rien ; il lui faudrait sans doute attendre les premiers changements de son corps pour parvenir à y croire. Un bébé… Comment un bébé allait-il changer sa vie ?

Et Cruz, que penserait-il ? Croirait-il qu'elle l'avait fait exprès, pour le piéger ? Lexi n'en savait rien, et cela soulignait assez la nature de leurs rapports. Si seulement elle pouvait imaginer qu'il serait heureux ! Elle chercha à se représenter Cruz lui disant qu'il l'aimait, qu'il voulait qu'ils soient ensemble pour toujours. C'était une idée ridicule, bien sûr, un fantasme absurde. Les hommes ne disaient jamais ce genre de chose. Ils préféraient rompre que s'engager.

Qu'avait ressenti Kathy Duncan en apprenant qu'elle portait l'enfant de Jed Tristan ? Etait-elle assez naïve pour penser qu'il l'épouserait, ou avait-elle su aussitôt que tout était fini ? Pour le savoir, il aurait fallu la connaître avant son mystérieux accident. Kathy avait accepté l'argent que lui proposait Jed, mais cela ne faisait pas d'elle une femme sans principes. Elle avait un enfant à élever, et il était juste que le père contribue. Et pourtant, la pensée de cet argent pesait sur le cœur de Lexi. Cruz avait déjà payé pour se débarrasser d'un enfant ; allait-il recommencer ? Tenait-il un peu à elle ou n'était-elle toujours qu'un moyen pour arriver à ses fins ?

Sa décision se prit toute seule, par besoin d'agir, de briser le flou terrifiant qui l'enserrait comme un filet. Quittant l'institut, elle prit sa voiture, roula jusqu'au centre de Dallas et se gara au sous-sol d'un gratte-ciel prestigieux. Prenant l'ascenseur jusqu'au dernier étage, elle se présenta à l'accueil et informa la réceptionniste dédaigneuse que non, elle n'avait pas rendez-vous avec M. Duncan.

— Mais je suis sûre qu'il me recevra.

— M. Duncan ne reçoit personne sans rendez-vous, riposta la femme.

— Il fera une exception pour moi. Je suis Lexi Tristan, ajouta-t-elle en tendant sa carte.

Elle exploitait rarement son nom de cette façon. Le regard de l'employée fit un aller-retour entre la carte et son visage, puis elle se leva sans un mot et disparut derrière une haute porte luisante. Cinq minutes plus tard, elle introduisait Lexi dans un bureau presque aussi grand que celui de Jed, avec une vue fabuleuse sur la ville et ses environs. Lexi vit une table de travail immense de bois précieux, des canapés massifs. La baie vitrée était conçue pour donner l'illusion que l'on pouvait se jeter dans le vide du bord de l'épaisse moquette. Lexi ne trouva pas cette impression particulièrement réconfortante.

Duncan se leva pour l'accueillir. Il avait retiré sa veste, roulé ses manches de chemise ; cette tenue décontractée lui allait bien, ajoutant à sa prestance, soulignant subtilement son aura de puissance. En le voyant, beaucoup de femmes devaient se demander s'il avait quelqu'un dans sa vie, ou si la place était à prendre.

Quelle aurait été leur vie à tous s'ils s'étaient connus dès le premier jour ? se demanda Lexi. S'ils avaient tous grandi ensemble, en famille ?

— Mademoiselle Tristan, dit-il en contournant son bureau pour venir lui serrer la main. Voilà un plaisir inattendu. Nous nous sommes croisés récemment, vous vous en souvenez ?

Lexi sonda son regard sombre en se demandant s'il devinait la raison de sa présence ici.

— Je sais exactement qui vous êtes, Garth, dit-elle. Et vous devriez m'appeler Lexi.

— Merci, dit-il avec urbanité, en lui indiquant l'un des

canapés disposés dans l'angle de la pièce. Que puis-je faire pour vous ?

— Je pense que nous devrions parler.

Souriant, il s'installa dans un fauteuil.

— Je suis toujours disponible pour parler avec une jolie femme. J'espérais avoir l'occasion de vous revoir.

— Il vous suffisait de téléphoner. Nous pourrions même déjeuner ensemble si vous le voulez. A moins que vous ne vous apprêtiez à me proposer de sortir avec vous ?

Elle surveillait attentivement sa réaction mais le beau visage régulier de Duncan ne révéla rien.

— Je vous croyais fiancée, dit-il sans emphase.

— Je le suis. Je cherche uniquement à comprendre vos intentions. S'agit-il uniquement de *business* ou se passe-t-il quelque chose de plus personnel ?

— Personnel ? Je ne comprends pas.

Il refusait donc de jouer cartes sur table. Très bien !

— Dans ce cas, je vais être plus claire, dit-elle. Vous êtes le fils de Jed Tristan.

— Vous avez pris vos renseignements, observa-t-il en haussant poliment les sourcils.

— Oui, et j'ai appris un certain nombre de choses.

Elle se tut, espérant qu'il prendrait l'initiative ; il se contenta d'attendre la suite, calmement attentif.

— Vous et moi, nous sommes frère et sœur.

— Demi-frère et sœur, corrigea-t-il, toujours aussi impassible. Nous avons le même père.

— Nous sommes de la même famille. Vous ne le niez pas ?

— Je ne l'ai jamais nié. J'ai simplement choisi de ne pas en faire état.

— Depuis combien de temps le savez-vous ?

— Je l'ai toujours su.

Des mots si simples, prononcés si simplement. Imaginait-elle un léger grincement dans sa voix ? Lexi ne parvenait pas à se défaire de l'image d'un gosse au nez pressé à la vitrine d'une confiserie. Garth avait-il souffert d'être tenu à l'écart de la famille, ou considérait-il comme une chance d'avoir échappé à l'emprise de Jed ? Une seule conclusion s'imposait : l'homme qui lui faisait face feignait l'indifférence. S'il était réellement aussi détaché qu'il voulait le paraître, il ne chercherait pas à leur nuire aujourd'hui.

— Vous n'avez jamais pris contact avec nous, dit-elle.

— Je pourrais vous dire la même chose.

— Nous n'étions pas au courant de votre existence. Jed n'a jamais parlé de vous.

Comme il n'exprimait toujours rien, elle décida d'insister sur les points les plus évidents.

— Vous êtes en colère, dit-elle.

— Non.

— Vous cherchez à vous venger.

Très détendu, Garth se carra dans son fauteuil.

— Vous avez beaucoup d'imagination. Cruz doit passer d'excellents moments avec vous.

— Si vous ne cherchez pas à vous venger de nous, pourquoi tous ces sabotages ?

— Je ne vois pas du tout de quoi vous parlez.

La phrase était parfaitement correcte… mais pas sa façon de la dire. Ce léger sourire…

— Je vous en prie, protesta-t-elle. Le prêt dont vous avez exigé le remboursement, les chevaux de Jed, l'enquête sur la fondation de Skye ? L'accusation de délit d'initié ? La liste est impressionnante.

— Effectivement.

Et ce n'est pas tout. Garth ne prononça pas ces mots, il n'eut pas à le faire. Il lui suffit d'un regard en coin et ils se dressèrent dans le silence comme une fumée toxique. Sentant sa gorge se serrer, Lexi murmura :

— Il y en aura encore beaucoup ?

Duncan haussa négligemment les épaules et ne répondit rien.

— Je suis au courant, pour le procès, dit-elle encore.

— Quelqu'un vous fait un procès ? demanda-t-il. Je suis désolé de l'apprendre.

— Je ne vous apprends rien puisque vous avez monté toute l'opération. Elle travaillait pour vous.

— Qui donc ?

— Anne Paul, la femme dont vous avez voulu vous servir pour m'atteindre. Et qu'importe si ce qu'elle fait est illégal, n'est-ce pas ? C'est le prix à payer si l'on veut réussir une affaire. Seulement, c'est avec sa vie que vous jouez.

« Et aussi avec la mienne », pensa Lexi. Mais c'était le but !

— Vous prenez fait et cause pour une femme que vous ne connaissez pas ? dit Duncan. Intéressant.

Lexi comprit qu'elle n'obtiendrait rien de lui. Pourtant, elle ne put se résoudre à en rester là.

— C'est une chose de vous en prendre à nous, dit-elle. Nous sommes les Tristan, nous pouvons nous défendre. Mais Anne n'est pas comme nous, c'est une victime. Elle pourrait parfaitement être inculpée pour fraude et escroquerie.

Une fois de plus, Duncan haussa les épaules.

— Elle pourrait, oui, mais vous, porteriez-vous plainte contre une femme comme elle ? Je ne le pense pas.

— Vous pariez sur le fait que je chercherai à l'épargner ?

— Et vous, vous aurez le cran de vous en prendre à elle ?

La riposte avait fusé instantanément. Lexi préféra se taire. Duncan avait vu juste : elle préférerait mettre la clé sous la porte plutôt que de détruire la vie d'une innocente.

— Comment êtes-vous devenu un tel bâtard ? demanda-t-elle amèrement.

— C'est de naissance, repartit-il avec un sourire serein.

Lexi secoua la tête avec impatience.

— Franchement, pourquoi faites-vous cela ?

— Parce que je le peux. Parce que je le fais bien.

— Mais dans quel but ? insista-t-elle.

— Cela, vous devrez attendre pour le savoir.

Lexi sentit une angoisse subite se lover dans son ventre. Elle encaissa le coup sans laisser paraître la moindre émotion et demanda aussitôt :

— Et pourquoi maintenant ?

Enfin ! Cette fois, elle sentit qu'elle venait de poser la bonne question. Elle venait de trouver un point faible dans la cuirasse de cet homme. Elle en eut la certitude ! Duncan aurait pu attaquer à tout moment mais il choisissait cette période... pourquoi ? Un élément avait changé, rendant la situation propice... Lequel ?

— Je comprends que vous en vouliez à Jed, dit-elle lentement. Mais pourquoi nous ?

— Vous faites partie de la famille.

— Exactement. Nous sommes liés, vous et nous. Cela ne signifie rien pour vous ?

— Non.

Aucune émotion dans son regard. Au début de l'entretien, Duncan semblait s'amuser... mais rien de plus. Lexi ne lui faisait pas peur, il ne se sentait pas menacé, elle ne représentait rien pour lui.

— Votre attaque contre nous... a un rapport avec votre mère ? demanda-t-elle.

Ah ! Un muscle venait de se crisper dans sa joue.

— Non, dit-il d'un air surpris. Pas du tout. Pourquoi demandez-vous cela ?

Il mentait. Kathy était donc la faille, le défaut de la cuirasse... Seulement, Lexi ne se sentait pas capable d'exploiter l'étrange femme.

— Nous nous sommes croisées, répondit-elle. Elle est très gentille. Que lui est-il arrivé ?

Le visage de Garth n'exprima rien mais Lexi perçut une crispation de tout son être. Une colère qui irradiait de lui. Il sembla réprimer une exclamation. Voulait-il la mettre en garde, lui interdire d'approcher de sa mère ? Il ne le pouvait pas, cela reviendrait à révéler son point faible… Du moins, est-ce ainsi que Lexi interpréta son silence subit. Et cette impression se fondait sur des signes si subtils, presque intangibles !

Duncan se leva.

— J'ai apprécié cet entretien, dit-il avec courtoisie, mais je vais devoir vous quitter. J'ai une réunion.

Lexi se leva à son tour ; souriant, il la raccompagna jusqu'à la porte.

— J'espère que nous nous reverrons, dit-il. Nous pourrions peut-être nous réunir, tous les quatre.

— Vous ne gagnerez pas, lui dit-elle, les yeux dans les yeux. Nous sommes les Tristan.

— Moi aussi, riposta-t-il à voix basse. Et je ne perds jamais.

— Cette fois sera la première, Garth. Quoi que vous tentiez.

Il lui sourit encore, froidement.

— Je ferai bien plus que tenter.

Du seuil de la chambre, Cruz entendit la douche et hésita un instant. L'attitude la plus courtoise aurait été d'annoncer sa présence et de patienter ici même — mais la courtoisie ne se situait pas au premier plan de ses valeurs à cet instant précis : il voulait profiter du spectacle.

Le jet s'éteignit, la porte de la cabine s'ouvrit et Lexi parut dans un nuage de vapeur comme une princesse d'un autre monde. En le voyant, elle sursauta.

— Tu m'as fait peur, protesta-t-elle avec un sourire rapide. Je vais devoir t'accrocher une clochette au cou.

— J'aime te surprendre.

Il faisait référence à la nuit précédente, quand il était rentré très tard d'une réunion, alors que Lexi dormait déjà. Lentement, délicatement, il avait écarté la couette et relevé sa chemise de nuit pour la réveiller en embrassant ses seins. Avec quelle passion elle lui avait répondu ! Elle lui donnait tant de plaisir avec sa présence, ses paroles et son corps ; la toucher, c'était comme de toucher le soleil : incroyablement excitant, et dangereux pour un simple mortel. D'un seul regard, elle le rendait fou de désir ; d'une invitation, elle le mettait à genoux.

Bien entendu, il se serait fait tuer sur place plutôt que d'avouer cela à quiconque. Enchanté, il la vit détourner la tête en rougissant. Ses autres amants l'avaient-ils réellement trouvée froide ? Il ne parvenait pas à le croire. Si belle, si passionnée, douée de tant de force de caractère et d'intelligence ! Il aimait la faire rire, être taquiné par elle ; il ne se lassait pas de parler avec elle, d'entendre ses opinions. Elle était la seule à avoir jamais décelé le gosse malheureux derrière l'homme qu'il était aujourd'hui.

— Tu es venu te rincer l'œil ? s'enquit-elle gaiement en s'enroulant dans le drap de bain.

— Surtout pour cela, oui, mais j'ai aussi une nouvelle pour toi.

— Laquelle ?

— Anne Paul est partie.

— Comment cela, partie ? demanda Lexi en fronçant les sourcils.

— Déménagé. Elle a rendu les clés de son appartement et disparu avec armes et bagages.

Elle se retourna brusquement vers lui, horrifiée.

— Oh, mon Dieu. Il ne l'a pas tuée ?

— Mais non ! lança-t-il dans un grand rire. Elle est vivante, en pleine forme et installée à Phoenix. Et elle a retiré sa plainte. Tu vois, tu as su la convaincre.

— Tu veux dire que mes menaces ont fait leur effet, corrigea-t-elle avec amertume.

— Tu ne l'as pas menacée, tu lui as dit la vérité.

— Je ne suis pas fière de moi. J'ai fait peur à une pauvre femme assez stupide et déjà affolée.

— Elle aidait Duncan à couler ton affaire.

— Il s'est servi d'elle et moi, j'ai joué son jeu. C'est cela que je déteste. J'aurais dû régler la question autrement.

— Je ne vois pas comment. Il te faut gagner cette guerre.

— Mais à quel prix ? Cette guerre, je ne sais même pas pourquoi il l'a déclarée. Tu as raison, je ne veux pas baisser pavillon, mais je ne veux pas non plus me battre selon ses règles du jeu.

— Dicte tes propres règles.

— Ce n'est pas toujours une option…

Ses longs cheveux blonds gouttaient sur son dos nu. Prenant un autre drap de bain, Cruz l'enroula autour de ses épaules.

— Elle est partie, répéta-t-il. Elle vivra mieux loin de lui.

— Je le sais, c'est seulement…

Levant vers lui un regard troublé, elle demanda :

— Pourquoi fait-il cela ?

— Je ne sais pas, mais nous allons le découvrir.

— Je l'espère.

Comme il cherchait à l'attirer contre lui, elle recula en protestant :

— Je vais te mouiller !

— Je m'en moque.

Il crut qu'elle résisterait encore mais elle capitula aussitôt, s'appuyant contre lui, se détendant entre ses bras. Heureux, il la berça doucement. Cette envie de la protéger… c'était agréable. Il aimait que la situation lui donne ces occasions d'aplanir la route de Lexi, de lever les obstacles pour elle. Quelque chose en elle le touchait au cœur.

Il savait bien sûr que ce n'était qu'une émotion fugace, un caprice en quelque sorte. A la fin de leurs six mois, ils se sépareraient et c'était très bien ainsi. Ce moment représentait une parenthèse sans importance. Lexi ne comptait pas pour lui, pas réellement. Il n'avait aucun souci à se faire.

— Duncan m'a fait peur, avoua Lexi dans le bureau de Skye au-dessus des locaux de la fondation.

Les trois sœurs avaient choisi de se retrouver ici pour le déjeuner plutôt qu'à Vénus & Moi comme le proposait Lexi. Les deux autres affirmaient qu'un plat végétarien de plus les achèverait.

— Il était si froid ! Cet homme a du sang de reptile dans les veines.

— Allons donc ! Tous les hommes ont le sang chaud, objecta Izzy en mordant à belles dents dans son hamburger. Tout dépend de la femme.

— Nous ne parlons pas de sexe, précisa Skye avec agacement.

— Nous parlons toujours de sexe. Ce n'est pas parce que tu es sur la touche en ce moment…, riposta sa petite sœur.

— Izzy, tu veux bien être sérieuse une minute ? protesta Lexi. Duncan a réellement l'intention de nous ruiner, et il a démontré qu'il est parfaitement capable de le faire. Il ne s'arrêtera que quand il nous aura tous détruits. Si seulement je savais pourquoi !

— Tu penses que sa mère est la clé de son comportement ? demanda Skye.

— C'est freudien ! s'esclaffa Izzy.

— Toi, quand tu as décidé de jouer la sale môme…

— Arrêtez toutes les deux ! s'écria Lexi en sautant sur ses pieds. Vous ne saisissez pas ? Nous avons tous quelque chose à perdre, et il nous a attaqués là où cela faisait le plus mal. Nous devons présenter un front uni et trouver un plan.

A contrecœur, Izzy approuva de la tête.

— Très bien, je serai sérieuse. Je pense simplement que tu as tort de trop te frapper. Ce n'est qu'un seul homme.

— Un seul homme qui a de gros moyens et la ferme intention de se venger. Pour répondre à ta question, Skye : oui, je pense que Kathy joue un rôle clé dans cette histoire. Nous devons découvrir ce qui lui est arrivé. Comment a-t-elle été blessée, ou traumatisée ou que sais-je ? J'aurais tendance à dire que Jed était impliqué, mais de quelle façon ?

— Tu veux dire qu'il l'aurait… je ne sais pas, moi, renversée en voiture ? demanda Skye. Tu penses qu'il est responsable de son état ?

— Tu as vu des cicatrices ? demanda Izzy.

— Elle m'a parlé d'une cicatrice à la tête. Le scénario est tout de même un peu tiré par les cheveux. Jed aurait couché avec elle, lui aurait fait un enfant, l'aurait abandonnée et des années plus tard, il serait responsable de l'accident qui a changé son comportement ? Cela fait beaucoup !

— Et si elle était venue le trouver pour lui demander davantage d'argent ? demanda Skye. Il aurait pu la frapper, ou la pousser ? Elle serait tombée en se heurtant la tête…

— Duncan aurait filé tout droit à la police, objecta Lexi.

Ce qui était très différent que de dire que Jed n'aurait jamais fait une chose pareille, pensa-t-elle aussitôt. Si elle se posait sincèrement la question, elle devait reconnaître qu'elle l'en croyait parfaitement capable.

— Donc, nous ne savons pas ce qui s'est passé, résuma Skye. Nous pouvons toujours tenter de le découvrir. Entre-temps, ma fondation est hors de cause.

— Anne Paul a retiré sa plainte et elle est partie s'installer en Arizona, renchérit Lexi. Plus de procès contre moi.

— Tu vois ! s'écria Izzy. Au fond, Garth ne représente pas une telle menace…

— Si, coupa aussitôt Lexi. Mon instinct me le dit. Pour l'instant, nous tenons le choc mais le pire est à venir. Non, écoute-moi : Duncan est trop habile pour se tromper à ce point, il n'échouerait pas de cette façon, coup sur coup, sur plusieurs fronts. Il prépare autre chose.

— Tu es surtout déterminée à te faire peur, lâcha Izzy. Il a peut-être décidé de laisser tomber.

Ce ne serait pas aussi simple, Lexi en avait la certitude.

— Je pense qu'il joue avec nous, et que sa campagne ne fait que commencer. Je pense qu'il a des projets qui vont nous faire très peur.

— Quel mélodrame, protesta Izzy.

— Je lui ai parlé. Il a un objectif, et une énorme dent contre nous.

— Tu penses que nous devrions tout raconter à Dana? demanda Skye. Il serait peut-être temps d'alerter la police.

Lexi aurait donné beaucoup pour pouvoir remettre le problème entre des mains compétentes mais cela, il ne fallait pas y compter.

— Il n'a rien fait d'illégal, soupira-t-elle. Nous ne pouvons pas prouver qu'il est responsable de la fausse plainte contre moi. Il a fait enquêter sur ta fondation, et accusé anonymement des cadres de papa de délit d'initié. Ce n'est pas très courtois, mais on ne peut rien lui reprocher.

— Il a dopé les chevaux de Jed, rappela Izzy. Cela, c'était illégal.

— Mais nous ne pouvons pas prouver que c'est lui, intervint Skye. Je vois où tu veux en venir, Lexi. Tu penses qu'il est trop tôt, que nous n'avons pas suffisamment d'éléments. La police nous prendra pour des femmes hystériques.

La formule fit grimacer Lexi mais elle approuva de la tête.

— Je crois qu'il ne faut pas ébruiter le fait que Duncan est le fils de Jed, dit-elle. Je ne sais pas depuis combien de temps il tire ses plans, mais je pense que nous devrions éviter de tout précipiter.

— Dana est au courant? demanda Skye.

— Pour Jed et Garth ? Non. C'est ma meilleure amie mais j'hésite tout de même à lui livrer l'information.

— Nous aurons peut-être besoin de ses conseils, insista Skye.

— Je le sais.

— Elle sera folle de rage si vous ne lui parlez pas bientôt, lança Izzy. Les gens s'énervent vite quand on leur cache des choses.

— Dana comprendra.

— Vous la surestimez, protesta Izzy. Les gens n'ont plus aucun sens de l'humour quand ils apprennent qu'on ne leur a pas tout dit. Et rien que pour vous donner un exemple, j'ai quelque chose à vous apprendre, moi aussi.

— Quoi encore ? demanda Lexi, méfiante.

Izzy termina son hamburger, s'essuya soigneusement les mains et lança posément :

— Jed ne peut pas avoir d'enfants. Il est stérile.

La bombe tomba avec une précision parfaite. Pendant de longues secondes, Lexi dévisagea sa sœur, abasourdie, incapable de réagir.

— Quoi ? souffla Skye d'une voix méconnaissable.

— Je veux dire qu'il ne pouvait plus avoir d'autres enfants après nous. Je suis la dernière des Tristan, tout au moins en ce qui concerne ce cher vieux papa car si cela se trouve, Garth a semé des enfants d'ici à la frontière mexicaine…

Jed ne pouvait plus procréer ? Etait-ce pour cette raison qu'il ne s'était pas remarié après la mort de Pru ? Pour cette raison que les femmes passaient dans sa vie sans jamais être invitées à rester ?

— Cela me rappelle Henri VIII, taquina Izzy, malicieuse. Si vous pouviez voir vos têtes.

— Comment le sais-tu ? demanda Skye. Comment es-tu si sûre ?

Izzy frétilla littéralement sur son siège.

— Vous saviez que le médecin de Jed emploie un infirmier ? Un infirmier très bien fait de sa personne !

— Tu as couché avec lui pour obtenir des informations sur le dossier médical de notre père ? s'étrangla Lexi.

— Dit de cette façon, ça fait vulgaire, protesta Izzy, révoltée.

— *C'est* vulgaire, dit Skye.

— Vous dites cela mais en fait, vous mourez d'envie d'entendre ce qu'il m'a dit. Mais si vous le prenez de haut, je ne vous dirai rien.

Réprimant son envie de la secouer comme un prunier, Lexi demanda avec tout le calme dont elle était capable :

— Qu'est-ce qui t'a donné l'idée de parler à son médecin ?

— J'ai réfléchi à toute cette histoire, répondit aussitôt Izzy, et je me suis souvenue qu'un jour, quand j'étais petite, j'ai demandé à papa de me donner un petit frère et il m'a répondu que ce n'était pas possible. J'étais la dernière de ses enfants. Sur le moment, bien sûr, je n'ai pas compris que c'était une information capitale. Quand cela m'est revenu, je me suis demandé si c'était vrai.

— Tu as donc décidé de faire tes recherches, grinça Skye.

— J'ai juste couché avec ce garçon, protesta Izzy. C'est lui qui s'est chargé des manœuvres illégales. Il semblerait — je sais que c'est répugnant mais je n'y peux rien — que papa ait fait tester sa fertilité après la mort de Pru.

Répugnant, oui, mais sans doute une pièce importante du puzzle. En demandant ce test, Jed devait avoir une bonne raison de penser qu'il n'était plus fertile. Avait-il couché avec une femme sans parvenir à la féconder ?

— D'après le dossier médical, il souffre d'une dégénérescence des spermatozoïdes. Plus il vieillit, moins ils sont viables. Le dernier test remonte à quinze ans et déjà, à ce stade…

Izzy avala une frite avec appétit, tandis que ses deux sœurs échangeaient un regard atterré.

— J'ai peine à le croire, murmura Skye. Je me demande si Duncan est au courant.

— Qu'il est le seul fils Tristan? demanda Lexi. Si cela comptait à ce point pour Jed de reconnaître son fils, il aurait épousé Kathy pendant qu'il le pouvait encore.

— Il devait croire qu'il aurait d'autres garçons.

Skye se pencha brusquement en avant en s'écriant :

— Et si le premier test n'était pas une question de fertilité?

— Oui! répondit Lexi en saisissant aussitôt le fond de sa pensée. Il voulait savoir pourquoi il ne faisait que des filles. Et c'est là qu'il a découvert qu'il n'aurait pas d'autres enfants.

— Cela expliquerait pourquoi il ne s'est pas remarié après maman, ajouta Izzy. La compagnie d'une femme ne l'intéresse pas, pas plus que son amour; pour lui, tout est une question de pouvoir. S'il n'allait plus avoir d'héritiers, à quoi bon se remarier?

Jed Tristan voulait un héritier mâle. La nausée, irritante et familière, revint tourmenter Lexi et cette fois, son envie de vomir n'avait rien à voir avec sa grossesse.

— C'est pour cela qu'il joue avec nous? demanda-t-elle. Parce que nous sommes des filles?

Tout à coup, cette idée semblait terriblement convaincante.

— Il a toujours été un fumier, lança Izzy, désinvolte.

— Je ne peux pas croire ça de lui, murmura Skye. Je refuse de le croire. Il a ses manies mais il n'est pas…

— Il n'est pas quoi? s'enquit Lexi. Cruel? Dominateur? Manipulateur?

— Quelqu'un ici a des problèmes avec son papa, se moqua Izzy. Allez, Lexi, regarde les choses en face. Il est le même homme qu'il a toujours été, et c'est tout de même notre père.

— Cela ne fait pas de lui quelqu'un de bien.

Tout en parlant, elle pensait que Duncan n'était pas seul à avoir un plan. Jed préparait également quelque chose, mais quoi ?

— Nous allons devoir faire très attention, dit-elle à ses sœurs. Je ne sais pas ce que cette histoire signifie pour Jed, mais Garth est déterminé à nous punir. Nous sommes tous vulnérables.

— Pas moi, la contredit Izzy. Moi, il ne peut rien me prendre. Je n'ai pas d'entreprise, pas de fondation… juste mon salaire et s'il me fait virer, je trouverai un autre job.

— Fais tout de même attention, recommanda Lexi. Nous ne savons pas de quoi il est capable.

Skye se frottait les tempes. Sans lever la tête, elle demanda avec un effort :

— Tu ne penses pas qu'il s'en prendrait à Erin ?

Un silence abrupt envahit la pièce.

— Il ne la kidnappera pas, dit Lexi très vite. Il ne lui fera pas de mal. Mais s'il trouve un moyen de se servir d'elle pour arriver à ses fins, je suis sûre qu'il le fera.

Izzy ne plaisantait plus. Skye approuva de la tête, le visage creusé par l'angoisse.

— Je pense comme toi. Mais que nous veut-il ? Pourquoi maintenant, pourquoi nous ?

Elles échangèrent un long regard. Aucune d'entre elles ne connaissait la réponse, mais une chose au moins était parfaitement claire : Garth voulait détruire les Tristan, et ce serait à elles de l'arrêter.

Chapitre 18

Lexi venait d'acheter une carte comique pour l'envoyer à Kendra ; en longeant le trottoir pour retourner vers sa voiture, elle tomba en arrêt devant une chambre de bébé exposée dans une vitrine. Une chambre de rêve, dans des tons vert menthe et jaune bouton d'or, avec des rideaux ornés de minuscules oursons ailés… La porte du magasin était ouverte ; sans savoir comment, elle se retrouva à l'intérieur. Le magasin, plus grand qu'elle ne l'avait cru de l'extérieur, contenait du mobilier ainsi que des rayons de vêtements, de livres, de jouets et de sièges auto. Lexi erra au hasard, posant la main sur le rebord d'un berceau, effleurant au passage une couette moelleuse. Tout était si petit ! Comment un bébé pouvait-il être aussi minuscule et en même temps une personne à part entière ? Son propre bébé lui semblait encore théorique, une idée de la taille d'un grain de riz. Elle, enceinte ? Maman ? Impossible !

Et pourtant ! Dans huit mois, un peu moins peut-être, elle accoucherait. Elle examina une petite robe à volants roses et blancs, la remit aussitôt à sa place : les vêtements de garçon l'attiraient davantage et elle sourit en étudiant une salopette avec un chiot, un T-shirt décoré d'une locomotive. Un garçon, ce serait bien, pensa-t-elle. Un garçon comme Cruz, un petit homme avec les cheveux noirs et les yeux sombres de son père. Et surtout son sourire ! Ce sourire irrésistible sur un petit visage rond.

— Bonjour ! Je peux vous aider ?

Lexi leva les yeux vers la vendeuse qui lui souriait.

— Je ne fais que regarder, dit-elle.

— Vous me semblez trop concentrée pour cela. C'est votre premier ?

Lexi n'avait parlé à personne de sa grossesse ; ce fut une surprise de s'entendre dire :

— Oui. Je viens juste de l'apprendre, et je n'y crois pas encore tout à fait.

— Vous y croirez quand il vous réveillera à 4 heures du matin, dit la vendeuse avec un petit rire. Félicitations !

— Merci, mais je n'y connais rien du tout…

— Vous vous y connaissez mieux que vous ne le pensez. Toutes les mamans sont comme vous, la première fois. Si cela peut vous rassurer, il existe des centaines de livres sur le sujet. Si vous voulez, je peux vous en recommander quelques-uns.

— Oui, bonne idée…

Elles se dirigèrent vers les rayonnages de livres, où la vendeuse sortit plusieurs volumes en expliquant leur contenu. Lexi en choisit deux.

— Votre mari est content ou terrifié ? demanda l'autre femme en passant derrière la caisse.

— Il ne sait pas encore. Je ne sais pas comment lui dire, murmura Lexi.

Quelle que soit la façon dont elle lui apprendrait la nouvelle, Cruz ne serait pas heureux ! Avec un sourire de connivence, la vendeuse lui proposa une boîte en plastique transparent. A l'intérieur, une sucette de plastique reposait dans un nid de papier bleu et rose.

— Offrez-lui ceci. Il comprendra tout de suite !

Lexi approuva de la tête avec un bref sourire. Sur le chemin du retour, elle ne cessa de jeter de brefs regards vers le sac posé près d'elle sur le siège du passager. Cruz avait le droit de savoir, elle devait lui parler… mais la scène serait très désagréable. Quitte à tout se dire, devrait-elle en profiter pour mentionner qu'elle était tombée amoureuse de lui ?

Et si elle se trompait du tout au tout sur sa réaction, s'il allait sourire, proposer de tout reprendre de zéro, de devenir un véritable couple ? S'il allait dire qu'il l'aimait secrètement depuis des années, sans oser lui en parler ? C'était... un très joli fantasme, si seulement elle parvenait à y croire !

— Quand je pense à tout ce que je fais pour toi. Tu me devras un énorme service en retour, marmonna Lexi tandis qu'ils évoluaient en souriant dans la foule d'un cocktail mondain.

— Cela fait partie de notre accord, murmura-t-il en posant la main sur sa taille, autant pour la guider que pour se rapprocher d'elle. Je ne suis pas obligé de faire quoi que ce soit en retour mais je le ferai, parce que c'est le genre d'homme que je suis.

Il dut s'interrompre pour reprendre son souffle : elle venait de se retourner à demi vers lui et levait les yeux avec un sourire. Comme par un fait exprès, elle se trouvait juste sous le lustre ; un flot de lumière illuminait sa peau délicate, soulignait le bleu de ses yeux. Il l'avait toujours trouvée belle mais depuis quelque temps, elle semblait nimbée d'une lumière particulière.

— Tu veux dire que ce sera tout pour moi ? demanda-t-elle.

— Chaque seconde, promit-il dans un murmure.

— Tu mens et nous le savons tous les deux.

— Ce sera tout pour toi jusqu'au dernier quart d'heure.

— Les hommes, soupira-t-elle. Très bien, j'ai compris. Il ne sera question que de toi.

Discrètement, elle se pressa contre lui et aussitôt, il sentit son corps s'éveiller. Comme chaque fois qu'elle le touchait ! Et qu'importe s'ils se trouvaient dans un lieu public, et s'ils devaient passer encore quelques heures au milieu de cette foule ! Cela n'y changeait rien, ce désir vivait en lui, prêt à jaillir à chaque instant.

Un mouvement attira son regard. Au pied d'une colonne,

un couple assez âgé lui faisait de grands signes. Leur répondant d'un large sourire, Cruz entraîna Lexi dans leur direction.

— Cruz, nous avons appris que tu étais fiancé, s'écria l'homme dès qu'ils furent à portée de voix. Comment as-tu réussi à conquérir une jeune femme aussi adorable ?

— J'ai de très grandes qualités, répondit Cruz en riant.

— Je n'en ai jamais douté, riposta l'autre femme.

Cruz serra chaleureusement la main de l'homme, posa un baiser sur la joue de son épouse.

— Margaret, Philip, voici ma fiancée, Lexi Tristan. Lexi, je te présente Margaret et Philip Reynolds. Philip est à la tête d'un grand réseau de distribution de pièces détachées. C'est lui qui m'a donné ma chance, il y a des années de cela — au temps où personne d'autre ne voulait parier sur moi.

— C'était entièrement grâce à moi, intervint Margaret avec un sourire coquin. J'ai donné le choix à Philip : soit il faisait affaire avec Cruz, soit je le quittais pour vivre avec ce garçon !

Elle avait au moins soixante-dix ans et elle était belle, de cette beauté qui transcende le temps. Cruz, qui adorait Margaret, pensait parfois que Lexi serait comme elle : dans quarante ans, elle n'aurait rien perdu de son charme.

— Je n'imaginais pas que j'avais la moindre chance auprès de vous, taquina-t-il. Mais maintenant que je sais que vous êtes disponible…

— N'y pense même pas, intervint Philip. Heureux de vous connaître, Lexi. Ne tenez aucun compte de ces deux enfants, cela les amuse de me tourmenter.

— Je dois dire que je ne m'en lasse jamais, avoua Margaret. Ma chère, montrez-moi votre bague.

Amusée, Lexi lui tendit sa main gauche. Margaret admira le bijou et, gardant la main de Lexi entre les siennes, elle contempla le jeune couple avec un sourire.

— Bravo, Cruz, dit-elle. Tu as bien fait les choses. Quant

à vous, jeune fille, j'espère que vous mesurez votre chance. Cruz a toujours été un homme à part.

— Oui, répondit Lexi avec conviction. Toujours.

La petite phrase surprit Cruz. La façon dont elle disait cela… Il avait presque envie de croire qu'elle était sincère. Aussitôt, il haussa les épaules pour se débarrasser de cette impression étrange.

— Je connais votre père, disait Philip à la jeune femme. Un homme d'affaires remarquable.

— C'est ce qu'il répète à tous ceux qui veulent bien l'écouter, répliqua-t-elle avec un sourire.

— Vous avez travaillé pour lui, n'est-ce pas ?

— Oui, pendant quelques années, juste après mes études. Quand j'ai compris que je voulais être davantage que la fille du patron, je l'ai quitté pour monter ma propre affaire.

Les laissant bavarder, Margaret tira discrètement Cruz à l'écart.

— Impressionnant, chuchota-t-elle. Une Tristan. Je te dirais bien de prendre garde à toi mais il suffit de te regarder pour comprendre que c'est trop tard.

— Trop tard pour quoi ? demanda-t-il sur le même ton.

Sa vieille amie eut un petit rire.

— C'est tout toi, Cruz. Tu ne veux pas savoir contre quoi j'aimerais te mettre en garde ?

— Vous allez me le dire, que je le veuille ou non, répondit-il avec un sourire affectueux.

— Bien sûr.

Margaret jeta un regard rapide derrière elle, comme pour s'assurer que Lexi ne pouvait pas les entendre.

— Les Tristan ne sont pas comme nous, reprit-elle. Ils sont plus grands que nature. Jed Tristan est un homme très dur mais je pense que tu pourras aisément lui tenir tête. Je voudrais te demander d'être bien sûr que tu te maries par amour, et pas pour une autre raison.

Un instant, elle appuya contre son épaule sa tête blanche à la coiffure exquise, et conclut avec un soupir :

— Mais je vois que ce n'est pas nécessaire, et c'est une grande joie pour moi.

Instinctivement, il recula.

— Mais de quoi parlez-vous ? chuchota-t-il.

La longue main fine de Margaret lui tapota la joue.

— Comme nous le disions à l'époque où les dinosaures régnaient sur la Terre, glissa-t-elle, tu es mordu. Je le lis dans tes yeux. J'ai attendu avec impatience que tu rencontres la femme de ta vie. Toi, tu ne voulais pas t'attacher, tu feuilletais le catalogue sans t'arrêter sur aucune. Et si moi, cela m'agaçait, tu peux imaginer ce qu'endurait ta mère ! Comment va Juanita ?

— Elle va très bien, mais ce n'est pas d'elle que nous parlons. Que cherchez-vous à me dire ?

— Simplement que tu as enfin trouvé l'oiseau rare !

Il aurait aimé lui dire qu'elle se trompait mais bien entendu, il ne le pouvait pas. Personne ne devait être au courant de son accord avec Lexi, pas même ces amis très chers. Et au fond, quelle importance ? S'ils parvenaient à tromper les Reynolds, ils avaient gagné leur pari.

Margaret retourna auprès de son mari et ils bavardèrent encore quelques instants avant de se séparer.

— Ils sont charmants, glissa Lexi avec un sourire tandis qu'ils s'éloignaient. Tu savais qu'ils sont mariés depuis cinquante-deux ans ? C'est difficile à imaginer. Ils ont l'air si heureux ensemble !

Tout en parlant, elle leva la main pour repousser une mèche de son front ; le lustre arracha un éclair à sa bague. Fiancé, pensa Cruz. Quel effet cela faisait-il de s'engager réellement auprès d'une femme ? De décider que ce serait pour la vie ? Ce n'était pas tant la perspective de devoir rester fidèle à une seule femme qui lui posait problème : au bout d'un certain temps, le fait de coucher avec tant de filles différentes perdait beaucoup de son charme. Ce qui le paralysait, c'était l'idée de devoir donner son cœur. La perspective d'éprouver des sentiments et de les exprimer, d'avoir des émotions qui le laisseraient vulnérable, exposé. *Dis-moi que tu m'aimes.* Les mots explosèrent dans sa tête, criés par son père, suivis du choc sourd d'un poing qui frappait. *Dis-le ! Dis-le, ou tu le regretteras.* Et sa mère disait les mots qu'il exigeait d'elle. Certains soirs, son père cessait alors de la frapper ; d'autres fois, il continuait avec encore plus de violence. L'amour et la souffrance, pensa Cruz en s'efforçant de chasser ces pensées. L'amour, c'était la faiblesse, la soumission. Il n'en voulait à aucun prix.

— Cruz, tu vas bien ?

Le regard bleu de Lexi, était troublé, inquiet.

— Oui. Je vais bien.

— Le sénateur Jackson est là. Il représente la Californie mais sa femme est texane et ils viennent souvent ici. Tu le connais ?

— Non.

Elle glissa sa main dans la sienne en souriant.

— Allons te présenter. C'est un type qui boit sec, qui aime la chasse et les cigares. Il va beaucoup te plaire.

— Mais je ne suis pas du tout comme cela !

— Tu sais ce que tu veux et tu ne t'inclines devant personne. Lui non plus.

Etait-ce ainsi qu'elle le voyait ? se demanda-t-il, encore à demi prisonnier des images du passé. Lexi l'entraînait, ses doigts minces mêlés aux siens ; ils fendaient la foule, les visages défilaient devant lui. Un flottement bizarre s'empara de Cruz. Juste avant d'aborder le groupe d'hommes qui entourait le sénateur, un groupe exclusivement masculin qui parlait fort et riait beaucoup, il s'arrêta net. Surprise, Lexi se retourna vers lui.

— Oublie cela, dit-il.

— Comment ? Mais tu dois le rencontrer. C'est quelqu'un d'important.

— Pas ce soir.

Elle fronça les sourcils, interdite.

— Mais nous sommes venus pour cela.

— Tu en as fait assez, Lexi. Je rencontrerai le sénateur par moi-même.

— Je ne comprends pas.

Cruz ne comprenait pas davantage. Rien n'avait changé et pourtant, il ne voulait plus qu'elle lui apporte ces trophées sur un plateau. Il ferait son propre chemin, trouverait ses propres contacts…

— Rentrons, décida-t-il.

— Mais…

Il coupa court à sa question en se penchant pour poser un baiser sur sa bouche entrouverte.

— Viens, proposa-t-il. Allons danser.

— Si tu veux…

Elle semblait toujours aussi perplexe, mais elle le suivit sans discuter. Elle lui faisait confiance, pensa Cruz. Ils formaient une bonne équipe, tous les deux. Ils étaient complémentaires. Voilà ce qu'avait vu Margaret, décida-t-il : pas de l'amour mais un lien d'un autre genre. Lexi et lui se comprenaient, ils étaient bien ensemble. Mais dans ce cas, pourquoi cherchait-il encore quelqu'un d'autre ?

Tout en dansant, il retourna dans sa tête cette idée nouvelle en l'examinant sous tous les angles. Au fond, Lexi était exactement ce qu'il recherchait. Un femme issue d'une lignée irréprochable, avec des liens familiaux et un réseau qui offriraient à ses enfants une vie idéale. Une vie à des années-lumière de celle qu'il avait connue dans son enfance. Lexi était intelligente, belle, drôle, pleine de ressource. Au lit, elle le rendait fou. Pour l'amour du ciel, elle appréciait même Kendra !

Pourquoi n'avait-il pas encore envisagé de l'épouser ? Il ne cherchait pas l'amour de sa vie mais uniquement une partenaire sur qui il puisse compter. Il pourrait fouiller le monde entier, il ne trouverait pas mieux.

L'orchestre jouait un slow; Cruz savoura la sensation du corps de Lexi contre le sien. Son corps admirable, qui semblait fait pour s'accorder au sien…

— Au moins, tu as rencontré le sénateur Vantage, murmura-t-elle. Tu savais qu'il vise la présidence du pays? S'il réussit, imagine : tu seras invité à la Maison Blanche.

— Tu y es déjà allée, toi? demanda Cruz.

— Seulement pour la visite guidée, quand notre classe de terminale a fait le voyage de Washington.

— Comme par hasard!

Elle se mit à rire.

— Que veux-tu dire par là? Tu penses que j'ai toujours vécu dans les coulisses du pouvoir?

— Exactement.

— Et tu as raison. En surface, tout était la perfection.

Cruz savait que derrière cette perfection se cachait une réalité très différente. Jed ne frappait pas ses enfants, mais il existait d'autres moyens de faire souffrir ses proches.

— Tu n'exposerais jamais tes enfants à cela? demanda-t-il. Tu t'interposerais entre Jed et eux?

Sa réaction le surprit : elle perdit le rythme de la musique, faillit trébucher.

— Mais… Oui, bien sûr! Pourquoi parlons-nous d'enfants?

Parce qu'elle serait une maman formidable, pensa-t-il. Elle réagissait d'abord avec son cœur. Le monde entier la voyait comme une femme d'affaires lucide et efficace, une reine des glaces froide et avisée mais au fond, elle était comme tout le monde : très douée sur certains plans, tout à fait dépassée sur d'autres.

— Nous n'en parlons pas, répondit-il distraitement.

Il se demandait comment aborder la question avec elle, comment lui proposer de changer leur accord. Serait-elle intéressée par sa proposition? Un mariage avec lui comporterait aussi des avantages pour elle… à moins qu'elle ne tienne absolument aux rêves romantiques et aux promesses d'amour. Il aurait aimé se dire qu'elle avait l'esprit trop pratique mais au fond, il n'en savait rien. Tout était différent pour les femmes et par bien des côtés, Lexi restait un mystère pour lui.

— Tu es un excellent danseur, lui dit-elle en ondoyant souplement dans ses bras. Avoue, tu as couché avec une professeur de danse ?

Ce fut son tour de trébucher.

— Comment ? Où vas-tu chercher une idée pareille ?

— Parce qu'il y a quelque chose de très sexuel dans ta façon de danser. Comme si tu possédais ta partenaire. Tu as dansé pour séduire, et tu n'as jamais oublié cette leçon.

Il avait effectivement couché avec une professeur de danse. Une beauté de feu qui posait d'emblée ses conditions, et qui ne supportait pas que l'on tombe amoureux d'elle. Le jeune Cruz avait pleinement profité de tout ce qu'elle lui offrait et le moment venu, ils s'étaient quittés satisfaits et sans tristesse.

— Tu es bien davantage qu'un joli visage, observa-t-il tout bas.

— Autrement dit, j'ai raison ?

— Les femmes adorent dire cela.

— Bien sûr !

Il se pencha pour l'embrasser et ce baiser dura plus longtemps que Cruz n'en avait eu l'intention. Oui, il la voulait tout à lui. Rien qu'à lui. Son… épouse ? Il se redressa un peu brusquement. Lexi le regardait et l'espace d'un instant, il crut voir briller des larmes dans ses yeux.

— Quoi, qu'y a-t-il ? murmura-t-il, interdit.

— Rien. Tout va bien.

Je t'aime. Les mots jaillirent dans sa tête sans prévenir, il dut se retenir de les prononcer tout haut. Non, il n'aimait personne ! Jamais.

Lexi ne sembla rien remarquer de son trouble. Délicatement, elle pressait le doigt contre le coin de sa paupière.

— Je dois… Je file aux toilettes un instant. Tu parviendras à t'amuser tout seul ?

— Oui. Tu es sûre que tout va bien ? Nous pouvons rentrer si tu veux.

— Non, je veux seulement… J'ai quelque chose sous la paupière.

Elle lui sourit et murmura très vite :

— Pas de souci.

Troublé, il la regarda s'éloigner. Aurait-il dû la suivre ? Ou trouver Margaret et lui demander de s'assurer que tout allait bien ? Avant qu'il ne puisse se décider, il sentit une main se glisser dans son dos, tandis qu'un parfum familier se lovait autour de lui.

— Bonsoir, Sabrina, dit-il sans se retourner.

— Cruz, dit-elle en se plantant devant lui. Je ne m'attendais pas à te voir ici.

Cruz la regarda et la trouva belle. Sa robe semblait cousue sur elle, moulait parfaitement ses courbes, et ses seins faisaient exploser son décolleté. A une époque, la seule vue de cette chair somptueuse l'aurait poussé à chercher un coin tranquille pour s'offrir une heure de plaisir à deux. Ce soir, il pensait uniquement à Lexi, qui semblait bouleversée sans qu'il sache pourquoi.

— Je vois que tu es toujours fiancé, dit Sabrina. Quelle tristesse. J'espérais que ce n'était qu'une phase.

— Ne compte pas sur moi pour devenir ton prochain mari.

— Tu pourrais être le dernier.

— Seulement si tu commences à les assassiner au lieu de divorcer.

Elle éclata de rire.

— Tu cherches à me dire que je manque de concentration ?

— Exactement.

Elle inspira, ses seins frémirent. La musique reprit ; élevant un peu la voix, elle lança :

— Tu es réellement en train de me repousser ? Tu veux que je cesse mes invitations ?

— Exactement, répéta Cruz.

— Très bien. Du moment que tu m'accordes une dernière danse.

Sabrina lui avait offert beaucoup d'excellents moments, et ils s'étaient quittés bons amis. Cruz prit la main qu'elle lui tendait, elle entra dans ses bras ; comme il restait un peu d'espace entre eux, Cruz se détendit et l'entraîna dans un slow sans passion.

— Le mariage demande une sacrée organisation, observa Sabrina au bout de quelques instants. Ce n'est pas la monotonie qui vous use, c'est le fait de devoir tenir compte d'une autre personne dans chaque geste de la vie. Tu ne peux plus faire ce que tu veux, au moment où tu le veux, il faut toujours en parler d'abord.

— Je pense pouvoir m'en arranger.

Un instant, Cruz croisa le regard de Sabrina, un regard d'un bleu plus clair que celui de Lexi mais joli tout de même. Elle fronça le nez en lui lançant :

— C'est ce que tu dis maintenant ! Nous en reparlerons dans quelques années, quand tu te seras lassé des perpétuelles exigences de ton épouse. La plupart des femmes veulent tout faire à leur façon.

Cruz pensa aux exigences de Lexi. Au lit, elle en voulait toujours davantage et pour lui, c'était le paradis. Sur ce plan, elle pourrait lui demander tout ce qu'elle voudrait !

— Pourquoi cherches-tu à me dégoûter du mariage ? s'enquit-il. Toi, tu cherches bien un troisième mari.

— Un quatrième, mais à quoi bon compter ! Tu me manques, voilà pourquoi. J'aimerais que les choses soient comme avant entre nous.

Du sexe et rien de plus, pas même des interludes de conversation. Cela l'avait-il réellement contenté, à une époque ? Jetant un coup d'œil par-dessus l'épaule de Sabrina, Cruz chercha Lexi du regard.

— Tu ne m'écoutes même pas, soupira Sabrina.

— Je suis désolé.

— Tu n'es pas désolé, tu ne penses qu'à elle. J'aurais dû reconnaître les symptômes.

Cessant de danser, elle déclara :

— Bon ! Je renonce. Supplier n'est pas bon pour le teint.

Sans façons, elle lui empoigna les cheveux et l'attira vers elle en soufflant :

— Bonne chance pour tout. Adieu, Cruz.

Ses lèvres familières ne l'excitaient plus. Cruz l'embrassa par habitude, parce qu'il l'avait fait cent fois auparavant et que cela ne signifiait rien pour lui. Quand il voulut se redresser, elle s'accrocha à lui, ouvrit les lèvres. Un peu brusquement, il la saisit aux épaules et s'écarta.

— C'est ce que tu appelles renoncer ?

Cette tentative l'agaçait. Sabrina insista encore, elle lui expliqua qu'elle se devait d'essayer une dernière fois…

Mais, soudain, il ne l'écouta plus. A quelques pas de lui, Lexi les fixait avec des yeux pleins de tristesse. Sabrina se retourna.

— Aïe, souffla-t-elle. Allô, Houston, nous avons un problème.

Lexi toisa Cruz.

— Je ne peux même pas dire que cela me surprenne, lâcha-t-elle.

Puis elle tourna les talons.

Comme Cruz restait planté là à la suivre des yeux, Sabrina le poussa dans le dos.

— Si elle compte tant que ça, rattrape-la, siffla-t-elle. Elle n'est pas du genre à pardonner ce qu'elle vient de voir. File lui dire que tout était ma faute. Dis-lui que tu regrettes. Ce ne sera pas un mensonge.

D'une voix tout à fait sérieuse pour une fois, elle ajouta :

— Je ne voulais pas lui faire du mal. File vite.

La suivre ? S'excuser, se mettre en position de faiblesse ? Il ne le pouvait pas. Il ne le ferait pas.

Cruz s'éloigna et quitta la pièce… dans la direction opposée à celle qu'avait prise Lexi.

— Tu veux parler ? demanda Dana.

Lexi aurait préféré marcher pieds nus sur un tapis de braises, mais son amie était venue la chercher à cette fichue soirée moins de dix minutes après son coup de fil, et elle lui devait une explication.

— C'est Cruz, dit-elle.

— Quelle surprise. Qu'a-t-il fait ?

Lexi ne voulait pas en parler. Trouver les mots pour dire ce qu'elle venait de vivre ne ferait que rendre le désastre plus réel. Pour l'instant, elle ressentait surtout un grand froid ; un engourdissement comme lorsque l'on est en état de choc après un accident. Elle avait un peu de peine à respirer mais cela ne faisait pas encore mal.

— Il en embrassait une autre, dit-elle tout bas.

Le regard de Dana effleura son visage, se détourna.

— Je suis désolée, souffla-t-elle.

D'un seul coup, des larmes brûlantes brouillèrent le regard de Lexi.

— Mais cela ne t'étonne pas, lança-t-elle, agressive. C'était juste un arrangement, n'est-ce pas ? Rien de plus. Je me suis fiancée pour de l'argent. Il n'a pas laissé mon petit cadeau sur la table de nuit mais il m'a tout de même achetée. Je n'ai pas le droit de me plaindre.

— Lexi, arrête de te torturer, protesta Dana.

Lexi ferma les yeux et laissa sa tête retomber sur le dossier du siège.

— Le jour où on fera le congrès des imbéciles, on mettra ma tête sur l'affiche, chuchota-t-elle. Comment ai-je pu penser qu'il y avait quelque chose entre nous ? Comment ai-je pu même espérer ? Je le connaissais pourtant, tout était clair. Il était prêt à me donner l'argent dont j'avais besoin et en retour, je lui ouvrais la porte du monde des Tristan… et aussi mon lit.

— Tu as fait ce qui te semblait juste sur le moment.

— Tu crois ? A moins que je n'aie choisi la facilité.

— Rien dans cette histoire n'est facile, dit sombrement Dana.

Sur ce point au moins, elle avait raison !

— Tout ce que je voulais, se lamenta Lexi, c'est que mon père m'aime. Pas pour mon prestige ou ma réussite mais pour moi, tout simplement. Je savais que ma mère ne m'aimait pas, elle me l'a assez montré en me plantant là quand j'étais toute petite, mais Jed… il était toujours là, quelque part en coulisse, à me faire croire qu'un jour, peut-être, si les astres s'alignaient correctement, si je parvenais à le satisfaire, il finirait par remarquer ma présence et s'apercevoir qu'il m'avait toujours aimée.

— C'est un monstre, Lexi. Je sais bien que c'est ton père mais c'est un véritable monstre. A l'école de police, nous étudions les pathologies mentales, tu sais ? Psychologiquement, ce genre de comportement est vraiment redoutable. La victime reçoit une miette de ce qu'elle désire si ardemment, elle commence à y croire, elle est prête à tout pour obtenir davantage et elle n'abandonne jamais tout à fait espoir.

Ouvrant les yeux, Lexi s'efforça de sourire.

— Je te remercie pour le fond mais pour la forme, j'ai l'impression que tu parles de rats de laboratoire.

Dana secoua la tête, gênée.

— Je te le dis avec mon cœur.

— Je le sais. Et je me comporte peut-être un peu comme un rat de laboratoire. C'est juste…

Les sanglots l'étouffèrent et cette fois, elle ne chercha pas à les contenir. La crise passée, elle s'essuya les joues et reprit d'une voix enrouée :

— Cruz lui ressemble tant ! Il n'a jamais voulu s'intéresser à Kendra. Il achète ce qui lui fait envie, les gens comme les choses. Je le voyais pourtant mais je ne voulais pas l'admettre. J'étais idiote de chercher à me mentir, c'est ce qu'il est, c'est qui il est.

Elles freinaient déjà devant la maison de Cruz. Lexi donna le code à Dana et quelques instants plus tard, elles mettaient pied à terre devant le perron.

— Tu ne m'avais pas dit que tu étais tombée amoureuse de lui, observa Dana.

Lexi ne se donna pas la peine de nier. A quoi bon ?

— Je viens seulement de m'en apercevoir. Il y a eu juste ce qu'il fallait de connivence entre nous, et j'ai baissé ma garde.

Désemparée, elle déverrouilla la grande porte et fit quelques pas à l'intérieur. Cette maison si belle ne lui semblait plus du tout accueillante.

— Je ne peux pas gagner, n'est-ce pas ? demanda-t-elle sans regarder Dana. Ni avec l'un ni avec l'autre.

Elle faisait un effort terrible pour regarder la réalité en face alors qu'elle n'avait qu'une envie : hurler, tempêter, exiger qu'on lui rende justice…

— Ce n'est même pas de moi qu'il s'agit, ils sont comme cela, tous…

Avec une tendresse inhabituelle, Dana la prit dans ses bras. Lexi s'accrocha à elle en sanglotant.

— Il se fichait de l'embrasser ! gémit-elle. Je le voyais bien. Ce n'était qu'un réflexe, une habitude. Je ne me sens même pas trahie. C'était comme si on venait d'allumer la lumière : d'un seul coup, je voyais tout et c'était laid et triste…

Elle se redressa en s'essuyant les joues.

— Pour moi, c'est réel mais pour lui, ce n'est qu'un jeu. Je dois tout arrêter avant d'être réellement démolie.

— J'adorerais le passer à tabac, grogna Dana. Mais attends, tu as vraiment réfléchi ? Tu ne crois pas que tu devrais lui parler ?

— Pour dire quoi ! Oh, Cruz, tu ne devineras jamais : j'ai eu un moment d'inattention et je suis tombée amoureuse de toi. Ce serait humiliant ! Je ne veux pas de sa pitié et je ne veux pas d'un nouvel arrangement. Je veux qu'il tienne à moi parce que je lui plais, pas pour ce que je peux lui apporter. Oh, c'est exactement comme avec mon père. Je devrais aller voir un psy.

— Nous aurions toutes besoin d'aller voir un psy, soupira Dana.

— Je ne devrais pas avoir à me battre, souffla Lexi en luttant contre une nouvelle crise de larmes. Je ne devrais pas avoir à mériter leur amour.

— Cruz n'est pas Jed.

— Je le sais. Je ne suis pas folle à ce point. Mais il est bien décidé à ne pas se donner, et j'ai vu ce que cela fait à une femme. Jed a fait fuir ma mère et Pru s'est suicidée.

— Tu es plus forte qu'elles.

— Je ne me sens pas forte.

— Dis-moi ce que tu veux faire, dit Dana en prenant ses mains entre les siennes, et comment je peux t'aider.

— Je veux m'en aller. Je ne peux plus rester ici. Il me faut du temps pour réfléchir. Je dois décider ce que je vais faire.

— Au sujet de votre accord ?

— Cela et le reste…

Pour l'instant, la question de devoir rembourser deux millions était le moindre de ses problèmes. Sans l'avoir décidé, elle s'entendit murmurer :

— Je suis enceinte.

Jamais, au grand jamais, elle n'avait vu Dana muette de saisissement.

— Je t'en prie, dis-moi que tu plaisantes, souffla-t-elle.

Lexi secoua la tête. Un lourd silence s'abattit sur elles. N'y tenant plus, Lexi chuchota :

— Je ne lui ai pas encore dit…

— Je le supposais. Enceinte ! Quand tu veux envoyer un message, tu n'y vas pas de main morte.

— Tu peux le dire…

D'un pas lourd, Lexi se dirigea vers l'escalier.

— Je vais mettre quelques affaires dans un sac, prendre C.C. et retourner chez moi.

— Je t'aide.

Il ne leur fallut que quelques minutes pour remplir deux valises. Pendant que Lexi vérifiait qu'elle emportait tout ce dont elle aurait besoin dans l'immédiat, Dana alla rassembler les affaires du chaton. Plantée au centre de la chambre qu'elle avait partagée avec Cruz, Lexi se souvint… Elle avait passé bien peu de temps ici et pourtant, une foule de souvenirs se pressait en elle. Ils avaient eu tant d'occasions de réussir leur rencontre… Mais Cruz ne cherchait pas une rencontre réussie, il voulait…

Quoi donc ? Au fond, elle ne le savait pas. Vivre un fantasme peut-être ? Concrétiser l'idée qu'il se faisait d'une vie parfaite ? La vraie vie était confuse, inattendue, excitante, pas du tout une question de lignées, de réseaux ou de contacts avec les grands de ce monde. C'était une affaire de cœur, de ce que l'on donnait et ce que l'on acceptait. Ce que l'on partageait.

N'était-elle pas, elle aussi, coupable d'avoir refusé la vraie vie ? Depuis des années maintenant, elle optait pour la sécurité. Elle se cachait derrière son nom, sa famille, sa réputation de reine des glaces. Pour ne pas souffrir.

Et voilà que la donne était changée et aujourd'hui, elle ne pouvait plus penser uniquement à elle : elle devait compter avec son enfant. Non pas pour transmettre son nom à une génération future mais dans la réalité d'un merveilleux bébé qu'elle aimerait, quoi qu'il arrive.

Quant à Cruz, elle parviendrait à l'oublier. Peu importe qu'elle ait passé les dix dernières années à se demander si elle le reverrait un jour. Elle l'oublierait, elle serait obligée de le faire. S'il ne pouvait lui apporter ce qu'elle désirait, elle ne voulait pas de lui. Cette fois, sa demande était claire : un amour librement donné, un amour qu'elle n'aurait pas à mériter. Elle n'accepterait rien de moins.

C'étaient des paroles fortes, des pensées courageuses, et elle entendait bien réussir à y croire… un jour, quand son cœur ne serait plus brisé en mille morceaux.

Chapitre 19

Jed passait souvent la matinée du dimanche avec ses chevaux. Comme il le disait toujours, leur compagnie l'intéressait davantage que celle des humains et en prime, ils ne le contredisaient jamais. Lexi le trouva à l'écurie, occupé à étriller son étalon préféré. Même en jean et chemise à carreaux, la tenue typique d'un brave rancher texan, son aura de toute-puissance restait palpable.

— Bonjour, papa, dit-elle en caressant les fins naseaux de l'étalon.

— Tu es debout de bonne heure, observa son père en levant brièvement les yeux.

En fait, elle n'avait guère dormi. La situation avec Cruz, la conscience de l'énorme erreur qu'elle commettait en se laissant aller à l'aimer l'avaient empêchée de sombrer dans le sommeil. Vers l'aube, elle était parvenue à une conclusion : elle avait voulu prendre des raccourcis, d'abord avec le prêt de deux millions puis en passant son accord avec Cruz… et les raccourcis la menaient dans le mur.

— Je voulais prendre de l'avance sur ma journée, répondit-elle distraitement.

En flattant l'encolure de l'étalon, elle remarqua quelques poils gris dans sa robe.

— Il prend de l'âge, dit-elle.

— Comme nous tous, mais il tient encore la distance. Un jour, je serai obligé de l'abattre mais ce jour n'est pas encore venu.

Une belle lumière ruisselait des portes et des fenêtres ouvertes, un chat dormait au soleil et une bonne odeur de fourrage s'élevait de la réserve. Lexi avait grandi ici, elle avait ri et pleuré, rêvé de quitter le nid et redouté de partir. Glory's Gate serait toujours sa maison de famille, mais elle ne s'y sentait plus à sa place.

— Pourquoi as-tu épousé ma mère ? demanda-t-elle tout à coup.

Pour la seconde fois, Jed leva sur elle un bref regard avant de se concentrer de nouveau sur sa tâche.

— C'était il y a très longtemps, dit-il d'une voix neutre.

— Je pense que c'était en partie pour polir un diamant brut.

— Tu cherches à me dire que je ne sais pas me tenir en société, petite fille ?

— Tu ne sais pas toujours, répliqua-t-elle aussitôt.

— Tu n'as pas tort.

Il souriait maintenant. Passant la main sur le flanc luisant du bel animal, il répondit enfin :

— Ta mère n'était pas une beauté mais elle avait quelque chose, une sorte de recul, une barrière qu'elle dressait entre elle et les autres. Je pensais que si jamais j'arrivais à abattre ce mur, il y aurait un brasier à l'intérieur.

— Et c'était vrai ?

— Non. Mais pour le reste, elle m'a donné tout ce que je lui demandais. Pru, c'était autre chose. Elle avait le brasier. Tous les hommes la voulaient et c'est moi qui l'ai eue.

« Tu l'as eue et tu l'as laissée se perdre », pensa tristement Lexi. Pauvre Pru, jouet brisé poussé au suicide parce que l'homme qu'elle aimait plus que tout refusait de l'aimer en retour. Sa mort avait appris à Lexi à rester prudente ; à ne pas trop donner d'elle. Elle s'était aussi juré, si jamais elle avait un enfant, de ne jamais le quitter, quelle que soit sa propre souffrance.

— Ce n'était pas une femme forte, dit Jed. J'aurais dû le comprendre.

— Elle voulait davantage.

— Parfois, il faut savoir se contenter de ce que l'on a.

Etait-ce ce que ses filles représentaient pour lui ? Un compromis, une situation regrettable à laquelle il devait se résigner ? Lexi rassembla son courage. Elle était venue ici pour dire quelque chose ; elle connaissait l'enjeu, savait ce qu'elle s'apprêtait à perdre mais au cours de cette mauvaise nuit, en sentant les quatre murs se resserrer autour d'elle, elle avait compris que certaines victoires peuvent coûter trop cher.

— Il y a deux ans environ, mon banquier est venu me voir avec une proposition de prêt, dit-elle.

— Un investisseur ? demanda Jed, un éclair dans son regard bleu.

Lexi approuva de la tête.

— C'est à ce moment que j'ai racheté et rénové l'immeuble où se trouve mon entreprise. L'investisseur voulait uniquement les intérêts du prêt, pas une part de l'affaire.

— Pourquoi ? lança Jed en fronçant les sourcils.

— Sur le moment, je n'ai pas demandé. J'ai pris l'argent et lancé la rénovation. Seulement, il y avait une condition.

Posant son étrille, Jed croisa les bras sur sa poitrine.

— Il y a toujours une condition. Tu devrais le savoir.

— Tu as raison. Je n'ai pas réfléchi parce que je croyais tenir ma chance de te montrer de quoi j'étais capable. J'ai agrandi mon affaire en un temps record. Le nouvel institut tourne à plein rendement mais il ne me rapporte pas assez pour rembourser le prêt d'un coup.

— Quelle était la condition ?

— L'investisseur pouvait à tout moment exiger de récupérer ses fonds.

— Le prêt se montait à combien ?

— Deux millions de dollars.

Jed se tourna de nouveau vers son cheval.

— Et maintenant, il veut son argent. Tu aurais dû te montrer plus prudente.

— Tu dis toujours que le plus prudent arrive le dernier.

— Moi, je joue pour gagner. Et toi ?

— Il a effectivement demandé à récupérer son argent, dit Lexi sans répondre. Mon investisseur, c'était Garth.

Un instant, la brosse de Jed cessa son va-et-vient. Un instant seulement.

— Et tu penses que cela fait partie de son supposé plan pour nous démolir, dit-il.

— C'était le coup de semonce. Il y en a eu d'autres.

— Tu cherches à me dire que Garth a tout orchestré ?

— Je te dis qu'il m'a tendu l'appât et que je l'ai avalé.

— Tu as besoin de deux millions de dollars.

Cette fois, ce n'était pas une question.

— Oui, répondit-elle d'une voix ferme.

— Je te croyais plus intelligente, Lexi. Je suis très déçu.

— Je le sais.

Les paroles de Jed déchiraient quelque chose en elle, mais elles ne la surprenaient pas.

— Je comprends bien, articula-t-elle, que je viens de perdre la course qui mène à la tête de Tristan World.

Elle se tut un instant pour laisser le sentiment de sa défaite s'installer en elle. Elle ressentait surtout de la tristesse, mais pas pour les raisons qu'elle attendait. Aussitôt, elle ajouta :

— Et si ce n'est pas le cas, je me retire de la course.

Cette fois, elle fut stupéfaite du bien que lui firent ces paroles. Jed se retourna d'un bloc.

— Pas question ! clama-t-il. Ce que j'ai, tout le monde se bouscule pour en obtenir une miette.

— Tu te trompes, papa. Tout ce que je voulais, tout ce que je veux encore, c'est un père qui s'intéresse à moi. Un père qui tient à moi parce que je suis sa fille, pas parce que j'ai réussi à attirer son attention.

Outré, Jed la foudroya du regard.

— Tu me demandes des comptes, à moi ? Tu te plains de la façon dont je t'ai élevée ?

Pour la première fois de sa vie, Lexi lui tint tête.

— Je te dis que Tristan World n'a jamais été mon objectif premier. Je voulais que tu t'aperçoives que j'existe. Je voulais ton amour.

— Ces histoires sentimentales ne m'intéressent pas.

Dans un vertige, Lexi mesura un peu de ce que Pru avait dû ressentir. Elle dut se raidir pour ne pas reculer.

— Tu aurais pu t'adresser à Skye, dit Jed. Elle t'aurait donné cet argent. Tu aurais pu me cacher cette histoire.

— Je ne tiens plus à te la cacher, répliqua Lexi. C'est mieux comme cela.

Car sa première tentative pour cacher la situation à son père l'avait menée tout droit dans les bras de Cruz !

— Très bien, dit Jed avec raideur. Tu auras ton chèque avant midi. Fais-en bon usage.

— Merci. Je le ferai.

— Je pensais que ce serait toi, Lexi, soupira son père. Je pensais que tu saurais me convaincre.

— Moi aussi.

C'était exactement comme la veille au soir, pensait-elle. Rien dans cet échange ne l'avait surprise, mais c'était comme si elle voyait son père pour la première fois. Elle découvrait le rapport qu'ils entretenaient tous les deux dans toute sa laideur perverse. Une image blessante ! Pourtant, pour la première fois, elle parvenait à prendre du recul. A faire un choix délibéré : celui de tourner les talons et de prendre le large.

Jed ne changerait pas, elle non plus. Ils étaient arrivés à la croisée des chemins mais lui n'en avait pas conscience. Enfin, elle pouvait renoncer à son rêve. Jed ne s'intéresserait jamais à elle que pour ce qu'elle pourrait lui rapporter ; de son côté, elle attendrait toujours de lui un amour inconditionnel. Leurs espoirs à tous deux étaient voués à l'échec.

— Au revoir, papa, dit Lexi.

Elle quitta l'écurie. Dehors, dans la fraîcheur ensoleillée du matin, elle s'arrêta un instant pour reprendre son souffle. La maison se dressait devant elle. Une maison, rien de plus, se dit-elle. A partir d'aujourd'hui, ce n'était plus son foyer.

Cruz rentra en fin d'après-midi. Il avait retardé son retour pour laisser à Lexi le temps de se calmer, et aussi pour décider ce qu'il allait lui dire. Il savait maintenant qu'il s'était comporté comme un imbécile. Il avait fait du mal à Lexi, au moment même où il décidait qu'il voulait prolonger indéfiniment leur association.

Dès son premier pas dans l'entrée, il sut qu'elle était partie. Dans cette maison silencieuse et figée, son absence était palpable.

Il trouva le chèque sur son bureau. Un chèque à son nom d'un montant de deux millions de dollars et, juste à côté, la bague de leurs fiançailles. Où avait-elle trouvé cet argent? Auprès de sa sœur? Non, chez Jed. Cette deuxième option l'effraya car il savait qu'en avouant son problème à son père, elle venait de renoncer à son rêve. Et si c'était le cas, elle ne laisserait pas de seconde chance à Cruz.

Lexi était uniquement venue chez lui parce qu'ils avaient un accord tous les deux. Elle ne reviendrait pas.

— Si nous devons nous réunir souvent, lança Izzy en caressant C.C., il faudra faire venir un traiteur. Moi, pour discuter de désastres et de destruction et pour comploter la ruine d'un adversaire, j'ai besoin de grignoter quelque chose.

Blottie à l'angle de son canapé, Lexi réprima un soupir. Elle n'avait aucune envie de comploter ou même de chercher des solutions, elle avait trop mal, partout. Quitter Cruz était forcément le bon choix mais que le geste lui-même était donc difficile !

— Pourquoi nous retrouver ici ? demanda Skye. Il y a quelque chose que tu ne voulais pas dire à Cruz ?

— Ce n'est pas cela, dit Lexi en s'assurant qu'elle avait des mouchoirs en papier à portée de main. Je n'habite plus là-bas, voilà tout.

Elle pleurait si facilement en ce moment ! Les hormones ou tout simplement le gâchis qu'elle faisait de sa vie... Voyant les regards de ses deux sœurs se braquer sur sa main gauche, elle la tendit pour leur montrer qu'elle ne portait plus sa bague.

— Nous ne sommes plus ensemble.

— Pourquoi ! explosa Izzy. Cruz me plaisait mieux que tous les autres types avec qui tu es sortie. Il était drôle, il était cool et... je ne sais pas comment dire, solide !

— Que s'est-il passé ? demanda Skye, atterrée. Vous étiez fous l'un de l'autre.

Ils étaient donc si doués pour la comédie ? se demanda amèrement Lexi.

— Vous vous souvenez du prêt dont je vous avais parlé ? demanda-t-elle. Les deux millions prêtés par Garth, et qu'il m'a réclamés ?

Les deux autres hochèrent la tête avec ensemble.

— C'est Cruz qui m'a donné l'argent. Je ne savais pas à qui d'autre m'adresser.

— Et alors ? demanda Izzy. Vous étiez fiancés, c'était normal qu'il vole à ton secours.

Plus intuitive, Skye se mordait la lèvre.

— Vous n'étiez pas fiancés, dit-elle tout bas. C'était ça, votre arrangement ?

— Oui, avoua Lexi. Nous devions faire semblant d'être fiancés pendant six mois. Il me donnait deux millions de dollars et moi, je le présentais à tous ceux qui comptent dans notre milieu.

— *Proposition indécente*, le retour, articula Izzy, abasourdie. Lexi, je ne t'en aurais pas crue capable. Bravo.

— Je ne suis pas fière de moi. Sur le moment, cela semblait une solution idéale...

— Parce que tu ne voulais pas t'adresser à moi, coupa Skye avec amertume. Tu pensais que j'en parlerais à Jed.

— Cela aurait pu t'échapper dans une conversation.

— Je suis ta sœur, tu pouvais me faire confiance. Je t'ai déjà laissée tomber? Lexi, tu sais que je t'adore!

Les larmes attendues jaillirent des yeux de Lexi.

— Je sais! sanglota-t-elle. Je regrette. J'avais si peur que je ne voyais plus clair. Je ne réfléchissais pas, je réagissais.

— Je le déteste, scanda furieusement Izzy. Jed est un monstre, un fumier. Pourquoi fait-il ces choses?

— Je crois que je l'ai fait toute seule, bredouilla Lexi.

— N'importe quoi! Tu savais que s'il découvrait ton erreur, il t'éjectait de la course.

— Lexi, je ne lui aurais rien dit, répéta Skye, le visage tragique.

— Je voulais seulement que mon père m'aime...

— Il nous aime, dit Skye. A sa façon.

Izzy leva les yeux au ciel.

— Un jour, Skye, tu le verras tel qu'il est. Un jour, tu devras faire ce que Lexi vient de faire, et l'envoyer promener.

— Et maintenant? demanda Skye à Lexi sans relever le commentaire de la benjamine.

Lexi réussit à lui offrir un pauvre sourire.

— Izzy a raison, je l'ai envoyé promener. Je suis allée voir Jed et je lui ai dit ce qui s'était passé. Il m'a donné les deux millions en m'expliquant combien je venais de le décevoir. Tu es en tête maintenant.

— Je refuse de voir les choses de cette façon, protesta Skye. Je ne me suis jamais intéressée à Tristan World. Moi, ce que je veux, c'est Glory's Gate.

— Aux yeux de Jed, le tout ne forme qu'un lot unique, dit

Izzy qui jouait avec C.C. Pourquoi es-tu allée voir Jed, Lexi, puisque Cruz t'avait donné l'argent ?

— L'accord ne fonctionnait plus. Je ne pouvais plus rester.

Lexi revécut le terrible instant au cocktail où elle avait vu Cruz embrasser Sabrina. Ce n'était pas tant le baiser en lui-même, car Cruz semblait peu s'y intéresser. C'était de comprendre, enfin et irrévocablement, que rien de ce qu'ils partageaient n'était réel. Ce ne serait jamais réel.

— Pourquoi ? demanda Skye.

— Parce que je suis tombée amoureuse de lui, avoua Lexi.

— Mais c'est fantastique ! s'écria Izzy, enchantée. Maintenant, ce ne sera plus un arrangement ! Vous pourrez être ensemble pour de vrai !

— Ce n'est pas une option de rester ensemble ? Pourquoi ? demanda Skye, plus prudente.

— Parce que lui ne m'aime pas. Je ne suis pas sûre qu'il soit capable d'aimer qui que ce soit.

— Alors, c'est fini ? s'indigna Izzy. Tu vas partir en courant parce qu'il ne le dit pas avec des fleurs ?

— Tu as déjà été amoureuse ? lui demanda sèchement Skye. Tu as déjà pensé à quelqu'un d'autre que toi ? Par moments, c'est ce qu'on peut vivre de plus beau et par moments, cela te déchire.

— Ne t'en prends pas à moi, se rebiffa Izzy. Ce n'est pas ma faute.

— Désolée.

Lexi fondit en larmes. Dire qu'elle s'était crue forte, dire qu'elle tirait de la fierté de s'être affranchie de Jed !

— Ce n'est pas une question de fleurs ! sanglota-t-elle. C'est tout simple : Cruz nous a achetées, mon influence et moi, pour six mois. Il s'intéresse beaucoup plus à sa réussite qu'à l'amour.

— Aïe, murmura Izzy.

— Ce serait trop terrible d'être auprès de lui, à toujours vouloir ce que je n'aurai jamais.

— Ce serait comme maman, souffla Skye.

Lexi n'aurait pas cru que son cœur pouvait se briser davantage. Pourtant, en entendant cette petite phrase, elle le sentit exploser en mille fragments. Si seulement Skye n'avait pas fait ce rapprochement ! Skye qui avait trouvé le corps sans vie de sa mère et qui, pendant des mois, s'était réveillée chaque nuit en hurlant. Posant C.C. sur son fauteuil, Izzy s'agenouilla vivement devant Skye et lui saisit les deux mains.

— Lexi n'est pas comme maman, lui dit-elle avec force. Lexi ne va pas mourir.

— Non, assura à son tour Lexi en venant se blottir contre Skye. Moi, j'ai choisi de partir. Je vous aime de tout mon cœur et nous allons nous en sortir. Nous allons toutes très bien nous en sortir.

— Dès que nous aurons botté les fesses de Garth, conclut Izzy.

Les joues pâles de Skye retrouvèrent un peu de couleur. S'efforçant de sourire, elle renchérit :

— Il sera obligé de partir à l'autre bout du pays. Nous le bouterons hors du Texas.

— Nous le ferons ramper, dit Lexi.

— Nous allons l'humilier, ajouta Izzy.

Ouvrant les bras, Skye les serra toutes deux contre elle et Lexi se laissa bercer, les yeux clos. Quoi qu'il arrive, elle aurait toujours ses sœurs. Rien d'autre ne comptait. Quel dommage qu'il lui ait fallu tomber amoureuse de Cruz pour s'en apercevoir !

— Tu pourrais parler à maman, lui dire qu'elle doit me laisser sortir, proposa gaiement Kendra, assise en face de Cruz au Red Robin, le restaurant le plus branché de la ville. Je suis sûre qu'elle t'écouterait maintenant qu'on se la joue père-fille ! Je ne te parle pas de rester super tard : je ne sais pas, moi, minuit par exemple. Minuit, ce n'est pas une telle affaire.

Cruz n'était pas le papa le plus expérimenté du monde et il avait beaucoup de soucis en tête, mais il savait encore voir quand une gamine de quinze ans cherchait à le manipuler.

— Bien essayé, mais non. Ta mère ne veut pas que tu sortes seule avec un garçon avant l'an prochain, et elle a raison.

— Nous nous rapprocherons beaucoup plus vite si tu prends mon parti, assura Kendra.

— Je prendrai le risque.

— Ma vie n'est que souffrance !

— Tu survivras.

Kendra le surprit : lui adressant un large sourire, elle se mit à parler de ses cours. Le reste du déjeuner se déroula sans heurts, dans la détente, et Cruz découvrit qu'il appréciait ce temps passé avec sa fille bien plus qu'il ne s'y attendait. Elle était fine, elle avait de l'humour ; ses gestes expressifs lui rappelaient Juanita. Remarquant une petite cicatrice sur son avant-bras, il se demanda tout à coup comment elle s'était fait cette coupure. Avait-elle eu besoin de points de suture ? Au fond, il savait si peu de choses d'elle ! Kendra, sa fille, était une inconnue.

— La Terre appelle papa, lança-t-elle. Tu es toujours avec nous ?

— Excuse-moi. Je réfléchissais.

— A quoi ?

— Je me disais que je devrais apprendre à mieux te connaître.

Il fut stupéfait de voir les grands yeux de sa fille se brouiller de larmes.

— Je ne croyais pas que tu en avais envie, balbutia-t-elle.

— Maintenant, si.

Le soleil revint, elle sourit en s'essuyant rapidement les joues.

— Moi aussi.

Ce pincement bizarre dans la poitrine, cette pression, cette… émotion. Cruz faillit se lever et partir droit devant lui. Il ne se reconnaissait pas dans ces sentiments ! Il se retint, pour ne pas faire de la peine à Kendra. Le fait d'être son père n'avait jamais rien signifié jusqu'ici et voilà que…

— Lexi va bien ? lança Kendra. Je me demandais si elle déjeunerait avec nous. Quoi, pourquoi fais-tu cette tête ?

— Quelle tête ? demanda Cruz.

— Il s'est passé quelque chose ?

— Il ne s'est rien passé, répondit-il en pensant à sa maison vide.

Un instant, Kendra se couvrit le visage de ses mains. Quand elle les retira, Cruz vit qu'elle était furieuse.

— Dis-moi que tu n'as pas cassé avec elle. Papa ! Elle est géniale ! Ne lui dis jamais que j'ai dit ça mais c'est vrai, je l'adore. Je croyais que vous étiez bien tous les deux. Pourquoi est-ce que tu as cassé ?

— Je n'ai rien cassé. C'est elle qui est partie.

— Alors c'est que tu lui as fait quelque chose.

Oui : il avait été stupide, et il l'avait perdue.

— C'est fini, dit-il d'un ton bref.

— C'est obligé ? Ça ne peut pas recommencer comme avant ?

Comme avant, avec leur arrangement ? se demanda-t-il. Ou en lui avouant qu'il la voulait auprès de lui pour toujours ? Qu'elle était la première femme auprès de qui il ait envie de se réveiller chaque matin ?

— Tu vas me dire : « C'est comme ça, on n'y peut rien », grogna Kendra en se tassant sur sa banquette. Les adultes disent toujours ça quand ils ont tout gâché et qu'ils ne veulent pas l'admettre. Dis-lui que tu regrettes ! Dis-lui que tu ne recommenceras pas.

— Ce n'est pas si simple.

— Quelquefois, c'est simple. Cela a marché pour moi.

Emu, il effleura le dos de sa main.

— Oui, mais toi, tu étais prête à me donner ma chance.

— Lexi aussi ! Papa, je suis sérieuse, il faut que tu m'écoutes. Elle n'est pas comme les autres. Ne la laisse pas t'échapper. Va la voir.

Cruz hésita un instant, puis hocha la tête. Il en avait bien eu l'intention, n'est-ce pas ?

— D'accord. J'irai la voir.

— Aujourd'hui ! Tout de suite.

— Je vais attendre que nous ayons terminé de déjeuner.

— Et ensuite, tu iras la voir ? Tu promets ?

— Je promets.

— Et tu arrangeras tout ?

— J'essaierai.

— Essaie très fort, alors !

Cruz frappa à la porte de Lexi un peu après 16 heures. Elle s'attendait à sa visite : après tout, elle lui devait tout de même une explication. Si seulement elle avait su quoi lui dire ! La vérité ? Dans un sens, ce serait logique de lui dire qu'elle l'aimait et, tiens, pendant qu'ils étaient sur le sujet, elle portait son enfant… mais la discussion se terminerait forcément mal. Tenait-elle vraiment à ce qu'il lui arrache le cœur ? Devait-elle se jeter à l'eau, encaisser son refus et passer à autre chose ? Si seulement il existait un mode d'emploi pour ce genre de situation !

Il était beau, pensa-t-elle en lui ouvrant la porte. En complet, elle le trouvait déjà irrésistible mais en jean et T-shirt, il lui coupait le souffle. Elle l'avait toujours désiré et avait toujours pu se laisser aller, sexuellement, avec lui… mais le fait de sentir la terre trembler ne suffisait pas à créer une vraie relation. En tout cas pas sur le long terme…

S'effaçant pour le faire entrer, elle referma la porte derrière lui et le suivit dans le living. Il ne s'assit pas.

— J'ai trouvé ton chèque et ta bague, dit-il en se retournant vers elle. Tu veux tout arrêter ?

Elle approuva de la tête.

— Je n'étais pas d'humeur à écrire une lettre.

— Je regrette, dit-il. Pour Sabrina. Je n'aurais pas dû danser avec elle, je n'aurais pas dû la laisser m'embrasser. Cela ne signifiait rien, je te le jure.

Se dirigeant vers la fenêtre, il regarda un instant à l'extérieur.

— Je sais que les hommes disent toujours cela, ajouta-t-il, mais dans ce cas précis, c'est vrai.

— Je le sais.

— C'est une ex. Je ne m'intéresse pas à elle.

— Je le sais.

Cruz revint vers elle de son pas impétueux.

— Tu me crois ?

Encore une fois, Lexi approuva de la tête.

— C'est arrivé, voilà tout, soupira-t-elle. Je ne veux pas dire que danser avec une ex, et l'embrasser, soit une bonne façon d'égayer la période de tes fiançailles, mais je voyais bien que ce n'était pas… important. Ce que je ne sais pas, c'est pourquoi. Tu voulais me rendre jalouse ?

— Je cherchais à y voir plus clair.

D'un mouvement nerveux, Cruz enfonça les mains dans ses poches.

— Ce soir-là, j'ai compris quelque chose. Nous deux… c'est autre chose qu'un simple partenariat. Nous sommes bien ensemble, nous formons une bonne équipe. Nous apprécions chacun la compagnie de l'autre et au lit, c'est phénoménal. Tu es tout ce que je cherche. Et si nous passions un autre accord, pour rester ensemble pour de bon ?

Comme dans un rêve, Lexi se dit que Cruz ne cherchait pas à lui faire du mal. Il ne savait pas tout, il cherchait sincèrement à arranger les choses et pourtant, la souffrance qu'elle ressentait était affreuse. Une douleur sourde lui écrasait le cœur, il lui semblait qu'elle perdait Cruz un peu plus à chaque mot. A chaque seconde, elle voyait reculer le rêve dans lequel il tournait le dos à son enfance, osait tomber amoureux… osait l'aimer, elle.

— On se marierait ? dit-elle en se demandant pourquoi elle se torturait ainsi.

— Quand tu veux, dit-il aussitôt. Tu vis déjà chez moi, enfin, tu y vivais. Tu aimes bien Kendra et elle t'adore. J'ai déjeuné avec elle aujourd'hui et elle a demandé de tes nouvelles. Je t'en prie, Lexi, c'est si logique ! Nous sommes bien ensemble.

— Et l'amour ? Si tu rencontrais quelqu'un ?

— Je ne veux personne d'autre que toi, dit-il en lui effleurant la joue avec un sourire dévastateur.

« Cela devrait me suffire, pensa tristement Lexi. Cela m'aurait peut-être suffi s'il n'y avait pas eu Pru, ou si je n'étais pas tombée amoureuse de lui. » Ce serait si facile de capituler. De dire oui, et d'accepter une demi-vie dans laquelle elle aurait *presque* exaucé le souhait le plus cher de son cœur. Après tant d'années passées à se préserver, à se renfermer par terreur d'être rejetée, à ne pas oser se montrer telle qu'elle était…

— Je ne peux plus jouer à ce jeu, dit-elle à Cruz.

— Quel jeu ? Je ne joue pas, je veux t'épouser.

— Mais tu ne m'aimes pas.

La main de Cruz retomba.

— Lexi, pourquoi toujours en revenir à cela ?

Parce que c'était *cela* qu'elle voulait vivre. Parce que en fin de compte, rien d'autre ne comptait que l'amour.

— Je t'aime, Cruz. Je t'aime depuis longtemps, peut-être depuis le premier soir. Tu m'as demandé un jour pourquoi tu avais été mon premier amant. Je ne savais pas, je n'avais rien planifié, cela s'est fait tout seul. Quand tu m'as embrassée, j'ai su que je voulais être avec toi pour toujours.

Il se figea. Lexi ne se tut pas parce que le moment était venu de dire la vérité. Toute la vérité.

— Le lendemain matin, j'étais heureuse. Tu m'avais offert une nuit parfaite. J'avais la tête pleine de projets et toi, tu t'es enfui comme si j'étais le diable en personne. C'était affreux mais plutôt que de t'avouer que j'avais mal, je me suis raccrochée à l'orgueil des Tristan et je t'ai dit que les filles comme moi ne s'intéressaient pas aux garçons comme toi. Je préférais que tu me haïsses plutôt que tu aies pitié de moi.

— Lexi, ne fais pas ça.

— Je ne dois pas dire la vérité ? Mettre mon cœur à nu ? Parce que c'est ce qui t'effraie le plus, n'est-ce pas ?

Le regard plongé dans ses yeux sombres, elle chercha de toute la force de sa volonté à lui faire voir la vérité.

— L'amour ne rend pas faible, Cruz. Il te libère et te permet d'être qui tu es vraiment. Ce que ton père a fait à ta mère n'avait rien à voir avec l'amour. C'était la stratégie d'un homme faible qui recherchait un sentiment de puissance en pliant une femme à sa volonté. La seule leçon à retenir, c'est que ta mère t'aimait et que toi, tu l'as protégée. C'est là que se nichait l'amour, pas dans les moments où il la frappait.

Que pouvait-elle dire, comment lui faire comprendre ? Le plus terrible était de sentir qu'il ne voudrait pas l'entendre, qu'il refuserait de croire ce qu'elle lui disait.

— Jed est comme lui, reprit-elle. Il ne frappe personne mais il contrôle les autres, il se croit fort parce qu'il leur impose sa volonté. Il m'a fallu toute ma vie pour le comprendre mais en fait, il n'est pas fort — simplement retors. Je pourrais jouer son jeu des années encore, je ne gagnerais jamais parce qu'il change toujours les règles.

Lexi prit une longue respiration. La vérité faisait mal mais c'était aussi une grande libération.

— Il ne m'aimera jamais, assena-t-elle. Il est incapable de créer un lien d'amour, ou il refuse de le faire. Je l'aimerai toujours parce qu'il est mon père, mais je ne jouerai plus. Je retire mes billes.

Une crispation subite parcourut le beau visage de Cruz.

— Tu ne sais pas ce que tu me demandes.

— Si. Je te demande de prendre un risque, de parier sur nous. Je te demande de me croire quand je te dis que je t'aime de la meilleure façon possible. Je ne te ferai pas de mal, je ne te briserai pas. J'aime que tu sois fort. J'aime tout ce que tu es. Il n'est pas question de te changer, seulement de vivre une véritable relation à deux. Pas parce que c'est commode, pas pour te faire des relations.

Cruz ne répondit pas. Qu'aurait-il pu dire ? Il n'était pas prêt à franchir le pas, voilà tout. Lexi avait toujours su que cela se terminerait ainsi, mais pourquoi cela devait-il faire aussi mal d'avoir raison ? Ouvrant grand son cœur, sans chercher à se préserver, elle répéta :

— Je t'aime, Cruz.

A force de reculer, il se tenait tout contre le mur, aux abois près de la porte.

— Je ne peux pas, Lexi. Tu sais que je ne peux pas. Demande-moi n'importe quoi d'autre. De l'argent, une maison. Pour l'amour du ciel, je t'achèterai un pays mais ne me demande pas ça.

Une nouvelle vague de souffrance se brisa sur elle.

— L'amour, c'est tout ce que je veux.

Il s'était détourné. Il était raide de frayeur. Il lui restait encore une chose à lui dire. Prenant la petite boîte transparente qu'elle avait glissée derrière un coussin du canapé, elle la lui tendit.

— Tiens.

Il se retourna, prit machinalement la boîte et contempla son contenu.

— Je suis enceinte, soupira-t-elle.

Cruz avait cru qu'il ne pouvait pas être plus sonné. Entendre Lexi dire qu'elle l'aimait, c'était déjà un choc terrible mais *ceci*... Un bébé ? Il avait déjà vécu cela, déjà enduré les affres d'une grossesse non désirée. Cela n'allait pas recommencer ! Sa vie n'allait pas de nouveau dérailler !

Il s'arc-bouta, prêt à affronter le sentiment de s'être fait piéger... et ressentit à la place une chaleur inattendue, une curiosité étrange. Il imaginait très bien Lexi enceinte, ronde et rayonnante, magnifique. Pouvait-il se voir près d'elle ?

— C'est tout ou rien, lança Lexi. Je n'accepterai pas la valse-hésitation que tu as imposée à Kendra. Je ne veux pas de ton argent, tu ne peux pas acheter la solution à ce problème. Tu dois choisir. Si tu choisis de rester, ce ne sera pas à moitié : je veux un mari véritable, un père pour mon bébé. Je veux un amour, un engagement, un partenariat authentique. Cela te fait peur ?

Peur ? Non, c'était plus que cela. Elle lui demandait trop. Elle voulait son âme, et il ne pouvait pas la lui remettre. Il vit l'instant où elle baissait la tête, vaincue.

Levant une main sans force, elle lui montra la porte.

— Va-t'en, dit-elle. Tout de suite.

— Lexi...

— Va-t'en ! cria-t-elle, cette fois, le visage mouillé de larmes. Nous n'avons plus rien à nous dire.

Comme il ne savait que faire d'autre, il obéit. Au moment où la porte se refermait derrière lui, il entendit le premier sanglot. Ce fut comme si on avait plongé la main dans sa poitrine pour lui arracher le cœur.

Chapitre 20

Lexi, ses sœurs et Dana s'étaient réunies au Bronco Billy pour discuter de la meilleure façon de vaincre Garth Duncan.

— Vous voulez vraiment le démolir ? demanda Skye. On ne peut pas se contenter de l'abîmer un peu ?

— Mauvaise idée, dit Dana. Il est comme les hydres : tu lui coupes une tête, il en pousse sept autres. Vous allez devoir le mettre en pièces définitivement.

Izzy la dévisagea, médusée.

— Il est comme les quoi ?

— Une hydre. C'est une créature mythologique, un peu comme les dragons.

— Je connais, intervint Skye, Izzy aussi. C'est juste que peu de gens introduisent une hydre dans la conversation.

— Tu m'as toujours sous-estimée, riposta Dana.

Lexi souriait. Cette conversation, le rythme familier des piques et des reparties lui mettaient un peu de baume au cœur. Réfléchir à la meilleure façon d'attaquer Garth lui permettait d'oublier un instant ses problèmes.

— Trouvons un plan, proposa-t-elle. Je pense qu'il nous faut rassembler davantage d'informations. J'ai trouvé une bonne avocate, qui saura nous guider dans nos démarches. Elle connaît des détectives privés et des professionnels de la recherche dans les archives. Cela coûtera un joli paquet mais je pense que le jeu en vaut la chandelle.

— Très bien, soupira Skye. Commençons par prendre des

renseignements et voyons où cela nous mène. Si seulement Garth pouvait décider de faire ses paquets et de s'en aller!

— C'est peu probable, coupa Izzy. Si quelqu'un doit se sacrifier pour séduire l'un de ses proches, vous savez que vous pouvez toujours compter sur moi.

— C'est une grande fierté pour moi, murmura Skye.

Ces trois femmes étaient sa famille, pensa Lexi, Dana comprise. Elles avaient toujours été là pour elle et elles le seraient toujours. Elles l'aideraient à rester forte.

— Je paierai l'avocate, proposa Skye.

— Parce que tu es la plus riche? demanda Lexi.

— C'est cela.

— Si cela te pèse, tu n'as qu'à me donner mon héritage, et pas seulement des mensualités, grogna Izzy.

— Surtout pas! s'écria Dana. Tu n'es pas quelqu'un de responsable. Tu ne penses qu'à faire de la plongée spéléologique.

— Et alors?

— Alors, quand tu auras réussi à te supprimer... qui héritera?

Elles éclatèrent de rire.

— Pour en revenir à Garth, lança Dana. Le seul moyen de le vaincre est de le surprendre en train de faire quelque chose d'illégal.

— Nous pourrions le faire chanter, proposa Lexi. Je suis sûre qu'il a beaucoup de choses à cacher.

— Tu n'as pas dit cela, articula Dana, et moi, je n'ai rien entendu.

— Tu prends la loi beaucoup trop au sérieux, se plaignit Izzy. Ce n'est pas parce que tu es dans la police...

— Vous avez de la chance que je sois dans la police. Quand vous l'aurez pris la main dans le sac, je pourrai l'arrêter.

— Alors, nous optons pour l'avocate? demanda Skye. Vous êtes toutes d'accord?

Elles hochèrent la tête avec ensemble pour approuver la

proposition. Il y eut un silence, puis Dana se tourna vers Lexi.

— Comment t'en sors-tu ?

Celle-ci fut horrifiée de voir tous les regards se braquer sur elle.

— Je vais bien, dit-elle très vite.

— Tu n'en as pas l'air, répliqua aussitôt Izzy.

Puis, levant les mains comme pour se défendre, elle se hâta d'ajouter :

— Désolée ! Ce n'est pas ce que je voulais dire. Tu es très belle mais plutôt triste. Très, très triste.

— Je ne suis pas heureuse, avoua-t-elle, mais cela n'a rien de surprenant. J'assume. Pour l'instant, je trouve que c'est déjà une victoire.

Impulsivement, Skye la serra dans ses bras.

— Cruz reviendra, assura-t-elle. Tu verras !

Cela, Lexi refusait d'y penser. Tout plutôt qu'une nouvelle déception !

— Je ne crois pas, dit-elle d'une voix ferme. Il veut uniquement ce que nous avions avant : un accord, rien de compliqué. Il ne veut surtout pas tomber amoureux.

Elle se sentit fière d'elle, car elle venait de dire tout cela sans fondre en larmes. Cette fois, elle commençait réellement à accepter l'inévitable. Restait une dernière nouvelle à annoncer aux autres :

— Je suis enceinte.

Izzy et Skye la dévisagèrent, abasourdies.

— Tu es sûre ? demanda Skye.

— J'ai uriné sur un nombre incalculable de bâtonnets. Je suis parfaitement sûre.

— Tu es contente ? hasarda Izzy.

Malgré le désastre qu'était devenue sa vie, Lexi lui sourit.

— Oui, dit-elle. Je veux ce bébé. Avec ou sans Cruz.

— Tu lui as dit ? demanda Dana.

— Il sait.

— Et?

— Il ne l'a pas très bien pris. Il n'a pas crié ou tempêté, il s'est contenté de partir.

— Je n'ai jamais pris Cruz pour un type qui crie, observa Izzy, pensive. S'il l'est, je préfère ne pas le savoir.

— Il ne peut pas continuer à te plaire, lança sévèrement Skye. Il a fait du mal à Lexi. Il n'est plus dans notre camp.

— Je ne dis pas que je l'inviterais dans mon lit mais je ne suis pas encore prête à tirer un trait sur leur histoire.

— Moi, si, grogna Dana. Je n'ai qu'une envie, c'est de lui faire sentir ma matraque. Je me retiendrai, bien sûr.

— Tu es sûre que tu aurais le dessus? taquina Izzy.

— Sûre. Cruz hésiterait à cogner une femme, et cela me donnerait l'avantage.

— Pas faux. Mais ce n'est pas ce dont nous parlions.

Izzy se pencha vers Lexi pour lui dire, avec un sérieux inhabituel pour elle :

— Je pense toujours qu'il va changer d'avis. Vous avez commencé sur un registre, et tu as tout changé. Il a besoin de temps pour s'habituer à la nouvelle donne.

Lexi comprenait son raisonnement mais elle se refusait à espérer encore.

— Je ne ferai pas de compromis, dit-elle.

— Non, mais il y a deux mois, tu as bien accepté de fausses fiançailles. Tu as progressé, laisse-lui le temps d'en faire autant! Si tu l'aimes vraiment, ne renonce pas tout de suite.

Skye se tapota le menton, pensive.

— En règle générale, je ne conseillerais à personne d'écouter Izzy mais dans ce cas précis, je pense qu'elle a raison.

Izzy leva les yeux au ciel.

— J'ai raison. Tu sais que j'ai raison.

— Il y a le bébé, reprit Skye. Cela change tout.

Muette, Lexi se tourna vers Dana pour entendre son verdict.

— Je ne sais pas, dit celle-ci. Ce n'est pas comme si tu étais prête à sortir avec quelqu'un d'autre…

— Non !

Cela, Lexi ne l'imaginait même pas. Un autre homme ? Il n'y avait qu'avec Cruz qu'elle pouvait être elle-même. Sans rien retenir, sans craindre d'être jugée ou utilisée. C'était une expérience unique pour elle. Avec Cruz, tout était franc, clair, honnête. Par moments, il la mettait hors d'elle mais cela, elle pouvait s'en accommoder.

— Dans ce cas, donne-toi du temps, décida Dana. Il se peut qu'il comprenne, il se peut qu'il ne comprenne pas. Mais toi, tu n'es pas prête à renoncer tout à fait. Tu l'aimes encore. Si tu ne l'aimais plus, rien de tout ceci ne serait un problème.

— Tu as raison, dit Lexi. Je me ficherais de savoir s'il m'aime ou non. Je serais heureuse. Mais je tiens à lui…

Les larmes qu'elle redoutait lui brûlèrent les yeux.

— Je veux qu'il veuille de moi autant que je le veux, lui, acheva-t-elle d'une voix tremblante. Je veux que nous soyons amoureux.

— Oui, bien sûr, lâcha Izzy. Au fond, tu ne penses qu'à toi.

La réponse était si inattendue que Lexi éclata de rire. Les autres riaient aussi ; sans savoir pourquoi, elle se sentit mieux.

— Oui, dit-elle en souriant. Je ne pense qu'à moi.

— Ça m'énerve, se plaignit Izzy. D'habitude, on ne parle que de moi.

Lexi se laissa aller contre le dossier de son siège. Elle avait mal, Cruz lui manquait plus qu'elle ne pouvait le dire mais quoi qu'il arrive, elle avait ses sœurs, et aussi Dana. C'était très précieux, et cela devrait lui suffire.

D'un geste habile, Manny retourna les hamburgers qui grésillaient sur le barbecue. Huit ou dix enfants accourus de tout le quartier se poursuivaient dans le jardin. Cruz leva la tête. Il faisait tiède, le soleil brillait, c'était un dimanche après-midi idéal.

— Tu es un crétin, lui dit son ami en avalant une gorgée de bière.

— Non, ne cherche pas à m'épargner, grinça Cruz. Dis-moi ce que tu penses vraiment.

— Tu es un crétin, répéta Manny, qui mesurait bien quinze centimètres de moins que lui. Je commence à me lasser de te le répéter. Lexi est parfaite pour toi. C'est une très belle femme, et je ne parle pas seulement des apparences. Elle te dit qu'elle t'aime et qu'elle porte ton enfant et toi, qu'est-ce que tu fais ?

— Je prends la porte, marmonna Cruz.

Pourquoi était-il venu ici aujourd'hui ? Eh bien, parce qu'il ne supportait plus sa maison, parce que son opulence ne le protégeait plus. Toutes les pièces lui parlaient de Lexi. Elle lui manquait, il la voulait auprès de lui.

Manny maugréa quelques mots en espagnol. Cruz ne saisit pas mais se garda bien de lui faire répéter.

— Elle t'offre sur un plateau tout ce qu'un homme peut désirer, reprit son ami, et toi, qu'est-ce que tu fais ? Tu refuses.

— Tu n'as pas besoin de moi pour cette discussion, n'est-ce pas ? demanda Cruz. Tu fais très bien les questions et les réponses.

— Je pourrais encore comprendre si c'était quelque chose de difficile, continua Manny sans relever le sarcasme. Si elle voulait que tu lui donnes un de tes reins. Mais simplement admettre que tu l'aimes…

Une part de Cruz désirait ce que les autres semblaient effectivement trouver si facile ; le reste, la plus grande part sans doute, reconnaissait le danger et refusait de s'engager sur cette voie.

— Tu ne sais pas du tout de quoi tu parles, protesta-t-il.

— Si, c'est facile. C'est toi qui compliques tout.

— Tu ne comprends pas. Je suis fait comme ça, je ne peux pas ignorer mon passé.

— Des clous. Si j'avais des bottes aux pieds je te mettrais mon pied aux fesses, assura rondement Manny. Ton vieux était un loser, et alors ? Tu as réussi. Tu as fait tes choix, tu t'es fixé un but et tu l'as atteint. Tu n'as pas laissé ton père te tirer vers le bas.

— Ce n'est pas la même chose.

— Mais si ! C'est exactement la même chose. Il était incapable de garder un job et toi, tu es à la tête d'un empire. Tu te caches derrière ton enfance parce que tu refuses de prendre un risque. Tu as toujours eu peur. Voilà ton problème, Cruz : tu es un lâche.

D'un geste brusque, Cruz posa sa bière sur le rebord du barbecue. Une colère hideuse bouillonnait en lui.

— Tu te trompes, gronda-t-il, pesant sur Manny de toute sa présence pour le forcer à reculer. C'est facile de croire qu'on a toutes les réponses, de là où tu te tiens. Toi, tu n'as jamais rien fait d'autre que de profiter de mes initiatives, et ratisser le fric.

— J'ai parié sur toi, dit Manny en se rapprochant, nez à nez avec lui. Tu crois pouvoir m'allonger ? Vas-y, à toi l'honneur, cogne le premier. Vas-y ! Si tu ressembles tant à ton vieux, ce ne sera pas difficile. Cogne ! Tu sais que tu en as envie. Mets-moi ton poing dans la figure.

La colère aveugla Cruz… et s'évapora comme la pluie dans le désert. Un instant, un brouillard rouge lui voilait la vue, l'instant d'après, il n'y avait plus rien. Il ne voulait pas se battre avec Manny ! Non pas parce qu'il avait peur, il se savait capable de l'assommer sans la moindre difficulté. Ce n'était pas une question de force ou de pouvoir, mais simplement, cela ne prouverait rien. C'était Manny qui se tenait devant lui ! Son plus qu'ami, son grand frère ou son second père, sa seule famille à part Juanita. Lui mettre son poing dans la figure ? Impossible. Cruz l'aimait trop.

— On dirait que ton père n'a pas laissé beaucoup de lui en toi, dit Manny à mi-voix.

C'est alors que Cruz la ressentit, cette émotion qui avait toujours été là mais qu'il n'avait jamais osé nommer. L'amour.

— J'étais là quand tu as rencontré Caro, dit-il, davantage pour lui-même que pour son ami. J'étais témoin à ton mariage. J'étais là pour la naissance de tes trois gosses.

— Je sais bien.

— Alors pourquoi as-tu cru que j'allais te cogner ?

Lui lançant un clin d'œil, Manny reprit sa bouteille de bière.

— Je ne le croyais pas. Je savais que tu ne le ferais pas.

— Dans ce cas, à quoi joues-tu ?

— Toi, tu ne le savais pas. Tu as toujours eu peur de regarder dans ton miroir et d'y trouver ton père. Eh bien, tu peux oublier ce souci, Cruz. Tu es quelqu'un de bien, tu l'as toujours été. Il fallait du cran pour tenir tête à ton vieux comme tu l'as fait, alors que tu n'étais qu'un gosse.

— Tu parles ! J'ai braqué un flingue sur lui en disant que je le tuerais s'il revenait chez nous.

— C'était ce qu'il fallait faire. Tu as protégé ta mère. Tu savais ce que tu voulais et tu as trouvé le moyen d'y arriver. Et malgré tout, depuis tout ce temps, tu refuses de voir qui tu es vraiment. Tu te prends pour ce minable. L'amour ne rend pas faible, mon ami, il donne toute la force du monde. Il donne sa valeur à tout le reste. *All you need is love*, on n'a besoin de rien d'autre, même les Beatles le savaient.

Décontenancé, Cruz saisit sa bière et but une longue gorgée. Tout était-il réellement aussi simple ? Aussi facile ? Il lui suffirait de croire en lui, de prendre un risque et… Quoi donc ? Lexi serait sa récompense ? Mais il était parfaitement sûr de ne pas la mériter !

— Si tu la laisses t'échapper, tu seras un véritable imbécile, insista Manny. Je sais bien que tu n'as jamais été très malin…

*
* *

Lexi sortit d'un pas vif de Vénus & Moi… et trouva Cruz planté sur le parking, adossé à une BMW M3 gris métallisé. Une voiture spectaculaire, dont elle se fichait royalement. Son cœur, comme tout le reste d'elle, ne s'intéressait qu'à l'homme.

Elle ne l'avait pas revu depuis une semaine. Il lui sembla un peu amaigri, elle vit des cernes sous ses yeux. Avait-il été malade ? Elle aurait aimé se précipiter vers lui, le saisir aux épaules, s'assurer qu'il allait bien. Elle s'obligea à garder ses distances.

— Je ne m'attendais pas à te voir, dit-elle.

Quand il s'avança vers elle, elle remarqua une seconde M3 garée à côté de la première. Une M3 noire.

— Tu m'as manqué, dit-il en s'immobilisant devant elle. Non, ce n'est pas le mot juste. En fait, je crevais d'envie de te revoir.

Elle sentit son cœur cogner. Un espoir fou la remplit, si fort qu'elle crut qu'elle allait s'envoler. Etait-ce possible. Allait-il accepter enfin de s'avouer ce qu'il ressentait ? Allait-il lui donner sa chance ? Leur donner leur chance à tous deux…

— Voilà ce que je te propose, reprit-il. Je veux que tu reviennes. Non pas au nom de notre accord, mais parce que c'est ce que nous voulons tous les deux. Alors nous allons faire la course.

D'un mouvement brusque du menton, il indiqua les deux voitures.

— Le vainqueur rafle la mise. Si tu gagnes, je te donne mon cœur. Mon âme. Tu t'es mise à nu devant moi, Lexi. Je ferai la même chose.

Comment ? Que disait-il ?

— Tu veux miser notre avenir sur une course de voitures ? balbutia-t-elle. Et si tu perds, tu m'avoueras que tu m'aimes ? Mais qui ferait une chose pareille ?

Il lui fit un sourire lent et sexy, un sourire qui alluma un brasier en elle.

— Nous, répondit-il. Je suis comme ça et toi, tu ne refuses jamais un défi. C'est comme cela que j'ai gagné ta première voiture.

Elle tourna la tête pour regarder les voitures, releva les yeux vers lui.

— Je veux la noire, dit-elle tout bas.

Il éclata de rire en lui tendant les clés. En s'approchant de la BM, Lexi se demanda si elle rêvait. Cruz ne jouait pas réellement leur vie sur cette course, c'était sa façon de lui dire quelque chose. Ou du moins, elle l'espérait ! Elle se raccrocherait à cette idée : il n'aurait pas été ici s'il n'avait pas été amoureux d'elle.

L'adrénaline fila dans ses veines. Elle s'installa au volant, lança le moteur ; Cruz fit de même. Elle tremblait, les paumes humides de ses mains glissaient sur le volant. Cruz lui montra l'extrémité du parking ; muette, elle approuva de la tête. Le premier à atteindre la limite aurait gagné. Cela signifiait… Quoi, que voulait-il vraiment ? Il avait dit qu'il voulait qu'elle revienne : le pensait-il vraiment ? Et elle, que pourrait-elle exiger si elle l'emportait ? Pourrait-elle réellement lui demander son cœur ? Le voyant baisser sa vitre, elle fit de même.

— Je compte jusqu'à trois ! cria-t-il. Un, deux, tr…

Lexi enfonça la pédale de l'accélérateur, la voiture bondit en avant, vola littéralement dans l'espace. Elle jeta un bref regard à sa gauche pour repérer Cruz… et ne le vit pas. Stupéfaite, elle leva les yeux vers le rétroviseur et le trouva à la ligne de départ, en train de descendre posément de sa voiture.

L'extrémité du parking fondait vers elle. Elle freina, immobilisa brutalement la voiture. Là-bas, Cruz la contemplait, appuyé contre son propre véhicule. Tremblant de tout son corps, elle émergea à son tour.

— Mais la course ! cria-t-elle.

— Toi, tu l'as faite, lança-t-il en retour en se mettant à marcher vers elle. Et apparemment, tu as gagné.

Un instant, elle le regarda approcher sans comprendre… puis la vérité éclata devant elle. Il *voulait* qu'elle l'emporte ! Il n'avait jamais eu l'intention de quitter la ligne de départ. A son tour, elle s'avança vers lui ; bientôt, ils couraient tous les deux. Ils se rejoignirent au centre du parking ; en se jetant dans ses bras, elle vit le feu brûler dans les yeux sombres de Cruz.

— Le vainqueur rafle la mise, dit-il tout bas. Tu as gagné, Lexington.

— Je t'interdis de m'appeler comme cela !

— Moi, je ne le déteste pas, ton prénom. Je l'adore. J'aime tout ce qui est à toi. La façon dont tu bois ton café, la façon dont tu te blottis contre moi en dormant.

Il saisit ses mains.

— J'aime ta façon de rire, et la façon dont tu t'engages à fond dans tout ce qui te tient à cœur. Le vainqueur rafle la mise, Lexi. Tu peux m'avoir tout entier, si tu veux encore de moi. Mon cœur, mon corps.

Il se tut, le souffle court, comme s'il redoutait encore sa réaction.

— Oh, Cruz !

Lexi se jeta à son cou et les bras de Cruz se refermèrent autour d'elle, la serrèrent très fort. Il était là, solide et bien réel, et il lui offrait ce qu'elle attendait depuis toujours.

— Je t'aime, dit-il avec une sorte de violence. J'ai besoin de toi, Lexi. Reste auprès de moi. Ça a toujours été toi, depuis le jour où je t'ai vue.

— C'est moi qui disais cela !

— C'est une bonne réplique, elle peut resservir.

— Oui, dit-elle en fondant dans un sourire. Oui.

Il la lâcha pour prendre son visage entre ses paumes.

— Dis-moi que j'ai encore ma chance. Dis-moi que nous allons y arriver, tous les deux. Dis-moi que tu m'aimes toujours. Je veux t'épouser. Je veux que nous ayons ce bébé et peut-être quelques autres. Je veux que Kendra fasse partie de notre vie, et aussi C.C. On pourrait peut-être aussi prendre un chien? Lexi, je t'en prie. Dis-moi oui.

Le moment le plus parfait de toute son existence… Lexi sut que quand elle serait très âgée, un jour viendrait, une belle journée de printemps où elle se retrouverait plantée devant la fenêtre de sa cuisine à revivre cet instant dans tous ses détails. Elle retrouverait au fond d'elle cette explosion d'espoir et de tendresse, et elle sourirait parce que son amour pour Cruz était ce qu'elle aurait eu de mieux.

— Oui, chuchota-t-elle. Oui, je veux bien t'épouser, oui, nous aurons des enfants et même un chien. Je t'aimerai toujours, Cruz.

— Le vainqueur rafle la mise?

Se haussant sur la pointe des pieds, elle l'embrassa.

— Cette manche, nous la gagnons tous les deux.

Retrouvez Skye, Lexi et Izzy le mois prochain dans Prélud'*, et découvrez la suite de la saga écrite pour vous par Susan Mallery…*

PRÉLUD'

Le 1er Juillet

Prélud' n° 211

Le secret des Carson - Tara Taylor Quinn

Secrets révélés, héritage à partager... Tandis que sa famille se déchire, Sue se voit confier la garde de Carrie, une petite orpheline de trois mois. A peine l'a-t-elle accueillie qu'elle doit arbitrer un délicat conflit : Nancy, la grand-mère de l'enfant, et le propre fils de Nancy, Rick Kraynick, revendiquent tous les deux la garde de Carrie.

Prélud' n°212

Un inoubliable été - Darlene Gardner

Adolescente, Annie a confié son bébé à l'adoption. Du moins le croit-elle. Car, treize ans plus tard, son père lui avoue la vérité : en fait, il a confié l'enfant à des amis et n'a jamais perdu le contact. Une vérité qu'Annie va à son tour devoir révéler à Ryan, le père de Lindsey, qu'elle n'a pas revu depuis ses seize ans...

Prélud' n°213

Les promesses du Tennessee - Kay Stockham

A bout de souffle et sans ressources, Megan revient dans le Tennessee, « chez elle », tout en sachant qu'elle y sera mal accueillie. Pourtant, le lien inattendu et précieux qu'elle va tisser avec un petit garçon, puis avec le père adoptif de celui-ci, le séduisant Dr Ethan Tulane, va bouleverser sa vie...

Prélud' n°214

La maison des orages - Margaret Watson

A la mort de son père, Fiona retrouve Zoe et Bree afin de les aider à vider la maison paternelle. Une maison qui ne lui rappelle que de mauvais souvenirs. Aussi Fiona espère-t-elle repartir au plus vite. Mais, un matin, Jackson Grant se présente à sa porte ; Jackson, le garçon dont elle a brisé le cœur autrefois et qui veut des explications...

Prélud' n°215

Le mariage d'une héritière - Susan Mallery

Tandis que Garth continue de mener son projet de vengeance contre la riche famille Tristan, Skye découvre que Jed fomente pour elle un second mariage. Entre-temps, bouleversée, elle apprend que Mitch est de retour. Jed osera-t-il l'éloigner d'elle cette fois encore ?

Best-Sellers n° 427 • thriller

Piège de feu - Alex Kava

A peine remise d'une grave maladie, Maggie O'Dell, profiler au FBI, est appelée dans le Minnesota : un attentat vient d'avoir lieu dans un centre commercial. Sur place, elle découvre avec stupeur que son enquête va prendre une tournure très personnelle : des sources anonymes semblent en effet impliquer Patrick, son jeune demi-frère désormais introuvable. Dès lors, comment le convaincre qu'il doit absolument venir la trouver et lui faire confiance plutôt que de fuir en cédant à la panique ? Prête à tout pour le sauver, Maggie sollicite l'aide de Nick Morrelli, un expert en sécurité qu'elle connaît de longue date et à qui elle a toujours accordé une confiance absolue.

Best-Sellers n°428 • paranormal

L'émeraude des ténèbres - Gena Showalter

Depuis que sa sœur, sa mère et sa grand-mère ont été faites prisonnières d'un groupe de guerriers qui se disent immortels, Danika Ford tente de ne pas se laisser abattre. D'autant qu'elle a bon espoir de pouvoir leur venir en aide, car elle a un allié parmi ces créatures inquiétantes. Un homme qui, au péril de sa vie, lui a déjà permis d'échapper à sa bande : Reyes. Un guerrier taciturne et envoûtant, prince des seigneurs de l'ombre, dont l'image hante chaque jour un peu plus ses rêves. Pourra-t-il de nouveau lui venir en aide ? Rien n'est moins sûr, car en cherchant désespérément l'occasion de délivrer les siens, Danika, traquée de toutes parts, comprend que pour y parvenir, il lui faudra d'abord trahir Reyes.

Trilogie Les seigneurs de l'ombre, *volume n°3*

Best-Sellers n°429 • thriller

Et vous serez châtiés - Erica Spindler

L'inspecteur Mary Catherine Riggio est au désespoir : en l'espace de quelques jours, Dan, son fiancé, et Tommy, son jeune cousin, ont été abattus chacun d'une balle dans la tête. Anéantie par le chagrin, Mary Catherine n'a plus qu'une obsession : mettre la main sur celui qui a détruit sa vie et le lui faire payer. Mais l'enquête est confiée à sa coéquipière et amie de longue date, Kitt Lundgren. Et si Kitt, compatissante, l'autorise à participer aux investigations, Mary Catherine sait pertinemment qu'au moindre dérapage, elle en sera écartée.

Best-Sellers n°430 • thriller

Je te volerai ta mort - Karen Rose

A la demande d'une amie légiste, Sophie Johanssen, archéologue et historienne du Moyen Age, accepte sans hésiter d'intervenir sur une scène de crime. Mais l'excitation cède rapidement place à l'effroi car sur place, elle déterre les fruits d'une tragédie : neuf tombes contenant les cadavres positionnés selon des rites funéraires médiévaux que Sophie, en tant que spécialiste, repère immédiatement. Dès lors, comment pourrait-elle, malgré ses réticences, refuser son aide et son expertise à l'inspecteur Vito Ciccotelli – un homme qui lui a inspiré confiance dès le premier regard ? D'autant plus qu'il faut agir vite, car sept autres tombes sont déterrées – vides, elles semblent attendre les prochaines victimes.

Best-Sellers n°431 • roman

La saison des fleurs sauvages - Emilie Richards

Encore sous le choc d'un divorce douloureux, Tracy Deloche part s'installer dans la presqu'île de Happiness Key, le seul bien qu'il lui reste et que lui a transmis son ex-mari. Là, sous le soleil de Floride, elle espère prendre un nouveau départ. Mais à son arrivée, rien ne se passe comme prévu : au lieu des villas luxueuses qu'elle s'attendait à trouver, elle découvre quelques maisons au charme suranné et des habitants qui semblent se méfier d'elle –en particulier le séduisant inconnu qui vit non loin de la maison où elle s'est installée. Désemparée, Tracy ne sait pas encore qu'elle va tisser de nouveaux liens qui vont à nouveau bouleverser son existence et lui entrouvrir les portes du bonheur.

BestSellers

Best-Sellers n°432 • roman

Retour à Blossom Street - Debbie Macomber

Trois ans après l'ouverture de la boutique de Lydia « Au fil des jours », il se dégage toujours de Blossom Street une ambiance chaleureuse et enjouée. Car Blossom Street, c'est tout un univers. L'univers de Lydia, qui tente d'aider sa famille à traverser des moments difficiles tout en construisant avec Brad de nouveaux projets. Celui de Margaret, la sœur de Lydia, qui, inquiète pour sa fille, traverse une profonde crise personnelle. Celui de Colette, enceinte, qui tente de fuir son passé et de démarrer une nouvelle vie. Mais aussi celui d'Alix, qui a accompli de grands rêves mais qui court le risque de renoncer au plus beau d'entre eux.

Série Blossom Street, *volume n°3*

Best-Sellers n°433 • historique

Sous l'emprise du destin - Susan Wiggs

Séparée de ses parents dès son plus jeune âge, au cours d'un naufrage, Pippa de Lacey a grandi dans les rues de Londres parmi les jongleurs et les comédiens. Mais voilà qu'un jour, son insolence de fille des rues heurte un gentilhomme parmi les badauds, la condamnant au pilori. Arrêtée, Pippa ne doit son salut qu'à l'intervention d'un seigneur irlandais, Aidan O'Donoghue. Séduite par son sauveur, elle accepte avec reconnaissance la protection qu'il lui offre et la proposition qu'il lui fait ensuite de l'aider à retrouver sa famille. Un cadeau inespéré que le destin lui retire lorsque Aidan est jeté en prison sur ordre de la reine ! Révoltée, Pippa décide de le faire évader. Même si cela doit la conduire à l'exil… et compromettre sa seule chance de revoir un jour ses proches.

Trilogie La Rose des Tudor, *volume n°3*

Composé et édité par les
éditions Harlequin
Achevé d'imprimer en France (Malesherbes)
par Maury-Imprimeur
en mai 2010

Dépôt légal en juin 2010
N° d'imprimeur : 154863 — N° d'éditeur : 15031